Nachhaltigkeit liegt uns am Herzen.

**Hergestellt in Deutschland
Gedruckt auf FSC®-Papier
Lösungsmittelfreier Klebstoff
Drucklack auf Wasserbasis**

Natürlich

magellan

Tom Ryan
Radio Silent
Melde dich, wenn du das hörst

Tom Ryan

RADIO SILENT

Melde dich, wenn du das hörst

Aus dem Englischen von
Sandra Knuffinke und Jessika Komina

Für meine Eltern, in Liebe

1.

Transkript von **RADIO SILENT**
Episode 41

Ein siebzehnjähriger Junge verschwindet. Seine Familie und Freunde haben keine Ahnung, was aus ihm geworden ist. Er hinterlässt keine Spuren, keine Hinweise.
Oder doch?
In Nordamerika werden jedes Jahr fast eine Million Menschen als vermisst gemeldet. Aber wenn wir aufmerksam sind und alle zusammenarbeiten, gelingt es uns vielleicht, ein paar von ihnen zurück nach Hause zu holen.
Ich bin die Sucherin, und ihr hört **Radio Silent**.

2.

Zehn Jahre zuvor

Dee hat das Gefühl, als würde sie schon seit einer Ewigkeit bei Sibby vor dem Haus warten. An die Tür klopfen will sie nicht, denn dann würde Sibbys Mom ihnen garantiert Sibbys kleine Schwester Greta aufs Auge drücken. Greta ist ja echt süß, aber sie kann auch ziemlich nervig sein, weil sie so langsam ist und einem die ganze Zeit Löcher in den Bauch fragt. Dee und Sibby haben nur noch so selten Gelegenheit, mal alleine zu spielen, da können sie die Kleine jetzt wirklich nicht gebrauchen.

Allzu große Sorgen macht Dee sich trotzdem nicht, Sibby hat nämlich ganz sicher irgendeinen Plan. Den hat sie immer. Dee setzt sich auf die Verandakante, lässt die Beine baumeln und bewundert ihre neuen Winterstiefel, die aussehen wie die von ihrem Dad, nur kleiner: schokobraunes Leder und knallrote Schnürsenkel, die man durch kleine Metallhaken zieht anstatt durch Löcher. Sie machen schön warme Füße, aber auch nicht *zu* warm – perfekt, um damit auf Abenteuersuche zu gehen.

Jetzt öffnet sich knarzend die Haustür und Sibbys Kopf erscheint in dem Spalt. Grinsend legt sie sich den Zeigefinger auf die Lippen, *pssst*, dann verschwindet sie wieder im Haus. Dee bleibt sitzen und bemüht sich, mucksmäuschenstill zu sein. Ein paar Sekunden später kommt Sibby auf Zehenspitzen nach draußen geschlichen. Sie hat ihre Stiefel an und steckt erst mit einem Arm in ihrem Mantel.

Während sie sich umständlich in den zweiten Ärmel kämpft, dreht sie sich noch mal um und ruft zurück ins Haus: »Ich geh mit Dee spielen!« Nach einem Moment ertönt Mrs Carmichaels Stimme, leise und gedämpft. Und vielleicht einen Tick gereizt? Dee ist sich nicht ganz sicher.

»Bin nicht lange weg!«, ruft Sibby zurück, bevor sie die Tür entschlossen hinter sich zuzieht, wobei sie sorgsam darauf achtet, sie nicht zuzuknallen.

»Komm schnell«, sagt sie dann, und ihr Tonfall ist unmissverständlich: Jetzt oder nie. Dee springt von der Verandakante. Es geht sowieso nicht tief runter, aber sie spürt, wie die Stiefel den Aufprall zusätzlich abfedern und das Profil ihr bei der Landung Halt gibt.

Kichernd rennen die beiden Mädchen die Auffahrt runter zur Straße. Beim Ahornbaum an der Ecke haben sie es geschafft: Jetzt kann man sie von Sibbys Haus aus nicht mehr sehen.

»Puh«, japst Sibby und lacht. »Greta hat gerade beim Mittagessen eine Riesensauerei gemacht und Mom muss erst mal alles wieder aufwischen. War der perfekte Zeitpunkt, um abzuhauen.«

Sie grinst und Dee grinst zurück. Auf Sibby ist einfach Verlass. »Was wollen wir machen?«, fragt Dee.

»Na, wir gehen zum Baumhaus«, antwortet Sibby, als wäre das ja wohl klar.

»Ohne Burke und die anderen?« Dee hat sich schon gedacht, dass Sibby zum Baumhaus will, trotzdem wird ihr bei dem Gedanken etwas mulmig. Im Wald ist es toll, aber eben auch dunkel und ein bisschen gruselig, vor allem, wenn man allein ist.

»Nur weil Burkes Onkel das Baumhaus gebaut hat, heißt das ja wohl nicht, dass es Burke allein gehört«, wendet Sibby ein. »Der Wald ist für alle da und ohne die anderen ist es bestimmt sowieso viel lustiger. Burkes Schwestern sind so anstrengend. Immer wollen die alles bestimmen.«

Insgeheim findet Dee es ziemlich lustig, dass ausgerechnet Sibby sich über Leute beschwert, die immer alles bestimmen wollen, aber sie hält lieber den Mund. Eigentlich waren Mara und Alicia überhaupt nur ein einziges Mal mit draußen beim Baumhaus, um es sich anzuschauen, kurz nachdem ihr Onkel Terry es fertig gebaut hatte. Die beiden sind schon älter und spielen nur noch selten mit. Es stimmt, dass am Baumhaus oft ein ganz schöner Trubel herrscht, aber heute müssen sie zumindest Greta nicht mitschleppen, Burke und seine Schwestern wollten ins Kino, und die Zwillinge – Dees Brüder – sind beim Hockeytraining.

Sibby hat recht. Heute werden sie das Baumhaus ganz für sich allein haben, und wer weiß, wann sich so eine Chance wieder ergibt.

»Okay«, sagt sie also. »Dann los.«

Sie gehen über die Straße, vorbei an Dees Haus und weiter zu Mrs Rose, von deren Garten aus ein Törchen in den Wald führt. Mrs Rose hat nichts dagegen. Sie ist so was wie eine Ersatz-Oma für die Kinder aus der Straße. Vielleicht kommt das daher, dass sie keine eigenen Enkelkinder hat.

Es ist Ende März und noch kalt genug für Mantel und Fäustlinge, aber immerhin weht der Wind mittlerweile nicht mehr ganz so eisig, und als Dee Sibby durch Mrs Rose' Garten folgt, sieht sie überall kleine Krokusspitzen aus dem Boden lugen und winzige grüne Knospen an Büschen und Bäumen. Der Frühling ist nicht mehr weit.

Fast direkt hinter dem Grundstück fangen die Bäume an und nur ein schmaler Grasstreifen trennt den Wald von der Siedlung.

Eine Wolke schiebt sich vor die Sonne und im selben Moment frischt der Wind auf. Dee läuft ein Schauder über den Rücken. »Komm!«, ruft Sibby, die ihr ein paar Schritte voraus ist.

Im Schatten der Wolke wirkt der Wald plötzlich finster und bedrohlich. Am liebsten würde Dee vorschlagen, zurück zu ihr zu gehen und einen Film zu gucken oder drinnen zu spielen. Aber sie weiß, dass das zwecklos ist: Sibby lässt sich durch nichts von ihrem Vorhaben abbringen.

Außerdem wird es sicher lustig. Wie eigentlich fast immer, wenn man mit Sibby zusammen ist.

Sibby dreht sich wieder um und verschwindet zwischen den Bäumen. Und Dee folgt ihr.

3.

Was ist damals an dem Nachmittag im Wald mit Sibby Carmichael passiert?

Wenn sich irgendjemand daran erinnern müsste, dann ich. Ich war schließlich dabei. Aber selbst zehn Jahre und unzählige schlaflose Nächte später fällt mir nichts dazu ein. Es gibt keine plötzlichen Erleuchtungen, keine tief vergrabenen Erinnerungen, die sich unverhofft aus dem Nebel lösen. Stattdessen sehe ich immer nur dieselben paar Bruchstücke, klar und scharf umrissen und genauso nutzlos wie eh und je.

Ich liege im Bett, hellwach inmitten einer schlafenden Welt, und es ist, als hätte die Platte in meinem Kopf einen Sprung. Dieselbe Zeile, immer und immer und immer wieder.

Du hättest es verhindern müssen.

Wen interessiert's, dass ich damals erst sieben war? Wen interessiert's, dass niemand mir – einem völlig verängstigten kleinen Mädchen – die Schuld daran gegeben hat, nicht mal Sibbys Eltern, keine Sekunde lang. Nichts davon zählt, wenn die Platte erst mal einen Sprung hat.

Du hättest aufmerksamer sein müssen, irgendwas bemerken müssen, was bei der Suche nach ihr geholfen hätte.

Man hört so viele Geschichten über die unglaublichsten Kinder. Kinder, die über sich hinauswachsen. Ein Mädchen, das tagelang auf einem Rettungsboot auf offener See ausharren musste, nachdem der Rest seiner Familie auf deren Segelyacht ermordet worden war. Ein Junge, der seine kleinen Geschwister mit nichts als einem Stock vor einem Puma beschützt hat. Drei Kinder, die sich vor einem Tsunami auf einen Baum retten konnten, während unter ihnen ihre gesamte Welt vorbeitrieb, ein einziges Chaos aus Wasser und Zerstörung.

Warum konnte ich nicht eins von diesen Kindern sein? Warum konnte ich damals nicht irgendwo tief in mir verborgene Kräfte finden und die Situation meistern?

Du hättest Sibby retten können.

Du hättest Sibby retten können.

Du hättest Sibby retten können.

Genug jetzt. Resolut setze ich mich in meinem Deckennest auf. Die knackig kalte Luft am Oberkörper tut gut und verschafft mir einen klaren Kopf, sodass ich mich schließlich zum Aufstehen überwinden kann.

Ich schlüpfe in meine Hausschuhe und ziehe mir eine der Decken um die Schultern. Unser Haus ist ein großer alter, zugiger Kasten, den zu heizen ein Vermögen kostet, wie meine Eltern uns immer wieder erinnern. Selbst bei Temperaturen wie heute ist das Thermostat kaum aufgedreht. Dabei ist es ganz oben unter dem Dach, wo ich mein Zimmer habe, am kältesten, aber das ist ein fairer Preis für mehr Privatsphäre, ganz abgesehen von der tollen Aussicht.

Mein Schreibtisch steht an der Giebelwand vor einem großen Rundbogenfenster, von dem aus man einen Blick über die ganze Stadt hat. Ich lasse mich auf den Drehstuhl fallen und wickele mich fester in die Decke.

Auf dem Highway in der Ferne huschen Lichter vorbei, ein endloser Fluss aus Autos, Lastwagen und Bussen, der einen Menschen im Nullkommanichts in jede Richtung davontragen könnte. Der Wald erstreckt sich wie ein riesiger grüner Teppich aus Fichten und Kiefern, durchsetzt von ein paar Grüppchen kahler Laubbäume.

Unmittelbar an den Wald grenzt eine Wohnsiedlung aus den Siebzigern. Die Straße, in der wir früher gewohnt haben, verläuft genau parallel zum Waldrand, und dort schlummert noch immer unser ehemaliges Haus zwischen all den anderen vor sich hin.

Von hier oben wirkt der kleine Backsteinbungalow so winzig und ungeschützt, mein Kindheitszuhause, das sich in den Schatten der Bäume duckt. Es sieht aus, als wäre der Wald drauf und dran, es zu verschlingen und nie wieder aus seinen Fängen zu lassen.

Ich mag das Haus, in dem wir heute wohnen, mitten in der Stadt, weit weg vom Wald. Mein Zimmer, das hoch oben über dem Rest der Welt zu schweben scheint.

Ich mag es, dass niemand, der hier raufwill, der *zu mir* will, unbemerkt bleiben würde.

Einen Stock tiefer liegen das Schlafzimmer meiner Eltern, das meiner Brüder, das Bad und das Arbeitszimmer, bevor es weiter runter ins Erdgeschoss geht. So gut wie jede Treppenstufe hier gibt ein verräterisches Knarzen von sich, sobald man drauftritt, wie eine mit dem Haus verwachsene Alarmanlage.

Durch eine Glastür, die nachts fest verriegelt wird, gelangt man erst in einen Windfang und schließlich zur Haustür, bleischwer und rund um die Uhr abgeschlossen.

Rechts und links von uns sowie auf der anderen Straßenseite stehen Häuser. Wir sind umgeben von Fenstern und aufmerksamen Nachbarn. Mit anderen Worten: in Sicherheit.

Ein Geräusch lässt mich aufhorchen. Ich stemme mich hoch und lehne mich ein Stück über den Schreibtisch. Seit vor einem Jahr die alte Mrs Dunlop gestorben ist, steht das hübsche gelbe Häuschen direkt gegenüber von uns leer, und ich habe mich längst an das »ZU VERKAUFEN«-Schild im Vorgarten gewöhnt. Jetzt jedoch parkt ein Umzugslaster davor.

Der Motor läuft noch, Abgas quillt aus dem Auspuff, und die roten Rücklichter leuchten, doch dann geht ein kurzer Schauder durch den Wagen, und das Brummen erstirbt. Die Fahrertür öffnet sich und ein Mann steigt aus, reckt sich und gähnt. Einen Moment später gesellt sich von der Beifahrerseite eine Frau dazu.

Eine Weile stehen sie einträchtig nebeneinander auf dem Bürgersteig und gucken hoch zum Dunlop-Haus, doch als direkt hinter dem Laster ein weiteres Auto hält, drehen sie sich um. Es ist ein ziemlich cooler Oldtimer, himmelblau, mit breiten Reifen und zwei silbernen Streifen längs über der Motorhaube. Ein Mädchen steigt aus, bleibt jedoch hinter der offenen Fahrertür stehen wie hinter einem Schutzschild, und betrachtet, die Ellenbogen auf den Rahmen gestützt, ebenfalls das Haus.

Der Mann und die Frau, eindeutig die Eltern, gehen zu ihr. Die drei scheinen über irgendetwas zu diskutieren und deuten dabei immer wieder auf den Umzugswagen. Schließlich fangen die Eltern an, ein paar Taschen aus dem Führerhaus des Lasters zu laden.

Als mein Blick wieder zu dem Mädchen wandert, schaut es geradewegs zu mir hoch.

Erschrocken springe ich zurück, bevor mir zu meiner Erleichterung einfällt, dass ich mich in einem dunklen Zimmer befinde. Sie kann mich nicht sehen.

Das Gesicht dicht am Rand des Fensters, beobachte ich, wie sie unser Haus mustert, die Veranda, die verschnörkelten Zierleisten, den kleinen Eckturm. So schäbig, zugig und unfertig es auch sein mag, unser Haus ist das auffälligste in der ganzen Straße, und darum gilt ihr Interesse ihm, nicht mir.

Ich dagegen starre sie unverhohlen an. Ich kann einfach nicht anders. Sie ist zierlich, wenn auch nicht unbedingt viel kleiner als ich. Ihre dunklen Haare sind zu einem asymmetrischen Bob geschnitten und auf ihrer Nase sitzt eine Brille mit einem dicken schwarzen Rahmen. Sie trägt Jeans, Lederboots und einen Wintermantel in dunklem Olivgrün mit einem breiten weißen Streifen über der Brust. Der Mantel ist eindeutig Vintage und sieht aus, als würde er aus derselben Zeit stammen wie ihr Auto.

Jetzt beugt sie sich in besagtes Auto und holt einen Rucksack heraus, bevor sie die Tür zuknallt und zu ihren Eltern aufschließt, die schon mit ihren eigenen Taschen auf sie warten. Ihr Vater legt ihr den Arm um die Schultern und die drei gehen langsam den schmalen Pfad hoch zum Haus.

Ich werfe einen Blick auf die Uhr. Es ist kurz nach drei.

Ohne die Decke um meine Schultern loszulassen, setze ich mich auf meinen Schreibtischstuhl und klappe den Laptop auf.

Abgesehen von den drei Neuankömmlingen auf der anderen Straßenseite, scheint alles um mich herum zu schlafen. Meine Familie. Die Nachbarn. Die ganze Stadt.

Ich ziehe meine unterste Schreibtischschublade auf und hole ein kleines USB-Mikrofon mit Ständer heraus. Stöpsele es an meinen Laptop, angele nach meinen Kopfhörern und setze sie auf.

Irgendwo auf der Welt, genau in diesem Moment, verschwindet jemand spurlos.

Ich klicke auf das Icon für mein Audio-Programm, und als es fertig geladen hat, klopfe ich testweise mit dem Zeigefinger auf das Mikro.

Ich klicke auf AUFNAHME.

Und los geht's.

4.

Transkript von **RADIO SILENT**
Episode 41 – 4. Januar

DIE SUCHERIN: Es gibt Neuigkeiten im Fall Nathan Chestnut. Ihr werdet euch sicher daran erinnern, dass Nathan am Nachmittag des 27. Dezember einen Freund besuchen gegangen ist, der vier Blocks weiter wohnt. Als er zum Abendessen nicht nach Hause kam, hat seine Mutter ihm geschrieben, ihn angerufen und es schließlich bei seinem Freund versucht, der meinte, Nathan hätte sich schon vor drei Stunden auf den Heimweg gemacht. Eine weitere Stunde später hatten Nathans Eltern sämtliche Freunde ihres Sohns abtelefoniert, jedoch ohne Erfolg. Bei Einbruch der Nacht verständigten sie die Polizei und nach Ablauf von

vierundzwanzig Stunden wurde
Nathan offiziell als vermisst
gemeldet.

Ich pausiere die Aufnahme, bearbeite ein paar Details und lege
meinen gewohnten Stimmfilter über das Ganze. Dann höre ich
mir die Sequenz noch mal komplett an, und erst, als ich der
Meinung bin, dass es sich okay anhört – soll heißen: kein bisschen nach mir –, mache ich weiter.

DIE SUCHERIN: Am Morgen darauf
wandte sich Nathans große
Schwester Cassandra, die ein
Fan von **Radio Silent** ist, an
mich. Noch am selben Abend habe
ich über den Fall berichtet und
die wichtigsten Eckpunkte, ein
paar Fotos und die offizielle
Polizeimeldung auf meiner Website
gepostet.
Nicht mal eine Stunde, nachdem
die Episode online gegangen war,
trudelten auch schon die ersten
Hinweise der VLD ein. Unter
anderem beteuerten zwei Hörer aus
Maple Mills, einer Kleinstadt zwei
Stunden außerhalb von Hamilton,
unabhängig voneinander, Nathan
in einem Lebensmittelgeschäft
gesehen zu haben.
Natürlich leiteten wir die
Information sofort an die Familie

und die zuständigen Behörden
weiter. Wie es danach weiterging,
hört ihr jetzt von Nathans
Schwester.

Wieder unterbreche ich den Track, mache einen Schnitt und
füge der Dramatik halber ein paar Sekunden statisches Rauschen ein, dann zeichne ich das nächste Stück Text auf und
arbeite dabei die Stichpunkte ab, die ich mir in meinem Notizbuch gemacht habe. Langsam komme ich in eine Art Flow.

Ich öffne den Ordner, in dem ich alle für den Fall relevanten Daten gespeichert habe, wähle die Audiodatei aus, die Nathans Schwester mir am Nachmittag geschickt hat, und füge
sie ein.

EINSPIELER (Cassandra):
Es war total untypisch
für Nathan, einfach so zu
verschwinden. Wir haben alles
nach ihm abgesucht, von den
örtlichen Krankenhäusern über
Obdachlosenunterkünfte bis hin
zu irgendwelchen leer stehenden
Gebäuden. Die Polizei meinte,
wir sollten uns besser auf das
Schlimmste gefasst machen.
Keiner von uns ist auch nur
auf die Idee gekommen, dass
Nathan die Stadt verlassen
haben könnte. Er versteht sich
mit der ganzen Familie, hat
gute Noten und haufenweise

```
Freunde. Er hatte überhaupt
keinen Grund abzuhauen.
Aber dann kamen die Hinweise
aus Maple Mills und plötzlich
ergab alles einen Sinn …
```

Zügig und der Reihe nach lege ich die aktuellen Entwicklungen in Nathans Fall dar, bis die Details sich zu einem stimmigen Bild zusammenfügen.

Auf die Idee mit dem Podcast bin ich vor ungefähr einem Jahr gekommen, in genauso einer Nacht wie der heutigen. Ich lag hellwach im Bett, hilflos meinen kreisenden Gedanken ausgeliefert, als mit einem Mal etwas in mir *klick* machte. Ich hatte es so satt. Irgendetwas musste es doch geben, was ich tun konnte.

Kurz darauf saß ich an meinem Schreibtisch, fuhr meinen Laptop hoch und öffnete den Browser.

Ich hatte schon immer ein bisschen Angst vor dem Internet, vor all den Entsetzlichkeiten, die dort auf einen einprasseln. Den Nachrichten über Terroranschläge, Amokläufe oder durchgeknallte Politiker, die ihre Hassbotschaften verbreiten, und den Massen an sensationslüsternen Schlagzeilen, die den virtuellen Raum überfluten, bis einem jedes noch so bedeutende Ereignis innerhalb weniger Stunden wie Schnee von gestern vorkommt. Das Einzige, worauf man sich dabei verlassen kann, ist, dass es nie besser wird.

Aber in dieser Nacht damals habe ich mich davon nicht abschrecken lassen, sondern mich kopfüber hineingestürzt. Während der Cursor im Suchfenster blinkte, schwebten meine Finger einen Moment über der Tastatur. Dann tippte ich *vermisste Personen* und der Bildschirm füllte sich mit seitenweise Links zu Nachrichtenportalen, Lokalzeitungen, Blogs und Social-Media-Profilen. Mit Geschichten und noch mehr Geschichten. Geschichten wie meiner.

Und Sibbys.

Schon bald verlor ich mich immer tiefer in diesem Labyrinth, klickte mich durch Foren über Foren – Vermisste im ganzen Land, auf der ganzen Welt – und machte dabei eine ziemlich interessante Entdeckung: Es gab Menschen, die tatsächlich versuchten, diese Vermisstenfälle zu *lösen*.

Natürlich stieß ich dabei auf jede Menge verrückter Theorien, aber auch auf sehr clevere, sinnvolle Ansätze von Usern, die Hinweise posteten und die Ermittlungen richtig professionell angingen. »Sofadetektive«, würde man solche Leute wahrscheinlich nennen, aber je länger ich mich mit dem Thema beschäftigte, desto mehr sah ich sie als »Laptopdetektive«.

Nicht dass ich selbst eine Laptopdetektivin werden wollte. Die Vorstellung war mir zu intensiv, zu nah an dem, was ich selbst durchgemacht hatte, und außerdem hatte ich ja schon bewiesen, was für eine miese Ermittlerin ich abgab. Dafür wusste ich ziemlich gut, was für ein Gefühl es war, sich auf der anderen Seite einer dieser Geschichten zu befinden, sich zu wünschen, dass irgendwer irgendwo endlich des Rätsels Lösung fand. Und mir wurde klar, dass all diese Laptopdetektive ein Ventil brauchten, eine Plattform für ihre Ideen, auf der sie die nötige Aufmerksamkeit dafür bekamen.

Also fing ich mit dem Podcast an. *Wie schwer kann das schon sein?*, dachte ich.

Ich bestellte ein Mikrofon, lud mir online kostenlose Aufnahmesoftware herunter und legte los.

Ziemlich schwer, wie ich bald erkannte. Anfangs versuchte ich es mit einem Rundumschlag über alle möglichen Fälle, von denen ich so gelesen hatte, und floppte damit komplett. Nach drei Episoden beschloss ich, dass ich meinen Fokus etwas eingrenzen musste.

Beim vierten Mal pickte ich mir also einen einzelnen Fall heraus. Es ging um einen Bruder und eine Schwester, die nachmittags, bevor ihre Eltern von der Arbeit kamen, von zu Hause entführt worden waren. Nachdem ich den Beitrag gepostet hatte, flatterte noch am selben Tag ein anonymer Hinweis in mein Postfach, den ich an die Polizei weiterleitete, woraufhin die Kinder im Haus ihrer ehemaligen Babysitterin gefunden wurden.

Die Geschwister kehrten wohlbehalten zu ihren Eltern zurück und die Polizei bedankte sich bei meinem Podcast für die Information.

Danach lief es fast wie von selbst. Ich stöberte einen neuen Fall auf, recherchierte, so gut es ging, die Umstände, bastelte alles zu einer stringenten Reportage zusammen und überließ der Community den Rest. Es dauerte nicht lange, bis meine Hörerinnen und Hörer anfingen, mir Themen zu schicken, von denen sie meinten, sie würden sich gut für den Podcast eignen, sodass ich mich gar nicht mehr selbst danach umsehen musste.

Radio Silent bricht eine ganze Menge ungeschriebener Podcast-Regeln: Zunächst mal bleibe ich selbst anonym, außerdem sind die Fälle, die ich aussuche, sehr unterschiedlich, und einen festen Zeitplan gibt es auch nicht – ich poste einfach immer dann eine neue Episode, wenn es sich gerade anbietet. Aber aus irgendeinem Grund scheine ich trotzdem einen Nerv getroffen zu haben. Die Hörerzahlen nahmen rasch zu, und wie sich herausstellte, sind die meisten Laptopdetektive sehr engagiert. Schon nach kurzer Zeit übertrafen sie meine kühnsten Erwartungen mit all ihren Tipps und Hinweisen und der Online-Community, die sie gründeten. Sie gaben sich den Namen VLD, kurz für: Vereinigung der Laptopdetektive. Ich sichte das

Material, wähle die Fälle aus und recherchiere sie, und dann erstelle, redigiere und poste ich den Podcast, aber die eigentliche Arbeit erledigt die VLD. Und Arbeit ist es definitiv, doch sie lohnt sich: Gemeinsam haben wir schon mehrere Vermisste ausfindig gemacht.

Eine fünfzehnjährige Ausreißerin, die wohlbehalten in Seattle aufgegabelt wurde, nachdem sie bei einem Freund untergeschlüpft war. Einen alten Mann, der aus dem Pflegeheim verschwunden war und hundert Meilen weit entfernt in dem Dorf gefunden wurde, in dem er aufgewachsen war.

Okay, und dann war da noch Danny Lurlee, ein kompletter Vollidiot, der seine eigene Entführung inszeniert hat. Dank der VLD wurde er an der Grenze zu Mexiko gestoppt, bevor er sich ins Ausland davonmachen konnte.

Ganz ehrlich, auf den Typen bin ich immer noch sauer. Immerhin habe ich drei Episoden an ihn verschwendet.

Natürlich nehmen nicht alle Ermittlungen ein glückliches Ende. Mord. Selbstmord. Tragische Unfälle. Mit so was kommt man dabei unweigerlich in Berührung. Aber, und das könnt ihr mir glauben, ein Ende mit Schrecken ist immer noch besser als gar keins. Und genau das war von Anfang an mein Ziel: So viele Geschichten wie möglich zu einem Ende zu bringen.

Dabei mache ich selbst gar nicht viel. Ich sortiere lediglich die Fakten. Höre zu, wenn jemand sagt, er habe Informationen. Und dann berichte ich meiner Hörerschaft davon.

Die eigentliche Arbeit machen sie. Ich erzähle bloß Geschichten.

Und das alles in der Hoffnung, damit einen Ausgleich zu schaffen. Für die eine Geschichte, die bis heute kein Ende gefunden hat.

Sibbys und meine Geschichte.

DIE SUCHERIN: Vor etwas über einem Jahr ist Nathan und Cassandras Großvater Walter gestorben. Besonders Nathan hat das hart getroffen. Die beiden standen sich sehr nahe und haben viel Zeit in Grandpa Walts kleiner Jagdhütte verbracht, die – na, wer hat's erraten? – genau, ausgerechnet im Wald außerhalb von Maple Mills steht.

EINSPIELER (Cassandra): Mein Dad und seine Schwestern haben an Weihnachten gemeinsam beschlossen, die Hütte zu verkaufen, weil sie jetzt ja keiner mehr nutzt und es einfach zu viel Zeit und Geld kosten würde, sie instand zu halten. Also wollten sie sich davon trennen und den Erlös untereinander aufteilen. Niemand hat Nathan nach seiner Meinung dazu gefragt.

DIE SUCHERIN: Nachdem ich die Hinweise der beiden Hörer weitergegeben hatte, wandten sich Cassandra und ihre Eltern mit ihrem Verdacht an die Polizei und machten sich sofort auf den Weg nach Maple Mills. Schon von Weitem sahen sie Rauch aus dem Schornstein der Jagdhütte aufsteigen.

EINSPIELER (Nathan): Okay, das war 'ne ziemlich bescheuerte Aktion, aber ich war halt stinksauer. Keiner ist auch nur auf die Idee gekommen, mal mit mir über Grandpa Walts Hütte zu reden, dabei war ich der Einzige in der Familie, dem sie was bedeutet hat. Na, jedenfalls hatte ich noch eine Woche Zeit, bevor die Schule wieder losging, also hab ich meinen Rucksack gepackt und den Bus nach Maple Mills genommen. Ich wollte bloß ein paar letzte Tage da verbringen. Meine Alten hätten sowieso Nein gesagt, wenn ich vorher gefragt hätte, darum wollte ich ihnen einfach von der Hütte aus schreiben, dass ich in ein paar Tagen wieder da wäre und sie sich keine Sorgen machen sollten. Aber dann war mein Handyakku leer, und ich hatte nicht dran gedacht, dass es in der Hütte keinen Strom

mehr gab … Also hab ich mir
eingeredet, dass sie schon
selbst darauf kommen würden,
wo ich hingegangen war. Schon
klar, das war ziemlich scheiße
von mir.

EINSPIELER: (Cassandra): Oh
Mann, der Junge kann sich echt
auf was gefasst machen. *(lacht)* Zum
Glück hat die Polizei total cool
reagiert, weil es am Ende nur
ein Missverständnis war, darum
müssen wir jetzt nicht auch noch
für die Einsatzkosten aufkommen
oder so. Aber bei meinen Eltern
sieht die Sache anders aus.
Nathan kann sich glücklich
schätzen, wenn die ihn überhaupt
je wieder aus dem Haus lassen,
bevor er dreißig ist.

DIE SUCHERIN: Also, Ende gut,
alles gut im Fall von Familie
Chestnut, aber wie wir inzwischen
wissen, gilt das längst nicht
für jede Geschichte. Die Welt
ist voller vermisster Menschen,
und die traurige Wahrheit ist,
dass viele von ihnen nie wieder
nach Hause zurückkehren. Aber
ich glaube fest daran, dass

hinter jedem Vermisstenfall eine
Geschichte steckt, und wenn
wir die einzelnen Puzzleteile
richtig kombinieren, können
wir vielleicht hin und wieder
dazu beitragen, dass alles gut
ausgeht.
Ob es etwas gibt, was *ihr* tun
könnt?
Hört zu.
Helft mit.

Es dauert ungefähr zwei Stunden, bis ich mit der Aufnahme
durch bin und dem Ganzen den letzten Schliff verpasst habe.
Schließlich werfe ich einen Blick auf die Uhr. Es ist kurz vor
fünf, was bedeutet, dass ich noch ein oder zwei Stündchen
schlafen kann, bevor Mom von unten ruft, um mich für die
Schule zu wecken.

»Ich gebe mein Bestes, Sibby«, flüstere ich.

Ich klicke auf Hochladen und die neue Episode ist online.

Eine letzte Minute nehme ich mir noch Zeit und schicke eine
E-Mail an den Verteiler, um meine Abonnenten zu informieren. Anschließend poste ich dasselbe Update auf meinen diver-
sen Social-Media-Profilen und in ein paar der größeren True-
Crime-Foren auf Reddit.

Ich strecke mich und gucke an meinem Laptopbildschirm
vorbei aus dem Fenster. Im Dunlop-Haus gegenüber ist alles
dunkel, bis auf ein einsames, orangegelb erleuchtetes Fenster
im ersten Stock. Ich überlege, ob hinter dem zugezogenen Vorhang wohl das Mädchen sitzt, ob sie noch wach ist und mit
ihren Freunden redet, die sie dort zurückgelassen hat, wo auch
immer sie herkommt.

Jetzt bleibt nur noch eine einzige Sache, die ich erledigen muss. Ich lösche meinen Browserverlauf.

Es ist nämlich so: Ich halte meinen Kram streng geheim. Ich habe bombensichere Passwörter, benutze den Browser ausschließlich im privaten Modus und lösche trotzdem jedes Mal am Ende die Historie. Ich nenne nirgends meinen richtigen Namen. Und ich verfremde meine Stimme mit einem Audiofilter. Ich leiste mir niemals einen Ausrutscher.

Ich bin die Schöpferin eines der beliebtesten True-Crime-Podcasts der Welt, und niemand – weder meine Eltern noch meine Lehrer oder meine Nachbarn – weiß davon.

Als der Wecker klingelt, bin ich vollkommen erschöpft, aber gleichzeitig immer noch aufgedreht von meiner nächtlichen Session. Gähnend quäle ich mich aus dem Bett, recke mich und werfe einen Blick auf mein Handy. Mich erwarten Tausende von Benachrichtigungen, die über Nacht eingetrudelt sind, alles Reaktionen auf meinen neusten Upload.

Ich widerstehe dem Drang, direkt alles durchzusehen, die ganzen E-Mails und bis ins Unendliche wachsenden Threads und Subthreads auf meiner Pinnwand. Das muss bis später warten. Ich habe von Anfang an darauf geachtet, eine strikte Grenze zwischen dem zu ziehen, was in meinem Podcast und in meinem realen Leben passiert. Sonst würde ich wahnsinnig werden.

Also schlurfe ich ins Badezimmer, das ich mir mit den Zwillingen teile. Nach dem Duschen trockne ich mich fröstelnd ab – das uralte, zugige Bleiglasfenster steht wie so vieles andere hier seit Ewigkeiten auf Dads Liste der Sachen, die repariert oder ausgetauscht werden müssen. Dann schlüpfe ich in eine ausgeblichene Jeans und mein »We should all be feminists«-T-Shirt und gehe nach unten.

Unser Haus ist riesig. Die Hälfte der Zimmer im ersten Stock steht leer, die Türen sind abgeschlossen, die Ritzen darunter mit alten Socken ausgestopft. Die hohen Decken sind an den Rändern mit Stuck verziert, von dem allerdings ziemlich viel abgebröckelt ist. Im Erdgeschoss hat Dad schon einiges renoviert, aber bis nach oben ist er noch nicht vorgedrungen, was auch die sich abschälende Tapete und die morschen Bodendielen erklärt.

Meine Mutter beklagt sich jeden Tag über irgendwas davon, aber ich weiß, dass sie das Haus genauso sehr liebt wie mein Dad. Hauptsächlich liebt sie es dafür, dass mein Dad es liebt.

Wir sind hierhergezogen, als ich sieben war, nach der Sache mit Sibby. In den zehn Jahren seither wurde das Haus mehr oder weniger komplett auseinandergenommen und wieder neu zusammengesetzt, und trotzdem hat man das Gefühl, es wird niemals fertig.

Mir macht das nichts aus. Ich mag all die Macken und charmanten Eigenheiten, die verschnörkelten alten Lampenfassungen und Messingtürknäufe. Aber am allermeisten mag ich die breite Treppe, die zweimal ums Eck führt, mit einem handgeschnitzten Geländer, dessen Restaurierung Dad Jahre gekostet hat. Wie jeden Morgen bleibe ich auf dem Absatz stehen und spähe durch die bläschendurchsetzte Scheibe des Buntglasfensters nach draußen in die Einfahrt. Nachmittags, wenn die Sonne in einem ganz bestimmten Winkel auf das Glas trifft, tauchen farbige Lichtstrahlen den Eingangsbereich in ein geradezu magisches Leuchten.

Unten suche ich mir einen Weg zwischen leeren Abbeizmitteldosen und Pappunterlagen mit einem Sammelsurium aus Werkzeugen, Klebeband und Pinseln drauf hindurch. Dad ist schon seit Monaten mit der Eichenholzverkleidung der Treppe beschäftigt und arbeitet sich Stückchen für Stückchen durch die alten Farbschichten vor. Er schwört, dass das Ergebnis atemberaubend sein wird, aber bei seinem Schneckentempo wird das in diesem Leben wohl nichts mehr.

Ich mache einen weiten Bogen um die riesigen Sporttaschen

der Zwillinge und vor allem die widerlich feuchte Wolke Ho-ckeymief, die daraus aufsteigt, und halte auf die Küche zu, aus der ich Stimmen höre.

»Morgen«, murmele ich, als ich den sonnendurchfluteten An-bau auf der Rückseite des Hauses betrete.

»Delia, hilf mir doch mal«, begrüßt mich mein Dad, der, eine Schürze über seinem farbbespritzten T-Shirt und seiner Arbeits-jeans, an der Spüle steht. »Sag deiner Mutter, dass ich durchaus in der Lage bin, den Schornstein selbst zu reparieren.«

Ich wende mich meiner Mutter an der Kücheninsel zu. Sie trägt bereits ihren schicken Hosenanzug für die Arbeit samt zierlicher goldener Halskette und hat sich das Haar zu einem straffen Knoten zurückgebunden. Niemand, der meine Eltern nur vom Sehen kennt, käme auf die Idee, dass sie miteinander verheiratet sind.

Bei uns ist Dad für den Haushalt zuständig, was alles von Kochen und Putzen bis hin zu den endlosen Renovierungsarbei-ten umfasst. Optisch ist er irgendwo in den Neunzigern hängen geblieben: zerrissene Jeans, ausgeblichene Grunge-Band-Shirts unter groß karierten Flanellhemden, zottelige Haare. Mom da-gegen ist Geschäftsführerin unseres städtischen Krankenhauses, und man sieht ihr die Karrierefrau sofort an: maßgeschneiderte Anzüge, manikürte Nägel, perfektes Make-up. Doch obwohl die beiden rein äußerlich kaum unterschiedlicher sein könnten, sind sie so verliebt wie am ersten Tag. Sie haben denselben ver-schrobenen Sinn für Humor, eine Schwäche für gutes Essen und guten Wein, und ihren unübersehbaren, manchmal echt peinli-chen Zuneigungsbekundungen nach zu schließen, sind sie wohl immer noch ziemlich heiß aufeinander.

»Mom, Dad ist durchaus in der Lage, den Schornstein selbst zu reparieren.«

Mom guckt geistesabwesend von ihrem Laptop hoch.

»Delia, frag deinen Vater, ob er nichts Besseres zu tun hat, als mitten im kältesten Januar auf einem sehr steilen Dach herumzuklettern.«

»Dad, hast du nichts Besseres zu tun, als –«

Mein Dad hebt die Hand. »Okay, schon gut. Dann hole ich eben ein paar Angebote ein.« Er tritt an die Kücheninsel und schlingt Mom die Arme um die Taille. »Ich steh drauf, wenn du so streng bist.« Mom lächelt zu ihm hoch und im nächsten Moment zerschmelzen die beiden vor meinen Augen zu einer klebrigsüßen Masse aus klimpernden Wimpern und aneinandergeriebenen Nasen.

Die Zwillinge, Kurt und Eddie, sitzen am Frühstückstisch im großen Erkerfenster. Sie lassen ein gemeinschaftliches Stöhnen vernehmen, ohne auch nur den Blick von ihren Handys zu heben.

»Oh Mann«, brummt Kurt. »Muss das sein?«

»Aber echt«, pflichtet Eddie ihm bei. »Das ist so was von abartig.«

»Hey«, protestiert Dad. »Ihr zwei solltet lieber beten, dass ihr auch mal jemanden findet, der euch mit über vierzig noch hochgradig sexy findet.«

»Okay, mir reicht's«, sagt Kurt zu Eddie. »Lass uns abhauen.«

Die Jungs stehen auf und sind schneller an der Haustür, als meine Eltern reagieren können.

»Seid ihr zum Abendessen da?«, ruft meine Mom ihnen hinterher.

»Hockey«, lautet Eddies Antwort, dann geht die Tür auf und knallt kurz darauf wieder zu. Wenn es nach den Zwillingen geht, ist »Hockey« nicht nur Substantiv, Verb und Adjektiv in einem, sondern auch eine universal einsetzbare Ein-Wort-Erklärung für jede Lebenslage.

Mein Vater reicht mir einen Teller mit Ei und Toast und ich lasse mich auf einen Stuhl am Frühstückstisch fallen.

»Wer hat denn das Dunlop-Haus gekauft?«, frage ich. »Heute Nacht ist da ein Umzugswagen vorgefahren.«

»Hast du etwa schon wieder nicht geschlafen?«, entgegnet Mom argwöhnisch.

»Nee«, lüge ich, »ich bin bloß von den Geräuschen draußen aufgewacht.«

»Hab ich ganz vergessen zu erwähnen«, sagt Dad. »Georgina Walsh hat mir neulich beim Einkaufen davon erzählt. Da ziehen irgendwelche entfernten Verwandten von Mrs Dunlop ein.«

Dad ist eine der größten Klatschtanten der Nachbarschaft. Nicht selten findet man ihn in der Küche vor seinem Laptop, vertieft in einen Gruppenchat über das neuste pikante Gerücht.

»Eine Familie?«, will Mom wissen.

»Ein Paar etwa in unserem Alter«, bestätigt Dad. »Und ich glaube, sie haben eine Tochter. Sind von irgendwo an der Westküste.«

»Dann sollten wir demnächst mal rübergehen und sie willkommen heißen«, sagt Mom und schiebt ihren Laptop in die Tasche. »Okay, ich muss los. In einer halben Stunde habe ich eine Besprechung. Kümmerst du dich ums Abendessen?«

»Mach ich doch immer«, antwortet Dad und gibt ihr einen dicken Schmatzer auf den Mund.

Ich wende mich demonstrativ ab.

»Bis später, Liebes.« Mom kommt zu mir und küsst mich auf die Wange. »Hab einen schönen Tag.«

»Du auch«, erwidere ich.

Sie verschwindet in den Flur, und Dad zieht die Schürze aus, macht sich selbst einen Frühstücksteller fertig und setzt sich zu mir an den Tisch.

»Was steht denn dieses Halbjahr so an in der Schule?«, erkundigt er sich.

»In der Schule?«, frage ich überrascht. »Vermutlich derselbe Mist wie immer, nur anders verpackt.«

Er lächelt, lässt jedoch nicht locker. »Na, das kann ja wohl nicht alles sein. Macht ihr gar nichts Aufregendes? Frösche sezieren? Eure eigene Short Story schreiben?«

Er wirkt dermaßen ausgehungert nach interessanten Neuigkeiten, dass ich beim Anblick des hoffnungsvollen Funkelns in seinen Augen kurz überlege, ob ich ihm von meinem Podcast erzählen und ihn in das größte Geheimnis einweihen soll, das ich jemals hatte. Aber nein. Niemals.

»Äh, ich glaube, in Kunst bauen wir dieses Jahr Hundehütten.«

»Cool.« Er klingt leicht enttäuscht.

»Und du?«, wechsle ich das Thema, um ihn aufzuheitern. »Hast du heute was Besonderes vor?«

Er zuckt mit den Schultern. »Ich glaube, ich mache ein bisschen mit der Holzverkleidung weiter. Und vielleicht gehe ich mal im Fresh Brew vorbei und gucke, was die Jungs so treiben.«

»Sollen wir gleich zusammen los?«, biete ich an.

»Klar, gerne! Ich ziehe mich nur kurz um.«

So aufgedreht wie ein kleines Kind, dem man ein Eis versprochen hat, rennt er die Treppe hoch, immer zwei Stufen auf einmal. Währenddessen ziehe ich mir Mantel und Stiefel an und warte dann auf der Veranda.

Gegenüber im Dunlop-Haus ist alles ruhig. Die Vorhänge sind zugezogen und auch draußen regt sich nichts. Kein Wunder, so spät, wie die gestern hier aufgelaufen sind.

Hinter mir geht die Tür auf, und mein Vater tritt neben mich, dick eingemummelt in sein bestes Althipster-Winteroutfit.

»Wow, guck dir das an«, sagt er und deutet auf das blaue

Auto gegenüber. »Ein Siebenundsiebziger Chevy Nova. Als ich noch jung war, hätte ich für so einen 'nen Mord begangen. Meine Tante war damals mit einem Typen zusammen, der alte Autos auf Vordermann gebracht hat.«

»Echt?«, ringe ich mir ab. »Faszinierend.«

Er grinst. »Immer wieder schön, wenn man direkt am frühen Morgen unter die Nase gerieben kriegt, wie langweilig man ist.«

»Was denn? Ich hab doch ›faszinierend‹ gesagt.«

An der Ampel überholen wir einen jungen Mann, der mit einem kleinen Mädchen an der Hand über die Straße geht. Die Kleine quasselt ihren Vater fröhlich zu, während er zu ihr runterstrahlt und geduldig ihre Fragen beantwortet. Die beiden geben ein echt süßes Bild ab.

Jetzt lächelt der Typ uns an, und Dad und er wechseln ein kurzes Kinnrucken nebst gemurmeltem »Hey, alles klar?«. Die genauso typisch wie lächerlich männliche Art, einen Bekannten zu begrüßen.

»Kanntest du den?«, frage ich.

»Ja«, antwortet er. »Aras heißt er.« Er klingt ein bisschen wehmütig, und als ich hochgucke, fällt mir auf, dass er sich nach den beiden umgedreht hat und ihnen nachstarrt. »Das war ein tolles Alter.«

»Was, dreißig?«

»Nein«, sagt er. »Oder doch, klar, das auch. Aber eigentlich meinte ich die Kleine. *Dich* in dem Alter. Damals wolltest du auch nie meine Hand loslassen. Du warst so was von verkuschelt.«

»War ich nicht«, erwidere ich schockiert. Einen Hauch weniger verkuschelt und ich wäre ein Stachelschwein.

»Doch, warst du«, beharrt er. »Aber nach … na ja, allem, was passiert ist, brauchtest du mehr Abstand.«

Ich denke darüber nach. »Soll das heißen, du würdest mich

jetzt gerne an die Hand nehmen?«, frage ich, während ich gleichzeitig überlege, was ich machen soll, wenn er Ja sagt.

Er lacht. »Keine Sorge. Das würde ich dir nie zumuten.«

Kurz darauf erreichen wir das Café und Dad gibt mir einen Abschiedskuss auf die Wange. »Viel Spaß, Süße.«

»Dir auch, Dad.«

Als das Türglöckchen bimmelt, erhasche ich einen Blick auf seine Männerclique, Jaron und Pickle und wie sie alle heißen. Sie sitzen an ihrem angestammten Tisch und heben grüßend die Hände, als Dad auf sie zukommt. Im Laufe der Jahre hat er sich ein kleines Rudel junger Hausmänner gesucht, mit denen er sich regelmäßig trifft. Er sagt, dass er so gern Zeit mit ihnen verbringt, weil sie genau das Leben führen, das er sich als junger Vater immer gewünscht hat. Heutzutage ist es einfach wesentlich üblicher, dass die Väter zu Hause bleiben und sich um die Familie kümmern, als noch vor zehn Jahren.

Auf dem restlichen Weg zur Schule spukt mir unablässig Dads Bemerkung darüber durch den Kopf, dass ich plötzlich mehr Abstand brauchte. Wie sehr habe ich mich seit damals verändert? Wie wäre ich, wenn das alles nicht passiert wäre? Wäre ich dann heute ein völlig anderer Mensch? Was wäre, wenn ich an Sibbys Stelle entführt worden wäre?

6.

An der Schule angekommen, bleibe ich erst mal auf der gegenüberliegenden Straßenseite stehen und schaue zu, wie die Horden aufs Gelände strömen. Bis zum ersten Klingeln dauert es noch mindestens zehn Minuten, und ich habe es nicht eilig, mich ins Getümmel zu stürzen, also hocke ich mich auf ein kleines Steinmäuerchen und hole mein Handy aus der Tasche. Noch immer trudeln reihenweise neue *Radio-Silent*-Benachrichtigungen ein. Lauter Retweets, Antworten und Markierungen, wie jedes Mal am Tag nach einem gelösten Fall.

»Yo, Dee!«

Ich gucke hoch und sehe Burke auf mich zukommen. Er hat sich den Rucksack über eine Schulter gehängt und späht über den Rand seiner nutzlos auf der Nasenspitze sitzenden Sonnenbrille auf mich runter. Wie immer erinnert er mich an einen fröhlichen, leicht verwirrten Welpen. Wir sind schon von klein auf miteinander befreundet; damals hat er bei uns nebenan gewohnt und Sibby schräg gegenüber. Wir drei waren unzertrennlich. Bis eine von uns verschwunden ist.

»Yo!«, antworte ich und mache dazu eine ironische Pistolengeste in seine Richtung.

Er breitet die Arme aus und atmet tief und genüsslich ein.

»Na, ist das nicht ein herrlicher Tag, um in die Anstalt für soziale Anpassung zurückzukehren?«

Ich schiebe mein Handy zurück in die Tasche und stehe auf. »Als hätten wir da groß die Wahl«, brumme ich.

»Und, wie war Weihnachten?«, fragt er, während wir uns gemeinsam auf den Weg über die Straße machen.

»Ganz okay. Truthahn, Geschenke, das Übliche halt. Schätze mal, bei dir war's spannender.« Burke hat die Feiertage mit seiner Familie bei seiner Großmutter in Florida verbracht und zwei Wochen lang Strandfotos auf Instagram gepostet.

»Ja, war schon ziemlich genial«, sagt er. »Sonne, Surfen, das volle Programm.« Wir bahnen uns einen Weg durch die Massen von Rumstehern vor dem Eingang. »Irgendwelche spannenden neuen Fälle?«

»*Burke*«, zische ich panisch und versetze ihm einen Schubs. »Spinnst du?« Hastig blicke ich mich um, ob jemand was mitbekommen hat, aber dafür ist es viel zu laut, und um ehrlich zu sein, interessieren weder wir noch unser Gesprächsthema hier irgendwen.

»'tschuldige«, murmelt er. »Bin bloß neugierig.«

»Ich dachte, du hörst nicht mal mit«, sage ich.

Er zuckt mit den Schultern. »Gute Freunde heucheln eben selbst an den albernsten Hobbys ein Mindestmaß an Teilnahme.«

Als ich gesagt habe, *niemand* wüsste von meinem Podcast, war das nicht ganz die Wahrheit, denn es gibt eine große Ausnahme: Burke. Was sich vor allem dadurch erklärt, dass er Ahnung von Computern hat und ich nicht. Oder zumindest nicht mehr als unbedingt nötig: Ich schreibe und organisiere die Beiträge, weiß, wie man mit dem Tonschnitt-Programm umgeht, update meine Profile in den sozialen Netzwerken und so weiter. Aber sobald Sachen wie Cybersicherheit, Verschlüsselungstechniken« und Firewalls ins Spiel kommen, bin ich raus, und darum habe ich mir Burke ins Boot geholt.

Weil ihm der Podcast bislang total schnuppe war, vergesse ich manchmal, dass er überhaupt davon weiß. Also, natürlich freut er sich, dass alles gut läuft, und erzählt mir ständig, dass ich richtig Kohle machen könnte, wenn ich nur wollte. Aber mehr auch nicht.

»Nicht hingucken«, flüstert er mir jetzt zu. »Da kommt die vierte apokalyptische Reiterin.«

Und da sehe ich auch schon Brianna Jax-Covington auf uns zuhalten. Wie immer, wenn Brianna irgendwo auftaucht, verdrehen sich völlig ohne mein Zutun meine Augen.

Als Kinder haben Brianna und ich oft zusammen gespielt. Zwar wohnte sie nicht in unserer Nähe, aber ihre Mom war mit Sibbys befreundet, und so haben wir uns brav gegenseitig zu unseren Geburtstagen eingeladen und sogar hin und wieder beieinander übernachtet. Nach Sibbys Verschwinden jedoch hatten wir kaum noch miteinander zu tun.

Was nicht heißt, dass ich was gegen Brianna habe. Kinder entwickeln sich oft auseinander und im Grunde lief ja schon vorher alles nur über Sibby. Nur leider hat Brianna ganz eindeutig was gegen *mich*. Sie hüllt sich mir gegenüber in eine regelrechte Wolke aus Ablehnung, wie ein blumigschweres Parfüm, das zwar zweifellos teuer ist, aber gleichzeitig eine unausgesprochene Warnung verströmt: Legt euch nicht mit mir an.

Jetzt allerdings nickt sie Burke knapp zu und wendet sich dann mit einem betont liebenswürdigen Lächeln an mich. »Hallo, Delia«, sagt sie in einem Ton, als würden wir ständig höflichen Erwachsenen-Small-Talk führen. »Hattest du schöne Weihnachten?«

»Ja, war ganz okay«, antworte ich. »Und du?« Ich habe keine

Ahnung, warum sie überhaupt mit mir redet. Brianna und ich verkehren nicht in denselben Kreisen. Ihr Kreis ist die Crème de la Crème unserer Highschool, mein Kreis ist Burke.

»Ach danke, es war ganz toll«, sagt sie. »Wir waren mit meinem Bruder und seiner Frau in Aspen. Die Wetterbedingungen waren top, da haben wir Heli-Skiing gemacht. Musst du unbedingt auch mal ausprobieren, das würde dir bestimmt gefallen.«

»Klar«, schnaube ich. »Ich geh gleich mal meine Ski abstauben.«

»Und ich meinen Heli«, ätzt Burke. »Geht doch nichts über Teamwork.«

»Ich wollte dich was fragen«, sagt Brianna zu mir, ohne sich von unserem Sarkasmus beirren zu lassen. »Kann ich bei den Vorbereitungen für das Winterfestival demnächst auf deine Hilfe zählen? Dieses Jahr ist ja unsere Stufe für Deko, Ticketverkauf, Verpflegung und das alles zuständig. Und als Vorsitzende des Komitees will ich dafür sorgen, dass es das beste Winterfestival aller Zeiten wird. Das Motto ist La La Land.«

»Wooooooooooowww!«, haucht Burke gespielt ergriffen.

Brianna wendet ihm den Rücken zu. »Na ja, jedenfalls hoffe ich, du meldest dich als freiwillige Helferin.«

»Freiwillig?« Ich merke zu spät, wie entsetzt ich klinge. Burke neben mir kichert in sich hinein und Briannas Lächeln verblasst.

»Ja. Freiwillig«, wiederholt sie. »Du weißt schon, von wegen ›deine Fähigkeiten und Talente in den Dienst der Allgemeinheit stellen‹ und so.«

»Äh, ja«, sage ich. »Die Sache ist nur, ich glaube nicht, dass ich irgendwelche Fähigkeiten und Talente habe, die dir da weiterhelfen könnten.«

»Ich suche zum Beispiel jemanden, der beim RedBoy-Match

Tombolalose verkauft«, erklärt sie. »Dafür braucht man kein besonderes Talent.«

Allein die Vorstellung, beim größten Event des Jahres, dem alljährlichen Wohltätigkeits-Hockeyspiel zwischen den Redfields Cardinals und ihrem größten Rivalen, den Boyseton Thunderbirds – kurz: RedBoy – Lose an Massen von Kleinstädtern zu verticken, lässt Übelkeit in mir aufsteigen. Ich tue mich ja schon schwer genug mit meinen gelangweilten, vollkommen desinteressierten Mitschülern, wie soll ich mich da erst ein paar Hundert ach so wohlmeinenden Erwachsenen aussetzen, von denen mich jeder als das Mädchen kennt, das damals bei Sibby Carmichaels Entführung dabei war? Das Mädchen, das zurückgelassen wurde.

»Tut mir echt leid, Brianna«, sage ich also. »Aber daraus wird nichts.«

»Wie jetzt? Warum?«, fragt sie irritiert. Offenbar ist sie es nicht gewohnt, dass Leute ihr eine Abfuhr erteilen.

Ich weiß nicht so recht, was ich antworten soll. »Eigentlich hatte ich gar nicht vor, zu dem Spiel zu gehen«, erkläre ich schließlich.

»Das ist ja wohl kein Grund!«, empört sie sich. »Man sollte meinen, wenn irgendjemand wissen müsste, wie wichtig es ist, sich für die Gemeinschaft zu engagieren, dann du, nach allem, was unsere Stadt für dich und deine Familie getan hat. Aber da hab ich mich wohl getäuscht.«

»Moment mal, was?« Mir wird ernsthaft mulmig, als mir auffällt, dass es um uns immer stiller wird.

»Ich dachte, das könnte dir guttun«, führt Brianna aus. »Da kämst du mal raus und hättest ein bisschen mehr Kontakt zu deinen Mitschülern und dem Rest der Welt.«

Mein Mund klappt auf und meine Angst vor zu viel Aufmerksamkeit weicht der Wut. »Na klar, als würdest du das alles mir zuliebe machen! Was mir guttut, entscheide immer noch ich selbst!«

»Ist nun mal nicht gerade ein Geheimnis, dass du von damals einen kleinen Knacks davongetragen hast. Und ja auch kein Wunder.«

Immer mehr Gespräche um uns verstummen, und ich wünschte, ich könnte einfach im Erdboden versinken. Zum Glück schreitet jetzt Burke ein.

»Ich wollte dich auch noch was fragen, Brianna: Was machen eigentlich deine Chlamydien?«, fragt er laut genug, um ein paar Lacher aus nächster Nähe zu ernten.

»Leck mich doch, Burke«, sagt Brianna.

Burke verzieht angewidert das Gesicht und weicht zurück. »Nee, lass mal. Nicht bevor du dein kleines Problem im Griff hast.«

Brianna dreht sich ruckartig wieder zu mir um. »Schon okay, Delia«, sagt sie. »Ich finde bestimmt auch so genug Leute, die mir helfen. Wäre halt einfach schön gewesen, wenn du bereit gewesen wärst, ausnahmsweise auch mal was für andere zu tun.« Damit macht sie auf dem Absatz kehrt und marschiert den Flur runter, gerade als es zum ersten Mal klingelt. Die Umstehenden zerstreuen sich, um das nun offiziell eingeläutete neue Halbjahr in Angriff zu nehmen.

»So was kannst du doch nicht sagen«, weise ich Burke zurecht, während wir uns auf den Weg zu unserem Klassenraum machen. »Das war Slut-Shaming.«

»Hä?«, entgegnet er. »Das war kein Slut-, sondern Arschgeigen-Shaming. Und wieso verteidigst du sie jetzt überhaupt, nachdem sie gerade so scheiße zu dir war?«

Ich schüttele bloß den Kopf und starre zu Boden. Solche Sprüche gehen einfach gar nicht, aber ich habe keinen Nerv, Burke das zu erklären. Immerhin ist es nicht meine Aufgabe, ihn auf den neusten Stand der Feminismusdebatte zu bringen, so dringend notwendig das anscheinend auch wäre.

In der ersten Stunde haben wir Mathe, aber nach ein paar Minuten klopft es an der Tür. Mr Langley hält mitten in seiner Zusammenfassung des Lehrplans inne und verschwindet auf den Flur.

Kurz darauf kommt er zurück. Hinter ihm, die Hände in den Hosentaschen vergraben, ein Auge hinter einer dicken schwarzen Haarsträhne verborgen, betritt das Mädchen aus dem Dunlop-Haus das Klassenzimmer.

»Leute«, verkündet Mr Langley. »Das hier ist Sarah Cash. Sie ist neu in der Stadt, also seid nett und geht ein bisschen auf sie zu, ja?«

Sarah Cash streicht sich lässig die Strähne aus der Stirn und präsentiert den Anwesenden ihr Gesicht. Einer ihrer Mundwinkel hebt sich, während sie den Blick langsam durch den Raum schweifen lässt, als würde sie uns begutachten, nicht umgekehrt. Als sie bei mir anlangt, bin ich für den Bruchteil einer Sekunde wie versteinert vor Angst, dass sie mich erkennen könnte. Was, wenn sie doch gesehen hat, dass ich sie gestern Nacht von meinem Fenster aus beobachtet habe? Aber ihr Blick wandert weiter und schließlich dirigiert Langley sie zu einem freien Platz, direkt neben Brianna. Nachdem sie sich gesetzt hat, macht er mit seiner Einführung weiter.

Ich gucke zu Burke rüber, der mir zuzwinkert. Ich bin so überrumpelt, dass ich rot werde, und drehe mich schnell wieder nach vorn.

Den ganzen Rest der Stunde über schenke ich Sarah Cash keinerlei Beachtung.

Sobald es klingelt, quatscht Brianna die Neue direkt an. Sie scheint ihr irgendeinen Vorschlag zu machen, und als Sarah den Kopf schüttelt und sich wortlos abwendet, beschleicht mich der

Verdacht, dass Brianna gerade die zweite Abfuhr des Tages kassiert hat.

Vielleicht haben Sarah Cash und ich ja mehr gemeinsam als bloß die Straße, in der wir wohnen.

7.

Als Burke und ich nach der letzten Stunde durch den Seiteneingang rausgehen, hat sich auf dem Parkplatz eine kleine Menschenmenge versammelt. Wir bleiben am Fuß der Treppe stehen und sehen Sarah Cash zu ihrem Chevy Nova schlendern. Ein Stück entfernt entdecke ich Brianna, die, umringt von einem Grüppchen Freundinnen, das Geschehen mit schmalem Blick beobachtet.

Während Sarah ihren Rucksack auf den Rücksitz pfeffert, lehnt sich Brianna – ohne Sarah aus den Augen zu lassen – zu den anderen rüber und flüstert ihnen etwas zu. Daraufhin drehen sich alle um und starren abschätzig zu Sarah hinüber, die sich inzwischen hinters Steuer gesetzt hat und die Tür hinter sich zuschlägt.

So unbeeindruckt sich Briannas Clique auch gibt, die meisten anderen Leute, Burke eingeschlossen, machen aus ihrer Bewunderung keinen Hehl. Während Sarah ausparkt, stößt einer der Jungs ein anerkennendes Johlen aus. Woraufhin der Chevy anhält, das Fahrerfenster heruntergekurbelt und ein gehobener Mittelfinger herausgestreckt wird, bevor das Auto mit quietschenden Reifen vom Parkplatz rast.

Ich klappe Burkes Kinnlade wieder hoch. »Achtung, du sabberst.«

»Ach, und du etwa nicht?«, erwidert er. »Ich hab genau gesehen, wie du sie vorhin in Mathe angestarrt hast.«

»Hab ich gar nicht«, protestiere ich und marschiere los, damit er nicht mitkriegt, dass ich schon wieder rot werde.

Er hat mich schnell eingeholt, kennt mich aber gut genug, um die Sache auf sich beruhen zu lassen. »Hey, kann ich noch ein bisschen mit zu dir?«

»Klar.«

»Terry ist wieder da«, schiebt er als Erklärung hinterher.

Oha, verstehe. »Der gute alte Terrence«, seufze ich. Burkes Onkel Terry ist ein Versager, wie er im Buche steht. Keine feste Adresse, kein fester Job, aber dafür taucht er regelmäßig alle paar Jahre mit Sack und Pack bei Burkes Familie auf. Er tut zwar immer so, als käme er nur zu Besuch, aber dann bleibt er mehrere Wochen oder sogar Monate.

»Diesmal hat er sich bei mir im Keller breitgemacht«, redet Burke weiter. »Hängt den ganzen Tag vor der Glotze, kippt ein Bier nach dem anderen und furzt in einer Tour. Mann, der ist so widerlich.«

Ich lache.

Nachdem letztes Jahr Burkes Schwester Alicia ausgezogen ist, um aufs College zu gehen, hat Burke ihr altes Zimmer im Keller geerbt. Es ist nichts Besonderes, bloß ein kleiner abgetrennter Bereich vom Hauptraum, aber dafür hat man dort seine Ruhe. Außerdem gibt es eine eigene Toilette und Dusche im Wäschekeller und eine kleine Lounge mit zwei zerschlissenen Sofas und einem riesigen Fernseher. Und jetzt stört Terry den Frieden dieser Oase.

Wir verlassen das Schulgelände und gehen die Straße hoch. »Das Schlimmste ist«, fährt Burke fort, »dass er diesmal bleiben will. Angeblich guckt er sich schon nach 'nem Job um und hat vor, sich dann 'ne eigene Bude zu suchen, aber das ist doch alles nur Gelaber. Wahrscheinlich hockt er uns jetzt wieder Monate auf der Pelle.«

»Warum schmeißen deine Eltern ihn denn nicht einfach raus?«, frage ich.

»Wenn es nach meiner Mom ginge, hätten sie das schon längst, aber mein Dad stellt sich quer«, sagt Burke. »Terry ist immerhin sein kleiner Bruder. Ein Loser, klar, aber er gehört halt zur Familie.«

Anstatt ganz durch die Stadt zu laufen, nehmen wir die Abkürzung über die kleine Gasse neben der stillgelegten Bowlinghalle. Dann quetschen wir uns durch ein Loch im Zaun und laufen eine Weile parallel zu den Bahnschienen. Sobald man uns von der Straße aus nicht mehr sehen kann, stellt Burke seinen Rucksack auf einem kiesdurchsetzten Schneehaufen ab und kramt eine alte Bonbondose hervor. Kurz darauf hat er eine kleine Glaspfeife in der Hand, stopft etwas zerkrümeltes Gras hinein und zündet sie an. Ich warte bibbernd, dass er fertig wird.

»Auch mal?«, fragt er nach dem ersten Zug und hält mir die Pfeife hin.

»Nee, danke.« Burke weiß, dass Kiffen nicht mein Ding ist, aber das hält ihn nicht davon ab, es mir immer wieder anzubieten, was ich gleichzeitig nervig und irgendwie rührend finde.

Er bläst einen Mundvoll Rauch aus, der sich als dünnes blaues Band durch die Luft kringelt. Auch wenn ich selbst nicht kiffe, mag ich den Geruch, süß und herb, ein bisschen wie verrottendes Herbstlaub. Burke packt die Bonbondose ein und wir gehen weiter.

»Jetzt sag doch mal, was hältst du von der Neuen?«, fragt er.

»Sie wohnt bei mir gegenüber«, antworte ich. Natürlich ist das keine Antwort auf seine Frage, aber Burke horcht trotzdem interessiert auf.

»Echt jetzt? In dem Haus, das schon seit Ewigkeiten zum Verkauf steht?«

Ich nicke.

»Wieso haben wir sie dann nicht gefragt, ob sie uns mitnimmt?« Wieder zieht er an seiner Pfeife.

»Weißt du unsere wertvolle Zeit zu zweit etwa nicht zu schätzen?«, gebe ich mich empört. »Und außerdem hab ich noch kein Wort mit ihr geredet. Hab nur gesehen, dass sie gestern eingezogen sind.«

»Das Mädchen von nebenan«, murmelt er, und ich höre das Grinsen in seiner Stimme, auch wenn es ihm nicht anzusehen ist. Er bläst die nächste Rauchwolke aus.

Ich gehe nicht darauf ein.

Wie immer verfällt Burke eine Weile in Schweigen, nachdem er fertig geraucht hat, und wir gehen wortlos weiter. Was mir nur recht ist, denn da ist so einiges, worüber ich nachdenken muss.

Schließlich erreichen wir den schmalen Trampelpfad, der hoch zu meiner Straße führt, und ich ramme bei jedem Schritt meine Stiefelspitzen in den steinhart gefrorenen Schnee auf der Böschung.

Oben angekommen, hält Burke mich am Ärmel fest.

»Warte. Ich hol mir noch schnell 'ne Tüte Chips«, sagt er und reibt sich die Hände. »Mann, hab ich auf einmal Kohldampf.«

Ich verkneife mir eine Bemerkung darüber, dass er ein wandelndes Klischee ist, und folge ihm um die Ecke zur Tankstelle an der Livingstone Street.

Drinnen postiere ich mich neben der Verkaufstheke und scrolle auf meinem Handy herum, während Burke bedächtig das Snackangebot studiert. Wenn er gekifft hat, verwandelt er sich jedes Mal in ein Faultier. Wie in Zeitlupe nimmt er eine Chipstüte nach der anderen aus dem Regal und begutachtet sie. Auch der Typ an der Kasse kennt das Prozedere schon und guckt kaum von seinem Handy hoch.

Ein Glöckchen bimmelt, als eine hochgewachsene Frau die Ladentür aufzieht. Sie ist sehr attraktiv, mit langen dunklen Haaren und einem fein geschnittenen Gesicht, trägt hohe Lederstiefel über einer engen Jeans, einen dunkelgrünen Wollmantel und dazu einen hübsch gemusterten Schal. Als sie aus der winterlich grellen Nachmittagssonne nach drinnen kommt, schiebt sie sich ihre riesige Sonnenbrille ins Haar. Ihr Blick schweift durch den Laden, über mich hinweg und bleibt an Burke hängen. Zu meiner Überraschung lächelt sie und geht auf ihn zu.

»Hallo, Burke«, begrüßt sie ihn.

Burke dreht sich erschrocken zu ihr um und seine schwerfällige Kiffermiene weicht einem breiten Grinsen. Ich kann regelrecht spüren, wie er in seinen patentierten »stoned und extrahöflich zu Erwachsenen«-Modus schaltet.

»Ach, hallo, Mrs Gerrard«, sagt er. »Was führt Sie an diesen illustren Ort der Begegnung?«

Sie lacht. »Na ja, ich wollte tanken.«

Burke reißt die Augen auf, als wäre ihm plötzlich die absolute Erleuchtung gekommen, und winkt mich aufgeregt heran. »Hey, Dee«, ruft er. »Komm doch mal eben.«

Widerstrebend stecke ich mein Handy in die Tasche und schlurfe auf die beiden zu, während ich versuche, gleichzeitig ein freundliches Gesicht zu machen und Burke finstere Blicke zuzuwerfen. Im Gegensatz zu Burke kann ich mir gerade Schöneres vorstellen, als mich hier mit irgendwelchen Fremden festzuquatschen.

»Mrs Gerrard, das hier ist Dee – Delia –, eine Freundin von mir«, stellt er mich vor. »Sie hat früher in Ihrem Haus gewohnt!«

Zu spät fällt mir auf, dass mir vor Schreck der Mund aufgeklappt ist, und ich versuche hastig, meine Mimik unter Kontrolle zu bekommen.

Auch die Frau wirkt überrascht, Burke dagegen scheint keine Ahnung zu haben, was für eine Bombe er soeben hat platzen lassen.

»Ach«, bringe ich irgendwie heraus. »Echt?«

»Ja«, bekräftigt Burke. »Die Gerrards sind erst vor ein paar Monaten hergezogen. Und sie haben eine total coole Tochter. Layla.«

Mrs Gerrard starrt mich noch immer an, als versuchte sie im Stillen, eine Denksportaufgabe zu lösen. »Gehörst du zu Familie Price?«, fragt sie schließlich.

»Äh, nein«, antworte ich. »Skinner. Die Price' haben das Haus damals von uns gekauft.«

»Ah.« Ich kann regelrecht sehen, wie sich die Rädchen in ihrem Kopf in Bewegung setzen, und wappne mich schon mal für die unvermeidlichen Fragen, sobald ihr klar wird, wer ich sein muss. Doch sie hebt bloß die Mundwinkel zu einem nicht gänzlich überzeugenden Lächeln. »Da fällt mir ein, Milch brauche ich ja auch noch«, sagt sie. »War schön, dich kennenzulernen, Delia. Bis dann, Burke.«

Burke bezahlt seine Chips und ich folge ihm zurück nach draußen.

»Ach, guck mal«, sagt er plötzlich. »Da drüben ist Layla ja.« Er zeigt auf ein Auto neben einer der Zapfsäulen. Auf der Rückbank sitzt ein Mädchen, das ihm fröhlich zuwinkt.

Bevor ich ihn davon abhalten kann, marschiert er auf den Wagen zu. »Hey, du!«

Layla fährt das Fenster herunter. Sie ist ziemlich klein und zierlich und hat trotz ihres Lächelns etwas sehr Ernsthaftes an sich.

»Hi, Burke.«

»Das hier ist meine Freundin Dee.« Er deutet auf mich.
»Weißt du, was? Dee hat früher mal in deinem Haus gewohnt.
Wahrscheinlich sogar im selben Zimmer wie du. Verrückt,
oder?«

Das Mädchen mustert mich neugierig. »Echt? Als du so alt
warst wie ich?«

»Kommt drauf an«, entgegne ich. »Wie alt bist du denn?«

»Elf.«

»Dann war ich ein bisschen jünger. Wir sind umgezogen, als
ich acht war.«

»Und wieso?

Ihre Frage erwischt mich kalt. Nicht dass die Geschichte ein
Geheimnis wäre, aber tatsächlich musste ich sie bisher noch nie
irgendwem erzählen.

»Meine Mom und mein Dad wollten einfach gern ein bisschen mehr Platz haben«, sage ich. »Aber wir wohnen immer
noch hier in der Stadt.«

»Meine Mutter mag das Haus nicht«, eröffnet Layla mir. »Sie
sagt, wir bleiben nicht lange dort wohnen. Und dass wir bald ir-
gendwohin ziehen, wo es schöner ist. Sobald wir uns das leisten
können.«

»Und dein Dad?«, fragt Burke.

»Ich glaube, dem gefällt's«, antwortet sie und zieht dann das
Gesicht kraus, als müsste sie angestrengt nachdenken. »Obwohl, eigentlich weiß ich das gar nicht. Ich muss ihn mal fragen.«

»Die ist ja süß«, sage ich zu Burke, als wir schließlich weitergehen.

»Ja, oder? Und noch dazu echt clever. Meine Mom passt
manchmal auf sie auf.«

Kurz bevor wir um die Ecke biegen, drehe ich mich noch einmal um. Layla Gerrard guckt uns aus dem Auto hinterher. Als

sie meinen Blick auffängt, hebt sie die Hand zu einem knappen Winken.

Während ich die Geste erwidere, geht mir auf, dass mich die Begegnung ziemlich aufgewühlt hat. Zehn Jahre sind inzwischen vergangen, seit Sibby verschwunden ist, und doch finden die Erinnerungen immer wieder neue Wege, mich heimzusuchen.

8.

Als wir bei mir zu Hause ankommen, herrscht dort ein Höllenlärm. Schon auf der Veranda plärrt uns Musik entgegen, eine Mischung aus kreischenden Gitarren und unrhythmischem Getrommel.

»Was hört dein Dad denn da für 'n krankes Zeug?«, fragt Burke, während wir uns die Schuhe ausziehen.

»Keine Ahnung.« Ich schiebe die Haustür auf. Der Song bricht unvermittelt ab und ich rufe ein »Hallo?« in die darauffolgende Stille.

»Bin hier drinnen!«, schreit mein Vater zurück.

Burke schlurft mir hinterher und mampft dabei ununterbrochen Chips aus seiner riesigen Tüte. Kurz bevor wir die Küche erreichen, scheppert auch schon das nächste Lied los.

Mein Vater steht headbangend an der Küheninsel und hackt wie wild Zwiebeln. Er trägt einen königsblauen Jogginganzug mit weißen Längsstreifen an den Beinen.

»Hi!«, brüllt er über die Musik.

»Mein Gott, was ist das?«, schreie ich zurück.

»Soundgarden! Hammer, oder?«

Ich gehe zur Stereoanlage und drehe die Lautstärke runter. »Was ist denn mit dir los?«, frage ich. »Und was hast du da überhaupt an?«

Dad guckt an sich hinunter, dann wieder zu mir hoch. »Ach so.« Er lacht. »Ganz vergessen. Ich hab heute Morgen Jaron und Pickle erzählt, wie meine Kumpels und ich damals durchs halbe Land gefahren sind, um diese Band live zu sehen, und dann über Nacht wieder zurück, weil wir am nächsten Morgen 'ne Prüfung hatten. Danach musste ich direkt mal auf dem Dachboden meine alten CDs wieder ausgraben. Und dabei hab ich die Klamotten hier gefunden. Oh Mann, wie ich die Neunziger vermisse.«

»Jaron und Pickle?«, fragt Burke, der in der Küchentür stehen geblieben ist.

»Dads Midlife-Crisis-Freunde«, erkläre ich.

»Ach, hi, Burke!«, ruft mein Dad aufgekratzt. »Hab dich gar nicht gesehen!« Er kommt um die Kücheninsel herum und begrüßt Burke mit einer von diesen seitlichen Kumpelumarmungen. Wenn ein Erwachsener so was bei mir machen würde, würde ich mich vermutlich spontan selbstentzünden, Burke dagegen steckt das Ganze vergleichsweise entspannt weg.

»Wie geht's Ihnen, Mr Skinner?«, fragt er.

»Super, danke, Mann«, antwortet Dad. Dann fällt sein Blick auf Burkes offene Chipstüte. »Wow, darf ich auch welche?«

»Äh, klar.« Burke hält ihm die Tüte hin. Dad nimmt sich eine große Handvoll Chips, stopft alles auf einmal in den Mund und schenkt uns dann ein etwas trotteliges Grinsen. »Dee redet mal wieder wirres Zeug«, nuschelt er. »Für 'ne Midlife-Crisis bin ich ja wohl noch viel zu jung.«

»Du bist siebenundvierzig«, merke ich an. »Die durchschnittliche Lebenserwartung für Männer liegt bei siebenundsiebzig Jahren, das heißt, du hast schon mehr als die Hälfte hinter dir. Ob du willst oder nicht, es geht längst bergab.«

Er hört auf zu kauen und starrt mich aus weit aufgerissenen Augen an.

»Oh Gott. Du hast recht.«

Ich mache einen Schritt auf ihn zu und mustere ihn genauer. Er versucht, meinem Blick auszuweichen, ist aber nicht schnell genug, um seine glasigen, blutunterlaufenen Augen vor mir zu verbergen.

»Hast du etwa gekifft?«, frage ich ungläubig.

Es folgt eine lange, unbehagliche Pause. Dann schluckt Dad vernehmlich. »Bitte sag's nicht deiner Mom«, flüstert er.

»Irgendwas brennt hier«, bemerkt Burke.

Tatsächlich, von einem Topf auf dem Herd steigt dichter Rauch auf, und im selben Moment jault auch schon der Feuermelder los. Dad stürzt zum Herd, schnappt sich den Topf, wirft ihn in die Spüle und dreht den Wasserhahn auf. Ich renne los, um das Fenster zu öffnen, während Burke seelenruhig stehen bleibt und weiter seine Chips futtert.

»Krass«, kommentiert er.

»Ist irgendwie einfach so passiert«, verteidigt sich mein Dad, während er eine Trittleiter vor die Wand stellt, um die Batterie aus dem Rauchmelder zu nehmen. »Pickles Bruder hat ihm was von dem Zeug gegeben, das er selbst anbaut, also sind wir raus auf den Hinterhof vom Café und haben einen geraucht. Ich hab aber nur ein paarmal gezogen, ehrlich!«

»Hatten die beiden etwa ihre Kinder dabei?«, frage ich entsetzt.

»Nein! Die waren in irgendeiner Spielgruppe.«

Ich inspiziere den Haufen klein geschnittener Kartoffeln auf der Arbeitsplatte und Dad folgt meinem Blick.

»Mir war so nach Kartoffelbrei mit Soße«, gesteht er verlegen.

»Krass«, murmelt Burke erneut.

»Du bist so was von peinlich«, sage ich zu Dad. Dann drehe ich mich zu Burke um. »Komm. Wir gehen nach oben.«

»Aber ich will auch Kartoffelbrei mit Soße«, protestiert Burke.

Ich werfe ihm einen strengen Blick zu und er folgt mir gehorsam. In meinem Zimmer angekommen, bricht er lachend auf meinem Bett zusammen. »Ich fass es echt nicht, dass dein Dad breit ist!«, prustet er und zieht sein Handy aus der Tasche.

Ohne weiter darauf einzugehen, schalte ich meinen Rechner an und frage mich insgeheim, was ich eigentlich verbrochen habe, um mit all diesem Wahnsinn geschlagen zu sein.

Ich öffne mein *Radio-Silent*-Postfach und scrolle durch die Mails. Die meisten sind Reaktionen auf vergangene Nacht, aber ein paar der Betreffzeilen lauten auch *Vermisst*. So sollen meine Hörer ihre Nachrichten markieren, wenn sie mir einen Fall vorschlagen wollen.

Beim ersten Überfliegen passt allerdings nichts davon so richtig für den Podcast. Ein Typ muss sich wohl einfach damit abfinden, dass seine Frau ihn verlassen hat, nachdem sie ihre Sachen gepackt, ihm klipp und klar gesagt hat, dass sie die Scheidung will, und nun weder ans Telefon geht noch seine Nachrichten beantwortet. Eine Frau bittet um Hilfe bei der Suche nach der kleinen Schwester ihrer Mutter, die in den Sechzigern von zu Hause ausgerissen ist. Ich klicke ein paar weitere Mails durch, aber bei keiner springt der Funke über.

Als ich schon kurz davor bin aufzugeben, fällt mir noch eine Nachricht ins Auge. Sie ist von QEllacott@BNN.com, und in der Betreffzeile steht *Interview*? »Was zum …«, murmele ich und öffne die Nachricht.

Hallo, Radio Silent,

ich heiße Quinlee Ellacott und bin Chefredakteurin in der Rubrik Kriminalfälle bei BNN. Wir sind eine Online-Nachrichtenplattform und unser Motto lautet »Nichts als die Wahrheit«. Ich folge Ihrem Podcast nun schon seit einiger Zeit und wäre begeistert, ein Interview mit der geheimnisvollen »Sucherin« zu führen.

Meiner Meinung nach leisten Sie einen ebenso wichtigen wie faszinierenden Beitrag zur Aufklärung von Vermisstenfällen und dazu würde ich Sie liebend gern einmal persönlich befragen. Außerdem würde mich interessieren, wie Sie selbst Ihre Rolle im Bereich der Vermisstenermittlung wahrnehmen. Nicht zuletzt brennt unserer Leserschaft natürlich eine Frage ganz besonders unter den Nägeln: Wer ist die Sucherin?

In Ihrem Podcast erwähnen Sie des Öfteren die »Laptopdetektive«, ihre Hörerschaft aus Amateurermittlern, die Ihnen Hinweise zuspielen. Diese Zusammenarbeit hat sich ja bereits in mehreren Fällen als sehr erfolgreich erwiesen. Was zwangsläufig zu der Überlegung führt: Sollte Radio Silent noch häufiger dort einspringen, wo die Polizei nicht weiterkommt? Und wenn ja, hat dann nicht die Öffentlichkeit ein Recht darauf, mehr über den Menschen zu erfahren, der dahintersteckt?

Schließlich erscheint es geradezu ironisch, dass ausgerechnet die Person hinter einem Podcast, der sich dem Aufspüren verschwundener Menschen verschrieben hat, anonym bleiben möchte, auch wenn es dem Ganzen natürlich einen gewissen Reiz verleiht. Sicherlich sehen Sie ein, dass uns gar nichts anderes übrig bleibt, als Ihre Identität aufzudecken.

Daher würden Sie sich und uns viel Mühe ersparen, wenn Sie direkt mit uns kooperieren. Kontaktieren Sie uns also gern, damit wir einen Interviewtermin vereinbaren können.

Mit freundlichen Grüßen,
Quinlee J. Ellacott

Für einen Moment hat es mir den Atem verschlagen. Quinlee Ellacott ist für ihre aggressiven Investigationsmethoden bekannt. Sie schreckt vor nichts zurück, um an eine Story zu kommen. Das Breaking News Network, kurz BNN, ist eine reine Online-Nachrichtenplattform mit einer riesigen Follower-Community. Quinlee ist ihre Starreporterin und berichtet mit Leidenschaft über die von ihr beschworene Wahrheit – oder das, was sie dafür hält –, je hässlicher, desto besser. Ihre Spezialität sind skandalbehaftete Verbrechen mit jeder Menge dramatischer Wendungen, und im Zuge der Berichterstattung verpasst sie selten eine Gelegenheit, sich selbst zu inszenieren.

Mit anderen Worten: Sie ist genau das, was ich nicht sein will.

Ich lese mir die E-Mail erneut durch. *Nicht zuletzt brennt unserer Leserschaft natürlich eine Frage ganz besonders unter den Nägeln: Wer ist die Sucherin?* Was soll das heißen? Hat sich das Interesse der Leute verlagert? Weg von meinem Podcast, hin zu mir?

»Vergiss es«, schnaube ich und schiebe den Laptop angewidert beiseite.

»Was ist los?«, fragt Burke, der seinen Lachanfall überwunden hat.

»Quinlee Ellacott will mich interviewen.«

»Was, die von dieser Leichenfledderer-Truppe aus dem Internet?«

Ich nicke. »Genau, von BNN. Sie will wissen, wer ich bin. Beziehungsweise, wer die Sucherin ist.«

Ich drehe den Laptop so, dass er die Mail lesen kann. Er überfliegt sie und winkt dann ab. »Ach, große Klappe und nix dahinter«, sagt er. »Die kann dir gar nichts.«

»Wieso bist du da so sicher?« Langsam steigt Panik in mir hoch. »Sie meint, die Öffentlichkeit hätte ein Recht darauf, mehr zu erfahren! Was soll ich denn machen, wenn sie ernsthaft anfängt, mir hinterherzuschnüffeln?«

Burke deutet mit dem Kinn auf den Laptop. »Darf ich mal?«

Ich stehe auf. »Klar.«

Er setzt sich auf meinen Stuhl und fängt an, lauter Tabs in meinem Browser zu öffnen. Dann erklärt er mir in einem Wortschwall, von dem ich nur einen Bruchteil verstehe, warum genau mein System hundertprozentig geschützt ist.

»Kurz gesagt«, fasst er das Ganze schließlich noch mal zusammen, »dich kann niemand finden, von dem du nicht gefunden werden willst. Da müsste derjenige schon vor deinem Zimmerfenster lauern und dich live bei der Aufzeichnung beobachten. Heißt, solange sich nicht gerade Spider-Man zum Ziel gesetzt hat, dir auf die Schliche zu kommen, brauchst du dir keine Sorgen zu machen. Versprochen.«

»Okay.« Ich atme erleichtert auf. »Danke. Tut mir leid, dass du dich ständig mit diesem Kram rumschlagen musst. Hoffe, das nervt nicht zu sehr.«

Wieder macht er eine wegwerfende Geste. »Deine geheime Identität bleibt unter uns.« Dann steht er seufzend auf. »Okay, ich muss langsam mal nach Hause. Meine Mom will, dass wir alle zum Abendessen da sind. Vielleicht frag ich auf dem Weg nach draußen noch deinen Dad, ob er Lust hat, hinterm Haus 'ne kleine Tüte mit mir zu rauchen.«

»Haha.« Ich ziehe eine Grimasse und für einen Moment ist die E-Mail vergessen.

»Ist ja gut.« Er hebt beschwichtigend die Hände. »Auch dieses Geheimnis ist bei mir sicher. Bis morgen dann, okay?«

Er geht die Treppe runter und ich lasse mich zurück auf meinen Stuhl fallen. Burke hat es geschafft, mich kurzzeitig zu beruhigen, aber die Sorge ist nun mal gesät, und ich weiß, dass sie früher oder später keimen wird.

Ich habe *Radio Silent* nicht ins Leben gerufen, um die Öffentlichkeit auf mich selbst aufmerksam zu machen, sondern auf die Vermisstenfälle, auf Menschen, die dringend Aufmerksamkeit brauchen. Na schön, und um mich von dem einen Fall abzulenken, der mich schon mein halbes Leben lang verfolgt.

Es sollte dabei nie um mich gehen. Sondern um all die Menschen, die gefunden werden müssen.

9.

Nachdem Burke weg ist, wende ich mich wieder meinem Laptop zu, lösche die Mail von Quinlee Ellacott und blockiere ihre Adresse. Dann, gerade als ich den Rechner zuklappen und runtergehen will, um meinem Vater wegen der Sache mit dem Kiffen noch mal die Hölle heißzumachen, erscheint eine neue E-Mail mit dem Betreff *VERMISST* im Posteingang. Ich öffne sie.

Liebe Sucherin,

ich schreibe dir, weil meine Freundin Vanessa Rodriguez seit fast einer Woche vermisst wird. Wir wohnen beide in Houston, und sie ist vor sechs Tagen einfach nicht bei der Arbeit aufgetaucht, was extrem untypisch für sie ist. Leider haben wir erst nach zwei Tagen bemerkt, dass sie verschwunden war, woraufhin wir natürlich sofort die Polizei verständigt haben. Die meinten zwar, sie würden sich darum kümmern, aber irgendwie haben wir das Gefühl, sie nehmen den Fall gar nicht richtig ernst. Jetzt hatte meine Schwester, die ein großer Fan deines Podcasts ist, die Idee, dich zu kontaktieren. Tja, und da ich langsam nicht mehr weiß, was ich sonst machen soll, bin ich ihrem Rat einfach mal gefolgt.

Wir machen uns wirklich Sorgen um Vanessa, darum dachte ich, du könntest vielleicht in deinem Podcast über sie berichten.
Vielleicht weiß ja irgendwer da draußen irgendwas.

Lieben Dank,
Carla Garcia

Ich lese die E-Mail direkt noch einmal, und ein mittlerweile vertrautes Gefühl breitet sich in mir aus: Das hier könnte was sein. Schnell schreibe ich Carla zurück und erkundige mich, ob sie Zeit für ein paar weiterführende Fragen hat. Sie antwortet beinahe sofort und wir wechseln zu einem Online-Messenger. Dort chatten wir fast eine Stunde lang und ich erfahre nähere Details über Vanessas Verschwinden. Bald habe ich Gewissheit, dass der Fall super in den Podcast passen würde. Carla erklärt sich bereit, ein paar kurze Interviews aufzuzeichnen, die ich in die Episode einbauen kann, und mir außerdem eine Kopie des Polizeiberichts zu beschaffen.

Als wir uns verabschieden, spüre ich dieses Kribbeln, das mich immer dann durchläuft, wenn ich mich für einen neuen Fall entschieden habe. Ich kann es gar nicht erwarten loszulegen, und wenn ich mit meiner Recherche eine gute Basis schaffe, laufen die Laptopdetektive vielleicht wieder zur Höchstform auf und wir finden Vanessa tatsächlich. Oder zumindest irgendeinen Hinweis, der ihren Lieben hilft. Ich weiß, wie es ihnen jetzt gehen muss, und darum bin ich fest entschlossen, der Spur zu folgen, solange sie noch frisch ist.

Wie so oft hilft mir *Radio Silent* auch diesmal, meine eigenen Sorgen zu vergessen und mich auf das zu konzentrieren, was wirklich wichtig ist, auf das, was ich *tun* kann. Und solange ich durch Stimmfilter und Firewalls geschützt bin, muss ich hoffentlich auch nicht befürchten, als eine von Quinlee Ellacotts Storys zu enden.

Leider erhält meine Euphorie schon bald einen Dämpfer. Als ich am nächsten Morgen aufwache und nach meinem Handy greife, ist es buchstäblich heiß gelaufen. Verantwortlich dafür ist ein Tweet, der so viral gegangen ist, dass mir fast schwindelig wird. Zwar ist es nicht ungewöhnlich, dass ein gelöster Fall ziemliche Wellen schlägt, aber so was wie das hier habe ich noch nie erlebt.

Ich bin ein bisschen früher als sonst in der Schule und setze mich schon mal in meine Klasse, um noch ein paar Minuten ungestört in meinen Feeds lesen zu können.

@RadioSilentPodcast wird hundertpro von irgendeinem großen Unternehmen finanziert, behauptet jemand. *Lasst uns die VLD mobilisieren und mehr rausfinden*, schlägt der Nächste vor. Eine wilde Spekulation folgt auf die andere, aber so richtig mulmig wird mir erst bei: *Wenn irgendwer dahinterkommt, wer sie ist, dann @QuinleeEllacott.*

Mir stockt das Blut in den Adern. Ich klicke mich durch bis zu @QuinleeEllacotts Profil. Ganz oben ist ein Tweet angeheftet, der meine schlimmsten Befürchtungen bestätigt.

Wer steckt hinter @RadioSilentPodcast? Helft mir und dem Team von @BNN dabei, es herauszufinden. Zeit, der geheimnisvollen Sucherin auf die Spur zu kommen. Heute drehen wir den Spieß um!

»Verdammt!«

»Was ist los?«, fragt Burke, der sich gerade auf den Stuhl neben mir fallen lässt.

Ich halte ihm mein Handy hin.

Er liest den Tweet und fängt zu meiner absoluten Empörung an zu lachen.

»Die schreckt ja echt vor gar nichts zurück«, kommentiert er. Aufgebracht reiße ich ihm das Telefon wieder aus der Hand. »Das ist eine Katastrophe. Jetzt mischt sich nicht nur Quinlee Ellacott in meine Angelegenheiten ein, sondern es wollen auch noch alle anderen wissen, wer ich bin.«

»Dee«, versucht Burke, mich zu beruhigen, »du musst dir echt keine Sorgen machen. Und ist doch auch nicht das erste Mal, dass jemand mehr Infos über den Podcast will.«

»Nein, aber das erste Mal, dass mich eine Investigativjournalistin aufs Korn nimmt. Was, wenn sie richtig Ernst macht? Wenn sie einen Zusammenhang zwischen mir und Sibby herstellt?«

»Wie sollte sie das denn schaffen?«, fragt er zurück. »Und überhaupt, was wäre daran eigentlich so schlimm?«

Ich schüttele bloß den Kopf. Burke hat leicht reden. Er ist ja auch nicht derjenige, der verzweifelt versucht, seine Anonymität zu wahren.

»Ich kapier's nicht, Dee«, fährt er fort. »Du hast einen megaerfolgreichen Podcast mit extrem hohen Einschaltquoten, die immer weiter steigen. Vielleicht steh ich ja irgendwo auf dem Schlauch, aber wie wär's, wenn du dich einfach mal über die viele Aufmerksamkeit freust?«

»Nein«, antworte ich so laut, dass sich ein paar Leute aus dem Flur zu uns umdrehen. Schnell lehne ich mich weiter zu Burke hinüber und senke die Stimme. »Ich will anonym bleiben. Ich hab das Ganze bloß angefangen, weil ich naiverweise dachte, ich könnte damit was Gutes bewirken.«

»Tust du doch auch. Und ich finde halt, du könntest dich endlich mal angemessen dafür feiern lassen. Und noch mal: Du bist hundertprozentig inkognito, darauf geb ich dir mein Pfadfinderehrenwort!« Er legt sich die Hand aufs Herz. »Deine Stimme ist verfremdet, dein Standort ist nicht einsehbar, und niemand wird deine Identität aufdecken, nicht mal Quinlee Ellacott und ihre Schnüfflermeute.«

Ich muss selbst ein bisschen über meine Aufregung grinsen. »Okay«, sage ich. »Danke.«

»Ach, und übrigens. Hat BNN seinen Sitz nicht in Las Vegas? Das ist so gut wie am anderen Ende der Welt. Da müsste die gute Quinlee sich jedenfalls ganz schön ins Zeug legen, um rauszufinden, dass der beliebteste True-Crime-Podcast –«

»Der elftbeliebteste«, korrigiere ich.

»Oh, entschuldige – dass der *elft*beliebteste True-Crime-Podcast des Landes aus dem Dachbodenzimmer der Tochter eines kiffenden Neunziger-Jahre-Relikts gesendet wird.«

Ich stöhne auf. »Erinner mich bloß nicht daran.«

»Du bist eine Nadel im Heuhaufen, Dee. Okay, eine ziemlich interessante Nadel mit einer sensationellen Hintergrundgeschichte, aber der Heuhaufen ist saugroß.«

Pünktlich zum ersten Klingeln kommt Sarah Cash in die Klasse geschlendert, zieht sich die Ohrstöpsel raus und steckt ihr Handy in die Tasche. Bevor sie sich hinsetzt, fährt sie sich geistesabwesend durchs Haar, und die Art, wie es ihr durch die Finger gleitet, locker und leicht verwuschelt, lässt mein Herz einen Schlag aussetzen. Erst dann wird mir bewusst, dass ich sie ziemlich auffällig anstarre, also senke ich schnell den Blick und mache mich ganz klein auf meinem Stuhl.

Als ich mein Buch aus dem Rucksack angele, sehe ich Brianna am anderen Ende des Raums. Vor ihr auf dem Tisch liegen ihr Federmäppchen voller bunter Marker und ihr allgegenwärtiger knallpinker Organizer. Sie tut so, als wäre sie komplett mit der Suche nach einem Stift in der richtigen Farbe beschäftigt, doch als ich in ihre Richtung gucke, schenkt sie mir ein wissendes Lächeln. Anscheinend hat sie meinen Blick zu Sarah bemerkt und zieht jetzt ihre eigenen Schlüsse daraus. Am liebsten würde ich mir ihr albernes Buch schnappen und es aus dem Fenster in die nächste Pfütze schmeißen. Mal sehen, wie pink es dann noch ist, du blöde Kuh.

Entschlossen, sie nicht weiter zu beachten, wende ich mich wieder meinem Handy zu.

Der Unterricht hat gerade angefangen, als es an der Tür klopft. Mr Calderone bittet uns, ihn kurz zu entschuldigen, und geht in den Flur. Nach einem Moment taucht er wieder auf und deutet auf Burke.

»Mr O'Donnell«, sagt er. »Sie möchten bitte einmal ins Sekretariat kommen.«

Überrascht wende ich mich Burke zu, der jedoch bloß mit den Schultern zuckt und sich auf den Weg macht. Gemurmel brandet durch den Raum, aber Mr Calderone sorgt schnell für Ruhe, und kurz darauf sind wir wieder ganz in die Russische Revolution vertieft.

Erst mitten in der nächsten Stunde – Politik – kommt Burke zurück. Er reicht der Lehrerin eine Benachrichtigung aus dem Sekretariat und setzt sich neben mich. Als ich ihm einen fragenden Blick zuwerfe, reißt er vielsagend die Augen auf und formt ein lautloses »Scheiße« mit den Lippen, bevor er sein Buch aus dem Rucksack kramt.

Nicht dass mich der neuste Schulklatsch für gewöhnlich groß interessieren würde, aber jetzt will ich doch dringend wissen, was los ist. Na ja, wenn Burke ernsthaft in Schwierigkeiten stecken würde, wäre er vermutlich nicht schon wieder hier.

»Was ist los?«, flüstere ich bei der nächstbesten Gelegenheit.

»Weißt du noch, Mrs Gerrard, die wir gestern an der Tankstelle getroffen haben?«, fragt er. »Die mit ihrer Familie jetzt in eurem alten Haus wohnt?«

Ein Schauder überläuft mich. Ich sehe, wie Brianna ein paar Plätze weiter leicht den Kopf dreht, und obwohl sie keine Sekunde den Blick von ihrem Buch hebt, ist mir klar, dass sie aufmerksam lauscht.

»Ja«, sage ich.

Er nickt. »Die Polizei wollte mich sprechen, weil wir ja direkt gegenüber wohnen.«

»Wieso das denn?«, frage ich, obwohl mein Spinnensinn längst Alarm schlägt: Das ist kein gutes Zeichen.

»Es geht um Layla«, antwortet er. »Die Tochter. Sie wird vermisst.«

10.

Zehn Jahre zuvor

Im Schutz der Bäume ist es dunkler als sonst. Hunderttausende Schatten huschen durcheinander, und Dee, die Sibby hinterherläuft, könnte schwören, dass bereits Stunden vergangen sind, seit sie den Wald betreten haben.

Zum Baumhaus ist es ziemlich weit. Burkes Onkel Terry hat vor ein paar Monaten mit dem Bau angefangen, kurz nachdem er in den Keller der O'Donnells gezogen ist. Alle Nachbarskinder haben geholfen, aber die meiste Arbeit haben Terry, Burke, Dee und Sibby erledigt. Manchmal kam auch Terrys Freundin Sandy vorbei, und sogar Dees Dad hat hin und wieder mitgemacht, wenn von seinen Bauarbeiten an der Veranda Holz übrig war, aber das war nur selten, weil er so viel zu tun hatte.

Seitdem kommen alle Kinder aus der Straße nachmittags zum Spielen her: Dee, Sibby und Greta, Dees kleine Brüder, Burke und sogar manchmal seine Schwestern.

Langsam kommt der große Ahorn vor ihnen in Sicht, in dessen Krone sich, kaum sichtbar von hier, ein geisterhaftes Sperrholzgebilde schmiegt.

»Endlich haben wir das Baumhaus ganz für uns«, sagt Sibby.

Eigentlich freut sich Dee auch, dass Sibby und sie mal nur zu zweit unterwegs sind, aber so völlig allein im Wald ist es schon ein bisschen gruselig.

»Wer zuerst da ist!«, schreit Sibby plötzlich und flitzt los, ohne abzuwarten, ob Dee überhaupt mitmacht.

Dee steht wie angewurzelt da. Sie will gar nicht mehr zum Baumhaus, sondern am liebsten kehrtmachen und zurückrennen, zurück ins Helle, in die sichere Siedlung, wo man sie von unzähligen Fenstern aus im Blick hat.

Doch je weiter sich das Kracksen und Rascheln von Zweigen und Laub unter Sibbys Füßen entfernt, desto bewusster wird Dee, dass sie bald ganz allein ist, wenn sie sich nicht beeilt.

Ihre Stiefel fühlen sich schwer und solide an, als sie schließlich losläuft. Zwar sind sie nicht unbedingt die beste Wahl für ein Wettrennen, aber dafür sind sie schön warm. Sie geben ihr festen Halt.

11.

Als ich nach Hause komme, schneit es ziemlich heftig, und ich stapfe mir den Schnee von den Schuhen, bevor ich reingehe. Aus dem Wohnzimmer dringt leises Gemurmel. Es klingt nach meinen Eltern, was merkwürdig ist, weil meine Mutter normalerweise nie so früh von der Arbeit wieder da ist, aber dann höre ich noch eine weitere Stimme. Die eines Mannes.

»Dee?«, ruft meine Mutter.

»Ja!« Ich werfe den Zwillingen, die vor der Wohnzimmertür im Flur stehen, einen verwirrten Blick zu. Die beiden zucken bloß mit den Schultern, und ich frage mich, ob sie wohl schon von Layla Gerrards Verschwinden gehört haben.

»Kannst du mal kurz herkommen?« Diesmal ist es mein Vater.

Mit einem mulmigen Gefühl im Bauch lasse ich meinen Rucksack von der Schulter rutschen und stelle ihn neben die Treppe, bevor ich zum Wohnzimmer gehe.

Meine Eltern hocken auf dem Sofa. Sie lächeln, aber an ihren Augen – weit aufgerissen und besorgt – ist deutlich abzulesen, dass etwas nicht stimmt.

Ihnen gegenüber, in einem der zerschlissenen Ledersessel vor dem offenen Kamin, sitzt jemand, den ich seit zehn Jahren nicht mehr gesehen habe. Trotzdem erkenne ich ihn sofort wieder. Es ist der Polizist, der damals in Sibbys Vermisstenfall ermittelt hat.

Detective Reginald Avery steht auf und schüttelt mir fest die Hand.

»Hallo, Delia«, sagt er.

»Hallo.« Ich gucke unsicher zwischen ihm und meinen Eltern hin und her.

»Lange nicht gesehen«, merkt er an, und ich kann nur wortlos nicken.

»Hallo, Süße«, sagt meine Mutter, »setz dich doch mal kurz zu uns, ja?«

Meine Mutter nennt mich immer noch hartnäckig »Süße«, obwohl es vermutlich kaum jemanden gibt, zu dem dieser Spitzname weniger passt. Ich bin eher der Typ »Kumpel« oder »Sportsfreund«.

Ich quetsche mich zwischen die beiden aufs Sofa und wir starren alle drei den Detective an. Meine Eltern sind leicht zu mir gedreht, wie um mich zu beschützen. Wir müssen aussehen, als würden wir für ein ziemlich krampfiges Familienfoto posieren, und ich wünschte, sie würden mir nicht ganz so auf die Pelle rücken, aber gleichzeitig ist ihre Nähe auch tröstlich.

»Du bist ja ganz schön erwachsen geworden!« Detective Avery lächelt mich an. Ich hasse es, wenn Leute solche Sachen sagen. Was soll man denn bitte darauf antworten – *tja, und Sie sind ganz schön alt geworden*?

Wenn ich so darüber nachdenke, sieht er tatsächlich ziemlich alt aus. Was nach zehn Jahren natürlich kein Wunder ist, aber er hat einfach schon damals geradezu uralt auf mich gewirkt. Das war zu einer Zeit, als es nur zwei Alterskategorien für Erwachsene zu geben schien: In die eine fielen Eltern und Lehrer und in die andere Großeltern.

Jetzt wird mir jedoch klar, dass dieser Mann noch relativ jung gewesen sein muss, als er mich befragt hat, vielleicht knapp über vierzig. Sein Gesicht hat sich nicht nennenswert verändert, abgesehen von ein paar Falten um die Augen. Außerdem hat er graue Strähnen im Haar und einen leichten Bauchansatz, obwohl ich ihn als eher drahtig in Erinnerung hatte.

Was mich aber viel mehr interessiert, sind die Veränderungen, die ich nicht sehen kann. All das, was ihm im Verborgenen durch den Kopf geht.

Damals hat er vermutlich gehofft, als Sibbys Retter Geschichte zu schreiben. Dass er alles wieder in Ordnung bringen, das verschwundene Mädchen finden und die Kidnapper ihrer gerechten Strafe zuführen würde. Damals war er der Mann, der den Fall lösen sollte.

Heute ist er der Mann, der es nicht geschafft hat.

Mit einem Mal wird mir klar, dass Avery und ich uns in einer ziemlich ähnlichen Situation befinden, auch wenn wir aus komplett unterschiedlichen Richtungen an diesen Punkt gelangt sind. Wir beide werden vom Gedanken an das Mädchen verfolgt, das wir im Stich gelassen haben.

Wieder lächelt er, bevor er den Blick auf seine Hände senkt, die er wie zum Gebet im Schoß gefaltet hat.

»Ich nehme an, du hast heute in der Schule schon ein paar Gerüchte aufgeschnappt«, sagt er.

»Über das vermisste Mädchen?« Meine Eltern rechts und links von mir erstarren wie Hunde, die ein Eichhörnchen erspäht haben.

Avery guckt hoch und nickt mir zu. »Ja. Was genau hast du denn gehört?«

»Nur dass sie vermisst wird«, antworte ich. Als niemand etwas sagt, rede ich weiter: »Ich weiß, dass sie in unserer alten Straße wohnt. Burke und ein paar andere aus der Gegend wurden aus dem Unterricht geholt und dazu befragt.«

»Mehr nicht?«, fragt Detective Avery.

»Nein. Warum, was hätte ich denn sonst noch hören sollen?« Argwöhnisch richte ich mich auf. »Was ist los? Wieso sind Sie überhaupt hier?«

Meine Mutter legt mir die Hand auf die Schulter. »Tief durchatmen, Dee. Kein Grund zur Aufregung.«

»Sie sind ja wohl kaum zum Spaß hier«, wende ich mich weiter an den Detective, bemüht, meine Stimme ruhig zu halten. »Irgendwas ist passiert, was mich betrifft.«

»Nein«, antwortet Avery. »Oder jedenfalls nicht direkt.«

»Delia«, schaltet meine Mutter sich wieder ein. »Das Mädchen, das verschwunden ist, wohnt in unserem alten Haus.«

»Ich weiß.« Als mein Vater sich mir überrascht zuwendet, füge ich hastig hinzu: »Layla.«

»Du kennst sie?«, fragt meine Mutter.

»Nicht wirklich. Also, ich hab sie bloß einmal getroffen. Gestern, zusammen mit Burke. Da war sie mit ihrer Mom unterwegs.«

»Wann genau war das?«, erkundigt sich Avery und zieht sein Notizbuch hervor.

»Ach, nach der Schule, aber nur ganz kurz«, wehre ich ab. »Wir waren an der Tankstelle auf der Livingstone, weil Burke Chips wollte. Drinnen im Laden haben wir Mrs Gerrard getroffen, ihre Mom, und als wir wieder raus sind, hat Burke mich zu ihrem Auto geschleift, weil er mir unbedingt Layla vorstellen wollte. Das war's.«

»Was für einen Eindruck hat sie auf dich gemacht?«, will Avery wissen.

»Wer?«, frage ich. »Layla oder ihre Mutter?«

»Na ja … beide.«

Ich zucke mit den Schultern. »Die wirkten ganz normal. Also, Mrs Gerrard war echt nett, man hat gemerkt, dass sie Burke mag. Wobei, das tun die meisten Erwachsenen, darum war das nichts Ungewöhnliches.«

Avery nickt und kritzelt rasch ein paar Stichpunkte hin. »Und die Tochter?«

»Wie gesagt, normal«, antworte ich. »Clever. Eher reif für ihr Alter.«

Er schreibt weiter. »Sonst nichts?«

»Nein. Es waren echt nur ein paar Minuten. Währenddessen hab ich jedenfalls keine Kidnapper in den Büschen lauern sehen oder so.«

Avery steckt das Notizbuch wieder weg.

»Verstehe«, sagt er. »Tja, man kann nie wissen, ob jemand nicht doch brauchbare Informationen hat und es ihm bloß nicht bewusst ist. Aber eigentlich bin ich aus einem ganz anderen Grund hier.«

Mein Magen zieht sich zusammen, und ich beiße mir auf die Lippe, um die Panik zurückzudrängen.

»Es gibt noch etwas, was ich mit Ihnen allen persönlich besprechen wollte«, fährt Avery fort. »Die Spurensicherung hat eine Entdeckung gemacht.«

Er greift in eine Ledertasche, die an seinem Sessel lehnt, und holt eine schlichte Aktenmappe heraus. Sie ist dunkelrot, und die vielen durchgestrichenen Aufschriften lassen erahnen, dass sie schon mehrfach wiederverwendet wurde. Er schiebt sie über den Couchtisch zu uns rüber, lässt jedoch die Hand darauf liegen.

»Es ist … eine Nachricht«, sagt er.

»Eine Nachricht?« Mein Dad beugt sich erwartungsvoll vor.

Avery mustert mich zögernd.

»Erzählen Sie einfach«, fordere ich ihn ungeduldig auf. »Traumatisiert bin ich so oder so, daran wird das auch nichts ändern.«

»Dee.« Meine Mom legt mir beschwichtigend die Hand aufs Knie. Sie macht sich wahrscheinlich Sorgen, dass ich jeden Moment einen Zusammenbruch kriege.

»Mir geht's gut«, versichere ich ihr, bevor ich mich wieder Avery zuwende. »Also?«

Endlich nimmt der Detective die Hand von der Akte und lehnt sich wieder zurück.

Langsam schlage ich die Mappe auf. Sie enthält nur ein einzelnes Blatt Papier. Eine Farbkopie von etwas, das aussieht wie ein typischer Erpresserbrief aus dem Fernsehen – ausgeschnittene, auf einen hellen Hintergrund geklebte Zeitschriftenbuchstaben. Das Ganze würde kindisch wirken, geradezu lächerlich klischeehaft, wäre da nicht der Inhalt der Botschaft.

IHR WUSSTET, DASS IHR MIT DEM FEUER SPIELT,
ALS IHR HIER EINGEZOGEN SEID.

»Was soll das denn heißen?«, frage ich. Mein Herz hat angefangen zu hämmern.

Avery schüttelt den Kopf. »Wissen wir noch nicht«, antwortet er. »Um ehrlich zu sein, stehen wir vor einem ziemlichen Rätsel.«

»Gab es noch weitere Hinweise?«, erkundigt sich mein Vater.

»Dazu darf ich mich leider nicht äußern. Derzeit sind wir noch dabei, den Tatort zu untersuchen. Ich kann Ihnen aber sagen, dass das hier bislang der einzige Fund ist, der auf … das, was damals passiert ist, hindeutet.«

»Das ist doch völliger Blödsinn.« Mein Vater schüttelt den Kopf. »Warum denn überhaupt unser altes Haus und nicht das der Carmichaels? Wohnt da nicht jetzt eine Familie mit Kindern?«

»Die Tufts, ja«, sagt Avery. »Die sind damals kurz nach … dem Vorfall dort eingezogen.«

»Sie können es ruhig aussprechen«, fahre ich ihn an. »Nach der Entführung. Ich war schließlich dabei, schon vergessen?«

»Delia«, mahnt meine Mutter und streicht mir über den Rücken, aber ich rutsche ein Stück von ihr weg.

»Ist schon gut«, sagt Avery. »Du hast natürlich vollkommen recht, Dee. Ich bin einfach selbst noch nicht ganz sicher, wie ich das alles für mich einordnen soll. Die Tufts haben zwei Söhne, aber die gehen beide schon aufs College und sind längst ausgezogen. Sie waren Teenager, als ihre Eltern das Haus gekauft haben. Aber um Ihre Frage zu beantworten, Mr Skinner, wir wissen nicht, warum jemand ausgerechnet Ihr altes Haus ins Visier nehmen sollte.«

»Das ist alles fast zehn Jahre her«, merke ich an.

»Stimmt. Eine lange Zeit, und wenn wir diese Nachricht nicht gefunden hätten, hätten wir vermutlich nie einen Zusammenhang zwischen den beiden Fällen hergestellt. Unsere Ermittlungen wären wohl zunächst in eine ganz andere Richtung gegangen. Dass das Mädchen von zu Hause ausgerissen oder bei einer Freundin untergeschlüpft ist.«

»Nein«, unterbreche ich ihn. »Ich meinte, dass Sibbys Entführung fast auf den Tag genau zehn Jahre her ist. Vielleicht ist ja irgendjemand besessen von dem Fall. Ein Nachahmungstäter.«

Einen Moment lang herrscht Schweigen.

»Könnte sein.« Avery nickt. Es ist offensichtlich, dass er diese Theorie bisher nicht in Betracht gezogen hat. »Tja, wie gesagt, noch stehen wir vor einem Rätsel.«

»Im Internet liest man ständig von so was«, beharre ich. »Es gibt Leute, die sich in irgendwelche alten Fälle reinsteigern, die deswegen sogar ganze Mordserien begehen. Warum soll das nicht auch für Entführungen gelten?«

»Wir werden keine Möglichkeit außer Acht lassen«, beteuert Avery. »So viel kann ich dir versprechen.«

»Denken Sie denn, es besteht Grund zur Sorge?«, fragt meine Mutter.

»Ist Dee etwa in Gefahr?«, fügt mein Vater aufgebracht hinzu.

»Mein Gott, Jake«, zischt Mom und wirft ihm einen »Hast du sie noch alle?«-Blick zu.

»Nein, nein.« Der Detective wischt ihre Bedenken fort. »Das glaube ich nicht. Wirklich nicht. Trotzdem kann ein bisschen Vorsicht natürlich nie schaden. Also zieh in nächster Zeit nicht unbedingt allein um die Häuser, in Ordnung, Dee?«

»Hatte ich eh nicht vor«, entgegne ich.

»Tja, umso besser. Dann bleib dabei, bis wir dahintergekommen sind, womit wir es hier zu tun haben.« Als er schließlich aufsteht und sich nach seiner Tasche bückt, wirkt er sichtlich erleichtert, wieder gehen zu dürfen.

»Und was ist, wenn Sie nicht dahinterkommen?«, frage ich. »Bei Sibby sind Sie das schließlich auch nicht.«

Er wird blass. »Da hast du recht«, sagt er. »Aber glaub mir, wir werden alles tun, damit das nicht noch einmal passiert.«

»Das sollte kein Vorwurf sein«, lenke ich ein. »Nur stimmt es denn nicht, dass …« – ich zögere kurz, als mir klar wird, dass er sich möglicherweise wundern könnte, wenn ich ihm die exakte Statistik ungelöster Vermisstenfälle nenne – »dass solche Fälle insgesamt eher selten aufgeklärt werden?«

Er nickt verhalten. »Wir geben unser Bestes«, betont er nochmals. »Versprochen. Trotzdem können wir natürlich nicht zaubern. Wir müssen mit dem arbeiten, was uns die Spurenlage verrät.«

Bevor der Detective geht, greift er in seine Manteltasche, zieht eine Visitenkarte heraus und drückt sie mir in die Hand.

»Wenn dir noch irgendwas einfällt, wenn dir jemand oder etwas verdächtig vorkommt oder du einfach nur reden willst, melde dich bei mir«, bittet er. »Nur keine Scheu. Das da ist meine Mobilnummer. Du kannst mich jederzeit anrufen oder mir schreiben.«

»Okay«, erwidere ich. »Danke.«

Es wirkt, als wollte er noch etwas hinzufügen, aber dann lächelt er bloß angespannt. »Delia, wir werden alle Hebel in Bewegung setzen, um rauszufinden, was es mit Laylas Verschwinden auf sich hat, und dann kannst du wieder ganz beruhigt sein.«

Ich schnaube innerlich. *Beruhigt sein.* Als ob die Polizei irgendwas tun könnte, damit ich beruhigt sein kann.

»Und wie geht es jetzt weiter, Detective?«, fragt meine Mutter.

»Morgen Abend findet in der Aula der Highschool eine Pressekonferenz statt. Und sobald das Wetter es zulässt«, er nickt in Richtung des Schnees vor dem Fenster, »durchkämmen wir den Wald. So sind die Bedingungen natürlich nicht ideal, aber damit müssen wir uns eben arrangieren.«

Nachdem Avery sich verabschiedet hat, stehe ich mit meinen Eltern am Fenster und sehe seinem Auto nach.

»Da muss man sich sicher keine Gedanken machen«, sagt mein Vater. »Also, um dieses arme kleine Mädchen natürlich schon. Aber mit dir hat das alles bestimmt nicht das Geringste zu tun, Dee.«

»Wovon hast du da eben eigentlich geredet?«, fragt meine Mutter mit einem eigenartigen Unterton. »Das mit den Nachahmungstätern und den ungelösten Vermisstenfällen. Delia, hast du etwa versucht, Sibby aufzuspüren? Im Internet?«

»Nein«, antworte ich rasch. »Das würde ich nie machen.«

Sie mustert mich skeptisch.

»Wirklich nicht, Mom. Ich hab überhaupt kein Interesse daran, dieses Fass noch mal aufzumachen. Am liebsten würde ich das alles einfach vergessen.«

Ihrer erleichterten Miene nach, scheint sie mir zu glauben.

»Da bin ich froh, Süße«, sagt sie. »Sehr vernünftig. Schließlich bringt es nichts, dich darüber zu zermürben. Du hast dein Leben doch so prima im Griff.«

Sie nimmt mich in den Arm und ich wehre mich nicht dagegen. Dann kommt auch noch mein Vater dazu und das Ganze ufert in eine klischeehafte Sitcom-Gruppenumarmung aus.

Ich frage mich, wie meine Eltern reagieren würden, wenn sie die Wahrheit wüssten. Das mit Sibby war zwar nicht gelogen, aber dafür habe ich meine Nase in jede Menge anderer Fälle gesteckt – vorsichtig ausgedrückt.

»Ich geh dann mal rauf und setze mich an die Hausaufgaben«, verkünde ich und löse mich aus dem Kuschelknäuel.

»Bist du sicher?«, fragt mein Dad. »Ich könnte uns doch allen eine schöne heiße Schokolade machen und dann schauen wir zusammen einen Film?«

»Würde ich ja echt gerne, aber ich muss bis nächste Woche einen Politikaufsatz schreiben, und ich hab noch nicht mal angefangen.« Die beiden wirken so fertig mit den Nerven, dass ich mir ein Lächeln abringe. »Mir geht's gut. Ehrlich.«

Das war gelogen. Oben in meinem Zimmer lasse ich mich auf meinen Schreibtischstuhl fallen und konzentriere mich eine Weile nur aufs Atmen. Ich denke an Layla und sofort wirbeln mir Hunderte von Erklärungen für ihr Verschwinden durch den Kopf. Im Grunde unterscheidet ihr Fall sich nicht groß von denen, die ich bei *Radio Silent* behandle, aber genau wie der eine, der mich seit zehn Jahren nicht loslässt, ist auch dieser mir viel zu nah.

Ich denke an die Nachricht, die Avery uns gezeigt hat. *Ihr wusstet, dass ihr mit dem Feuer spielt.* Es ist eine Warnung an die Gerrards, aber genauso gut könnte sie an mich gerichtet sein.

Ich schüttele den Kopf, um das Gedankenkarussell zu stoppen. Zur Ablenkung klappe ich meinen Laptop auf und checke meine E-Mails. Ganz oben im Posteingang wartet eine neue Nachricht von Carla Garcia aus Houston. Sie hat mir all die Informationen über ihre Freundin Vanessa geschickt, um die ich sie gebeten hatte, und darüber hinaus noch einiges mehr.

Genau das, was ich jetzt brauche.

12.

Carlas Mail ist der Traum einer jeden Podcasterin. Sie hat nicht nur ein Video angefügt, in dem sie zusammen mit einer Freundin Vanessas Arbeitsweg abläuft, sowie eine Liste von Personen, mit denen sie regelmäßig Kontakt hat, sondern außerdem auch noch Interviews mit ihren engsten Freunden und Verwandten aufgezeichnet. Natürlich mit der Erlaubnis aller Befragten, ihre Aussagen für *Radio Silent* zu benutzen.

Ich sichte das Material, mache mir ein paar Notizen und bin wenig später bereit für die erste Episode über Vanessa Rodriguez' Verschwinden.

Gerade als ich mein Equipment aufgebaut habe, klingelt es an der Haustür. Unsere Klingel, die mein Dad irgendwann mal bei eBay aufgetrieben hat, ist antik und hochkompliziert. So kompliziert, dass sie auf zwei Kartons verteilt geliefert wurde und mein Dad Wochen gebraucht hat, um sie zusammenzubasteln und in Betrieb zu nehmen. Und trotzdem klingt sie wie ein altersschwacher Gong. Die Zwillinge nennen es den »Glockenschlag des Grauens«.

Meine Eltern reden unten mit jemandem. Einen Moment lang fürchte ich, dass es wieder jemand von der Polizei ist, aber dafür klingen die Stimmen zu fröhlich. Sie bewegen sich den Flur runter Richtung Küche und sind dann nicht mehr zu hören.

Zwar wundere ich mich ein bisschen, wer ausgerechnet an einem Tag wie heute zu Besuch kommen sollte, aber wenigstens hält das Mom und Dad davon ab, sich zu viele Sorgen um mich zu machen. Ich wende mich wieder dem Bildschirm zu und greife nach meinen Kopfhörern, als es an der Tür am unteren Ende der Dachbodentreppe klopft.

»Hallo?«, ruft eine unbekannte Stimme zu mir hoch.

Hastig stopfe ich mein Mikrofon zurück in die Schreibtischschublade, als sich jemand auf den Weg nach oben macht. Ich klappe den Laptop zu und drehe mich gerade in dem Moment um, als – zu meiner absoluten Überraschung – Sarah Cash am oberen Ende der Treppe erscheint.

»Hi«, sagt sie.

»Hi«, antworte ich. Anscheinend gelingt es mir nicht besonders gut, meine Verwirrung zu überspielen, denn sie lacht kurz, bevor sie den letzten Schritt in mein Zimmer macht.

»Tut mir leid, dass ich hier einfach reinplatze, aber meine Eltern fanden, es wäre höchste Zeit, uns mal den Nachbarn vorzustellen. Ich hab sie zwar gewarnt, dass solche unangekündigten Besuche vielleicht gar nicht so gut ankommen, aber sie meinten, in einer Kleinstadt würde das halt so laufen. Ich bin übrigens Sarah. Ich weiß, wir haben uns schon in der Schule gesehen, aber so richtig kennengelernt ja noch nicht.«

»Komm ruhig rein«, sage ich, als ich mich endlich wieder gefasst habe, und stehe auf. »Ich bin Dee.«

Sie guckt sich um. »Um ehrlich zu sein, war mein Vater von Anfang an scharf darauf, sich euer Haus mal von innen anzugucken. Er und dein Dad fachsimpeln unten gerade übers Fliesenlegen und unsere Moms sitzen zusammen in der Küche und trinken Wein.«

»Klingt ja wie Liebe auf den ersten Blick«, merke ich an. »Es gibt nichts, worüber Dad lieber redet als dieses Haus.«

»Aber hallo. Bis eben wusste ich noch gar nicht, dass Häuser ein Geschlecht haben«, sagte Sarah. »Aber dein Dad hat das hier als *sie* bezeichnet. Wie so ein Segelboot.« Sie wirft mir einen belustigten Blick zu. »Wohnt ihr schon immer hier?«

»Nein. Wir kommen zwar aus Redfields, aber hier sind wir erst eingezogen, als ich acht war.«

Ich beeile mich, ihr zu versichern, dass mir bewusst ist, was für ein Glückspilz ich bin. »Ich weiß, ich hab das coolste Zimmer im ganzen Haus abgekriegt. Ist echt nett von meinen Eltern, dass sie mich hier oben wohnen lassen.«

Sarah lässt das Ganze noch einen Moment länger auf sich wirken. »Ich würde fast behaupten, ein cooleres Zimmer hab ich überhaupt noch nie gesehen.«

Ich bin ein kleines bisschen stolz, weil ich mir mit der Einrichtung wirklich Mühe gegeben habe. Außer meiner Familie ist der Einzige, der jemals hier raufkommt, Burke, und der hat sich noch nie dazu geäußert. So gern ich mich auch über meinen Vater und seine Renovierungswut lustig mache, ist mir doch klar, dass ich mein Deko-Gen von ihm geerbt habe, und im Laufe der Jahre habe ich mit seiner Hilfe ein paar ziemlich stylishe Teile aufgetrieben. Auf den alten Bodendielen liegen mehrere bunte, wenn auch etwas ausgeblichene Teppiche, die wir auf Flohmärkten oder in Antiquitätenläden gefunden haben. Vor der Wand steht eine zerknautschte alte Ledercouch und mein Bett hat seinen Platz in der Nische gegenüber. Die Wände sind größtenteils frei, bis auf zwei säuberlich aufgehängte Poster an einer Dachschräge – ein »I'm With Her«-Plakat von der Hillary-Clinton-Kundgebung, auf der ich mit meiner Mutter während des Wahlkampfs 2016 war, und ein altes Runaways-Cover, das ich auf eBay gekauft habe.

Sarah guckt hoch zu den Dachbalken, an denen ich weiße Lichterketten aufgehängt habe, und tritt dann ans Giebelfenster. Sie stößt einen lang gezogenen Pfiff aus.

»Wow, von hier oben sieht man ja die ganze Stadt«, sagt sie. »Man könnte fast auf die Idee kommen, Redfields wäre so was wie hübsch.«

»So weit würde ich jetzt nicht gehen.« Ich lache.

»Ach übrigens«, sagt sie und zeigt aus dem Fenster. »Da wohne ich, direkt auf der anderen Straßenseite.«

»Ja«, erwidere ich wie nebenbei. »In Mrs Dunlops altem Haus.«

»Wow«, sagt sie dann. »Ich sollte mich wohl besser nicht vor dem Fenster umziehen. Ist ja der reinste Logenplatz hier.«

Nicht rot werden. Nicht rot werden.

»Schneit es hier in der Gegend eigentlich immer so viel?«, fragt sie und kehrt dem Schneegestöber draußen den Rücken zu.

»Schon, ja. Das Gute daran ist aber, dass wir morgen vermutlich schulfrei haben.«

Sie geht zum Sofa und lümmelt sich in eine der Ecken. Anstatt ihr zu folgen, setze ich mich falsch rum auf meinen Schreibtischstuhl und drehe mich damit zu ihr um.

»Ich hoffe ja, dieses Mädchen ist bei dem Wetter jetzt nicht irgendwo da draußen«, sagt Sarah. »Echt schlimm, diese Geschichte.«

»Ja«, stimme ich ihr zu. »Total.«

»Was wohl mit ihr passiert ist?«, redet sie weiter. »Mann, da draußen rennen so viele Perverse rum. Hoffentlich hat sie sich einfach nur irgendwo verlaufen und taucht bald wohlbehalten wieder auf.«

»Ja, hoffentlich.« Ich erzähle ihr nicht von der Nachricht, die Avery uns gezeigt hat. Diese Information ist sicher nicht für die Öffentlichkeit bestimmt. Zumindest noch nicht.

»Angeblich soll's ja morgen eine Pressekonferenz geben«, sagt sie.

Ich nicke. »Und sie wollen den Wald durchkämmen. Sobald es mal aufhört zu schneien.«

»Und, gehst du helfen?«, fragt sie.

Bei der Vorstellung, den Wald zum ersten Mal seit zehn Jahren wieder zu betreten, wird mir flau im Magen. »Weiß ich noch nicht. Vielleicht.« Ich durchforste mein Gehirn nach einem Themenwechsel. »Dein Auto ist echt cool. Ein Chevy Nova, oder?« Sie wirkt beeindruckt. »Gut erkannt! Stehst du auch auf Autos?«

»Eigentlich nicht«, gebe ich zu. »Mein Dad hat mir gesagt, was es für eins ist. Aber sieht echt schick aus.«

»Ich hab's auch noch gar nicht so lange«, erklärt sie. »Hab monatelang dafür gespart und musste zwei Nebenjobs stemmen, was meine Eltern natürlich nicht so super fanden, aber ich hab meinen Notenschnitt gehalten, darum konnten sie nicht viel dagegen einwenden. So ein Nova war schon immer mein Traumwagen, und als ich dann über den hier gestolpert bin, gab's einfach kein Halten mehr. Mein Dad meint, das ganze Salz hier auf den Straßen wird dem Lack wahrscheinlich ziemlich zusetzen, aber was soll's? Autos sind zum Fahren da.«

»Definitiv.«

»Meine Eltern sind wirklich keine Fans von der Karre, aber ich bezahle alle Reparaturen selbst, also ist das ja wohl mein Problem. Wir haben uns ziemlich oft gezofft in letzter Zeit«, eröffnet sie mir plötzlich. »Meine Eltern und ich. Auch weil ich eigentlich gar nicht hierherziehen wollte.«

»Kann ich verstehen«, sage ich. »Redfields ist ja auch das totale Kaff.«

»Nicht dass ich unseren letzten Wohnort besonders toll gefunden hätte«, fährt Sarah fort. »Aber weg wollte ich da trotzdem nicht. Das ist ja gerade das Problem. Wir ziehen so oft um, dass ich überhaupt nie Gelegenheit habe, es irgendwo toll zu finden. Ich hätte einfach mal gerne Zeit, mich einzuleben. Jetzt nerven sie mich wieder damit, dass ich Leute kennenlernen muss, Freunde finden, und ich denk mir nur: Wozu die Mühe?«

»Hm«, mache ich verlegen.

Sarah lacht und schlägt sich die Hand vor die Stirn. »Ach, Scheiße, ich bin echt so blöd. Kein Wunder, dass ich nirgends Freunde finde. Dabei bin ich total froh, dass ich dich kennengelernt habe, du scheinst nämlich echt cool zu sein. Vielleicht können wir uns ja mal treffen? Du könntest dir mein Auto aus der Nähe angucken. Und vielleicht lasse ich dich sogar mal fahren.«

»Das wäre super«, sage ich. Dass ich keinen Führerschein habe und auch nicht die Absicht, das zu ändern, behalte ich für mich. Ich will einfach nur mit ihr im Auto sitzen.

»Das mit diesem vermissten Mädchen ist jedenfalls voll gruselig«, nimmt sie unseren vorherigen Faden wieder auf. »So ein Mist passiert doch sonst nur in der Großstadt.«

»Ja. Echt schrecklich.«

»Meine Mom meinte, hier in der Gegend wäre vor ein paar Jahren schon mal ein Mädchen verschwunden.« Sie lehnt sich neugierig nach vorn. »Seltsamer Zufall, oder? Kannst du dich daran erinnern?«

»Ich war damals noch ziemlich klein«, antworte ich ausweichend. Mir ist klar, dass es bloß eine Frage der Zeit ist, bis sie die Wahrheit erfährt, aber im Moment fühle ich mich diesem Thema einfach noch nicht gewachsen.

»Wo die beiden wohl abgeblieben sind?«, murmelt sie. »Sag mal, hörst du zufällig Podcasts?«

Mein Herz setzt kurz aus. »Podcasts? Eigentlich nicht. Die sind irgendwie nicht so mein Ding.«

»Solltest du aber.« Mit einem Mal wirkt sie wie angeknipst.

»Ich bin gerade total besessen von so einem True-Crime-Pod-cast. *Radio Silent* heißt der. Die Sprecherin ist der Hammer. Obwohl ich ja glaube, dass sie ihre Stimme verfremdet, die klingt nämlich irgendwie seltsam, aber auf eine interessante Art. Jedenfalls geht es da um vermisste Leute – also richtig aktuelle Fälle –, und die Follower machen sozusagen die Detektivarbeit. Die haben zusammen schon ein paar echt große Fälle gelöst. Voll krass.«

»Aha?« Mein Mund ist plötzlich staubtrocken, und ich habe keine Ahnung, was ich darauf erwidern soll, ohne mich verdächtig zu machen. »Klingt wirklich gut.«

»Ja, die Idee ist einfach genial. Ich meine, dass sie auf die Weise tatsächlich Leute finden. Irre, oder? Und klappt fast jedes Mal.«

Ich muss mich mit aller Kraft beherrschen, um sie nicht zu korrigieren. Dass sich die gelösten Fälle an einer Hand abzählen lassen und die ganze Mühe meistens vollkommen umsonst ist. Stattdessen zwinge ich mich zu einem Lächeln und tue so, als fände ich das alles extrem interessant.

»Na, jedenfalls frag ich mich, ob sie da wohl auch über Layla Gerrard berichten. Vielleicht würde ich dann sogar auch versuchen mitzuhelfen. Irgendwelche Sachen auskundschaften oder so.«

»Aber es werden doch total viele Leute vermisst, oder?«, wende ich ein. »Meinst du nicht, das ist ziemlich unwahrscheinlich?«

»Kann sein, ja.« Sie zuckt mit den Schultern. »Aber ich hab das Gefühl, der Fall würde super in die Sendung reinpassen. Und vor allem ist er ganz frisch. Bei so was sind die ersten achtundvierzig Stunden nämlich am allerwichtigsten. Na ja, wir werden ja sehen. Aber wirklich, hör unbedingt mal rein.«

»Mach ich.«

Ein Klopfen an der Tür rettet mich.

»Hey, ihr da oben! Dürfen wir mal raufkommen?«, ruft mein Vater.

Ohne meine Antwort abzuwarten, stapft er sofort die Treppe hoch. Im Schlepptau hat er einen hochgewachsenen Mann, in dem ich sofort Sarahs Vater aus der Nacht, in der sie gegenüber eingezogen sind, wiedererkenne.

»Der Wahnsinn!«, schwärmt er und guckt sich um. Dann dreht er sich mir zu und grinst. »Du musst Dee sein. Entschuldige den Überraschungsbesuch, aber dein Dad meinte, du hättest nichts dagegen. Mann, euer Haus ist ja echt Bombe.«

»*Bombe?*«, echot Sarah. »Wie redest du denn auf einmal?«

Ich muss schmunzeln und frage mich, ob Mr Cash wohl bald in Dads Clique aufgenommen wird und mit Jaron und Pickle hinter dem Café steht und kifft.

»Wir sollten langsam nach Hause, Schätzchen«, sagt er jetzt zu Sarah. »Morgen ist schließlich Schule. Komm, wir holen mal deine Mutter, die redet da unten schon wieder nur über die Arbeit.«

Sarah steht vom Sofa auf und streckt sich. »Okay. Bis dann, Dee.«

»Ja, bis dann!«

Dad tritt zur Seite, um die beiden vorangehen zu lassen, und wir bringen unsere Gäste gemeinsam zur Tür.

»Puh, das nenn ich mal unerwartet«, ächzt meine Mutter, als die drei wieder weg sind. Sie lässt sich auf einen Sessel fallen und gähnt. »Nach allem, was heute passiert ist, war ich echt nicht in Plauderlaune, aber ich muss zugeben, die waren sehr sympathisch.«

»Und man kann ihnen schließlich nicht übel nehmen, dass sie sich vorstellen wollten«, sagt Dad. »Hey, das sind vermutlich die Einzigen hier, die über … unsere Vergangenheit nichts wissen. Dee, was sagst denn du? Diese Sarah ist doch richtig nett. Und noch dazu ziemlich hübsch, was?«

»Mhm«, brumme ich, ohne näher darauf einzugehen. »Ich mache mich dann mal wieder an die Hausaufgaben.« Und bevor er mich weiter über Sarah löchern kann, flüchte ich die Treppe hoch.

Oben trete ich als Erstes ans Fenster. Ausgerechnet in dem Moment taucht Sarah an ihrem eigenen Fenster auf, um die Vorhänge zuzuziehen. Ich bin so perplex, dass ich mich nicht mehr rechtzeitig wegducken kann, und stehe da wie ein Reh im Scheinwerferlicht.

Sarah jedoch wirkt kein bisschen irritiert, als sie mich entdeckt, sondern schenkt mir bloß ein breites Grinsen und hebt die Hand zum Peace-Zeichen. Ich grinse zurück und erwidere die Geste.

Sie winkt und schließt dann die Vorhänge. Ich bleibe noch kurz am Fenster stehen und starre durch das Schneegestöber rüber zum Wald. Ob Layla irgendwo da draußen ist?

Schließlich reiße ich mich los und setze mich zurück an meinen Schreibtisch, hole das Mikrofon aus der Schublade und mache mich an die Arbeit.

13.

Transkript von **RADIO SILENT**
Episode 42

DIE SUCHERIN: Eine Frau in Houston verschwindet nach einem ganz normalen Arbeitstag. Die Polizei bittet die Öffentlichkeit um Mithilfe, aber bislang gibt es keinerlei Spuren. Hat vielleicht jemand von euch da draußen in **Radio-Silent**-Land relevante Infos? Ob es etwas gibt, was *ihr* tun könnt?
Hört zu. Helft mit.
In Nordamerika werden jedes Jahr fast eine Million Menschen als vermisst gemeldet. Aber wenn wir aufmerksam sind und alle zusammenarbeiten, gelingt es uns vielleicht, ein paar von ihnen zurück nach Hause zu holen.
Ich bin die Sucherin, und ihr hört **Radio Silent**.

DIE SUCHERIN: Anfang dieser Woche habe ich eine E-Mail von Carla Garcia aus Houston bekommen, die mich gebeten hat, den Fall ihrer verschwundenen Freundin Vanessa in den Podcast aufzunehmen. Vanessa Rodriguez, einundzwanzig Jahre alt, wurde vor vier Tagen als vermisst gemeldet, aber ihre Freunde sind sich sicher, dass sie schon früher verschwunden sein muss. Tatsächlich ist sie schon vor sechs Tagen nicht zur Arbeit in einem beliebten Diner aufgetaucht, was ihrem Chef direkt seltsam vorkam, weil sie noch nie eine Schicht verpasst hatte. Als sie weder auf Anrufe noch Nachrichten reagierte, ging er davon aus, dass sie den Job einfach geschmissen hätte. Ihre Familie dagegen nahm an, sie wäre das ganze Wochenende bei Johnny, ihrem Freund, aber der war zu der Zeit gar nicht in der Stadt, sondern zu Besuch bei seiner eigenen Familie in San Antonio.

EINSPIELER (Johnny): »Ich bin Sonntagnachmittag so gegen zwei, halb drei nach Hause gekommen. Vanessa und ich waren verabredet. Also, wir hatten nichts Besonderes vor, einfach nur ein bisschen rumhängen. Aber dann hat sie auf keine meiner Nachrichten geantwortet, und als ich sie anrufen wollte, bin ich immer nur in ihrer Mailbox gelandet. Irgendwann bin ich zu ihr gefahren und sie hat nicht aufgemacht. Ich hab einen Schlüssel zu ihrer Wohnung, also bin ich nach einer Weile halt reingegangen – keiner da. Alles wirkte wie immer, aber irgendwie hatte ich ein komisches Gefühl. Da hab ich vorsichtshalber ihre Mom angerufen, und als die meinte, sie hätte auch nichts von Vanessa gehört, hab ich angefangen, mir ernsthaft Sorgen zu machen.«

DIE SUCHERIN: Johnny und Vanessas Mutter fingen an, Vanessas Freunde und den Rest der Familie abzutelefonieren, und dabei bestätigte sich immer mehr ihr Verdacht, dass irgendetwas nicht stimmte.

EINSPIELER (Carla): »Seit zwei Tagen hatte keiner mehr was von Vanessa gehört. Ich selbst hatte sie zuletzt Anfang der Woche im Diner gesehen. Weil wir Freitag für dieselbe Schicht eingeteilt waren, hatten wir verabredet, danach zusammen was trinken zu gehen, aber dann ist sie an dem Tag nicht zur Arbeit aufgetaucht. Was echt merkwürdig war, weil das bei Vanessa wirklich noch nie vorgekommen ist, und dann hat sie nicht mal auf meine Nachricht geantwortet. Richtige Sorgen hab ich mir trotzdem erst gemacht, als Sonntagabend der Anruf von Johnny kam. Wir sind zusammen zur Polizei gegangen, aber die meinten, wir müssten noch achtundvierzig Stunden abwarten, bevor wir eine Vermisstenanzeige aufgeben könnten. Dabei hatten wir sie doch schon viel länger als achtundvierzig Stunden nicht mehr gesehen. Kompletter Schwachsinn also, aber so wären nun mal die Vorschriften. Irgendwie kam's uns vor, als wäre denen das alles komplett schnuppe. Tja, uns nicht.

Wir waren halb verrückt vor Sorge.«

DIE SUCHERIN: Also nahmen Carla und Johnny und Vanessas Familie die Sache selbst in die Hand. Vanessas Handy wurde unter einem Briefkasten ein paar Straßen von ihrer Wohnung entfernt gefunden, und als ihre Familie schließlich Zugriff auf ihr Bankkonto bekam, stellte sich heraus, dass es dort seit Tagen keinerlei Aktivitäten gegeben hatte.

DIE SUCHERIN: Ihr alle wisst, warum ich hier bin. Genau so, wie ich weiß, warum ihr alle hier seid. Die Welt ist voller vermisster Menschen, und die traurige Wahrheit ist, dass viele von ihnen nie wieder nach Hause zurückkehren. Aber ich glaube fest daran, dass hinter jedem Vermisstenfall eine Geschichte steckt, und wenn wir die einzelnen Puzzleteile richtig kombinieren, können wir vielleicht, nur ganz vielleicht, hin und wieder dazu beitragen, dass alles gut ausgeht. Natürlich kann es sein, dass es

für Vanessa schon zu spät ist.
Aber wer weiß? Was, wenn sie
irgendwo da draußen ist und betet,
dass jemand was bemerkt hat?
Vielleicht jemand, den ihr kennt.
Vielleicht ja sogar ihr selbst.
Carla Garcia hat sich jedenfalls
als wahre Freundin erwiesen.
Sie hat eine riesige Suchaktion
ins Leben gerufen und lässt,
zusammen mit Vanessas Familie und
ihrem Freund, nichts unversucht,
um Vanessa zu finden. Und darum
hat sie auch mich und die VLD
um Hilfe gebeten. Sie hat die
Einspieler aufgezeichnet, die
ihr in dieser Episode gehört
habt, und wartet in Houston
darauf, jedem Hinweis von euch
nachzugehen.
Alle Informationen, zusammen mit
ein paar Fotos von Vanessa, findet
ihr noch mal zum Nachlesen auf
der Website von **Radio Silent.**
Ich will dafür sorgen, dass
Vanessas Geschichte die
Aufmerksamkeit bekommt, die sie
verdient.
Ob es etwas gibt, was *ihr* tun
könnt?
Hört zu.
Helft mit.

14.

Wie erwartet fällt am nächsten Morgen die Schule aus. Normalerweise würde ich mich darüber ja freuen, aber heute kann ich nur daran denken, dass sich die Suche nach Layla dadurch noch weiter verzögert.

Nach dem Abendessen hört es endlich auf zu schneien und Burke holt mich zur Pressekonferenz ab. Ich bin froh, endlich meinen Eltern zu entkommen, die mich gerade zum hundertsten Mal zu überzeugen versuchen, doch lieber zu Hause zu bleiben. Darum stürze ich erleichtert zur Tür, schlüpfe in Mantel und Stiefel und rufe den beiden auf dem Weg nach draußen ein hastiges »Bis später!« zu.

»Lass uns bloß abhauen«, sage ich zu Burke und renne förmlich an ihm vorbei die Verandatreppe hinunter.

»Hattest du Streit mit deinen Alten oder was?«, fragt er, während er meine Verfolgung aufnimmt.

»Schlimmer. Die wollen mit mir über meine *Gefühle* sprechen.«

Burke stöhnt auf. »Ach, du Scheiße. Scheint, als würden die sich wegen der Sache mit Layla genauso verrückt machen wie meine Eltern.«

»Sie befürchten offenbar, ein neuer Vermisstenfall könnte böse Erinnerungen in mir wecken.«

Er lacht. »Wie soll das erst werden, wenn sie von deinem Podcast erfahren?«

Ich bleibe stehen, drehe mich zu ihm um und pikse ihm den Zeigefinger in die Brust. »Sie werden *nie* von meinem Podcast erfahren. Capisce?«

»Mann, entspann dich mal. Wie oft müssen wir das eigentlich noch durchkauen? Ich bin auf deiner Seite, klar?«

Ich senke betreten den Blick. »Tut mir leid. Ich bin echt ein bisschen angespannt. Das ist alles einfach so heftig.«

»Kannst du laut sagen«, entgegnet er. »Heute Nachmittag war die Polizei bei uns.«

»Wow, im Ernst?«

»Ja, die haben sich uns gekrallt und 'ne richtige Vernehmung durchgeführt, mit einer Trillion Fragen. Anscheinend versuchen sie gerade festzustellen, wo sich die Leute aus der Gegend zum Zeitpunkt der Entführung aufgehalten haben.«

Ich nicke. Das klingt sinnvoll. Die meisten Entführer sind im direkten Umfeld des Opfers zu finden: Bekannte oder Verwandte, Nachbarn oder irgendwer, der in der Nähe arbeitet. Jemand, der das Opfer kennt und dem sich die passende Gelegenheit bot.

»Wo waren denn Laylas Eltern?«, frage ich.

»Einkaufen«, sagt Burke. »Angeblich saß sie gerade an den Hausaufgaben, und sie wollten nur ganz kurz weg, darum haben sie sie allein gelassen. Und als sie zurückkamen, war sie verschwunden.«

»Und das ist alles bestätigt?«, frage ich. »Ich meine, gibt es Zeugen dafür?«

Burke nickt. »Ja. Mehrere Leute haben die beiden im Supermarkt und in der Drogerie gesehen. Ich weiß, dass in solchen Fällen oft die Eltern die Finger im Spiel haben, aber diesmal nicht.«

Der Schulparkplatz ist rappelvoll. Im Näherkommen sehe

ich mehrere am Straßenrand geparkte Übertragungswagen vom Fernsehen, darunter ein auffallender babyblauer Van mit BNN-Logo.

»Scheiße.« Ich bleibe stehen.

Burke folgt meinem Blick. »Scheiße«, stimmt er mir zu. »Meinst du, Quinlee Ellacott ist hier?«

»Keine Ahnung«, antworte ich besorgt.

»Na ja, selbst wenn, wird sie ja wohl kaum ›Hey, du bist doch bestimmt die Sucherin!‹ rufen, sobald sie dich sieht.«

»Wahrscheinlich nicht. Aber trotzdem wär's mir lieber, sie wäre gar nicht hier.«

Die Aula ist bis auf den letzten Platz besetzt. Die ganze Stadt scheint sich versammelt zu haben. Ganz hinten entdecke ich Detective Avery, der in seinem dunklen Anzug und dazu passenden Mantel ziemlich aus der Jeans und Parka tragenden Masse heraussticht. Er hat die Arme vor der Brust verschränkt und lässt den Blick durch den Saal schweifen, als würde er sich im Geiste Notizen zu jeder einzelnen Person machen.

Vor der Bühne stehen Kamerastative, und alles ist voller Journalisten, die miteinander plaudern oder sich hin und wieder einen der Anwesenden für ein rasches Interview herauspicken. Und dann sehe ich sie – Quinlee Ellacott, in einer knallroten Jacke, ihrem Markenzeichen.

Obwohl sämtliche Kameras auf die Bühne gerichtet sind, ziehe ich mir die Mütze so tief wie möglich ins Gesicht und zur Sicherheit auch noch die Kapuze über den Kopf, während ich Burke ganz ans hintere Ende des Saals schleife. Dennoch merke ich, wie sich immer wieder irgendwer zu uns umdreht und mit seinem Sitznachbarn zu tuscheln anfängt. Niemand hier hat vergessen, was damals im Wald passiert ist, aber normalerweise halten die Leute sich zurück. Laylas Fall scheint ihre Neugier neu angefacht zu haben. Na super.

Auf der Bühne tut sich was. Sofort zucken Kcamerablitze drauflos und Mikrofone an langen Stangen werden in Richtung der dort aufgestellten Tische geschoben. Mrs Gerrard und ein hochgewachsener, gut aussehender Mann, der ihr beschützend die Hand auf den Rücken gelegt hat, nehmen dahinter Platz.

»Ist das ihr Mann?«, flüstere ich Burke ins Ohr.

»Ja. Adam. Total netter Typ.«

Den Gerrards folgen ein Mann im Anzug, die Bürgermeisterin und der Polizeichef.

Der Mann im Anzug streckt den Arm aus und zieht das Tischmikro, das vor den Gerrards steht, zu sich.

»Herzlich willkommen«, sagt er. »Ich bin der Anwalt von Mr und Mrs Gerrard, die gleich ein kurzes Statement abgeben werden. Anschließend können Sie Ihre Fragen stellen.«

Er schiebt das Mikro zurück vor seine Mandanten, die ihm nervöse Blicke zuwerfen. Eine Hand unter dem Tisch, vermutlich um die seiner Frau zu halten, beugt sich Adam Gerrard zum Sprechen vor. »Wir wissen es wirklich zu schätzen, dass Sie alle hier sind«, fängt er an. »Wie Sie sich vorstellen können, stehen Bonnie und ich ziemlich unter Schock, aber wir sind auch unendlich dankbar für den vielen Beistand von allen Seiten.«

Den Schock sieht man ihm an, sein Gesicht wirkt ganz bleich und ausgezehrt. Eine Weile lang starrt er einfach nur vor sich auf den Tisch, aber dann sammelt er sich wieder, und als er schließlich stockend weiterredet, liegt Verzweiflung in seiner Stimme.

»An die Person, die für das Verschwinden unserer Tochter verantwortlich ist.« Er hebt den Kopf und blickt direkt in die Kameras. »Wer auch immer Sie sind und wo auch immer Sie sich verstecken, bitte richten Sie unserer kleinen Layla aus, dass wir sie sehr lieben. Erklären Sie ihr, dass Sie einen riesigen Fehler gemacht haben, und dann bringen Sie sie an einen sicheren

Ort, ohne dass jemand Sie sieht. Lassen Sie sie frei und rufen Sie die Hilfshotline an, die die Polizei eingerichtet hat. Die ist komplett anonym, niemand kann Ihren Anruf zurückverfolgen. Geben Sie uns unsere Tochter zurück und niemand wird Sie belangen.«

»Na klar«, flüstert Burke mir zu. »Wenn Layla jemals lebendig nach Hause kommt, wird die Polizei ja wohl kaum die Hände in den Schoß legen.«

»Pssst«, mache ich. Das hier ist die erste Pressekonferenz über einen Vermisstenfall, die ich live miterlebe, und ich will kein Wort verpassen.

Auf der Bühne herrscht einen Moment Schweigen, und als schließlich Bonnie Gerrard das Wort ergreift, könnte man im Publikum eine Stecknadel zu Boden fallen hören.

»Und dann möchten wir Layla noch etwas sagen.« Ihre Stimme, leiser und erstickter als die ihres Mannes, bricht immer wieder. »Layla, Schätzchen, wir haben dich furchtbar lieb. Wir wissen, du willst nach Hause, willst mit BamBam kuscheln und Planet Erde schauen. Wir warten hier auf dich, Liebes.«

Plötzlich schlägt sie sich die Hände vors Gesicht und fängt an zu schluchzen. Ihr Mann schiebt sich vor sie und schirmt sie mit dem Oberkörper vor den Kameras ab, das Gesicht an ihre Schulter geschmiegt, und dann sitzen die beiden einfach nur eng umschlungen da und weinen.

Der Anwalt zieht hastig das Mikrofon beiseite, aber er ist nicht schnell genug, und so erfüllt ihr gemeinsames Schluchzen für ein paar Sekunden den Saal. Ich sehe mich um. Überall wechseln die Leute entsetzte Blicke oder starren beklommen zu Boden. Die Szene, die sich auf der Bühne abspielt, ist geradezu grauenhaft intim.

»Mr und Mrs Gerrard!« Der Zwischenruf, der dem unbehaglichen Moment ein Ende setzt, wirkt plump und rücksichtslos, dennoch macht sich spürbare Erleichterung breit. Quinlee Ellacotts roter Ärmel leuchtet, als sie sich mit ihrem Mikrofon über den Bühnenrand beugt. »Können Sie uns etwas zu dem Gerücht sagen, dass Layla aus Rache entführt worden sein soll?«

Ein Raunen geht durch die Menge, und ich drehe mich zu Burke um, der mit weit aufgerissenen Augen den Kopf schüttelt. Offenbar hört er davon auch zum ersten Mal.

Der Anwalt redet gedämpft und eindringlich auf die Gerrards ein. Adam Gerrard nickt und steht auf, eine Hand nach seiner Frau ausgestreckt. Bonnie jedoch beachtet ihn nicht, sondern starrt die Reporterin an, die ihren Blick unverwandt erwidert.

»Das ist ja wohl völlig absurd«, faucht sie. »Rache wofür denn?«

Ihr Mann versucht erneut, sie zum Aufstehen zu bewegen, aber Bonnies Aufmerksamkeit ist voll und ganz auf die Frau mit dem Mikrofon fixiert.

»Es heißt ja, Sie hätten finanzielle Schwierigkeiten«, fährt Quinlee fort, ohne sich von der zunehmenden Unruhe im Saal beirren zu lassen; im Gegenteil, sie scheint voll in ihrem Element zu sein. »Spielschulden, nicht bediente Hypotheken … Warum sind Sie eigentlich nach Redfields gezogen?«

»Was fällt Ihnen ein?«, schreit Bonnie so laut und durchdringend, dass auf einen Schlag wieder Ruhe einkehrt, als hätten all die geballte Trauer und Wut in ihrer Stimme die Zeit zum Stillstand gebracht. Adam Gerrards Hand verharrt in der Luft über Bonnies Schulter, und selbst der Anwalt steht da wie versteinert, während sich Bonnie Gerrards Emotionen ungebremst über Quinlee Ellacott entladen.

»Was fällt Ihnen ein, uns so etwas vorzuwerfen? Können Sie sich eigentlich vorstellen, was unsere Familie gerade durchmacht?«

Doch Quinlee lässt sich nicht von ihrem Kurs abbringen, obwohl ich zu sehen meine, wie sie die Schultern strafft, bevor sie sich für den nächsten Angriff bereit macht.

»Ja, das kann ich mir vorstellen«, erklärt sie. »Aber wenn ein Kind vermisst wird, darf man nun mal keine Möglichkeit außer Acht lassen. In den allermeisten Fällen ist nämlich jemand dafür verantwortlich, der dem Opfer sehr nahesteht.«

»Wir haben Alibis!«, schreit Bonnie.

»Schön und gut«, entgegnet Quinlee. »Sie selbst scheiden als Täter aus. Aber es kann schließlich immer noch sein, dass Sie sich mit den falschen Leuten eingelassen und dadurch unwissentlich Laylas Entführung herbeigeführt haben.«

In diesem Moment scheint ein Bann zu brechen und es kommt wieder Leben in die Menschen auf der Bühne. Der Anwalt flüstert Bonnie etwas ins Ohr, die sich daraufhin sichtlich zusammenreißt, aufsteht und sich an den anderen vorbei von der Bühne drängt.

Adam Gerrard beugt sich über das Mikrofon.

»Wenn Sie auf eine Story à la ›Die Sopranos‹ aus sind, mit ein paar richtig schweren Jungs, die bei mir Schulden eintreiben wollen, dann muss ich Sie enttäuschen«, sagt er und stemmt sich so ruckartig vom Tisch hoch, dass das Mikro mit einem Knall auf die Seite kippt.

Der Anwalt legt ihm die Hand auf die Schulter und gibt auf dem Weg von der Bühne Emma Jin ein unauffälliges Zeichen. Die Bürgermeisterin von Redfields geht zum Tisch, stellt das Mikrofon wieder auf und wendet sich ihrerseits an die aufgebrachte Menge.

Als Quinlee Ellacott sich kurz zu ihrem Kameramann umdreht, sehe ich den zufriedenen Ausdruck in ihrem Gesicht. Selbst wenn alles, was Adam und Bonnie Gerrard gesagt haben, der Wahrheit entspricht, ist es ihr gelungen, den beiden mit wenigen gezielten Fragen eine dramatische Reaktion zu entlocken und dem Fall einen völlig neuen Anstrich zu verleihen. Was natürlich wesentlich spannenderen Nachrichtenstoff liefert als eine stinknormale Pressekonferenz.

»Vielen Dank, dass Sie gekommen sind«, sagt die Bürgermeisterin. »Unser aller Mitgefühl gilt Layla und ihrer Familie. Zum Glück scheint das Wetter ja endlich ein wenig besser zu werden, sodass wir morgen mit dem Durchkämmen des Waldgebiets hinter Laylas Siedlung beginnen können. Wer helfen möchte, kommt bitte bei Sonnenaufgang zur Red Spruce Lane, dort werden die Suchtrupps eingeteilt. Bevor wir für heute Schluss machen, wird Mr Garber von der Polizei noch ein paar Worte an Sie richten, aber vorher möchte ich Sie alle bitten, noch einmal ganz genau zu überlegen, ob Ihnen in den Tagen vor Laylas Verschwinden irgendwas Außergewöhnliches aufgefallen ist.«

Damit übergibt sie das Mikrofon an den Polizeichef.

»Wie Bürgermeisterin Jin ja schon gesagt hat, planen wir für morgen eine große Suchaktion«, beginnt er. »Treffen ist um acht, und sobald es hell genug ist, verteilen wir uns in dem Waldgebiet zwischen der Siedlung und dem Highway. Da seit Laylas Verschwinden dermaßen viel Schnee gefallen ist, sind die Umstände leider nicht ideal, darum zählen wir umso mehr auf Ihre Mithilfe. Natürlich werde ich die Einzelheiten auch morgen noch mal erläutern, aber für diejenigen von Ihnen, die schon wissen, dass sie teilnehmen wollen: Denken Sie dran, nichts anzufassen, und nehmen Sie Ihre Handys mit, damit Sie gegebenenfalls Fotos machen können. Wir sehen uns morgen früh.«

Wir schließen uns der Karawane Richtung Ausgang an und schaffen es nach einer gefühlten Ewigkeit nach draußen. Die frische Luft ist angenehm, gerade kalt genug, um nicht feucht zu sein, und gerade warm genug, um nicht auf den Wangen zu brennen. Winzige Schneeflocken glitzern im Licht der Parkplatzlaternen, bevor sie auf dem Asphalt landen und schmelzen.

»Und, bist du morgen dabei?«, fragt Burke.

»Klar.« Ich mache einen Schritt zur Seite, um ein paar Leute vorbeizulassen. »Auf jeden Fall. Ich hab das Gefühl, ich kann gar nicht anders.«

»Ich auch«, sagt er. »Irgendwas muss man ja tun. Komm doch vorher noch kurz bei mir vorbei. Meine Mom würde sich freuen.«

Ich nicke. »Okay. Ich schreib dir dann, wenn ich losgehe.«

»Hey, guck mal«, sagt er plötzlich. Als ich mich umdrehe, sehe ich Sarah nach draußen kommen.

»Frag sie doch, ob ihr zusammen nach Hause laufen wollt«, schlägt Burke mit verschmitztem Grinsen vor. Ich verfluche mich mal wieder dafür, dass ich rot werde, und sein Grinsen wird noch breiter. Ich könnte schwören, dass ein wahrhaftiges Sternchen in seinem Augenwinkel blinkt.

»Du hältst dich wohl echt für superlustig, was?«, frage ich.

»Wieso, ich bin bloß dein freundlicher Nachbar Amor«, entgegnet er unschuldig. Dann rennt er los, ohne sich noch mal umzugucken. Ich muss wider Willen schmunzeln, als er um die Ecke verschwindet, und setze mich dann auch in Bewegung. Eigentlich hatte ich erwartet, dass Sarah längst weg sein würde, aber dann sehe ich sie den Parkplatz überqueren. Sie ist noch so nah, dass ich locker zu ihr aufschließen könnte, aber irgendwas hält mich davon ab. Kurz darauf biegt sie um die Kurve und meine Chance ist vorbei.

15.

Am nächsten Morgen ist es kälter und die Luft schwerer als am Abend zuvor. Alles deutet auf weitere Schneeschauer hin.

Eine halbe Stunde, bevor die Suche starten soll, biege ich in die Red Spruce Lane ein. Genau wie in den umliegenden Straßen ist auch hier alles vollkommen mit Autos zugeparkt, deren Insassen ihre To-go-Kaffeebecher umklammern. Ich gehe die Eingangsstufen hoch und klingele bei den O'Donnells. Während ich warte, drehe ich mich zu unserem alten Haus um. Wo jetzt die Gerrards wohnen. Auch hier stehen mehrere Autos in der Auffahrt, und hinter den durchscheinenden Gardinen in dem großen Fenster, das nach vorne rausgeht, sehe ich Silhouetten. Wahrscheinlich Verwandte. Oder Freunde von außerhalb. Die Gerrards kennen wahrscheinlich noch nicht so viele Leute in Redfields.

Jetzt wird vor mir die Haustür aufgerissen und Burkes Mutter Marion hält das Fliegengitter für mich auf. Als ich mich an ihr vorbeischiebe, schlägt sie sich so ehrfürchtig die Hände auf die Wangen, als kehrte ich nach zehn Jahren auf See endlich heim.

»Meine Güte, Delia«, staunt sie kopfschüttelnd. Dann stellt sie sich auf die Zehenspitzen und zieht mich fest an sich. »Ich kann gar nicht glauben, wie schnell du erwachsen wirst.«

Ziemlich übertriebene Reaktion, wo wir uns doch erst gerade

noch vor ein paar Wochen beim Einkaufen begegnet sind, aber das überrascht mich kein bisschen. Burkes Mom hatte schon immer einen Hang zur Dramatik.

»Komm rein«, sagt sie. »Wir sind gerade mit dem Frühstück fertig.«

Ich werfe meine Stiefel auf den riesigen Schuhberg neben der Tür und folge ihr über den dicken Wohnzimmerteppich Richtung Küche. An dem großen, abgenutzten Holztisch dort sitzt Burke und liest einen Comic.

Er guckt zu mir hoch. »Hey, Dee, bin gleich fertig.«

In der Ecke sitzt ein kurz gewachsener Mann über einem Teller mit Toast und scrollt durch sein Handy.

»Delia«, sagt Mrs O'Donnell. »Du erinnerst dich doch noch an meinen Schwager, Terry?«

Der Mann hebt den Kopf und winkt halbherzig.

»Ja, ganz vage«, antworte ich. »Von früher.«

»Wie geht's?«, erkundigt sich Terry. Die Frage ist aber offenbar nur eine Floskel, denn er widmet sich direkt wieder seinem Handy.

»Sollen wir dann?«, dränge ich Burke, damit bloß niemand auf die Idee kommt, mich in ein Gespräch über Sibby zu verwickeln.

Burke legt etwas widerstrebend seinen Comic hin, schiebt seinen Stuhl zurück und quetscht sich hinter dem Tisch hervor. »Okay«, sagt er. »Aber erst muss ich dir unten noch was zeigen.«

Ich folge ihm in den Keller. Sein Zimmer ist lediglich durch eine nachträglich eingezogene Wand vom Hauptraum abgetrennt, und genau, wie er erzählt hat, hat sein Onkel sich darin breitgemacht. Auf der Couch liegen zerwühlte Decken und Kissen, und auf dem Beistelltisch ist eine riesige Reisetasche deponiert, aus der alte Jeans, ausgeblichene T-Shirts und ein

Sammelsurium nicht zueinanderpassender Socken bis auf den Boden quellen.

»Gemütlich habt ihr 's hier«, merke ich an.

»Hör bloß auf«, brummt Burke, während wir weiter in sein Zimmer gehen. Sehr viel ordentlicher ist es da auch nicht – überall liegen Klamotten und irgendwelche Schulsachen –, aber ich verkneife mir einen Kommentar darüber.

Burke macht die Tür zu und fährt dann sofort zu mir herum. »Ich hab mir heute Morgen deine neue Episode angehört«, platzt es aus ihm heraus. »Wieso hast du denn gar nicht über Layla berichtet?«

»Seit wann hörst du denn meinen Podcast?«, entgegne ich.

»Seit heute. Weil ich gespannt war, was du über sie sagen würdest. Und dann erwähnst du sie nicht mal? Was soll der Scheiß?«

»Ach Mann, Burke. Muss ich dir das wirklich erklären?« Ich fange an, mir die Schläfen zu massieren, weil ich befürchte, dass dieses Gespräch ernsthafte Kopfschmerzen nach sich ziehen wird. »Das ist einfach kein passender Fall für *Radio Silent*.«

»Kein passender Fall?«, echot er und klingt dabei so aufgebracht, dass ich unwillkürlich einen Schritt zurückweiche.

»Psst!«, zische ich. »Nicht so laut!«

Er verdreht die Augen und deutet Richtung Decke. »Die hören uns da oben nicht. Dee, ein Mädchen aus meiner Straße ist verschwunden, *aus deinem alten Haus*, und du hast einen Podcast, der hilft, Vermisste zu finden! Überleg doch mal: Du wärst näher am Geschehen als je zuvor. Du könntest direkt vor Ort ermitteln.«

»Was so ziemlich das Gegenteil von dem ist, was ich will«, erwidere ich. »Dir ist schon klar, dass ich diesen Podcast überhaupt nur ins Leben gerufen habe, weil ich nie über Sibbys Verschwinden hinweggekommen bin, oder?«

»Das hier hat doch gar nichts mit Sibby zu tun.«

»Aber es geht mir nah«, widerspreche ich. »Zu nah.«

»Du verfremdest doch sowieso deine Stimme«, hält er dagegen. »Keiner würde dich erkennen.«

»Trotzdem. Mein Part besteht darin, die Geschichten zu präsentieren, den Rest übernimmt die Community. Ich kann jetzt nicht auf einmal anfangen, hier vor Ort Ermittlungen anzustellen.«

Er schnaubt. »Jetzt komm aber. Du lebst in derselben Stadt. Mann, du hast sogar im selben Haus gewohnt. Du warst dabei, als Sibby verschwunden ist, und jetzt hast du einen Podcast, der sich mit genau diesem Thema beschäftigt. Meinst du nicht, das Schicksal könnte dich vielleicht dazu auserwählt haben, diesen Fall aufzuklären?«

Ich schüttele den Kopf. »Keine Chance, Burke.« Und in dem Moment wird mir klar, dass meine Entscheidung feststeht. »Ich kann einfach nicht, und wenn du das nicht von selbst verstehst, werde ich's dir auch nicht erklären.«

Er guckt mich an, als wollte er weiterdiskutieren, dann aber dreht er sich um, lässt sich auf seinen Schreibtischstuhl fallen und zeigt auf einen zweiten Stuhl auf der anderen Seite des Zimmers.

»Komm her und setz dich«, sagt er.

Ich schiebe mit dem Ellenbogen einen Haufen dreckige Wäsche, die dort vermutlich schon seit Wochen liegt, von der Sitzfläche, und ziehe den Stuhl zu seinem Schreibtisch.

Sein Laptop ist bereits aufgeklappt, und ich sehe, dass in seinem Browser die Pinnwand einer *Radio-Silent*-Fanseite geöffnet ist.

»Was wird das denn?«, frage ich argwöhnisch.

»Na ja, meine Nachbarin ist entführt worden, und da dachte ich, ich höre mich mal ein bisschen um, was das Internet dazu zu sagen hat. Tja, wie sich herausgestellt hat, sind außer mir noch ziemlich viele andere Leute der Meinung, dass *Radio Silent* den Fall übernehmen sollte. Und ein paar von denen vermuten sogar langsam einen Zusammenhang.«

Er hebt vielsagend die Augenbraue und mein Herz setzt einen Schlag aus.

»Zusammenhang?«, frage ich, obwohl ich genau weiß, worauf er hinauswill.

Er dreht sich zurück zu seinem Laptop. »BeneaththeSurface17 schreibt zum Beispiel: *Wundert mich, dass die Medien sich noch gar nicht auf das verrückteste Detail an diesem Fall gestürzt haben. Vor zehn Jahren ist nämlich schon mal ein Mädchen aus derselben Stadt verschwunden. Aus derselben Straße sogar! Sibyl Carmichael. Das kann ja wohl kein Zufall sein.*«

Ich beuge mich vor und vergrabe das Gesicht in den Händen. »Scheiße. Scheiße, Scheiße, Scheiße, Scheiße, Scheiße.«

»Du wirst ja nirgends erwähnt. Aber …« Er verstummt, denn was er meint, ist auch so klar.

Ich hebe den Kopf und gucke ihn an. »Aber natürlich ist es nur noch eine Frage der Zeit, bis mich jedes Nachrichtenteam des Landes aufgespürt hat.«

Er wirft mir einen mitfühlenden Blick zu. »Wenigstens dürfen die deinen Namen nicht nennen. Weil du ja noch minderjährig bist.«

»In der Stadt wüsste trotzdem jeder sofort, um wen es geht. Diese Reporter könnten mir auch so das Leben zur Hölle machen, ohne dass nur ein einziges Mal mein Name fällt.«

Burke hebt den Zeigefinger und späht mich über den Rand seiner Brille hinweg an. »Dann sei froh, dass es möglicherweise eine noch interessantere Geschichte gibt.« Er scrollt nach unten. »Hör dir mal dieses Schmankerl hier an, mit freundlicher Unterstützung von KarmaWillGetUsAll.«

Er klickt auf einen Post und ich lese über seine Schulter mit. Der Username KarmaWillGetUsAll ist mir nicht neu. Dahinter verbirgt sich Penny Jenkins aus Chicago, was sie mir direkt in einer ihrer ersten E-Mails verraten hat. Darin hat sie sich als Datenanalystin zu erkennen gegeben und versorgt mich seither regelmäßig mit nützlichen Tipps.

»Okay, Leute, für mich ist die Sache klar«, liest Burke vor. *»Der Vater hat eindeutig Dreck am Stecken. Ich habe mehrere ausstehende Geldforderungen gegen ihn gefunden, und außerdem sind die Gerrards ja vor Kurzem erst umgezogen, offenbar, um einer Zwangsvollstreckung zu entgehen. Schätze, da ist jemand ungeduldig geworden, hat dem Typen ein bisschen gedroht, und da hat er sich mit seiner Familie vom Acker gemacht. Tja, und jetzt kriegt er die Quittung dafür.«*

»*Das* muss Quinlee Ellacott gestern Abend gemeint haben«, sage ich. »Weißt du noch? Als sie gefragt hat, ob Layla vielleicht aus Rache gekidnappt worden ist?«

Er nickt. »Wenn das stimmen sollte, wäre sie zumindest nicht von irgendeinem perversen Sadisten entführt worden.«

»Wer ein Kind entführt, ist ja wohl auf jeden Fall ein perverser Sadist«, entgegne ich.

»Klar, aber findest du nicht auch, dass es so gleich viel weniger schlimm klingt? So als könnte sie vielleicht doch noch lebendig wieder auftauchen?«

Ich denke kurz nach und schüttele dann den Kopf. Selbst wenn Layla tatsächlich aus Rache entführt wurde, ist das noch keine Garantie dafür, dass die Sache ein gutes Ende nimmt.

Burke scheint mein Schweigen als Chance zu sehen. Er dreht sich mit seinem Stuhl zu mir um und guckt mir in die Augen.

»Komm schon, Dee«, sagt er. »Eine Episode! Die Laptopdetektive sind sowieso schon an der Sache dran, ob du dabei mitmachst oder nicht. Aber überleg mal, wie viel schneller der Fall gelöst werden könnte, *wenn* du mitmachst! Kapierst du nicht, dass du genau zur richtigen Zeit am richtigen Ort bist, in der perfekten Position, um zu helfen?«

Ich stehe auf. »Burke, ich will ja helfen.« Erst da merke ich, dass meine Fäuste geballt sind. »Und zwar jetzt sofort, indem ich mich dem Suchtrupp da draußen anschließe. Also, können wir bitte einfach gehen?«

Ohne seine Antwort abzuwarten, marschiere ich los. Er stemmt sich mit einem frustrierten Seufzer hoch und folgt mir. Keiner von uns sagt ein Wort, als wir uns an der Haustür unsere Mäntel anziehen, und ich frage mich, ob das gerade der Auftakt zu einem ernsthaften Streit war, aber ehrlich gesagt, wäre mir das sogar egal.

»Wartet mal. Ich komm auch mit.« Terry steht in der Küchentür und schiebt gerade sein Handy in die hintere Hosentasche.

»Oh, super«, brummt Burke. Seine Mutter tritt hinter Terry und wirft ihrem Sohn einen mahnenden Blick zu.

»Das ist eine tolle Idee, Terry«, lobt sie. »Die können da draußen bestimmt jede Hilfe brauchen.«

»Ich hol noch schnell meine Zigaretten«, sagt Terry und verschwindet im Keller.

»Das ist der perfekte Morgen für ihn«, flüstert Burke mir zu. »Draußen rumstromern und in Ruhe eine nach der anderen quarzen, anstatt Mom beim Staubsaugen zugucken zu müssen.«

Terry kommt die Treppe wieder raufgestampft. »Bereit?«

Burke verdreht die Augen und geht direkt raus. Terry steigt eilig in seine Stiefel, knallt die Haustür hinter sich zu und schlurft uns hinterher zu dem Polizeizelt, das ein Stück die Straße hinunter aufgestellt wurde.

Innerhalb der letzten halben Stunde haben sich noch eine ganze Menge mehr Helferinnen und Helfer eingefunden. Jede Parklücke an der Straße ist besetzt, und aus allen Richtungen strömen Leute herbei, die ihre Wagen weiter weg abstellen mussten. Ich entdecke ein paar Mitschüler, Lehrkräfte und noch andere bekannte Gesichter.

»Bitte alle mal hier rüberkommen«, erschallt mit einem Mal eine dröhnende Stimme. Es ist Mr Garber, der Polizeichef, der mit einem Megafon neben seinem Streifenwagen steht. »Wir legen gleich los mit der Suche. Für den frühen Nachmittag ist wieder Schnee angesagt, also sollten wir lieber keine Zeit verlieren.«

Während er noch einmal den Ablauf erklärt, werden uns Karten überreicht, auf denen das Gelände in Quadrate unterteilt ist. Auf unserer ist ein Abschnitt in Neonpink umrahmt.

»Bitte folgen Sie den Freiwilligen, die in der Farbe gekleidet sind, mit denen Ihr Abschnitt markiert ist«, weist Garber uns an. »Nur so können wir sicherstellen, dass das komplette Gelände abgedeckt ist. Wir suchen nach Kleidungsstücken, frischem Müll wie Flaschen oder Zigarettenschachteln, allem, was Ihnen irgendwie auffällig erscheint. Nach Kampfspuren. Wenn Sie etwas finden, informieren Sie einfach einen von uns Uniformierten.«

Ich sehe mich in der Menge um und registriere zum ersten Mal, wie viele Polizisten da sind. Mindestens zwei Dutzend, die aus anderen Städten und Bezirken hergekommen sein müssen, um zu helfen.

»Was für 'ne Bullenparade«, murmelt Burke, als hätte er meine Gedanken erraten.

»Wieso, haste was zu verbergen?«, fragt Terry und mustert ihn gespielt argwöhnisch.

»Nichts, was dich was angehen würde«, blafft Burke.

»Beruhig dich mal, war doch nur 'n Scherz«, entgegnet Terry. »Mann, dabei warst du als Kind mal so niedlich. Was is' eigentlich schiefgelaufen bei dir?«

Burke würdigt ihn keiner Antwort, und als die Helfer sich langsam entsprechend ihrer Farben gruppieren und Richtung Wald bewegen, dirigiert er mich ein Stück weg von seinem Onkel. Was mir nur recht ist. Ich reihe mich neben Burke ein und bald schon verlieren wir Terry aus den Augen. Kurz vor den ersten Bäumen bleiben wir noch einmal stehen und beobachten, wie die Leute vor uns wie Zombies durchs Unterholz stapfen.

Und dann betreten wir den Wald.

16.

Ich war fast zehn Jahre lang nicht mehr in diesem Wald, seit dem Tag kurz nach Sibbys Entführung, an dem ich zusammen mit der Polizei, meinen Eltern und einem Kinderpsychologen zurück an den Tatort gegangen bin.

Der Wald war immer unser Spielplatz gewesen, der Ort, an dem wir frei sein und alles selbst bestimmen konnten. An diesem Tag jedoch wurde er plötzlich von Erwachsenen gekapert, die über unsere geheimen Pfade ausschwärmten und durch unsere Verstecke trampelten. Dichter Nebel hing in der Luft, und mein Vater hielt mich fest an der Hand, während wir hinter Detective Avery her zum Baumhaus stapften.

Bis dahin war es vollkommen normal gewesen, dass wir Kinder uns allein in den Wald davonmachten. Im friedlichen Halbdunkel der Bäume bahnten wir uns Wege durchs Unterholz oder bauten uns Höhlen am Fuß riesiger Tannen, doch an dem Morgen damals marschierten wir schnurstracks zum Baumhaus. Der Detective bat mich, die Leute, die Sibby mitgenommen hatten, so genau wie möglich zu beschreiben; ihre Körpergröße und Statur, ihre Kleidung, aus welcher Richtung sie gekommen waren und in welche sie Sibby verschleppt hatten.

An das alles erinnere ich mich besser als an die Entführung selbst. Die sanften Stimmen meiner Eltern, die einfühlsamen

Fragen des Psychologen und die ernsten Gesichter der Leute von der Spurensicherung, die akribisch die Umgebung absuchten.

Ich erinnere mich an meine wachsende Panik, je näher wir dem Baumhaus kamen. An meinen Zusammenbruch, als wir schließlich dort waren. Meine Schreie und Tränen, meine Mutter, die mich verzweifelt zu beruhigen versuchte, meinen Vater, der die Polizisten anschrie, das Ganze sei von vornherein eine dumme Idee gewesen. Den Psychologen, der vor mir auf dem Boden kniete und mich beschwor, ruhig zu atmen, die Augen zu schließen und in mich hineinzulauschen.

Doch mir fiel nichts Neues ein, weder woher Sibbys Entführer gekommen, noch wohin sie verschwunden waren, und auch sonst keine Details. Ich erinnere mich an kaum etwas anderes als Dunkelheit und das Geräusch sich entfernender Schritte. Das Schmatzen von Schuhen im frühlingsnassen Laubmatsch.

Aber dann, noch während der Psychologe auf mich einredete, stieg plötzlich eine neue Erinnerung an die Oberfläche.

An eine Stimme. So weit entfernt, dass ich sie gerade eben über Sibbys erstickte Schreie hören konnte. Eine Männerstimme, tief und rau.

»Lass uns abhauen. Eine zweite Chance kriegen wir nicht.«

Damals, an jenem letzten Tag im Wald, hatte ich sie so deutlich im Kopf, als hätte der Kidnapper mir direkt ins Ohr geflüstert.

Jemandes Aussehen kann man beschreiben, einem Zeichner die Gesichtszüge schildern und zusehen, wie er sie zu Papier bringt. Aber eine Stimme? Da könnte man genauso gut versuchen, einen Fingerabdruck in Worte zu fassen.

Die Stimme verfolgt mich seitdem, ertönt in den absurdesten Momenten in meinem Kopf. In der Schule. Unter der Dusche. Beim Laufen. So deutlich, wie ich mich an nichts anderes erinnere, und genauso sinnlos. Wie der Cliffhanger am Ende eines Romans, ein Puzzleteilchen, das nicht ins Bild passt.

Sie haben nichts unversucht gelassen. Mich wieder und wieder danach gefragt, in der Hoffnung, über irgendein Detail auf den Täter schließen zu können, aber es brachte alles nichts. Man kann es nicht anders ausdrücken: Ich habe versagt. Aber jetzt, als wir uns nach all den Jahren wieder dem Baumhaus nähern, höre ich die Stimme durchs Geäst hallen, so klar, als wären die Worte erst vor wenigen Augenblicken verklungen.

Der viele Schnee, der in den letzten Tagen gefallen ist, macht die Suche nicht einfacher. Fußspuren oder andere mögliche Hinweise werden wir so kaum finden, aber immerhin sind wir viele. Der Wald ist voller Menschen, die bereit sind zu helfen.

Wir wissen ja nicht mal sicher, ob Layla überhaupt hierherverschleppt wurde, aber er ist der naheliegendste Ausgangspunkt. Schließlich wäre es so einfach, am Highway rechts ranzufahren, die Abkürzung durch den Wald zu nehmen und das Opfer auf demselben Weg zurück zum Auto zu bringen, ohne gesehen zu werden.

Nichts deutet darauf hin, dass Laylas Verschwinden in irgendeinem Zusammenhang mit dem Baumhaus steht, dennoch steuere ich, beinahe wie in Trance, geradewegs darauf zu.

»Wo willst du denn hin?«, fragt Burke, als ich mir einen Weg durch den Schnee zum großen Ahorn bahne.

Ich antworte nicht, sondern zucke nur mit den Schultern, nicht sicher, ob ich überhaupt will, dass er mitkommt. Er tut es so oder so, und zu meinem Ärger stelle ich fest, dass Terry in dieselbe Richtung unterwegs ist, auch wenn er sich extraweit zurückfallen lässt, damit es niemand merkt.

Burke scheint das sogar noch mehr zu wurmen als mich.

»Oh Mann, was will der Typ eigentlich?«, schimpft er, ohne

sich darum zu scheren, ob Terry ihn hört. »Keiner erwartet, dass er hier eine große Hilfe ist, aber wenn er schon unbedingt dabei sein muss, kann er sich dann wenigstens an jemand anderen dranhängen? Als würde der mir zu Hause nicht schon genug auf den Keks gehen.«

»Wahrscheinlich hat er einfach keine Ahnung, was genau er hier eigentlich machen soll. Wie alle anderen auch«, sage ich. Überall um uns herum stiefeln Leute durch den Schnee und kämpfen sich durchs Gestrüpp. Hin und wieder bleibt jemand stehen, um auf den Boden oder hoch in die Baumkronen zu starren, als könnte Layla irgendwo über unseren Köpfen schweben und uns heimlich beobachten.

»Der hat einfach keine Ahnung, wie man sich als normaler Erwachsener verhält«, grummelt Burke weiter. Dann hält er an und deutet auf einen Punkt vor uns. »Da ist es.«

Ich folge seinem Zeigefinger bis zu einem Ahornbaum, der inmitten einer Gruppe von Birken steht.

»Nee«, widerspreche ich. »Unser Ahorn war doch viel größer.«

»Quatsch«, entgegnet Burke. »Du bist bloß schneller gewachsen als der.«

»Aber wo ist dann das Baumhaus?«

»Stimmt, hier war's.« Mit einem Mal taucht Terry neben mir auf und zeigt hoch ins Gewirr der Zweige. »Guck.«

Und tatsächlich, zwischen den größeren Ästen hängen ein paar halb verrottete Bretter, die früher mal die Plattform gebildet haben, und als ich um den Baum herumgehe, finde ich die Reste der in den Stamm genagelten Stufen.

»Verdammtes Mistding«, flucht Terry, und Burke und ich drehen uns zu ihm um, überrascht über die Wut in seiner Stimme. »Ihr zwei wärt damals nie hier im Wald gewesen, wenn ich euch dieses blöde Baumhaus nicht gebaut hätte.«

Damit hat er vermutlich nicht ganz unrecht. Wieder muss ich daran denken, wie Terry uns Kinder damit beauftragt hat, alte Bauholzreste zu sammeln, und wir ihm anschließend bei der Arbeit geholfen haben. Ihm und seiner Freundin, die ich damals so bewundert habe.

»Eigentlich war es doch deine Freundin, oder?«, frage ich Terry. »Die die Idee mit dem Baumhaus hatte? Wie hieß sie noch mal?«

»Sandy«, antwortet Burke. »An die erinnere ich mich auch noch. Mit der waren wir an dem Tag zusammen im Kino, oder?«

»Ja, sie wollte damals unbedingt diesen Film sehen.« Terry nickt. »Ein Glück, sonst hätten sie mich wahrscheinlich direkt eingelocht.«

Ich horche auf. Was meint er denn damit?

Doch im nächsten Moment beantwortet er meine Frage auch schon. »'n arbeitsloser Rumtreiber ohne festen Wohnsitz? Gibt's 'nen besseren Verdächtigen?«

»Was ist eigentlich aus Sandy geworden?«, fragt Burke.

Terrys Miene verfinstert sich. »Was weiß ich? Die ist irgend so 'ner Sekte in die Fänge geraten und war danach nur noch auf Missionskurs. Hat dann nich' mehr lange gehalten mit uns.«

»Schade eigentlich«, sagt Burke. »Sie war echt nett. Und hübsch. Ich glaub, ich war damals ein bisschen verknallt in sie.«

»Tja, solltest du jemals eine abkriegen, kannst du ja alles besser machen als ich«, entgegnet Terry spöttisch. Er steckt sich eine Zigarette an, läuft um den Ahorn herum und tritt nach ein paar alten Holzstücken, die im Laub vor sich hin faulen.

Ich lache. »Autsch.«

»Wie wär's, wenn ihr einfach beide die Klappe haltet?« Burke dreht sich einmal um sich selbst und lässt den Blick über den Boden schweifen. »Wirkt nicht, als wäre hier in letzter Zeit irgendwas los gewesen, oder?«

Ich sehe hoch zu dem morschen Holzgebilde im Geäst. Nichts deutet darauf hin, dass Layla je hier war. Und selbst wenn man es irgendwie die morsche Leiter hoch schaffen würde, könnte man oben nirgends sicher sitzen. Falls Laylas und Sibbys Vermisstenfälle tatsächlich einen gemeinsamen Nenner haben, scheint es jedenfalls nicht das Baumhaus zu sein.

Die Stimmen der Helfer hallen durch den Wald. Hin und wieder ruft jemand Laylas Namen, als würde sie bloß Verstecken mit uns spielen und jeden Moment kichernd hinter einem Baum zum Vorschein kommen.

»Wir sollten wohl langsam auch mal 'n bisschen bei der Suche mitmachen, was?«, schlägt Terry vor.

»Klar«, stimmt Burke ihm zu. »Geh ruhig schon mal vor, wir kommen gleich nach.«

Terry, der den Wink versteht, nickt und macht sich auf den Weg.

»Na los, wir nehmen die andere Richtung«, sagt Burke zu mir.

Ich will ihm folgen, aber plötzlich wird mir schwindelig und ich muss mich am Baumstamm festhalten. Es ist, als würde alles um mich herum verblassen, Burkes Stimme tritt in den Hintergrund und der gesamte Ahorn scheint zu schrumpfen und im Boden zu versinken. Oder vielleicht bin ich auch diejenige, die schrumpft, die in der Zeit zurückreist und sich wieder in das schüchterne kleine Mädchen von damals verwandelt.

Ich schließe die Augen, lehne die Stirn gegen die Baumrinde und versuche erneut, mich zu erinnern. Ich bin ganz dicht dran, so schmerzhaft dicht wie noch nie zuvor. Aber dann entgleitet mir das Gefühl und wie jedes Mal bleibt nichts zurück. Keine Erinnerungen. Keine plötzliche Erleuchtung. Bloß diese schreckliche Stimme, die ich schon mein halbes Leben lang zu vergessen versuche.

Lass uns abhauen. Eine zweite Chance kriegen wir nicht.

»Dee?«, fragt Burke hinter mir. »Alles in Ordnung?«

Ich lasse die Hand sinken und hebe den Kopf. »Gehen wir«, sage ich. »Ich muss hier weg.«

»Hey.« Er legt mir die Hand auf den Arm. »Das wird schon wieder.«

Ich schüttele ihn ab und renne los.

17.

»Dee!«, ruft Burke. »Was hast du denn? Delia!«

Ich drehe mich um. »Alles gut«, presse ich irgendwie hervor. »Ich schreib dir später!«

Er zögert, und ich sehe ihm an, dass er überlegt, ob er mir nachlaufen soll, doch er scheint sich dagegen zu entscheiden. Nach ein paar Sekunden werfe ich noch mal einen Blick über die Schulter und er steht einfach nur da und starrt mich an.

Als der Wald endlich hinter mir liegt, brauche ich einen Moment, um mich zu orientieren. Offenbar bin ich in unserem früheren Nachbarsgarten gelandet, um den sich, dem wild wuchernden Gestrüpp und dem umgekippten Zaun nach zu urteilen, offenbar schon lange niemand mehr gekümmert hat. Als ich ein Stück weiter in unserem Haus – Laylas Haus – zwei Gestalten am Küchenfenster entdecke, zucke ich zusammen. Die beiden spähen rüber zum Wald, zu den Scharen von Leuten, die dort zwischen den Bäumen umherstreifen.

Da dreht die Frau plötzlich den Kopf und guckt mich an. Ich bleibe wie angewurzelt stehen.

Es ist Laylas Mutter. Sie registriert mich definitiv, aber ihr Gesichtsausdruck verändert sich kein bisschen; sie starrt mich bloß an, bevor sie sich abwendet und den Kopf an der Schulter ihres Mannes verbirgt.

Ich reiße mich aus meiner Reglosigkeit und mache, dass ich aus dem Garten und zurück auf die Straße komme.

»Delia?«, ertönt es da wie aus dem Nichts, und ich schrecke direkt wieder zusammen. »Delia Skinner?« Ein Mann etwa Ende dreißig kommt lächelnd auf mich zu und streckt mir die Hand entgegen. Es wirkt fast, als hätte er auf mich gewartet.

»Wer sind Sie denn?«, frage ich. Zum Höflichsein fehlt mir einfach die Energie.

Er lächelt weiter, lässt jedoch immerhin die Hand sinken. In der anderen hält er einen Notizblock. »Tut mir leid«, sagt er. »Ich wollte dich nicht erschrecken. Ich bin Jonathan Plank und arbeite für die *Brighton City Times*.«

»Also sind Sie Journalist?«

Er nickt ein wenig verlegen. »Ja. Einer von vielen hier, ich weiß.« Er hebt seinen Notizblock und zeigt dann auf die Ansammlung von Übertragungswagen und wohlfrisierten Männern und Frauen, die mit Mikrofonen in den Händen auf und ab eilen, als warteten sie auf ihren Auftritt beim Karaoke.

»Treten Sie immer im Rudel auf?«, frage ich, als ich zum ersten Mal die anderen bemerke.

»Nein. Wir treffen nur oft aufeinander, wenn irgendwo was los ist, und das hier ist natürlich eine ziemlich interessante Story.«

Story. Am liebsten hätte ich ihn darauf hingewiesen, dass es hier um keine Story geht, sondern um ein Menschenleben, das Leben mehrerer Menschen. Aber dabei käme ich mir ziemlich scheinheilig vor, also halte ich den Mund und frage mich weiter, was er wohl von mir will. Er scheint zu spüren, dass ich von mir aus nicht mehr sagen werde, und räuspert sich.

»Eben hat jemand nach dir gerufen, stimmt's?«, fragt er. »Ich stand so hier rum, um ein bisschen nachzudenken, und da hab ich deinen Namen gehört.«

»Ich wollte eigentlich gerade nach Hause.«

»Du erinnerst dich nicht an mich, oder?« Er hat recht, aber er wartet meine Antwort gar nicht ab. »Würde mich auch wundern. Du warst noch so klein und hattest zu der Zeit ja wirklich genug um die Ohren.«

·»Ich habe keine Ahnung, wovon Sie reden«, erwidere ich, obwohl ich es mir natürlich denken kann.

»Ich war damals dabei«, fährt er fort. »Vor zehn Jahren. Ich hatte gerade erst bei der *Times* angefangen und habe eine ganze Reihe von Artikeln über deine vermisste Freundin geschrieben. Viele davon natürlich, direkt nachdem es passiert war, aber ein Jahr später war ich auch noch mal hier. Da hab ich bei euch zu Hause gewartet, eurem neuen Zuhause. Du und dein Vater seid gerade aus dem Auto gestiegen. Ich glaube, ihr kamt vom Einkaufen.«

»Ich habe nie mit Journalisten geredet«, merke ich an. »Da war ich schließlich noch minderjährig. Bin ich übrigens immer noch. Eigentlich dürften Sie nicht mal meinen Namen kennen und mich erst recht nicht einfach so anquatschen.«

»Da hast du recht. Aber damals wusste nun mal jeder, wer du bist. Das hier ist eine Kleinstadt. Natürlich durften wir deinen Namen nicht in unseren Artikeln erwähnen, aber wir hätten durchaus Statements von deiner Familie drucken dürfen, wenn sie sich freiwillig zu der Sache geäußert hätten. Ich habe versucht, bei euch anzurufen, habe deinen Eltern gemailt, mit den Nachbarn geredet, aber keiner war bereit, mir Auskunft zu geben.«

»Daran hat sich nichts geändert«, informiere ich ihn und wende mich zum Gehen.

»Sie werden es so oder so rausfinden«, sagt er. Ich bleibe stehen. »Früher oder später wird jemand auf den Zusammenhang zwischen dem aktuellen Fall und Sibby Carmichael stoßen und dann werden sie euch die Tür einrennen.«

»Das heißt, Sie haben den anderen noch gar nichts erzählt?«, frage ich. Ich gucke an ihm vorbei zu den Nachrichtencrews, die alle auf irgendwas Pikantes lauern, das sie filmen können. Erst jetzt fällt mir auf, dass dieser Mann gar nicht recht ins Schema passt. Mit seinen zerknitterten Klamotten und dem abgegriffenen Notizblock erinnert er eher an einen Aushilfslehrer als einen ehrgeizigen Reporter.

»Nein. Bis jetzt habe ich die Nase vorn. Ich kann dir nur raten, mit mir zu reden. Ein Interview und wir machen eine Exklusivstory daraus. Das würde dir den Rest der Aasgeier ein für alle Mal vom Hals halten.«

Mir klappt die Kinnlade runter über diese Dreistigkeit. »Ich hab mit der ganzen Sache hier überhaupt nichts zu tun. Und ich will auch mit niemandem reden.«

Er scheint abzuwägen, ob es sich lohnt, mich noch weiter zu bedrängen, aber dann schweift sein Blick an mir vorbei, und als ich mich umdrehe, sehe ich eine Tür weiter Mrs Rose auf ihrer Veranda stehen.

»Delia?«, ruft sie. »Bist du das?«

»Ja, Mrs Rose«, rufe ich zurück, dankbar für ihr perfektes Timing.

»Komm doch auf ein paar Plätzchen rein.«

Das lasse ich mir nicht zweimal sagen.

»Warte.« Plank greift in seine Tasche und reicht mir seine Visitenkarte. »Ruf mich an, falls du deine Meinung änderst. Ich bin noch eine Weile in der Stadt.«

Ich nehme die Karte und stopfe sie, ohne auch nur einen Blick darauf zu werfen, in die Brusttasche meines Parkas. Dann folge ich Mrs Rose ins Haus.

Mrs Rose ist ein Urgestein dieser Siedlung. Ihr Mann und sie haben das Haus damals als Neubau bezogen und mittlerweile wohnt sie allein dort. Mr Rose habe ich nie wirklich kennengelernt. Er ist zu früh gestorben, als dass ich mich an ihn erinnern könnte, aber Mrs Rose war immer die liebe alte Dame von nebenan. Oft saß sie mit einem Glas Eistee draußen auf ihrer Veranda und hat uns beim Spielen zugeschaut. Und an Halloween hatte sie immer extraviele Süßigkeiten für die Nachbarskinder parat.

Kaum habe ich das Haus betreten, schlägt eine Welle von Nostalgie über mir zusammen. Die Küche sieht noch genauso aus wie damals: die Tapete mit dem rosa-türkisfarbenen Muster, der schwarz-weiß gefliese Boden, der riesige Zimmerfarn in seinem Hängetopf in der Ecke zwischen zwei Fenstern. Das alles lässt längst verschüttete Erinnerungen in mir aufsteigen.

Mit einem Mal sehe ich mich wieder an dem Tisch mit den Metallbeinen und der gelben Resopalplatte sitzen, während Mrs Rose fröhlich plaudernd Tee ausschenkt. War ich damals mit meiner Mutter hier? Unwahrscheinlich; meine Mutter ist nicht der Typ Mensch, der sich von alten Damen zum Tee einladen lässt.

Und dann fällt es mir wieder ein. Ich war nicht mit meiner Mom hier. Sondern mit Sibby und *ihrer* Mom. Ich weiß noch genau, wie ich mit Sibby in diesem Wohnzimmer saß und in den Bücherregalen stöberte, die hauptsächlich Liebesromane und Reiseberichte enthielten. Wie wir mit Mrs Rose' kleinem Hund spielten. Wie Mrs Rose lächelnd mit einem Teller ofenwarmer Plätzchen hereinkam.

Doch als ich den Blick noch einmal durch den Raum wandern lasse, wirken die früher so leuchtenden Farben plötzlich stumpf, und mir fällt auf, dass die Küche wesentlich schäbiger ist, als ich sie in Erinnerung hatte. Außerdem riecht es anders. Nicht mehr nach frisch gebackenen Plätzchen, untermalt vom pudrigen Duft eines Altfrauenschlafzimmers, sondern irgendwie säuerlich, modrig, nach Vernachlässigung und Verfall.

Mrs Rose signalisiert mir, mich zu setzen, nimmt einen Kessel vom Herd und geht damit zum Wasserhahn. »Was wollte denn dieser Mann von dir?«, fragt sie. Sie erkundigt sich nicht, wie es mir in all der Zeit ergangen ist. Man könnte meinen, seit unserer letzten Begegnung wäre kein knappes Jahrzehnt ins Land gezogen, sondern ich käme jeden Tag in ihr Haus spaziert.

»Das war ein Journalist.« Ich lasse mich auf einen Stuhl fallen. Früher kam mir der Tisch mit seiner glänzend zitronengelben Platte, der Kante aus geriffeltem Chrom und den mit Ahornblättern aus Metall verzierten Beinen immer wahnsinnig elegant vor. Jetzt dagegen ist die Oberfläche voller Flecken und Kratzer, die Chromkante stellenweise verrostet. Und als ich die Ellbogen aufstütze, fängt die Platte darunter so bedenklich an zu wackeln, dass ich mich lieber schnell wieder aufrichte.

»Vorsicht mit dem Tisch«, warnt mich Mrs Rose, die sich nun mit einem Teller Plätzchen zu mir gesellt. »Eins von den Beinen ist ein bisschen lose, darum darf man ihn nicht zu sehr belasten.«

Sie setzt sich mir gegenüber und ich nehme mir ein Plätzchen. Es sind gekaufte, nicht die warmen, selbst gebackenen aus meiner Erinnerung, aber lecker sind sie trotzdem, und mit einem Mal wird mir bewusst, dass ich einen Riesenhunger habe. Nachdem ich das erste verputzt habe, greife ich direkt nach dem nächsten, und Mrs Rose lächelt, als hätte sie nichts anderes erwartet.

»Soso, ein Journalist«, nimmt sie das Gespräch wieder auf. »Von denen sind in letzter Zeit ja wieder ganz schön viele hier unterwegs. Erinnert mich an damals, als dieses Mädchen verschwunden ist. Die kleine Carmichael. Kanntest du sie?«

Ich starre sie an und frage mich, ob sie mich veräppeln will, aber danach sieht es nicht aus. Ihr Blick geht ins Leere, als würde sie versuchen, ihre Gedanken zu ordnen. Kann es denn sein, dass sie sich gar nicht mehr erinnert, was damals passiert ist?

»Ja«, antworte ich. »Wir waren ziemlich gut befreundet.«

»Hat hier ganz in der Nähe gewohnt.« Sie wirkt zufrieden, dass ihr das wieder eingefallen ist. »Und du zwei Türen weiter.«

»Genau«, sage ich. »Sibby und ich haben Sie oft besucht. Ich glaube, ihre Mutter war vielleicht auch mal dabei?«

Mrs Rose runzelt die Stirn. »Das weiß ich nicht mehr, Liebes. Mein Gedächtnis ist leider nicht mehr das beste.«

»Hatten Sie damals nicht einen kleinen Hund?«

Ihre Miene hellt sich schlagartig auf und sie klopft zweimal mit den Fingerknöcheln auf den Tisch. »Hatte ich. Ja. Tippy. Dann bist du wohl wirklich hier gewesen. Sieben Jahre ist er jetzt schon tot. Mein Mann hat ihn mir geschenkt und gerade mal sechs Monate später ist er selber abgetreten. Manchmal weiß ich gar nicht, wer von den beiden mir mehr fehlt.«

Was alles ziemlich traurig klingt, aber Mrs Rose wirkt beinahe fröhlich dabei.

»Komm mal mit«, sagt sie dann und steht auch schon auf.

Ich folge ihr ins Wohnzimmer, das von oben bis unten mit altem Krempel vollgestopft ist. Überall achtlos gestapelte Pappkartons, Türme aus zerfledderten Zeitschriften und durchsichtige Müllsäcke voller Wolldecken, Bettlaken und ausrangierter Kleidung. Die einzige freie Fläche im Zimmer ist ein zerschlissener Lehnsessel in einer Ecke, direkt vor einem wuchtigen Röhrenfernseher, der in die Holzschrankwand eingepasst ist. Mrs Rose, das wird mir in diesem Moment klar, ist zu einer von diesen alten Frauen geworden, die nichts, aber auch gar nichts wegwerfen können.

Ohne zu merken, wie unwohl ich mich in diesem Chaos fühle, marschiert sie den Flur runter, und mir bleibt nichts anderes übrig, als hinterherzugehen. Auch der Flur ist voller Kartons,

Plastikboxen und überquellender Bücherregale. Sie öffnet eine Tür, und wir betreten ein kleines Schlafzimmer, das genauso zugemüllt ist wie der Rest des Hauses. *Wie findet sie hier bloß jemals irgendwas wieder?*, frage ich mich.

»Tippy«, verkündet sie dann, und ich sehe, dass sie neben einem gerahmten Foto von einem kleinen weißen Hündchen stehen geblieben ist.

»Ah ja!«, stoße ich etwas zu begeistert hervor, um die unangenehme Situation zu überspielen.

Sie betrachtet das Foto noch ein paar Sekunden liebevoll und zieht dann die Gardine vor dem Fenster zurück. Nach einem Blick nach draußen winkt sie mich mit dem Zeigefinger heran, als wollte sie mich in ein Geheimnis einweihen.

»Schau mal, da draußen«, sagt sie.

Ich trete neben sie und spähe hinaus in den verwahrlosten Nachbarsgarten, durch den ich kurz zuvor gekommen bin. Das beigefarbene Haus hat früher den DaQuinzios gehört, bevor die ein paar Jahre nach uns ebenfalls weggezogen sind, und dem Zustand nach zu schließen – zerbrochene Fensterscheiben, abgesacktes Dach und fleckige Außenverkleidung –, steht es seitdem leer.

»Da wohnt schon seit Jahren keiner mehr«, bestätigt mir Mrs Rose. »Aber die Polizei hat sich sehr dafür interessiert.«

Ich horche auf. »Wirklich?«

Sie nickt. »Nachdem das Mädchen verschwunden ist, waren die ständig da drüben.«

Ich werfe ihr einen Blick zu und frage mich, ob sie wohl Layla meint oder immer noch in der Vergangenheit feststeckt und an Sibby denkt. Dann, als hätte sie meine Gedanken erraten, fügt sie hinzu: »Das zweite. Dessen Familie erst vor ein paar Monaten hierhergezogen ist.«

»Die Gerrards«, sage ich, und sie nickt.

»Nette Leute. Einmal hat der Vater gesehen, wie ich meine Veranda aufräumen wollte, und ist sofort helfen gekommen. Meinte, ich soll Bescheid sagen, wenn ich bei irgendwas Hilfe brauche, und da hab ich ihn gefragt, ob er vielleicht mal rüberkommen und mir ein paar Sachen in den Keller tragen kann. Diese vielen Kisten. Man weiß ja gar nicht, wohin mit den ganzen guten Sachen. Das Mädchen hat er mitgebracht, ich hab ihr Plätzchen gegeben. Blitzgescheit, die Kleine.«

Wieder werfe ich einen Blick aus dem Fenster auf das verfallene Haus. »Was hat die Polizei denn da drüben gemacht?«

»Kann ich dir nicht sagen. Ich hab sie nur von hier aus beobachtet. Sind immer zur Seitentür rein und raus und andauernd standen sie bei mir im Garten.«

Erst jetzt entdecke ich die kleine Tür unterhalb der Veranda des DaQuinzio-Hauses. Sie ist kaum zu sehen und von dort aus sind es bloß ein paar Schritte durch Mrs Rose' Garten zu meinem alten Haus, in dem heute die Gerrards wohnen.

Mir kommt der Gedanke, wie einfach es wäre, jemanden aus dieser Tür in den Wald zu zerren. Keine Frage, von diesem Haus aus wäre Layla spielend leicht zu entführen gewesen.

Sie nickt. »Ich hab versucht, mir nichts anmerken zu lassen, aber natürlich hab ich gelauscht. Sie glauben, dass das Mädchen zuerst in das Haus da gebracht und erst danach in den Wald verschleppt wurde. Wer weiß, ob diese Kidnapper sich nicht sogar in meinem Garten rumgetrieben haben.«

Hinter dem Törchen am anderen Ende des Gartens sehe ich noch immer Leute durch den Wald stapfen. Vorne auf der Straße tummeln sich bestimmt noch immer die Journalisten. Ob Jonathan Plank mich wieder abfängt, sobald ich das Haus verlasse?

Ich trete vom Fenster zurück und setze mich aufs Bett, mit einem Mal erschöpft bis in die Knochen. Mrs Rose lässt die Gardine los und mustert mich besorgt.

»Du siehst aber müde aus, Liebes«, sagt sie.

Ich nicke. »Ja, bin ich auch. Aber ich …«

»Warum legst du dich nicht einfach hin und machst ein kleines Nickerchen?«, schlägt sie vor. »Das war ja alles bestimmt ganz schön anstrengend.«

»Das geht leider nicht«, antworte ich. »Ich muss langsam nach Hause.« Doch noch während ich rede, merke ich, wie mein Kopf auf das Kissen sinkt, und ich strecke die Beine aus. Sekunden später bin ich eingeschlafen.

18.

Sibby hockt im Schneidersitz vor dem Fenster und spielt mit dem weißen Hündchen.

Ich stemme mich auf die Ellenbogen hoch und sie lächelt mich an.

»Dieser Hund ist tot«, sagt sie, und das Tier kläfft, wie um ihr zuzustimmen.

»Und du bist überhaupt nicht älter geworden«, merke ich an. »Du siehst genauso aus wie damals.«

»Dein Gedächtnis spielt dir bloß einen Streich«, erklärt sie kichernd. »Pass mal auf. Ich zeig dir, wie alt ich wirklich bin.«

Sie steht auf.

»Warte!«, rufe ich panisch. »Nicht weggehen!«

Sie lächelt. »Bin ja gleich wieder da. Ich muss mich nur kurz umziehen, damit du siehst, wie sehr ich mich verändert habe.«

Damit verlässt sie das Zimmer und die Tür schließt sich leise hinter ihr. Ich gucke auf den Boden, aber der Hund ist verschwunden.

»Sibby?«, flüstere ich.

Ich schleiche auf Zehenspitzen los, um Mrs Rose nicht zu wecken. Und außerdem soll Sibby nicht merken, dass ich ihr folge.

Ich öffne die Tür, doch dahinter liegt nicht der Flur. Sondern mein eigenes Zimmer. Drinnen ist es schummrig und das einzige Licht kommt vom Display meines aufgeklappten Laptops. Ich setze mich davor, greife nach meinen Kopfhörern und ziehe das Mikrofon heran.

Als ich testweise darauftippe, ertönt ein hohles Echo, und ich klicke auf Aufnahme.

»Hier ist *Radio Silent*«, fange ich an. »Ich hoffe, du bist irgendwo da draußen, Sibby. Ich hoffe, du hörst mich.«

Irgendwas stimmt nicht. Ich stoppe die Aufnahme, klicke zurück an den Anfang und anschließend auf Play.

Die Stimme, die dann erklingt, ist die eines Kindes. Meine eigene, im Alter von sieben Jahren. Unverfremdet.

Ich schrecke aus dem Schlaf hoch und gerate wegen der unvertrauten Umgebung kurz in Panik. Schließlich fällt mir wieder ein, wo ich bin, und ich atme erleichtert auf. Laut meiner Handyuhr habe ich über zwei Stunden geschlafen. Außerdem hat Burke mir geschrieben, der wissen will, ob es mir gut geht. Aber dem kann ich auch später noch antworten.

Mrs Rose sitzt im Wohnzimmer vor dem Fernseher und schaut sich irgendeine alberne Gameshow an. Als ich reinkomme, guckt sie hoch und lächelt.

»Danke«, sage ich zu ihr. »Dass ich mich kurz ausruhen durfte.«

»Keine Ursache, Liebes. Eine kleine Verschnaufpause tut uns doch allen mal gut.«

Ich werfe einen Blick durch das große Panoramafenster auf die Straße.

Die Übertragungswagen sind weg, genau wie die Automassen von heute Morgen.

»Ist die Suche vorbei?«, frage ich.

»Scheint so«, antwortet sie, ohne den Blick vom Fernseher

zu wenden. »Kann mir nicht vorstellen, dass sie was gefunden haben, sonst wäre das bestimmt schon in den Nachrichten gekommen.«

»Tja«, sage ich. »Dann gehe ich wohl mal nach Hause.« Ich überlege, ob es unhöflich ist, einfach abzuhauen, nachdem sie so nett zu mir war, aber Mrs Rose scheint sich nicht daran zu stören.

»War schön, dich zu sehen, Delia. Komm doch ruhig öfter vorbei.«

Während ich mich an den Kartons und Müllsäcken und Bergen von anderem Krempel vorbei Richtung Ausgang schiebe, packt mich ein schlechtes Gewissen. Ich weiß jetzt schon, dass ich höchstwahrscheinlich nicht wiederkomme. Wie mag erst der Keller dieses Hauses aussehen, wenn man schon hier oben kaum einen Fuß auf den Boden bekommt?

Draußen hat es wieder angefangen zu schneien. Winzige Glitzermoleküle schweben durch die klare, trockene, mit einem Mal sehr kalte Luft. Ich muss an etwas denken, was meine Mutter oft sagt – *kleine Flocken, großer Schnee –*, und frage mich, ob das bedeutet, dass uns ein Blizzard bevorsteht.

Ich ziehe mein Handy aus der Tasche und finde eine Nachricht von meinem Vater.

Fahre kurz die Jungs abholen und bringe sie zu ihrem Match. Mom kommt heute spät. Mittagessen im Kühlschrank.

Auf dem Weg nach Hause wird mir klar, dass ich entspannter bin als die ganze Woche zuvor.

Doch die Ruhe hält nicht lange an.

Kaum dass ich in unsere Straße einbiege, sehe ich den babyblauen Van, der vor unserem Haus parkt. Ich bleibe abrupt stehen und überlege, ob ich noch unbemerkt kehrtmachen kann, aber es ist schon zu spät. Die Beifahrertür geht auf und ein knallroter Wirbelwind saust auf mich zu.

»Delia Skinner?« Trotz ihrer High Heels bewegt sich Quinlee Ellacott erstaunlich schnell über den vereisten Bürgersteig, ihr Mikrofon ausgestreckt wie ein Schwert. Hinter ihr steigt eine junge Frau vom Fahrersitz des Vans, hebt sich eine Kamera auf die Schulter und eilt ebenfalls auf mich zu.

Ein Schauder überläuft mich, als ich den raubtierhaften Ausdruck in Quinlees Augen sehe. Hat sie etwa schon rausgefunden, dass ich hinter dem Podcast stecke?

Mit gesenktem Kopf marschiere ich an ihr vorbei Richtung Haustür, doch sie und die Kamerafrau nehmen direkt die Verfolgung auf.

»Delia!«, ruft Quinlee. »Oder Dee? Ist dir Dee lieber? Was sagst du zu diesem neuen Vermisstenfall? Glaubst du, es gibt einen Zusammenhang zum Verschwinden von Sibby Carmichael? Hast du Angst?«

Quinlee ist blitzschnell um mich herumgehuscht und steht nun wie zufällig direkt vor mir. Die Kamerafrau ist genauso auf Zack, und gemeinsam gelingt es den beiden, mir den Weg abzuschneiden, als wäre ich ein Schaf und sie ein Paar Hütehunde.

»Darf ich mal?« Ich versuche, mich vorbeizudrängen, aber Quinlee macht routiniert ein paar Schritte rückwärts und lässt mich nicht durch.

»Delia, woran erinnerst du dich von dem Tag im Wald? Hast du irgendwelche Informationen, die bei der Suche nach Layla helfen könnten?«

»Sie dürfen meinen Namen nicht erwähnen«, merke ich bloß an. »Ich war damals minderjährig und das bin ich auch jetzt noch.«

Sie lächelt und wieder muss ich an eine lauernde Raubkatze

denken. »Ach, Delia, du weißt doch, im Internet läuft es genauso wie im Wilden Westen. Es stimmt natürlich, dass ich deinen Namen in meinen Reportagen nicht nennen darf, aber falls irgendjemand auf die Idee kommen sollte, ihn in einem Kommentar oder einem Retweet zu posten, könnte ich das leider nicht verhindern. Privatsphäre ist Schnee von gestern.«

»Sie sind sich echt für nichts zu schade, was?«, fauche ich sie an. »Warum lassen Sie mich nicht einfach in Ruhe?«

»Ich mache hier lediglich meinen Job.« Sie kommt näher auf mich zu. »Ich berichte über wichtige Ereignisse, und du bist momentan ein Teil davon, ob dir das nun gefällt oder nicht. Na, komm schon. *Ein* Interview. Wir verpixeln auch dein Gesicht. Wir können sogar deine Stimme verfremden.«

Bei der Vorstellung, dass meine verfremdete Stimme an die Öffentlichkeit gelangen könnte, gerate ich erst recht in Panik. Was, wenn der Filter einen ähnlichen Effekt hätte wie der, den ich in meinem Podcast benutze, und jemand mich erkennt? Meine Unterlippe fängt an zu zittern. Ich bin wie gelähmt. Ich will einfach nur weg hier, aber gleichzeitig fehlt mir die Kraft, Quinlee beiseitezuschubsen.

Das Geräusch kommt wie aus dem Nichts. Oder eigentlich sind es drei verschiedene Geräusche, die einander zu überlagern scheinen – ein verzerrtes Quäken, ein durchdringendes Heulen und ein geradezu schmerzhaft schrilles Kreischen. Quinlee reißt sich ihren Ohrknopf raus und lässt vor Schreck ihr Mikrofon fallen. Hastig bückt sie sich danach. Ihre Kamerafrau wirft einen Blick über meine Schulter und gibt auf.

Der Lärm ist unerträglich, und doch bin ich so dankbar dafür, dass ich nichts dagegen hätte, ihn mir noch den ganzen Tag anzuhören.

Ich drehe mich um, und erst jetzt wird mir klar, was ihn verursacht. Ein auffällig blau-silberner Chevy Nova kommt die

Straße hochgekrochen. Am Steuer sitzt Sarah Cash, die mit grimmigem Gesicht die Hupe gedrückt hält. Bei mir angekommen, kurbelt sie das Fenster runter.

»Steig ein«, schreit sie mir über das ohrenbetäubende Quäken zu.

Ohne zu zögern, renne ich um den Wagen herum und springe auf den Beifahrersitz.

Sarah lässt die Hupe los, während Quinlee und die Kamerafrau zu ihrem Van stürzen. »Duck dich«, zischt sie mir zu. »Gib denen nichts, was sie verwenden können.«

Folgsam beuge ich mich vor und vergrabe das Gesicht in den Händen. Sarah tritt aufs Gas und wir setzen uns ruckartig in Bewegung. Zum Abschied drückt sie erneut auf die Hupe und biegt dann um die Kurve.

»Alles gut«, sagt sie. »Die sind wir los.«

Ich richte mich wieder auf, will antworten, aber das Ganze hat mir die Sprache verschlagen, und jetzt merke ich, dass ich von Kopf bis Fuß zittere. Sarah registriert das und beißt sich wütend auf die Unterlippe.

»Verdammte Blutsauger«, schimpft sie. »War ja wohl offensichtlich, dass du nicht mit denen reden wolltest. Zigarette?«

Mühsam bringe ich ein Kopfschütteln zustande. Ich schließe die Augen und atme ein paarmal tief durch, froh, dass Sarah mir erst mal einen Moment Zeit gibt, um mich zu sammeln. Als ich die Augen wieder aufmache, sind wir auf der Hauptstraße. Sarah hat die eine Hand locker am Lenkrad liegen und zwirbelt mit der anderen eine Haarsträhne zwischen den Fingern.

»Ich wusste gar nicht, dass du rauchst«, sage ich.

»Tu ich auch nicht«, erwidert sie. »Aber irgendwie dachte ich, so was bietet man in solchen Situationen einfach an.«

Zu meiner eigenen Überraschung muss ich lachen. »Danke«,

sage ich. »Ehrlich. Keine Ahnung, warum ich nicht einfach weitergegangen bin, irgendwie war ich wie versteinert.«

»Hauptsache, die haben nichts gekriegt, womit sie was anfangen können«, entgegnet Sarah. Sie drückt noch zweimal kurz auf die Hupe und ein weiteres doppeltes Dröhn-Heul-Kreischen ertönt. »Heute werden solche fiesen Hupen leider gar nicht mehr hergestellt. Okay, wo soll's hingehen?«

»Keine Ahnung. Was meinst denn du?«

»Lass uns einfach ein bisschen rumfahren«, sagt sie, »und gucken, wo wir landen.«

Sarah reicht mir ihr Handy und fordert mich auf, Musik auszusuchen. Dankbar für die Ablenkung scrolle ich durch ihre Playlists, während sie weiter das Reden übernimmt. Nicht weil es irgendeine unangenehme Stille zu überbrücken gäbe – sie verbreitet einfach nur eine lockere, entspannte Atmosphäre, als wäre überhaupt nichts gewesen. Als wäre es vollkommen alltäglich, dass einem vor der eigenen Haustür ein paar sensationslüsterne Reporterinnen auflauern.

Etwa zehn Meilen außerhalb der Stadt wird sie langsamer und biegt auf einen Rastplatz samt Tankstelle und angrenzendem Diner ein.

»Komm«, sagt sie. »Ich lad dich ein.«

Wir versuchen, nicht in die Schneematschlachen auf dem Parkplatz zu treten, auch wenn unsere Stiefel sowieso längst weiß verkrustet von dem vielen Streusalz sind.

Drinnen ist es warm und gemütlich und außer uns ist fast niemand da. Im Radio laufen alte Countrysongs, und wir suchen uns einen Platz direkt vor einem großen Fenster, das die schwache Wintersonne bündelt, wodurch sich die Sitznische angenehm erwärmt. Als die Bedienung, eine ältere Frau, sich endlich mal mit den Speisekarten an unseren Tisch bequemt, guckt Sarah mich fragend an.

»Hunger?«

»Eigentlich nicht.«

Sie hebt lächelnd die Hand, um die Speisekarten abzulehnen.

»Nur zweimal Kaffee, bitte.«

Die Bedienung lässt uns wortlos allein. Einen Moment später kommt sie mit einer Kanne zurück. Sie greift über den Tisch, um unsere Tassen umzudrehen, schenkt uns mit großer Geste den Kaffee ein und geht wieder, auch diesmal ohne ein einziges Wort.

»Mhm, himmlisch.« Sarah schnuppert entzückt. »Es geht doch nichts über so eine richtig schöne Plörre.«

Ich probiere einen Schluck. Der Kaffee ist extrem heiß und wirklich kein Vergleich zu dem aus dem Fresh Brew oder auch nur dem Zeug, das meine Eltern sich immer zusammenbrauen. Aber Sarah wirkt so rundum zufrieden, dass ich einfach lächeln muss.

Sie legt wärmesuchend die Hände um ihre Tasse.

»Okay. Wie wär's, wenn du mir jetzt mal erzählst, worum's da eben eigentlich ging?« Sie mustert mich fragend.

Ich starre runter auf die Tischplatte und überlege, was ich antworten soll. Halb rechne ich damit, dass sie jeden Moment anfängt zu lachen und sich für ihre Neugier entschuldigt, doch als ich wieder zu ihr hochsehe, guckt sie mich immer noch erwartungsvoll an.

»Du hast mich doch nach dem Mädchen gefragt, das vor zehn Jahren verschwunden ist …«, fange ich an.

Sie nickt.

»Das war Sibby, meine beste Freundin«, fahre ich fort. »Und ich war dabei, als sie entführt wurde.«

Ich halte kurz inne, um meine Gedanken zu sortieren, und in dem Moment geht mir auf, dass ich noch nie zuvor jemandem erklären musste, was passiert ist. Jeder in dieser Stadt, jeder

Mensch, dem ich in meinem ganzen Leben begegnet bin, wusste von Anfang an Bescheid.

Sarah wartet. Ich hole tief Luft, und dann, zum ersten Mal seit zehn Jahren, erzähle ich *meine* Geschichte.

19.

Zehn Jahre zuvor

So tief im Wald ist alles ganz ruhig und friedlich. Der Wind lässt das Laub leise rascheln, wodurch es im Baumhaus umso gemütlicher wird.

Genau wie Dee befürchtet hat, macht es zu zweit jedoch längst nicht so viel Spaß dort. Im Grunde ist das Baumhaus kaum mehr als eine Plattform mit zwei Seitenwänden. Wenn die anderen dabei sind, kann man wenigstens Sturm auf die Burg oder Weltraumstation spielen, aber mit Sibby allein geht das natürlich nicht, also hocken sie bloß da.

»Sollen wir lieber zu mir nach Hause und was spielen?«, schlägt Dee vor.

»Nein!« Sibby wirkt beinahe entsetzt. »Das können wir doch auch hier!«

»Und was?«

Sibby überlegt kurz. »Verstecken!«, ruft sie dann.

»Zu zweit? Das geht doch gar nicht.«

»Ja wohl geht das!«, beharrt Sibby. »Eine von uns bleibt hier oben und zählt bis hundert und die andere versteckt sich.«

»Find ich doof. Verstecken ist nur mit ganz vielen Leuten lustig.«

»Quatsch. Los, ich zeig's dir. Du zählst als Erste und ich gehe mich verstecken. Und wenn du mich gefunden hast, bin ich dran mit Suchen.«

Dee ist noch immer nicht überzeugt, aber sie kennt Sibby gut genug, um zu wissen, dass es keinen Sinn hat, mit ihr zu streiten, wenn sie sich etwas in den Kopf gesetzt hat. Also versucht sie es erst gar nicht.

»Okay«, gibt sie schließlich nach.

»Super.« Sibby krabbelt zum Rand der Plattform und klettert die Leiter runter.

»Aber erst zählen, wenn ich unten bin«, mahnt sie, bevor ihr Kopf unterhalb der Kante verschwindet.

»Na klar.«

Kurz darauf hört Dee einen leisen Plumps, als Sibby von der untersten Leitersprosse springt. »Okay!«, ruft sie. »Kannst anfangen!«

Sibby rennt kichernd los durchs raschelnde Laub. Obwohl Dee mit dem Rücken an der Wand sitzt und sowieso nichts sehen kann, hält sie sich die Augen zu, einfach, weil es ihr sonst vorkommen würde, als würde sie mogeln.

Eins. Zwei. Drei.

Sibbys Schritte werden immer leiser und schließlich langsamer, als würde sie jetzt gezielter nach einem Versteck suchen. Vielleicht will sie Dee auch auf eine falsche Fährte locken.

Sechsundzwanzig. Siebenundzwanzig. Achtundzwanzig.

Dee hört nichts mehr außer dem Rauschen der Blätter über ihr. Ein Schauder überläuft sie, als eine plötzliche kühle Windbö das Geäst mitsamt dem Baumhaus erzittern lässt. Sie weiß, dass Sibby irgendwo da draußen ist, hinter einer der Birken oder unter ein paar tief hängende Fichtenzweige geduckt, dennoch gruselt sie sich ein bisschen, so ganz allein hier oben. Sie zählt schneller.

Achtundvierzig – neunundvierzig – fünfzig – einundfünfzig ...

Ein Geräusch reißt sie aus ihrer Konzentration und sie hört auf zu zählen. Schritte im Unterholz, schwer, schnell, entschlossen. Nicht in unmittelbarer Nähe, aber laut. Viel lauter als die von Sibby zuvor. Und ... *mehr?*

Dann noch ein Geräusch, ein kurzes, erschrockenes Quieken, wie von einem Hund, dem man aus Versehen auf die Pfote getreten ist. Aber das hier war kein Hund. Sondern Sibby.

Dee meint, gedämpfte Stimmen zu hören, und fragt sich, ob Sibbys Eltern gekommen sind, um sie abzuholen.

Irgendwas stimmt da nicht und Dee wird immer mulmiger zumute. Schließlich krabbelt sie zum Rand der Plattform, schiebt sich rückwärts, bis sie einen Fuß auf die oberste der in den Stamm genagelten Sprossen setzen kann, und klettert runter.

Die Geräusche sind zwar verstummt, aber es wirkt eher, als hätte jemand auf eine Pausentaste gedrückt. Als würden die Verursacher bloß stillhalten. Ob Sibby sie reinlegen will und von irgendwo beobachtet?

»Sibby?«, ruft Dee zögerlich. Keine Antwort. Dee geht ein paar Schritte in die Richtung, von der sie glaubt, dass Sibby sie eingeschlagen hat. »Sibby?«

Dee läuft schneller und ihr Herz fängt an zu hämmern. Langsam wird sie sauer auf Sibby. Doch irgendetwas sagt ihr, dass das hier kein Streich ist.

Als sie wieder Schritte hört, bleibt sie stehen. Diesmal kommen sie auf sie zu. Zweige knacken und Schatten bewegen sich zwischen den Bäumen. Dees Herz schlägt zum Zerspringen und dann löst sich etwa sechs, sieben Meter von ihr entfernt eine Silhouette aus dem Dickicht wie ein Horrorfilmmonster.

Es ist ein Mann. Oder zumindest glaubt Dee, dass es einer ist. Es ist schwer zu sagen, weil das Gesicht hinter einer von diesen schwarzen Skimasken verborgen ist, die bis zum Kinn runterreichen und nur Löcher für Mund und Augen haben. Sie registriert eine dicke graue Jacke und Jeans, aber für mehr bleibt keine Zeit, denn im nächsten Moment stürzt die Gestalt auf sie zu. Dee schreit, weicht den zupackenden Armen aus und rennt los.

Er wird sie einholen. Das ist ihr klar, auch wenn sie läuft, so schnell ihre Beine sie tragen. Zweige zerkratzen ihr das Gesicht, reißen ihr die Mütze vom Kopf. Sie konzentriert sich auf ihre Füße, stellt sich vor, wie ihre Stiefel sie von diesen Leuten forttragen, raus aus dem Wald und nach Hause. Stellt sich vor, wie ihre Stiefel sie in Sicherheit bringen.

Sie denkt nicht an Sibby. Alles, was sie denken kann, ist: *Weg hier.* Also rennt sie. Sie erreicht eine kleine Lichtung, die sie sofort wiedererkennt, weil sie nämlich ziemlich nah beim Baumhaus liegt, dabei könnte Dee schwören, dass ihre Flucht schon ewig dauert. Was bedeutet, dass sie im Kreis gelaufen ist. Sie dreht sich um und im nächsten Moment kann sie an nichts *anderes* mehr denken als Sibby.

Denn Sibby taucht plötzlich vor ihr auf, nur ein paar Meter entfernt. Als sie Dee sieht, reißt sie flehend die Augen auf, doch über ihrem Mund klebt ein Streifen Klebeband und neben ihr steht ein weiterer Mann und hält sie fest. Er ist groß und kräftig und trägt ebenfalls eine Skimaske. Sibbys Arme sind an ihren Körper gefesselt, sodass sie sich nicht bewegen kann.

Einen Moment lang ist Dee wie erstarrt, bevor mit einem Mal sämtliches Blut zurück in ihren Kopf zu strömen scheint und sie zu schreien anfängt, aus voller Kehle. Eine Hand legt sich von hinten über ihren Mund.

Danach geht alles Schlag auf Schlag. Dee spürt, wie ihr jegliche Kraft aus Armen und Beinen weicht. Jemand knebelt auch sie mit einem Streifen Klebeband, während der Mann neben Sibby ein Stück Seil aus einer Sporttasche auf dem Boden kramt und es dem zweiten zuwirft, der Dee gepackt hält. Dann wird sie zu einem Baum geschleift. Der Mann drückt sie zu Boden und fesselt sie mit dem Rücken an den Stamm.

Keiner der beiden sagt ein Wort; sie scheinen lediglich über Blicke miteinander zu kommunizieren. Nachdem er Dee gefesselt hat, geht der Mann zu Sibby und seinem Begleiter.

Der größere der beiden hebt Sibby hoch und wirft sie sich über die Schulter. Sibby strampelt und wehrt sich, aber der Mann hält sie so eisern im Griff, dass sie beinahe sofort wieder aufgibt.

Der andere Mann schnappt sich die Sporttasche und setzt sie sich auf wie einen Rucksack.

Der Erste wendet sich zum Gehen, und für einen Moment, der sich Dee für alle Zeiten ins Gedächtnis brennen wird, fängt sie Sibbys Blick auf. Die beiden Mädchen starren einander an, während Sibby in den Wald davongetragen wird, weg vom Baumhaus, weg von dem vertrauten Pfad, der zurück nach Hause führt, weg von Dee.

Der zweite Mann macht Anstalten, den beiden zu folgen, aber dann bleibt er stehen. Plötzlich unsicher, blickt er zu Dee zurück.

Der Erste wendet sich halb zu ihm um.

»Lass uns abhauen. Eine zweite Chance kriegen wir nicht.«

Der Mann mit der Tasche zögert kurz, dann schüttelt er den Kopf und verschwindet zusammen mit den anderen in den Wald.

Dee lauscht auf die Schritte, die sich mit jeder Sekunde weiter entfernen, bis sie schließlich gar nichts mehr hört.

Bis sie ganz allein ist.

20.

Ich höre auf zu reden. Das war die Geschichte. Das ist damals passiert, zumindest soweit ich mich erinnern kann. Ich rechne damit, dass Sarah mich mit Fragen bombardiert, dass sie wissen will, wie es danach weiterging, wie die Suche verlief, wie gut ich den Ermittlern dabei weiterhelfen konnte.

Doch sie guckt mich bloß an, mit einem Blick voller Mitgefühl. Ihre verhaltene Reaktion würde mich normalerweise wohl verunsichern, aber gerade ist sie genau das, was ich brauche.

»Tja«, breche ich das Schweigen, »ganz schön verrückt, was?«

Sie nickt langsam. »Wie lange hast du da gesessen?«

»Knapp drei Stunden«, antworte ich. »Irgendwann wurde es dunkel, und als wir nicht zurückgekommen sind, hat Sibbys Dad sich auf die Suche nach uns gemacht. Aber natürlich hat er nur mich gefunden.«

»Das muss ja die Hölle für dich gewesen sein«, bemerkt Sarah leise.

»Später schon«, sage ich. »Aber währenddessen, da … Ich weiß, das klingt jetzt seltsam, aber eigentlich hatte ich nicht mal richtig Angst. Das heißt, ich *muss* Angst gehabt haben, ich kann mich bloß nicht daran erinnern. Wahrscheinlich weil ich unter

Schock stand. Aber auch weil … keine Ahnung, weil es mir einfach überhaupt nicht in den Sinn gekommen ist, dass irgendwer uns entführen wollen könnte oder so. Keine Sekunde lang. Und außerdem hatten wir ja Verstecken gespielt, darum dachte ich bis zum Schluss …« Ich breche ab.

»… das Ganze wäre Teil des Spiels«, beendet Sarah den Satz für mich.

Ich nicke. »Ja, irgendwie schon.«

»Und jetzt sollst du das alles noch mal von Neuem durchleben«, vermutet sie. »Zumindest wenn es nach den Journalisten geht. Und der Polizei.«

»Genau. Die hoffen, dass ich ihnen irgendwie helfe, aber das kann ich nun mal nicht. Ich meine, normalerweise ist es mir echt ziemlich egal, was andere von mir denken. Wenn Leute wie Brianna Jax-Covington beschließen, dass sie ihre Nase in Angelegenheiten stecken müssen, die sie nichts angehen, dann interessiert mich das 'nen Dreck. Klingt eingebildet? Scheiß drauf.«

Sarah legt den Kopf schief und lächelt, als versuchte sie, aus mir schlau zu werden.

»Ich wirke unfreundlich? Scheiß drauf. Ich verbreite schlechte Stimmung? Ich lächele zu wenig? Mein bester Freund ist ein hohlbirniger Kiffer? Scheiß drauf, scheiß drauf, scheiß drauf. Ist mir alles scheißegal.«

Nach diesem Ausbruch mache ich mir Sorgen, dass Sarah mich jetzt für komplett bescheuert hält, aber sie lächelt noch immer, als wäre das alles völlig normal.

»Okay, ist angekommen. Dir ist egal, was andere über dich denken«, fasst sie zusammen.

»Außer eben bei diesem einen Thema«, schränke ich ein. »Sibby. Wenn es um Sibby geht, haben die anderen nämlich absolut recht. Ich hätte damals irgendwas tun müssen.«

»Dee.« Sie beugt sich über den Tisch zu mir vor, stoppt jedoch, als ich zusammenzucke, und lehnt sich wieder zurück. »Das denkt kein Mensch. Wirklich niemand.«

»Na, zumindest scheinen sie alle zu denken, dass ich ihnen irgendwas dazu sagen kann«, entgegne ich.

»Klar tun sie das. Ist ja auch 'ne gute Story. Oder natürlich nicht *gut* in dem Sinne, sondern total schrecklich, aber über so was reden die Leute nun mal gern. Was glaubst du, warum dieser Podcast, von dem ich dir erzählt hab, so beliebt ist? Weil solche Geschichten einfach eine irre Anziehungskraft ausüben. Da wollen alle gern helfen. Bestimmt würden sie das bei dir auch wollen.« Ihre Augen weiten sich, als wäre ihr soeben ein Licht aufgegangen. »Du müsstest echt mal der Sucherin schreiben und von Sibby erzählen. Von dem möglichen Zusammenhang mit Laylas Verschwinden. Wetten, dass sie den Fall sofort übernimmt?«

Schon wieder der Podcast. Wie gerne würde ich ihr einfach alles erzählen. Es wäre so schön, mit jemand anderem als Burke darüber reden zu können. Jemandem, der mich verstehen würde. Der sich dafür interessiert. Der mir zuhört.

Ich denke an die Nacht, in der ich den Podcast ins Leben gerufen habe, daran, wie ich auch einfach nur helfen wollte. Zum ersten Mal, seit ich meine Geschichte beendet habe, sehe ich Sarah geradewegs in die Augen. Und mir kommt der Verdacht, dass ich möglicherweise nicht ganz ehrlich war. Vielleicht ist es mir doch nicht *komplett* egal, was andere von mir denken. Oder zumindest Sarah.

Das hier könnte der perfekte Augenblick sein, um ihr die Wahrheit zu sagen. Mir das alles endlich mal von der Seele zu reden.

Stattdessen seufze ich und greife nach meinem Handy, um auf die Uhr zu sehen. Dabei entdecke ich eine neue Nachricht von Carla Garcia. Am liebsten würde ich sie sofort lesen, aber ich will auch nicht unhöflich sein und beschließe, damit bis später zu warten.

»Hast du was dagegen, wenn wir uns langsam aufmachen?« Auf einmal will ich einfach nur nach Hause. »Ich bin echt durch. War ein ziemlich harter Tag.«

»Klar.« Sie wirkt so ungerührt, als hätte ich ihr nicht gerade einen Einblick in mein heillos verkorkstes Leben gegeben. »Komm.«

Wir stehen auf, ziehen unsere Mäntel, Mützen und Handschuhe an. Sarah legt ein paar Scheine auf den Tisch und ich folge ihr nach draußen in die grelle Januarsonne.

Als wir wenig später in unsere Straße einbiegen, wappne ich mich für einen erneuten Ansturm von Reporterinnen, doch zu meiner Überraschung ist niemand mehr da.

»Ach schade«, witzelt Sarah. »Ich hatte mich schon drauf gefreut, denen noch mal meine Hupe vorzuführen. Aber die erste Vorstellung hat ihnen anscheinend gereicht.«

Ich nicke, obwohl ich dem Frieden nicht recht traue. So erleichtert ich bin, dass sie weg sind, frage ich mich doch, wo Quinlee und ihre Kamerafrau hin sind. Hat sich vielleicht irgendwo anders etwas noch Interessanteres ergeben?

»Danke fürs Retten«, sage ich, als wir vor ihrem Haus aussteigen.

Sarah lächelt mich über das Autodach hinweg an. »Danke *dir* fürs Quatschen. Ich hatte schon befürchtet, ich müsste mich mit Brianna anfreunden. Wie wär's, wenn wir das bald mal wiederholen?«

»Klar, gerne«, entgegne ich, während ich mich frage, ob sie dabei Freundschaft oder möglicherweise sogar mehr im Sinn hat. Ich hätte gegen beides keine Einwände, obwohl ich einer Option definitiv den Vorzug geben würde. Ich zögere, bevor ich hinzufüge: »War schön, mal jemanden zu haben, der mir zuhört.«

Sarah kommt zu mir rüber und legt mir die Hand auf die Schulter. »Dee«, sagt sie mit einem eindringlichen Blick. »Ich bin immer da, wenn du mich brauchst.« Mit einem Augenzwinkern deutet sie auf ihr Haus. »Direkt gegenüber.«

Ich lächele und mache mich dann auf nach Hause.

Kurz vor der Tür drehe ich mich noch mal um. Auch Sarah guckt mir nach, und ich spüre, wie ich rot werde, aber zum Glück ist sie so weit weg, dass sie es nicht sieht. Mit einem letzten Winken gehe ich rein.

Auf Socken tappe ich in die Küche. Mein Dad hat mir ein Sandwich in den Kühlschrank gelegt. Ich wickele es aus der Frischhaltefolie, setze mich zum Essen an die Küchentheke und öffne auf meinem Handy Carlas Nachricht.

Hi, können wir vielleicht mal chatten, wenn du Zeit hast? Hab was Neues rausgefunden …

Gespannt schreibe ich ihr zurück.

Klar. Bin gerade nach Hause gekommen und müsste noch kurz was essen. Wie wär's in 10 Minuten?

Carla antwortet nur Sekunden später.

Perfekt, bis gleich.

In dem Moment klingelt es und ich schrecke zusammen. Als ich einen Blick aus dem Fenster werfe, sehe ich zu meinem Erstaunen Burke. Er wirkt nervös. Gerade als er ein zweites Mal auf die Klingel drücken will, öffne ich die Tür.

»Hey«, begrüße ich ihn verwirrt.

»Kann ich reinkommen?«

»Klar.« Er folgt mir in die Küche und ich schiebe den Teller mit der zweiten Sandwichhälfte zu ihm rüber. »Willst du auch was?«

Er schüttelt ungeduldig den Kopf. »Hast du's schon gehört?«

»Was gehört? Gibt's was Neues zu Layla?«

»Onkel Terry ist verhaftet worden«, platzt es aus ihm heraus. »Kurz nachdem ich von der Suche gekommen bin. Meine Eltern sind total fertig.«

»Bitte, was?«

»Sie glauben, dass er Layla entführt hat. Anscheinend haben sie in diesem leer stehenden Haus neben Laylas irgendwelche Sachen von ihm gefunden. Er soll die Gerrards von da ausspioniert haben.«

»Meinst du das, in dem die DaQuinzios gewohnt haben?«, frage ich. »Ja, hab schon gehört, dass sie das durchsucht haben.«

»Wer hat dir das denn erzählt?«

»Mrs Rose.«

Er blinzelt verständnislos.

»Aber ist ja egal jetzt«, winke ich ab. »Was haben sie denn gefunden?«

»Sah wohl aus, als hätte sich da jemand häuslich eingerichtet«, erklärt Burke. »Ein Sessel, ein paar alte Zeitschriften und ein Aschenbecher voller Kippen. 'n Haufen leere Schnapsflaschen. Und vom Schlafzimmer aus hatte man freien Blick rüber zu den Gerrards. Direkt in Laylas Zimmer.« Er fährt sich durchs Haar. »Sieht echt übel aus für ihn, Dee.«

»Und das ist ganz sicher Terrys Kram?«

»Er streitet natürlich alles ab, aber sie haben auch ein Notizbuch gefunden. Mit seiner Handschrift drin und … Zeitungsausschnitten.«

»Zeitungsausschnitten?«

Burkes Miene wird immer verzweifelter. »Lauter Artikel von damals über Sibbys Entführung und alle möglichen Folgeberichte aus den Monaten und Jahren danach.«

»Was?«, rutscht es jetzt mir heraus. »Wie kann das denn sein? Warum sollte er die gesammelt haben?«

Burke schüttelt bloß den Kopf. »Keine Ahnung, aber das Schlimmste kommt erst noch. Anscheinend haben sie nämlich auch noch Indizien dafür gefunden, dass Layla in dem Haus war. Oh Mann, das kann doch alles bloß irgendein total kranker Zufall sein. Er ist bestimmt nicht der anständigste Kerl auf der Welt, aber so was würde er doch nie machen!«

»Scheiße«, murmele ich.

»Aber hallo. Ich musste einfach mal kurz da raus. Ich darf gerade nicht mal in mein Zimmer, weil unser Keller voller Bullen ist, die Terrys Kram durchsuchen.« Wieder rauft er sich mit beiden Händen die Haare. »Ich glaub das alles echt nicht. Klar bin ich genervt von Onkel Terry, aber ich will doch nicht, dass er in den Knast wandert. Ich weiß einfach, dass er Layla nichts getan hat. Dee, du *musst* darüber berichten. Damit sie den echten Täter finden.«

»Das geht nicht, Burke. Und es würde auch niemandem helfen.«

»Was soll das denn heißen?« Er wirkt zunehmend frustriert. »Dein blöder Podcast hat ja wohl schon ziemlich oft bei so was geholfen. Wieso stellst du dich so quer?«

»Weil es zu nah an der Sache mit Sibby ist!« Den *blöden* Podcast lasse ich zwar unkommentiert, aber auch mich überwältigt langsam der Frust. »Kannst du dir eigentlich vorstellen, wie schlimm das ist, was für ein Gefühl es ist, dass das jetzt alles wieder aufgewühlt wird? Heute Nachmittag, als ich nach Hause gekommen bin, hat mir Quinlee Ellacott vor der Tür aufgelauert. Und außerdem stecke ich gerade mitten in einem anderen Fall. Den kann ich ja wohl jetzt schlecht links liegen lassen und mit einem neuen weitermachen.«

»Du kannst machen, was du willst!«, hält er dagegen. »Ist schließlich dein Podcast!«

»Du weißt genau, dass das nicht geht.«

»Na schön. Dann hilf mir eben nicht. Ich muss wieder los.« Abrupt wendet er sich ab und marschiert den Flur runter.

Ich laufe hinterher. »Mann, Burke, jetzt sei doch nicht so. Bitte.«

Er schiebt wütend die Füße in seine ausgelatschten Sneakers und wirbelt dann wieder zu mir herum.

»Was denkst du dir eigentlich, dass die Polizei das schon regelt, oder was?«, blafft er mich an. »Da würd ich mich nicht drauf verlassen. Damals bei Sibby haben sie versagt und jetzt wird es wieder genauso kommen.«

»Burke, tut mir echt leid, dass ihr so was durchmachen müsst. Ich will euch ja helfen, wirklich. Nur eben nicht mit dem Podcast.«

Er schnaubt abfällig. »Keine Sorge, Dee. Ich enthülle schon nicht deine geheime Identität.« Damit tritt er nach draußen und knallt die Tür hinter sich zu.

Einen Moment lang starre ich reglos vor mich hin und versuche, meine Gedanken zu ordnen. Die Neuigkeit hat mich völlig ins Schleudern gebracht – Terry soll Layla entführt haben? –, aber gleichzeitig bin ich stinksauer. Klar hat Burke allen Grund, aufgebracht zu sein, aber dass er seine Wut an mir auslässt, ist einfach nicht fair.

Plötzlich fällt mir Carla wieder ein, die längst auf mich wartet, und ich renne die Treppe hoch in mein Zimmer, geradezu erleichtert, mich mit etwas ablenken zu können, was nichts mit den Ereignissen in Redfields zu tun hat.

Da bin ich! Tut mir leid, mir ist noch was dazwischengekommen.

Carla antwortet sofort.

Pass auf, du wirst es nicht glauben.

Mit angehaltenem Atem warte ich ab.

Ich hab heute erfahren, dass hier in der Gegend noch eine Frau vermisst wird, und ich bin mir ziemlich sicher, dass der Fall in Zusammenhang mit Vanessas Verschwinden steht.

21.

Transkript von **Radio Silent**
Episode 43

Die Sucherin: Stellt euch Folgendes vor: Eine ganz normale Gegend. Gestresste Eltern, die ihre Kinder zur Schule fahren. Leute, die zum Bus rennen oder sich im Laufschritt auf den Weg zur Arbeit machen, um nicht zu spät zu kommen. Ein paar Rentner mit Einkaufstaschen plaudern am Gartenzaun mit den Nachbarn. Hunde werden Gassi geführt. Bücher aus der Bibliothek ausgeliehen. Und mitten in diesem Alltagstrubel verschwindet eine Frau, was erst drei Tage später jemandem auffällt. Die Polizei wird eingeschaltet und die Suche beginnt.
Wie ihr vielleicht noch vom letzten Mal wisst, ist genau das

Vanessa Rodriguez passiert, in genau so einer Gegend, wie ich sie gerade beschrieben habe. Vielleicht war es ein Einzelfall. Aber was, wenn nicht? Was, wenn ich euch jetzt sage, dass eine weitere Frau unter ziemlich ähnlichen Umständen verschwunden ist? Aus derselben Gegend? In Nordamerika werden jedes Jahr fast eine Million Menschen als vermisst gemeldet. Aber wenn wir aufmerksam sind und alle zusammenarbeiten, gelingt es uns vielleicht, ein paar von ihnen zurück nach Hause zu holen. Ich bin die Sucherin, und ihr hört **Radio Silent.**

EINSPIELER (Danetta Bryce): Nia Williams ist meine Cousine. Sie ist superlustig und hat eigentlich immer gute Laune. Sie liebt Musik. Und ihre Familie. Sie arbeitet als Wirtschaftsprüferin und geht voll in ihrem Job auf, aber trotzdem findet sie dabei immer noch Zeit für die Menschen, die ihr wichtig sind. Meistens platzt ihr Kalender aus allen Nähten: Sie passt auf ihre Nichten und

Neffen auf, hat zig Ehrenämter und unternimmt oft spontane Wochenendausflüge mit ihren Freundinnen. Es ist echt nichts Ungewöhnliches, wenn man mal eine Weile nichts von ihr hört, einfach weil sie so beschäftigt ist.

Und genau darum hat es wahrscheinlich auch ein paar Tage gedauert, bis jemand bemerkt hat, dass sie verschwunden war.

DIE SUCHERIN: Das gerade war Danetta Bryce. Nachdem sie von einer Freundin gehört hat, dass in einer **Radio-Silent**-Episode über Vanessa Rodriguez berichtet wurde, hat sie Kontakt zu Carla Garcia aufgenommen und ihr von ihrer Cousine, Nia Williams, erzählt, die ebenfalls vermisst wird. Die zwei Vermissten waren zwar nicht direkt Nachbarinnen, wohnen aber nah genug beieinander, dass sich ihre Wege des Öfteren gekreuzt haben müssen.

Vor allem war Nia mehr oder weniger Stammgast im Impact Café, in dem, wie die treuen Hörerinnen und Hörer sich sicher erinnern,

Vanessa Rodriguez als Bedienung gearbeitet hat. Bevor sie eines Tages nicht zu ihrer Schicht auftauchte.

Zufall? Oder steckt mehr dahinter?

Auf jeden Fall gibt es ein paar auffällige Parallelen. Die erste und wichtigste ist das Impact Café. Außerdem sind beide zwischen Mitte und Ende zwanzig und werden von ihren Freunden und Familien als attraktiv, liebenswürdig und aufgeschlossen beschrieben.

Ein weiteres wichtiges Detail ist, dass Vanessa offenbar meistens nicht den direkten Weg über eine belebte Straße von ihrer Wohnung zum Café und zurück genommen hat, sondern eine ruhigere, wenn auch etwas längere Strecke durch ein Wohngebiet und einen Park bevorzugt hat. Gemeinsam mit Nias Cousine Danetta konnten wir nun rekonstruieren, dass dieser Umweg genau an Nias Wohnung vorbeiführte. Was es natürlich umso wahrscheinlicher macht, dass die beiden Frauen öfter dieselbe Route zum Impact Café

und wieder zurück genommen haben.
Aber es gibt noch eine weitere
Besonderheit.
Beide Betroffene sind nämlich
Women of Color: Nia ist
schwarz, Vanessa Latina. Was
deshalb von Bedeutung ist, weil
statistisch gesehen weniger über
Vermisstenfälle berichtet und
zudem nachlässiger ermittelt
wird, wenn das Opfer einer
Minderheit angehört.
Auch diese beiden Vorkommnisse
haben kaum Aufmerksamkeit
erlangt. Es ist nichts darüber
bekannt, ob bei den Ermittlungen
ein möglicher Zusammenhang
zwischen den Fällen in Betracht
gezogen wurde, dabei gibt es
offensichtliche Parallelen.
Aber besteht nun ein Zusammenhang
oder nicht? Möglich wäre es,
auch wenn die Polizei sich
dazu bislang nicht eindeutig
geäußert hat. Tatsache ist, dass
man, abgesehen von den üblichen
Zweizeilern auf vereinzelten
Lokalnachrichten-Websites, zu
keinem der Fälle sonderlich viele
Informationen findet. Wie weit die
Polizei mit ihren Ermittlungen
fortgeschritten ist, lässt sich

unmöglich sagen. Immerhin wurden Facebook-Gruppen eingerichtet, aber auch dort erfährt man kaum mehr.

Das muss sich ändern – und Carla und Danetta haben bereits den ersten Schritt in die richtige Richtung gemacht. Die beiden haben für kommenden Samstag ein VLD-Treffen organisiert. Damit wollen sie Menschen in ihrer Region zum Helfen mobilisieren. Dazu, Plakate aufzuhängen, an Türen zu klopfen oder sich in den sozialen Medien auf die Suche nach potenziellen Zeugen zu machen.

Ich möchte die beiden mit **Radio Silent** dabei unterstützen, also hier mein Aufruf: Wohnt ihr vielleicht auch in der Nähe? Geht ihr öfter mal ins Impact Café? Nähere Infos zu dem Treffen findet ihr auf meinen Social-Media-Profilen, über die ich wie immer jederzeit für euch erreichbar bin, oder ihr schreibt mir einfach eine Mail.

Ob es etwas gibt, was *ihr* tun könnt?

Hört zu.

Helft mit.

Nachdem ich alles bearbeitet und hochgeladen habe, lehne ich mich zurück und schließe die Augen. Langsam scheint Bewegung in den Fall aus Houston zu kommen. Immer mehr Informationsschnipsel finden ihren Weg zu mir, und wenn ich es schaffe, sie richtig zusammenzusetzen, wird bald die Geschichte dahinter ans Licht kommen.

Warum schaffe ich das nicht, wenn es um die Ereignisse hier in Redfields geht?

Sibby. Layla. Burke und Terry. Quinlee Ellacott. Sogar Sarah. Es ist, als hätten sich alle dazu verschworen, mich ins Rampenlicht zu zerren, obwohl das mit Abstand das Letzte ist, was ich will.

Bin ich im wirklichen Leben einfach eine komplett andere Person als online? Steckt in der Sucherin auch nur ein Fitzelchen von Dee Skinner? Oder vielmehr: Steckt in Dee Skinner etwas von der Sucherin? Sollte ich Burkes Rat befolgen und zulassen, dass die Grenze zwischen beiden verwischt?

Seufzend aktiviere ich meinen Bildschirm wieder und schicke Carla eine kurze Nachricht, um sie wissen zu lassen, dass die Episode online ist. Anschließend checke ich meine Feeds. Die ersten Leute diskutieren bereits über die neuen Entwicklungen.

Die Haustür knallt zu und ich höre meine Familie lachen und durcheinanderreden. Gerade will ich meinen Laptop zuklappen und zu ihnen runtergehen, doch da erscheint eine neue Nachricht in meinem Posteingang, und mein Mund wird trocken, als ich den Betreff lese.

SIBBY CARMICHAEL NOCH AM LEBEN?

Hallo, Radio Silent,
ich habe gerade im Internet gelesen, dass ein Zusammenhang zwischen Layla Gerrard, dem Mädchen, das vor Kurzem aus

Redfields verschwunden ist, und Sibby Carmichael, die vor zehn Jahren aus derselben Stadt entführt wurde, vermutet wird. Bisher habe ich noch nie irgendwem davon erzählt, weil ich mir nicht hundertprozentig sicher war, aber die Sache verfolgt mich bis heute, und jetzt kann ich meinen Verdacht einfach nicht länger für mich behalten: Ich glaube, ich bin Sibby Carmichael vor fünf Jahren begegnet. Aus persönlichen Gründen möchte ich lieber nicht weiter ins Detail gehen und weiß auch nichts über den Stand der Ermittlungen in Sibbys Vermisstenfall, trotzdem habe ich das Gefühl, dass sie irgendwo da draußen und am Leben ist. An die Polizei kann ich mich leider nicht wenden. Ich bin vor Kurzem auf Ihren Podcast gestoßen, und da kam mir die Idee, dass ich hiermit vielleicht bei der Sucherin an der richtigen Adresse sein könnte.

An dieser Stelle endet die Mail. Keine Informationen über den Absender, kein Name, bloß eine nichtssagende E-Mail-Adresse: PrettyInInk_1988@gmail.com.

Sofort schreibe ich zurück und bitte um weitere Details. Dann lese ich mir die Mail wieder und wieder durch. Die Wahrscheinlichkeit, dass einfach einer der üblichen Verdächtigen dahintersteckt, ist groß. Es gibt leider jede Menge Spinner, die mir Fehlinformationen und falsche Hinweise schicken. Trotzdem … Die Mail leuchtet mir von meinem Bildschirm entgegen wie ein Signalfeuer, ein winziges Fünkchen Hoffnung, dass ich Sibby vielleicht, nur ganz vielleicht, eines Tages wiedersehen werde.

22.

Am nächsten Morgen lese ich die knappe Antwort von PrettyInInk_1988, die alles andere als ermutigend ist.

Tut mir leid, dass ich Ihre Zeit vergeudet habe. Vielleicht hätte ich besser gar nicht schreiben sollen. Ich glaube wirklich, dass ich Sibyl Carmichael begegnet bin, aber das Ganze ist lange her und mit mehr kann ich Ihnen leider nicht weiterhelfen. Ich musste einfach nur loswerden, dass sie meiner Überzeugung nach noch am Leben ist. Vielleicht können Sie ja mit Ihrem Podcast mehr in Erfahrung bringen. Ich bin raus aus der Sache. Machen Sie sich nicht die Mühe, mir noch mal zu schreiben.

Ich beiße mir frustriert auf die Unterlippe. Eine Gmail-Adresse kann man nicht zurückverfolgen ... oder?
   Bevor ich am Abend ins Bett gegangen bin, habe ich bei Burke nachgefragt, ob alles in Ordnung ist, aber bis jetzt hat er nicht zurückgeschrieben. Also schicke ich ihm noch eine Nachricht, erkundige mich, wie es ihm geht und ob wir vielleicht mal reden können.
   Mir ist klar, dass er sauer auf mich ist, aber ich brauche dringend seine Hilfe.

Als ich an der Schule ankomme, wartet er nicht am Eingang auf mich. Ich bleibe eine Weile dort stehen, bis die Zeit langsam knapp wird, aber von Burke ist immer noch nichts zu sehen, also gehe ich schließlich allein zur ersten Stunde.

Als ich es gerade noch pünktlich vor dem Klingeln in den Raum schaffe, haben sich dort alle um Denny Pikes Laptop versammelt, Ms Grisham, unsere Englischlehrerin, mit eingeschlossen.

Ich quetsche mich zwischen meine Mitschüler, die in einen Livestream auf der BNN-Homepage vertieft sind. Quinlee Ellacott steht vor Burkes Haus, in dem sämtliche Vorhänge zugezogen sind.

»Inzwischen wurde seitens der Behörden die Festnahme des sechsundvierzigjährigen Terrence O'Donnell im Zusammenhang mit dem Verschwinden von Layla Gerrard bestätigt. O'Donnell ist erst vor Kurzem in dieses Haus gezogen, das seinem Bruder gehört. Nach Aussagen der Nachbarn ist er derzeit arbeitslos und lebt in den Tag hinein. Angeblich sitzt er stundenlang rauchend hier auf dieser Veranda, die Sie hinter mir sehen.«

Ein unvorteilhaftes Schwarz-Weiß-Foto von Terry füllt den Bildschirm aus und ein paar der Jungs fangen an zu lachen.

»Sieht aus wie Burke«, feixt einer von ihnen.

»Das reicht«, ermahnt ihn Ms Grisham.

Kurz darauf kommt wieder Quinlee ins Bild.

»Wir von BNN konnten in Erfahrung bringen, dass O'Donnell sich auch vor zehn Jahren hier aufgehalten hat, als die siebenjährige Sibyl Carmichael aus ebendieser Wohnsiedlung entführt wurde. Die Ermittlungen gegen O'Donnell wurden damals eingestellt, nachdem er ein wasserdichtes Alibi vorweisen konnte. Verschiedenen Quellen zufolge soll er sich jedoch kürzlich Zugang zu einem leer stehenden Nachbarhaus verschafft und es als eine Art geheimen Unterschlupf genutzt haben. Die Polizei ist dort anscheinend auf Hinweise gestoßen, die nahelegen, dass O'Donnell regelrecht besessen von dem damaligen Vermisstenfall war. Laut vertraulichen Informationen wurden in dem Haus DNA-Spuren sichergestellt, die eindeutig Layla Gerrard zugeordnet werden konnten.«

»Die glauben, er ist ein Nachahmungstäter«, ertönt hinter mir Briannas Stimme, und ich drehe mich überrascht zu ihr um. »Tja, immerhin war er ja schon in den ersten Fall verstrickt. Vielleicht hat er irgendwie das kranke Bedürfnis, das Abenteuer noch mal aufleben zu lassen, und will diesmal selbst aktiv werden.«

»Alter«, sagt Denny. »Ist das da nicht Burkes Mom?«

Im Livestream eilt jetzt Marion O'Donnell mit gesenktem Kopf die Verandatreppe hinunter zu ihrem Auto. Die Kamera wackelt, als die Person dahinter sich zusammen mit den anderen Reportern in Bewegung setzt.

»Entschuldigen Sie!« Die Kamera schwenkt herum und richtet sich wieder auf Quinlee, die sich unter Einsatz beider Ellenbogen einen Weg nach vorne bahnt. Ihre laute, glockenklare Stimme übertönt die der anderen, und irgendwie ist es ihr in dem Getümmel gelungen, sich so geschickt neben dem Briefkasten der O'Donnells zu positionieren, dass niemand an ihr vorbeikommt und die Kamera sie perfekt einfängt, während Mrs O'Donnell im Hintergrund zu sehen ist.

»Mrs O'Donnell!«, ruft sie jetzt, die Schultern straff zurückgenommen, das voluminöse blonde Haar makellos um ihr Gesicht drapiert. »Was können Sie uns über die Rolle Ihres Schwagers im Vermisstenfall von Layla Gerrard sagen?«

Marion bleibt wie angewurzelt stehen. Sie dreht sich um und starrt Quinlee an, während die anderen Reporter verstummen, in der Hoffnung, sich einen verwertbaren Clip zu sichern.

Quinlee dagegen redet unbeirrt weiter. »Glauben Sie, dass Terrence das Mädchen entführt hat?«, fragt sie laut und deutlich.

Geh einfach weiter, versuche ich, Burkes Mom telepathisch zu übermitteln. Doch die bleibt stehen und holt tief Luft. Quinlees Miene ist nach wie vor professionell, aber ich sehe ein triumphierendes Glitzern in ihren Augen. Genauso gut könnte eine Denkblase über ihrem Kopf erscheinen: *Hab ich dich.*

»Terry hat kein Geständnis abgelegt«, sagt Mrs O'Donnell barsch. »Mein Mann und ich sind hundertprozentig überzeugt, dass er nichts mit Laylas Verschwinden zu tun hat. Es ist völlig ausgeschlossen, dass er einem armen, wehrlosen Kind so was antun würde. Glauben Sie nicht, wenn er ein Kind gekidnappt hätte, dann hätte er zumindest seine Spuren in dem leer stehenden Haus verwischt? Und diesen Brief kann ja wohl jeder geschrieben haben!«

Scheiße.

»Was für einen Brief meinen Sie, Mrs O'Donnell?«, fragt Quinlee prompt und wirft einen Blick über die Schulter. Sie muss unheimlich stolz sein, diesen Coup gelandet zu haben, sich jedoch gleichzeitig dafür in den Hintern beißen, dass sie ihn mit der Konkurrenz teilen muss.

Mrs O'Donnell wird merklich unsicher. Sie öffnet den Mund, um etwas zu sagen, und schließt ihn dann wieder.

Geh weiter, beschwöre ich sie im Stillen. *Dreh dich einfach um und geh weiter.*

»In Laylas Zimmer wurde ein Brief gefunden«, antwortet Mrs O'Donnell. »Er war an De–, an das Mädchen adressiert, das damals bei Sibbys Entführung dabei war.«

Im Hintergrund geht nun erneut die Haustür auf. Mr O'Donnell steckt den Kopf nach draußen und Entsetzen tritt in seinen Blick. Die Tür fällt wieder zu, öffnet sich jedoch gleich darauf wieder, und Mr O'Donnell kommt in halb angezogenen Gummistiefeln nach draußen gestolpert.

»Marion!«, ruft er seiner Frau zu. »Bleib weg von diesen Aasgeiern! Kein Kommentar! Kein Kommentar!«

Burkes Mutter scheint schlagartig zur Besinnung zu kommen, kehrt Quinlee den Rücken zu und eilt die Verandatreppe hoch zu ihrem Mann, der sie hastig ins Haus zieht. Quinlee wendet sich vollkommen ungerührt wieder der Kamera zu.

»Eins steht heute, vier Tage nach Layla Gerrards Verschwinden, wohl fest: Die Polizei wird Terrence O'Donnell nicht so schnell laufen lassen. Möglicherweise könnten die Ermittler bald gezwungen sein, eine neue Richtung einzuschlagen. Ich bin Quinlee Ellacott, live in Redfields für BNN.«

»Was für eine neue Richtung denn?«, fragt jemand. »Was soll das heißen?«

»Dass sie dann nicht mehr nach einem vermissten Mädchen suchen«, erklärt Brianna. »Sondern nach einer Leiche.«

In der schockierten Stille, die darauf folgt, fängt Sarah meinen Blick auf.

Das Mitgefühl in ihren Augen ist so groß, dass ich es kaum ertragen kann, also gucke ich schnell weg.

»Okay, Leute«, sagt Ms Grisham. »Das war's. Setzt euch bitte wieder hin.«

»Stimmt das, Dee?«, fragt mich Hugo Broad auf dem Weg zurück zu unseren Plätzen. »Hast du 'nen Brief gekriegt?«

»Nein«, murmele ich und wünschte, ich wäre überall nur nicht hier, wo alle mich anstarren. Nicht mal Ms Grisham schreitet diesmal ein, anscheinend ist sie selbst neugierig auf die Antwort. »Ich meine, es stimmt, dass sie einen Brief gefunden haben, aber der war nicht für mich. Darin wird bloß … der alte Fall erwähnt.«

»Krass«, kommentiert Miranda Ng. »Dann bist du ja quasi

direkt betroffen. Vielleicht wirst du sogar von Quinlee Ellacott interviewt.«

»Nicht, wenn ich's verhindern kann«, erwidere ich trocken.

Zu meiner Erleichterung klatscht Ms Grisham jetzt in die Hände, woraufhin endlich auch die Letzten Charles Dickens' *Große Erwartungen* aus ihren Taschen holen.

Ich dagegen nehme mein Handy und tippe hastig eine weitere Nachricht an Burke.

Hab deine Mom bei BNN gesehen. Tut mir so leid, was bei euch los ist. Meld dich mal, ja? Muss mit dir reden.

Sofort erscheinen drei Pünktchen unter meiner Nachricht, die verraten, dass Burke eine Antwort schreibt. Ich spähe zu Ms Grisham hinüber, die jetzt die zentralen Themen aus *Große Erwartungen* an das riesige Whiteboard schreibt, und behalte gleichzeitig das Handydisplay im Auge, aber nach einem Moment verschwinden die Punkte, und mir bleibt nichts anderes übrig, als mich zu fragen, was Burke wohl sagen wollte.

Die letzte Stunde fällt aus, denn es hat wieder angefangen zu schneien. Die Straßen sind zwar noch frei, aber auf dem Schulflur bekomme ich mit, dass die Vorhersage für den Rest des Tages alles andere als gut ist.

Ich laufe gerade über den Parkplatz, als jemand meinen Namen ruft. Sarah. Sie trägt ihren grünen Mantel mit dem weißen Streifen, dazu eine weinrote Bommelmütze, die ich bisher noch nicht an ihr gesehen habe, und sie sieht so heiß aus, dass ich es nur mit Mühe schaffe, nicht ins Stottern zu geraten, als ich den Mund aufmache.

»Hi«, sage ich.

»Gut, dass ich dich noch erwische. Ich hab schon in den

Pausen nach dir Ausschau gehalten, aber dich nie irgendwo gesehen. Ich wollte fragen, ob ich dich mit nach Hause nehmen soll.«

»Oh«, sage ich. »Danke.«

»Und außerdem hab ich was für dich«, fügt sie grinsend hinzu. Sie nimmt ihre Tasche von der Schulter und fängt an, darin zu wühlen, bis sie schließlich eine Art Spraydose mit einer kleinen roten Trompete obendrauf zutage fördert. Als ich nur verwirrt gucke, lacht sie. »Das ist ein Lufthorn«, erklärt sie. »Für den Fall, dass ich das nächste Mal nicht zur Stelle bin, wenn du von irgendwelchen penetranten Reportern belagert wirst.« Sie drückt kurz auf das hintere Ende der Trompete und ein extrem lauter, extrem durchdringender Fanfarenton hallt über den Platz. Alles im Umkreis dreht sich zu uns um.

»Nimm das, Quinlee!«, johlt Sarah und reicht mir die Dose.

»Danke«, sage ich und packe das Ding in meinen Rucksack. »So was Nerviges hab ich noch nie geschenkt bekommen.«

»Okay, also willst du mit?« Sie streckt die Hand aus, und eine Sekunde lang denke ich, sie will nach meiner greifen, aber dann dreht sie die Handfläche nach oben, und wir gucken zu, wie sich Schnee darauf sammelt. Und zwar erstaunlich viel in erstaunlich kurzer Zeit. »Meine Mom war heute Morgen stinksauer, dass ich überhaupt das Auto genommen hab. Wahrscheinlich nicht ganz zu unrecht, aber jetzt muss ich es ja auch wieder nach Hause kriegen, stimmt's?«

Ich zögere.

Keine Ahnung, warum ich so unentschlossen bin. Natürlich spricht überhaupt nichts dagegen, mit ihr nach Hause zu fahren, schließlich wohnt sie direkt gegenüber. Da wäre es wohl eher seltsam, wenn ich ablehnen würde.

Wieder verspüre ich urplötzlich den Drang, ihr von dem Podcast zu erzählen, von der E-Mail gestern Abend, von all meinen

Bemühungen, das, was vor zehn Jahren im Wald passiert ist, wiedergutzumachen.

Sie sieht mir in die Augen, und ihr Lächeln wirkt mit einem Mal anders als sonst, ohne den gewohnten, spöttischen Zug um die Mundwinkel. So offen, fast einladend, und es trifft mich wie der Blitz, dass hier irgendwas im Gange ist, etwas, worauf ich mich einfach einlassen könnte, wenn ich nur den Mut dazu finden würde. Ich will ja, mehr als alles andere, aber gleichzeitig weiß ich, dass es nicht richtig wäre. Nicht jetzt. Nicht bei all dem, was im Moment los ist.

»Hm, vielleicht ein andermal«, sage ich. »Also, echt nett von dir, aber ich muss gerade ganz dringend über was nachdenken. Ich laufe lieber.«

Sarah wirkt ein bisschen vor den Kopf gestoßen. »Ach so. Okay. Kein Problem.«

»Nichts Schlimmes«, füge ich hastig hinzu. »Nur so Familienkram.«

»Manche Leute behaupten ja, ich wäre eine gute Zuhörerin«, entgegnet sie augenzwinkernd, was dazu führt, dass ich noch lieber einfach mit ihr ins Auto steigen und ihr alles erzählen will.

Aber ich darf jetzt nicht leichtsinnig werden und darum lasse ich sie am besten gar nicht erst zu nah an mich heran.

Das vermisste Mädchen, der Besuch von Detective Avery, die E-Mail, in der es hieß, Sibby wäre noch am Leben – das alles bringt mich zu einer ziemlich unangenehmen Erkenntnis: Ich kann mich nicht länger vor der Vergangenheit verstecken.

Und wenn ich mich ernsthaft dafür entscheide, Sibbys Fall in meinen Podcast aufzunehmen, dann darf ich mich durch nichts davon ablenken lassen und muss alles andere aus meinem Kopf verbannen. Damals waren wir nur zu zweit im Wald. Eine von uns wurde entführt, die andere zurückgelassen.

Für eine Dritte ist da im Moment einfach kein Platz.

»Ich glaube, ich muss gerade ein bisschen allein sein«, zwinge ich mich zu sagen und drehe mich schnell um, bevor ich ihr Gesicht sehe und meine Meinung wieder ändere.

23.

Bis jetzt habe ich nichts als zwei eher wortkarge E-Mails in der Hand, und es ist gut möglich, dass überhaupt nichts dahintersteckt. Seit ich den Podcast habe, erreichen mich immer wieder die wildesten Theorien, und sosehr ich mir auch wünsche, dass diese hier sich als wahr herausstellt, muss ich darauf gefasst sein, dass die Absenderin sich am Ende als übereifriger Fan entpuppt und einfach auch mal was beitragen wollte.

Trotzdem ... Irgendetwas sagt mir, dass es diesmal nicht so ist. Die Story kommt mir ech vor. Vielleicht liegt es gerade an ihrer Knappheit. Statt mir eine komplizierte, bis ins Detail ausgefeilte Geschichte aufzutischen, voller Namen und Daten und überzeugender Argumente, schreibt PrettyInInk schlicht: *Ich glaube, ich bin Sibby Carmichael begegnet.* Ich würde so gern Burkes Meinung dazu hören, aber der hat noch immer nicht auf meine Nachrichten geantwortet und ist auch nicht mehr zum Unterricht aufgetaucht. Was man ihm unter den aktuellen Umständen wohl kaum verübeln kann. Aber ich muss dringend mit ihm reden, also mache ich mich auf die Suche nach ihm.

Burke geht öfter zu den Bunkern. Ein paarmal hat er mich auch dahin mitgeschleppt. Die kleinen Betonbarracken am alten Sportplatz hinter der Schule sind ein beliebter Kiffertreffpunkt, weil man von da aus alles gut im Blick hat und rechtzeitig in den Wald abhauen kann, falls die Polizei kommt.

Ich bin nicht unbedingt gerne hier, aber im Grunde habe ich auch nichts gegen die Kiffer. Die sind zumindest friedlich. Denen reicht's, wenn man einfach nett zu ihnen ist und sich ein bisschen von ihnen vollquatschen lässt. Alkohol macht Menschen unberechenbar. Kiffen hat oft eher den gegenteiligen Effekt.

Diesmal ist es anders. Als Burkes Anhängsel stehe ich meistens einfach rum oder quatsche mit irgendwem, bis er fertig ist. Ein Typ, den alle nur Donkey nennen, obwohl er eigentlich Pete heißt, ist echt witzig und gibt sich immer besonders viel Mühe, mich zum Lachen zu bringen, als wäre ich die ultimative Herausforderung. Und wer weiß, vielleicht bin ich das auch. Burke sagt immer, dass ich permanent angepisst wirke, dabei stimmt das gar nicht. Ich bin einfach nur still. Aber Donkeys Sprüche helfen tatsächlich oft, dass ich ein bisschen lockerer werde.

Ich weiß, dass Burke hier ist, weil ich ihn vor einer halben Stunde durchs Fenster mit ein paar anderen über den Sportplatz habe laufen sehen. Je näher ich komme, desto deutlicher meine ich zu spüren, wie sie mir aus dem dunklen Bunker entgegenstarren. Es ist gerade mal halb vier, aber die Sonne steht schon tief, und bald wird die Dämmerung einsetzen.

Kurz vor dem Eingang wird mir plötzlich mulmig. Vielleicht hätte ich abwarten sollen, bis ich ihn allein irgendwo erwische, aber da er auf keine meiner Nachrichten geantwortet hat, stehen meine Chancen, dass er überhaupt mit mir redet, vermutlich besser, wenn er zugedröhnt ist.

Abgesehen von Donkey und Burke sind noch zwei ältere Typen da und Maggie Dunne aus der Zwölften, die ich schon seit meiner Kindheit kenne, auch wenn wir nie viel miteinander zu tun hatten.

»Hi, Delia«, begrüßt sie mich. Ich bin heilfroh, ein weiteres bekanntes Gesicht zu sehen, zumal die beiden fremden Typen mich ziemlich kritisch mustern. »Was machst du denn hier?« Sie gibt sich keinerlei Mühe, ihre Überraschung zu verbergen.

»Ich wollte zu Burke«, antworte ich.

Er sitzt auf einer Bank in der Ecke und zerbröselt über einem alten Schulbuch Gras für einen Joint. Jetzt hebt er den Kopf.

»Hi, Dee, ich mach hier nur noch kurz fertig, ja?«

Ich bin so erleichtert, dass er ganz normal mit mir redet, dass ich am liebsten auf ihn zustürzen und ihm einen dicken Schmatzer geben würde, aber ich halte mich zurück.

»Klar, kein Problem.«

»Und, Dee?«, sagt Maggie. »Was hast du für 'ne Theorie, wo dieses Mädchen abgeblieben ist?« Sie schiebt ihre Kapuze runter, wie um mich besser hören zu können. »Bist ja quasi Expertin auf dem Gebiet.«

»Expertin?« Beinahe hätte ich mich verschluckt. Weiß sie etwa von meinem Podcast? Aber woher?

Die beiden Typen hinter ihr drehen die Köpfe und hören sichtlich interessiert zu.

»Na, weil du so was doch selbst mal erlebt hast«, erklärt sie. »Damals mit Sibby.« Als sie sieht, wie ich erstarre, senkt sie betreten den Blick. »Oje, tut mir leid. Dachte irgendwie, du wärst mittlerweile drüber weg.«

Ich atme tief durch. »Nur weil ich damals dabei war, macht mich das noch lange nicht zur Expertin«, entgegne ich bemüht ruhig. Wenn ich mich jetzt aufrege, liefere ich ihnen nur noch mehr Stoff für Tratsch, und der würde garantiert seinen Weg aus diesem Bunker nach draußen finden.

»Mann, Maggie«, rettet mich schließlich Burke. »Musst du jetzt auch noch mit diesem Scheißthema anfangen?«

»Sorry«, sagt Maggie aufrichtig zerknirscht.

Burke zwirbelt die Spitze seines Joints zusammen und klopft sich ein paarmal damit aufs Bein, bevor er ihn sich hinters Ohr klemmt.

»Ey, ich dachte, den ziehen wir jetzt durch«, beschwert sich Donkey.

»Sekunde«, sagt Burke. Dann steht er auf und bedeutet mir, ihm zu folgen.

Draußen ist es noch kälter als vorher und der Himmel hat sich bereits verdunkelt. Am anderen Ende des Sportplatzes leuchtet gerade eine Straßenlaterne auf und strahlt die Schneeflocken an, die durchs bläuliche Abendlicht driften.

»Was gibt's?«, fragt Burke. Er klingt nicht sauer, höchstens ein bisschen angespannt.

»Ich brauche deine Hilfe«, gebe ich zu und krame die E-Mail aus dem Rucksack, die ich heute Morgen ausgedruckt habe.

Burke liest und seufzt dann: »Okay, also mal wieder irgendein Spinner, der denkt, er wüsste, was mit Sibby passiert ist.«

»Ich glaube nicht, dass das ein Spinner ist«, entgegne ich. »Irgendwie hab ich so ein Gefühl.«

Er hebt die Augenbrauen. »Aha, so ein Gefühl. Und wozu brauchst du da meine Hilfe?«

»Die Person will keine Fragen mehr beantworten«, erkläre ich. »Und ich dachte, vielleicht könntest du mal probieren, ob man die Adresse zurückverfolgen kann.«

Er lacht. »Das ist 'ne Gmail-Adresse. Vergiss es.«

»Kannst du nicht trotzdem irgendwas machen? Die IP-Adresse rausfinden oder so?«

»Burke!«, ruft Donkey aus dem Bunker. »Ich frier mir hier die Eier ab! Jetzt lass uns endlich die Tüte rauchen und hier abhauen!«

»Ja, gleich!«, ruft Burke zurück. Dann wendet er sich wieder mir zu und schüttelt den Kopf. »Geht leider nicht. Tut mir leid, Dee.«

»Tja, schade, aber hätte ja sein können«, erwidere ich. Einen Moment lang sagt keiner von uns etwas. Seine Miene ist schwer zu deuten, aber ich sehe ihm an, dass irgendetwas an ihm nagt.

»Wieso hast du mir nichts von dem Brief erzählt?«, fragt er unvermittelt. »Wieso hast du mir nicht erzählt, dass die Polizei bei euch war?«

Ich starre ihn an, versuche, die richtigen Worte zu finden. »Das ging irgendwie alles so schnell«, verteidige ich mich.

»Ach, jetzt komm aber«, entgegnet er so prompt, als hätte er mit genau dieser Ausrede gerechnet. »Du wusstest schon von dem Brief, bevor das mit Terry passiert ist. Da hättest du jede Menge Zeit gehabt.«

Ich hebe aufgebracht die Hände. »Was hätte ich denn sagen sollen, Burke? Dass es da draußen irgendwer auf mich abgesehen hat? Dass ich eine Scheißangst habe? Genauso ist es nämlich.«

Er schüttelt den Kopf. »Du hättest mir einfach erzählen können, was bei dir los ist. So hätte ich das jedenfalls gemacht.«

»Tja, sei froh, dass du dir wegen so was keine Gedanken machen musst. Du warst nicht dabei. Du musst dich nicht schon dein Leben lang fragen, was gewesen wäre, wenn du damals was unternommen hättest. Du hast keine Ahnung, wie das ist! Wenn man nie aufhört, sich dreckig zu fühlen. Wenn man genau weiß, dass man bis in alle Ewigkeit ein schlechtes Gewissen haben wird.«

Burkes Kinnlade klappt runter und mit einem Mal wirkt er wütend.

»Ja, schon klar, Dee, als wäre außer dir niemand davon betroffen gewesen. Was sollen Sibbys Eltern denn sagen? Oder deine, die haben auch ganz schön was mitgemacht. Und überhaupt, tu doch nicht so, als hätte Sibby neben dir nicht noch andere Freunde gehabt.«

Dann hält er inne und reißt die Augen auf, als wäre ihm gerade etwas rausgerutscht, was er gar nicht hatte sagen wollen.

»Tja, aber bei mir ist das nun mal noch was anderes, Burke«, erwidere ich.

»Weißt du, was, Dee?« Er winkt ab. »Vergiss es einfach. Es gibt genug Leute, denen ich wirklich wichtig bin.«

Dieser Streit gerät immer mehr außer Kontrolle. Donkey und Maggie und die beiden anderen Typen im Bunker lauschen vermutlich die ganze Zeit gespannt. Ich entferne mich ein paar Schritte vom Eingang und senke die Stimme zu einem wütenden Zischen, sodass Burke mir folgen muss, um mich zu verstehen.

»Tut mir leid, dass ich dir nichts von dem Brief erzählt hab. Aber der Detective hat gesagt, ich darf nicht.« Wut steigt in mir auf. Welches Recht hat er eigentlich darauf, alles zu erfahren, was in meinem Leben vorgeht?

»Tja. Ich hab halt einfach gedacht, du bist meine beste Freundin. Und außerdem kenne ich Layla.«

Ich starre ihn an und weiß nicht, was ich antworten soll. Warum ist er so sauer?

Mit einem Mal verschwindet die Wut aus seinem Blick und er schließt die Augen. »Ich … ich hab das Gefühl, wenn ich davon gewusst hätte, hätte ich vielleicht irgendwas tun können. Layla wird jetzt schon seit Tagen vermisst.«

»Ich wüsste nicht, was das geändert hätte«, erwidere ich. »Ganz ehrlich.«

Er guckt mich beinahe flehend an. »Ich will nicht mal daran denken, dass er es gewesen sein könnte, Dee, aber es wird mit jeder Minute wahrscheinlicher. Selbst meine Mom glaubt mittlerweile, dass er schuldig ist. Mein Dad nicht, aber nur, weil Terry nun mal sein Bruder ist.«

»Kann ich verstehen«, sage ich.

»Tja, irgendwann wird er sich den Tatsachen stellen müssen«, redet Burke weiter. »Und ich frage mich die ganze Zeit, ob ich das Ganze nicht hätte verhindern können, wenn ich nur besser aufgepasst hätte. Weißt du eigentlich, dass sie vermuten, er hätte den Brief dahin gelegt, um die Ermittler auf eine falsche Fährte zu locken? Sein Alibi für den Tag, an dem Sibby entführt wurde, ist so wasserdicht, dass sie glauben, er könnte bewusst versucht haben, einen Zusammenhang zwischen den beiden Fällen herzustellen, damit er aus der Schusslinie ist. Vielleicht hat er ja direkt vor meiner Nase diese Buchstaben ausgeschnitten, und ich war einfach nur zu blöd, um was zu merken.«

»Burke«, sage ich. »Hör auf, dich deswegen fertigzumachen.«

Doch er beachtet mich gar nicht. »Und das ist noch nicht mal alles.« Er beugt sich zu mir vor und ein Hauch süßlichscharfer Grasgeruch schlägt mir durch die eisige Kälte entgegen. Verzweiflung tritt in seine glasigen Augen. »Kannst du dir vorstellen, wie das ist, jetzt direkt gegenüber von den Gerrards zu wohnen? Die Hölle. Laylas Mom sitzt den ganzen Tag am Fenster und starrt zu uns rüber. Die hasst uns.«

»Burke«, versuche ich, ihn zu beschwichtigen. »Sie hasst euch nicht.«

Wieder ignoriert er mich. »Das ist alles so traurig. Meine Mom war neulich da, um ihnen was zu essen zu bringen, aber sie meinte, Mrs Gerrard hätte kaum richtig mitbekommen, dass jemand mit im Zimmer war. Und ihr Dad dreht komplett am Rad. Der verschwindet manchmal stundenlang in den Wald und lässt seine Frau einfach zu Hause allein. Letztens sogar mitten im Schneesturm. Der sucht nach seiner Tochter, Dee. Und wenn mein Onkel dabei wirklich die Finger im Spiel hat, kann es sein, dass er der Einzige ist, der weiß, wo sie ist.«

Ich starre ihn wortlos an.

»Ich kann dir nicht helfen, Dee«, sagt er. »Sibby ist weg und Layla auch, und je früher ich mich damit abfinde, desto besser.«

Damit geht er zurück in den Bunker.

24.

In der Brusttasche meines Parkas steckt noch immer die Visitenkarte von Jonathan Plank. Ich bin nicht ganz sicher, was ich erwartet hatte, aber als ich ihn am nächsten Nachmittag nach der Schule anrufe, geht er direkt ans Telefon.

»Plank.« Er klingt professionell und etwas brüsk, als fühlte er sich bei etwas Wichtigem gestört.

»Hallo«, sage ich. »Hier ist Delia Skinner.«

Am anderen Ende herrscht einen Moment Stille, als müsste er kurz überlegen, wer ich bin.

»Delia«, beeilt er sich dann, mich wesentlich freundlicher zu begrüßen. »Wie geht's dir?«

»Hätten Sie vielleicht Zeit für ein Treffen?«, komme ich direkt zur Sache. »Also, ohne dass es jemand mitkriegt?«

»Aber gern«, schaltet er übergangslos zurück in den Business-Modus. »Wie wär's in einer halben Stunde unten im Restaurant vom Best Western Hotel?«

Dass er so schnell Zeit für mich finden würde, hätte ich zwar nicht gedacht, aber da ich um das Treffen gebeten habe, kann ich jetzt wohl kaum ablehnen.

»Ja, das passt.« Ich halte kurz inne. »Aber erzählen Sie keinem davon, ja?«

»Natürlich nicht«, versichert er mir. Ich bin noch immer nicht ganz überzeugt, dass ich ihm trauen kann, aber zumindest am Telefon wirkt er schon mal einigermaßen aufrichtig.

Als ich das Restaurant betrete, sitzt Jonathan Plank bereits mit einer Tasse Kaffee an einem Fenstertisch. Er winkt und erhebt sich halb, als ich auf ihn zugehe.

Er wartet, bis ich mich auf der Bank ihm gegenüber eingerichtet habe, bevor er sich ebenfalls wieder setzt. Kurz darauf kommt die Bedienung an unseren Tisch.

»Möchtest du was essen?«, fragt Plank mich.

»Nein, danke«, antworte ich. »Nur einen Eistee, bitte«, sage ich zu der Kellnerin.

Während Plank sich ein Sandwich und Pommes bestellt, mustere ich ihn ausgiebig und versuche, von seinem Gesicht und der Höflichkeit, mit der er mit der Kellnerin spricht, darauf zu schließen, was für ein Typ Mensch er ist.

»Freut mich, dass du dich gemeldet hast«, wendet er sich schließlich wieder mir zu. »Ehrlich gesagt, hatte ich gar nicht damit gerechnet, von dir zu hören.« Er streckt die Hand nach seinem abgegriffenen Notizblock aus, schlägt ihn auf und holt einen Kugelschreiber aus der Brusttasche.

»Ich bin auch nicht gekommen, um Ihnen ein Interview zu geben«, sage ich mit einem Blick auf das Notizbuch. »Was ich Ihnen erzählen möchte, ist nicht für die Öffentlichkeit bestimmt.«

Er nickt langsam und wirft einen Blick auf die aufgeschlagene Seite, auf der ich eine säuberlich nummerierte Auflistung von Fragen erkenne. Nach kurzem Überlegen dreht er das Buch mit den Seiten nach unten, schiebt es von sich und steckt den Stift zurück in die Tasche.

»Na gut«, sagt er. »Das ist vollkommen in Ordnung. Ganz wie du möchtest.« Er scheint tatsächlich bereit zu sein, mir einfach nur zuzuhören, aber mir ist noch immer nicht ganz wohl bei der Sache.

»Ich würde gerne wissen, wie es damals war«, fange ich an. »Als Sibby entführt wurde. Da waren Sie doch auch hier, stimmt's? Wie haben sich die Leute damals ihr Verschwinden erklärt?«

Er blickt mich prüfend an, als wäre er sich nicht sicher, worauf ich hinauswill. »Wie viel weißt du denn?«, fragt er.

Tja, genau das ist der Knackpunkt, der Fehler in der Matrix: Ich weiß nämlich gar nichts. Ich habe das alles so effektiv verdrängt, dass ich mich an kaum was erinnern kann. Klar, hin und wieder treibt in meinem Gedächtnis etwas an die Oberfläche, aber geredet habe ich mit so gut wie niemandem darüber. Nicht mal mit meinen Eltern. Oder Burke.

Nur mit Sarah. Bis gestern hat der Gedanke an sie mich noch beruhigt, mir ein gutes Gefühl gegeben, jetzt jedoch hinterlässt er einen schalen Geschmack in meinem Mund.

»Nicht viel«, gestehe ich. »Ich hab versucht, die Wunde heilen zu lassen.«

»Und trotzdem bist du jetzt hier.«

Ich zucke mit den Schultern. »Weil ich erkannt habe, dass ich mich nicht länger davor verstecken kann.«

»Okay«, sagt er. »Und was genau möchtest du wissen?«

»Mich interessiert, was damals Ihrer Meinung nach mit Sibby passiert ist«, antworte ich.

Er lacht, aber es klingt nicht höhnisch. »Glaubst du nicht, wenn ich das wüsste, hätte ich längst einen Artikel darüber geschrieben?«

»Mir ist schon klar, dass Sie nicht *wissen*, was passiert ist«, entgegne ich, »aber irgendwelche Theorien müssen Sie doch gehabt haben. Ich hab gestern ein paar von Ihren alten Zeitungsstorys ausgegraben. Darin bemühen Sie das Klischee von der idyllischen Kleinstadt, deren Einwohner ein dunkles Geheimnis hüten.«

»Ja, weil Redfields mir damals so vorkam«, sagt er. »Und das tut es noch immer. Ich kann mir einfach nicht vorstellen, dass das Ganze ein Zufall gewesen sein soll. Zwei potenzielle Kidnapper, die einfach so durch den Wald spazieren und dabei über zwei kleine Mädchen beim Spielen stolpern? Das ist doch Blödsinn. Die Täter kannten sich eindeutig in der Gegend aus, die wussten, dass dort oft Kinder spielten und wo sie ihr Auto abstellen mussten, um anschließend schnell über den Highway verduften zu können.«

»Das heißt, Sie glauben, die Täter waren selbst von hier?«

Er nickt. »Von hier oder zumindest irgendwo aus der Nähe. Ich hab immer wieder darüber nachgedacht und bin jedes Mal zum selben Schluss gekommen: Die Sache ging einfach zu reibungslos vonstatten, um nicht von langer Hand geplant gewesen zu sein.«

Dann lehnt er sich zurück und zuckt mit den Schultern. »Tja, aber da endet meine Theorie auch schon.«

»Glauben Sie, dass ein Zusammenhang zwischen Sibbys und Laylas Verschwinden besteht?«, will ich wissen.

Er schüttelt den Kopf. »Terry O'Donnell war der erste Verdächtige, den wir damals ins Visier genommen haben. Ein arbeitsloser Rumtreiber, klar. Aber sein Alibi war nun mal hieb- und stichfest. Mehrere Zeugen haben bestätigt, dass er an dem fraglichen Nachmittag zusammen mit seiner Freundin, seinen Nichten und seinem Neffen im Kino war.«

»Glauben Sie denn auch, dass er was mit Laylas Verschwinden zu tun hat?«, will ich wissen.

Plank hebt die Hände. »Ich hab einfach noch keine andere Theorie gefunden, die mir einleuchtender erscheint.«

Ich will gerade widersprechen – wenn auch hauptsächlich Burke zuliebe –, zögere jedoch, als sich Planks Blick auf einen Punkt hinter mir richtet und eine Sekunde später eine provozierend laute Stimme ertönt, deren Besitzerin sich uns offenbar völlig unbemerkt genähert hat.

»Netter Trick neulich mit der Hupe. Auf die Idee wäre nicht mal ich gekommen.«

Quinlee Ellacott. Zwischen den Fingern ihrer einen Hand klemmt eine unangezündete Zigarette, während sie mit der anderen ihren Mantel zusammenhält, den sie sich locker um die Schultern gelegt hat. Anscheinend wollte sie gerade zum Rauchen nach draußen.

»Oh Mann, Jon, wie bist du denn an das Interview gekommen?«, fragt sie halb belustigt, halb erbost. »Hast du sie mit Süßigkeiten bestochen? Oder Cannabis?«

»Ich rauche kein Cannabis«, merke ich an, »und da Sie ja selbst anscheinend gerade auf dem Weg nach draußen sind, um eine Runde zu quarzen, sollten Sie sich solche Kommentare vielleicht lieber verkneifen.«

Sie grinst. »Beeindruckend. Du bist zumindest nicht auf den Mund gefallen. Und, hat sie dir schon was Brauchbares geliefert, Jonny-Boy?«

Ich stehe auf.

»Ich habe ihm überhaupt nichts geliefert.« Was die reine Wahrheit ist, die allerdings so sehr nach Lüge klingt, dass ich rot werde und mich mal wieder innerlich dafür verfluche.

»Ach, wirklich?«, spöttelt Quinlee.

»Ja, *wirklich*«, bekräftige ich. »Wenn Sie's genau wissen wollen, habe ich ihn nämlich selbst um ein Treffen gebeten, weil er der einzige Journalist in dieser Stadt ist, dem ich traue. Ich dachte, er hätte vielleicht ein paar nützliche Tipps, wie ich mich und meine Familie vor Leuten wie Ihnen schützen kann.«

»Sicher doch, Süße«, erwidert Quinlee. »Weißt du, mich juckt's ehrlich gesagt nicht im Geringsten, dass du mir kein Interview geben willst. Ich finde schon noch genug Leute, die ein bisschen aus dem Nähkästchen plaudern. Jeder will schließlich ins Fernsehen.«

»Sie sind nicht vom Fernsehen«, erwidere ich kühl. »Man kann Sie sich bloß in so 'nem winzig kleinen Fenster irgendwo im Internet angucken.«

Sie verzieht gespielt getroffen das Gesicht. »Wow, damit hättest du's mir jetzt echt gegeben – wenn dieses winzig kleine Fenster nicht regelmäßig Millionen von Zuschauern hätte.«

»Wir sind nicht alle wie du«, schaltet sich Plank ein. »Ein paar von uns sind nämlich tatsächlich an ernst zu nehmendem Journalismus interessiert und wollen nicht bloß irgendwelche Sensationen vermarkten.«

»Ja, rede dir das nur schön weiter ein«, schnaubt Quinlee, bevor sie sich wieder mir zuwendet. »Hör zu, nur für den Fall, dass dir das nicht selbst langsam klar wird: Zwischen diesen beiden Fällen besteht eindeutig ein Zusammenhang. Vielleicht war es nicht unbedingt derselbe Täter, aber ich würde meinen Hintern darauf verwetten, dass es irgendwo eine schöne saftige Parallele zu dem gibt, was dir damals passiert ist, und die werden wir finden. Ob du willst oder nicht, der Name Sibby Carmichael wird bald wieder in aller Munde sein, und damit auch deiner. Du kannst gerne deine Zeit weiter mit Mr Plank hier verschwenden, damit er was für seine zweieinhalb Leser zusammenfabuliert und du in ein paar Tagen wieder in der Versenkung verschwindest. *Oder* ich verschaffe dir eine angemessene Plattform.«

»Ich will aber keine Plattform«, entgegne ich. »Das Einzige, was ich will, ist einfach in Ruhe gelassen werden.«

Sie zuckt mit den Schultern. »Auch gut. Hör mal, Süße, du steckst in dieser Sache mit drin, daran kannst du nichts ändern. Allerdings hab ich nicht vor, dich weiter um ein Interview anzubetteln, darum sei gewarnt: Ich werde auf jeden Fall über dich berichten. Entscheide selbst, ob du mir nicht doch lieber dabei helfen möchtest.«

Sie zwinkert mir zu und nach einem Nicken in Planks Richtung macht sie auf dem Absatz kehrt und geht zurück in die Lobby.

»Scheiße«, murmele ich.

»Harte Branche«, sagt Plank. »Und in einem Punkt hat sie leider recht: Irgendwer wird deine Geschichte publizieren. Aber das heißt natürlich noch lange nicht, dass es zwangsläufig Quinlee sein muss. Unsere Zeitung dagegen hat einen exzellenten Ruf, und es besteht genug Interesse an den Ereignissen in Redfields, dass ein Leitartikel samt Exklusivinterview ziemlich große Wellen schlagen würde.«

Ich schüttele den Kopf. »Keine Chance.«

»'nen Versuch war's wert. Aber falls du deine Meinung doch noch ändern solltest, würdest du mich dann zumindest für das Interview in Erwägung ziehen? Ich garantiere dir auch, dass ich nichts ohne dein ausdrückliches Einverständnis veröffentliche.«

Widerstrebend nicke ich.

»Weißt du«, redet er weiter, »ich habe selbst darum gebeten, die Berichterstattung in diesem Fall übernehmen zu dürfen. Eigentlich schreibe ich nämlich gar nicht mehr für diese Rubrik. Sondern für den Sportteil. Aber ich … ich will einfach rausfinden, was damals passiert ist. Diese Sache mit Sibby verfolgt mich bis heute.«

»Tja, willkommen im Club.« Ich stehe auf und strecke ihm die Hand hin. »Danke, dass Sie heute Zeit für mich hatten.«

»Jederzeit, Dee. Im Ernst.«

Ich verschwinde durch den Hinterausgang, damit ich nicht über den Parkplatz muss und Quinlee womöglich gleich noch mal in die Arme laufe.

Draußen ist es jetzt fast ganz dunkel. Der Wind hat zugelegt und pfeift gnadenlos durch meinen Mantel und den Pullover darunter. Ich ziehe meinen Schal fester und den Kopf ein.

Auf dem Nachhauseweg denke ich über Planks Theorie nach. Wenn es stimmt, dass Sibby von jemandem aus Redfields entführt wurde, stehen die Chancen dann nicht ziemlich gut, dass dieser Jemand noch immer hier lebt? Aber wie soll ich das rausfinden? Der Reihe nach sämtliche Einwohner zu befragen, wäre wohl kaum eine gute Taktik.

Dann aber kommt mir eine Idee. Auf der Suche nach einem windgeschützten Fleckchen stelle ich mich in einem Bushäuschen unter, ziehe mein Handy aus der Tasche und scrolle durch meine Kontakte.

Brianna meldet sich gleich nach dem ersten Klingeln.

»Delia«, sagt sie knapp. »Was verschafft mir die Ehre?«

»Hi, Brianna. Ich hab mir gerade überlegt, dass du recht hast. Ich sollte mich mehr engagieren. In der Schule und so«, komme ich direkt auf den Punkt. »Brauchst du immer noch Hilfe bei der Tombola fürs Hockeymatch?«

Es dauert einen Moment, bis sie antwortet, woraus ich schließe, dass sie ziemlich überrumpelt ist. »Äh, ja, das wäre tatsächlich super.« Mit einem Mal klingt ihre Stimme freundlich, beinahe warm. »Ich hab nämlich bisher niemanden dafür gefunden und hatte mich schon drauf eingestellt, das auch noch selbst zu übernehmen. Ist aber gleich diesen Samstag.«

»Ja, ich weiß. Kein Problem.«

»Super. Komm einfach eine Stunde vor Spielbeginn ins Stadion, dann erkläre ich dir alles.«

Ich lege auf.

25.

Die Carmichaels haben eine Eigentumswohnung mitten in der Innenstadt, eine Dreiviertelstunde von Redfields entfernt. Das Gebäude ist schick, mit einem Portier und einem riesigen Foyer. Die Treppengeländer sind aus Messing und die Aufzüge haben verspiegelte Wände.

Damit hatte ich nicht gerechnet. Nicht dass die Carmichaels jemals arm gewesen wären – jedenfalls nicht ärmer als alle anderen in unserer Straße damals –, aber reich waren sie definitiv auch nicht. Ich weiß noch, dass Greta, Sibbys kleine Schwester, deren Klamotten auftragen musste, und ihre Eltern immer Rabattcoupons aus der Zeitung ausgeschnitten haben.

Hier wohnen keine Rabattcouponsammler. Hier wohnen Reiche.

Die Carmichaels erwarten mich. Ich habe Mr Carmichaels E-Mail-Adresse im Internet gefunden und nach einem Tag Bedenkzeit hat er mir tatsächlich geantwortet. Ich bin mit dem Bus in die Stadt gefahren, und jetzt nenne ich dem Portier meinen Namen, woraufhin er zu einem Klemmbrett greift und mit dem Zeigefinger eine Liste abfährt.

Er lächelt.

»Aha«, sagt er. »Da haben wir dich. Du musst rauf in die fünfzehnte Etage.«

Als ich aus dem Aufzug steige, öffnet sich eine Tür am hinteren Ende des Flurs.

»Delia.« Grant Carmichael, Sibbys Vater, streckt mir beide Hände entgegen. Wow, er hat sich ganz schön verändert. Sein Haar ist noch immer dicht, nur inzwischen silbern an den Schläfen, und in seiner edlen grauen Stoffhose und dem blauen Pullover sieht er aus wie eine auf magische Weise gealterte Version des Mannes, den ich in Erinnerung hatte. Aber natürlich ist die Zeit für ihn genauso vergangen wie für mich. Und für seine Tochter.

»Hallo«, sage ich, plötzlich schüchtern.

Er dreht sich einladend zur Seite und ich mache einen Schritt an ihm vorbei in einen Vorraum aus weißem Marmor.

Während er die Tür schließt, ziehe ich die Schuhe aus und stelle meinen Rucksack auf den Boden. In einem goldgerahmten Spiegel erhasche ich einen Blick auf mich selbst und hätte beinahe losgeprustet. Da habe ich mir solche Mühe gegeben, mich »vernünftig« anzuziehen, und trotzdem wirke ich in dieser Umgebung einfach nur fehl am Platz.

»Schön, dass du da bist. Dann mal rein mit dir in die gute Stube«, sagt Mr Carmichael, und ich stelle erleichtert fest, dass er zumindest noch so klingt wie früher. Er legt mir sachte die Hand auf den Rücken und dirigiert mich um die Ecke in ein großes Wohnzimmer. Ich registriere vage das teure Mobiliar und die Vasen voller frischer Blumen, bevor mein Blick auf die Frau am anderen Ende des Raums fällt.

Astrid Carmichael, Sibbys Mutter, sitzt auf der Kante eines anthrazitfarbenen Sessels. Jetzt macht sie Anstalten aufzustehen, und selbst aus ein paar Metern Entfernung erkenne ich, dass sie am ganzen Körper zittert. Ihre Hand krallt sich um die Armlehne, und obwohl ihr Mund zum Sprechen geöffnet ist, starrt sie mich bloß aus weit aufgerissenen Augen an.

Bis jetzt ist es mir gelungen, einigermaßen ruhig zu bleiben, einfach stumpf einen Schritt nach dem anderen abzuarbeiten. In den Bus steigen. Mich von meinem Handy zur richtigen Adresse leiten lassen. Mit dem Portier reden. Mr Carmichael begrüßen.

Aber mit einem Mal löst sich meine Fassung in Luft auf und Mrs Carmichaels Aufregung greift auf mich über wie ein Virus. Ich fürchte, dass jeden Moment meine Knie unter mir nachgeben, und die geballten Emotionen treiben mir das Blut in den Kopf.

Genau wie ihr Mann sieht Mrs Carmichael in ihrer Kleidung – in ihrem Fall ein Hosenanzug aus blassgelber Seide – vollkommen anders aus, als ich sie in Erinnerung hatte. Die Mom meiner besten Freundin, die in ihren schlichten Baumwollsommerkleidern immer so hübsch aussah, die Kekse nach dem Rezept ihrer Mutter gebacken und mir unzählige Pflaster auf die blutenden Knie geklebt hat, ist plötzlich zu einer Dame aus der gehobenen Gesellschaft geworden.

Sie reißt sich sichtlich zusammen, vermutlich, weil auch sie weiß, dass eine von uns die Initiative ergreifen muss, und kommt auf mich zu, um mich zu umarmen. Ich bin noch nicht so weit, sondern werde bloß stocksteif und wünsche mich weit, weit weg.

Eine geschlagene Minute lang bleiben wir so stehen und keine von uns sagt ein Wort.

Irgendwann lässt Mrs Carmichael mich wieder los und legt mir die Hände auf die Schultern. Inzwischen habe auch ich mich so weit erholt, dass ich ihr Lächeln erwidern kann.

»Delia«, sagt sie. »Entschuldige. Ich dachte, ich hätte mich besser im Griff. Aber das war wohl eher Wunschdenken.«

»Kein Problem. Das geht mir genauso.«

Sie deutet auf ein niedriges Sofa aus weichem karamellbraunen Leder und ich setze mich. Sie selbst nimmt wieder auf ihrem Sessel Platz und Mr Carmichael zieht sich einen Hocker heran.

Einen Moment lang herrscht unbehagliches Schweigen. Mir ist klar, dass ich jetzt was sagen müsste, ihnen erklären, warum ich eigentlich hier bin, aber ich kann einfach keinen klaren Gedanken fassen.

»Wie geht es Greta?«, bringe ich schließlich heraus.

Die beiden strahlen. Besser hätte ich das Eis anscheinend kaum brechen können.

»Ihr geht's prima«, antwortet Mr Carmichael. »Sie ist jetzt in der zehnten Klasse an der Akademie der Barmherzigen Schwestern und hat haufenweise Freunde. Gerade ist sie auch da und übt für ein Turnier ihres Debattierclubs nächsten Monat.«

Mrs Carmichael steht wieder auf, geht zu einem Regal in der Ecke, nimmt einen Bilderrahmen herunter und kommt damit zu mir.

Beinahe hätte ich erschrocken aufgekeucht. Das Mädchen auf dem Foto sieht aus wie eine ältere Version der Sibby von damals, bis hin zu deren selbstbewusstem, verschmitztem Lächeln. Ich überlege, wie es für die Carmichaels gewesen sein muss, als Greta in das Alter kam, in dem Sibby entführt wurde. Ihr Anblick muss sie Tag für Tag aufs Neue an ihre verlorene Tochter erinnert haben.

»Wow«, sage ich, bemüht, mir meine Gedanken nicht anmerken zu lassen. »Sie ist ja richtig erwachsen geworden.«

Ich gebe Mrs Carmichael das Foto zurück und sie betrachtet es lächelnd. »Das Bild ist schon zwei Jahre alt, da war sie dreizehn. Nicht mehr viel übrig von dem kleinen Mädchen, das ständig hinter Sibyl und dir hergedackelt ist, stimmt's? Ich weiß noch, wie ihr zwei immer versucht habt, sie abzuschütteln.«

Ich wende nicht ein, dass es vor allem Sibby war, die Greta nicht dabeihaben wollte.

»Wahrscheinlich sollte ich euch dankbar dafür sein«, fährt sie fort. »Wenn ihr sie an dem Tag mit in den Wald genommen hättet …« Sie verstummt und sackt ein wenig in sich zusammen. Als sie sich zurück in ihren Sessel setzt, nimmt Mr Carmichael ihr behutsam das Foto aus der Hand und stellt es auf den Couchtisch.

»Zum Glück müssen wir uns darüber keine Gedanken machen, Astrid«, sagt er. Dann wendet er sich wieder mir zu und klatscht sich schwungvoll mit den Händen auf die Knie. Offensichtlich will er gern zur Sache kommen.

»Wahrscheinlich waren Sie ziemlich überrascht, als ich Ihnen geschrieben habe«, fange ich an. »Aber Sie haben ja bestimmt von der Sache mit Layla Gerrard gehört.«

Die beiden wechseln einen Blick, der mir verrät, dass sie genau damit gerechnet hatten.

»Ja«, sagt Mr Carmichael. »Die Polizei war hier.«

»Zuerst dachten wir, es gäbe vielleicht neue Hinweise in Bezug auf Sibyl«, fügt Astrid hinzu. »Dass die zwei Fälle irgendwie miteinander in Zusammenhang stehen.«

»Haben die Ihnen von dem Brief erzählt?«

Die beiden nicken. »Da haben wir uns natürlich wieder kurz Hoffnungen gemacht«, gesteht Sibbys Dad. »Aber wie es scheint, gibt es ja doch keine Verbindung.«

»In mir sind auch ziemlich viele Erinnerungen hochgekommen«, sage ich. »Genau darum bin ich hier. Ich wollte – ich würde Sie gern fragen, ob Sie eigentlich eine Vermutung haben, was damals mit Sibby passiert ist.«

Die beiden starren mich an und wieder herrscht einen Moment lang angespanntes Schweigen. Schließlich ergreift Grant das Wort.

»Um ehrlich zu sein, nein«, antwortet er. »Bis heute nicht. Das Ganze kam ja aus völlig heiterem Himmel. Es gab keinen

Erpresserbrief … nichts. Und natürlich konnten wir damals sowieso nicht klar denken.«

»Eine Zeit lang war für mich jeder verdächtig«, fügt Astrid hinzu. »Sibyls Lehrer. Der Postbote. Die Nachbarn. Noch Monate später bin ich durch die Stadt gelaufen und habe mich bei jedem, der mir entgegenkam, gefragt, ob er es wohl war.«

»Irgendwann«, übernimmt wieder ihr Mann, »sind wir dann weggezogen. Wir konnten einfach nicht mehr bleiben. Wahrscheinlich verstehst du das besser als jeder andere, Delia. Egal, wen wir im Verdacht hatten oder was für Theorien wir uns zusammengesponnen hätten, es hätte uns Sibby ja doch nicht zurückgebracht. Und nach einer Weile waren wir an einem Punkt angekommen, an dem wir uns bewusst dazu entscheiden mussten, die Sache auf sich beruhen zu lassen, wenn wir unser Leben wieder in den Griff kriegen wollten.«

Ich sehe Mrs Carmichael an, die, seit ich das Zimmer betreten habe, um mindestens zehn Jahre gealtert scheint. »Ich bin auf einmal so müde«, sagt sie. »Vielleicht lege ich mich ein bisschen hin. Es war wirklich schön, dich wiederzusehen, Delia. Grüß deine Eltern von uns, ja?«

Mr Carmichael legt seiner Frau fürsorglich den Arm um die Schultern.

»Bitte entschuldige uns kurz, Delia«, sagt er, während er sie aus dem Zimmer führt. Ich höre, wie sich auf dem Flur eine Tür öffnet und leise wieder schließt.

Schnell hole ich mein Handy aus der Tasche und fotografiere das Bild von Greta ab. Wenn die Absenderin der anonymen E-Mail Sibby wirklich vor ein paar Jahren gesehen hat, dann müsste sie ungefähr so alt gewesen sein wie Greta auf diesem Foto.

Kurz darauf höre ich die Tür wieder aufgehen und kann gerade noch mein Handy verschwinden lassen, bevor Mr Carmichael zurückkommt. Ganz eindeutig wäre es ihm recht, dass ich jetzt gehe, also stehe ich auf und verabschiede mich.

»Wenn ich dir einen Rat geben darf, Delia«, sagt er, während er mich zur Tür bringt, »ich weiß, dass das alles schwer für dich ist, und ich verstehe auch, dass du auf der Suche nach Antworten bist. Aber es wäre besser, wenn du versuchst, dich davon zu lösen, so wie wir.«

Kurz bevor ich den Aufzug erreiche, drehe ich mich noch einmal zu Mr Carmichael um, und als sich unsere Blicke treffen, gestehen wir es einander stillschweigend ein: Wir werden uns niemals ganz davon lösen können. Dann macht er die Tür zu.

26.

Gretas Schule liegt nur ein paar Straßen weiter, ein imposanter Steinbau in einer lauschigen Allee. Das Schulgelände ist von einem hohen Eisenzaun umschlossen, der wohl den Passanten unmissverständlich klarmachen soll, dass die Mädchen dahinter geschützt vor der Außenwelt aufwachsen sollen. Auf einem schlichten Schild neben dem offenen Eingangstor steht der Name der Schule: »Akademie der Barmherzigen Schwestern«.

Während ich nach Greta Ausschau halte, hole ich mein Handy raus. Ein Smartphone ist einfach das beste Mittel, wenn man nicht auffallen will. Solange man den Eindruck macht, man wäre völlig darin versunken, verschmilzt man regelrecht mit dem Hintergrund. Inzwischen habe ich auch den perfekten Blickwinkel gefunden, bei dem es wirkt, als wäre ich auf das Display konzentriert, aber gleichzeitig das Geschehen um mich herum beobachten kann. Ich bin keine Spannerin oder so, dafür interessiere ich mich nicht genug für andere Menschen, aber die Erfahrung – wenn man es denn so nennen will – hat mich gelehrt, dass es sich auszahlt zu wissen, was um einen vorgeht.

Als es schließlich zum Unterrichtsende klingelt, lehne ich mich, ohne den Blick von meinem Handy zu heben, neben dem Torbogen an den Zaun und lasse die Wogen von Schülerinnen an mir vorüberschwappen. Nur die wenigsten von ihnen nehmen überhaupt von mir Notiz, weil fast alle mit ihren eigenen kleinen Dramen beschäftigt sind, aber ich fühle mich trotzdem fehl am Platz. Sogar noch mehr als im Apartment der Carmichaels. Mit denen hatte ich wenigstens irgendeine gemeinsame Basis. Diese ganzen Mädchen in ihren adretten Karoröcken und teuren Wintermänteln dagegen wirken wie eine Armee, die einzig und allein aufmarschiert ist, um mir zu zeigen, dass ich nicht hierhergehöre.

Obwohl die meisten es sichtlich eilig haben, die Schule hinter sich zu lassen, bin ich mir ziemlich sicher, dass ich niemanden übersehen habe. Greta scheint nicht dabei zu sein.

Dann öffnet sich erneut die Eingangstür und zwei Mädchen kommen heraus, vertieft in eine Diskussion. Eine von ihnen guckt hoch – es ist Greta. Sie und ihre Freundin bleiben oben auf der Treppe stehen und beugen die Köpfe über einen aufgeschlagenen Ordner. Eine Weile werden Arbeitsblätter und Notizen ausgetauscht, Hausaufgabenhefte zurück in Rucksäcke gestopft, aber schließlich gehen auch sie durch das Tor.

»Greta«, sage ich und mache einen Schritt auf sie zu. Die beiden Mädchen zucken zusammen und Greta weicht reflexartig zurück.

»Ja, bitte?«, fragt sie.

Allein diese knappe Antwort verrät mir, dass sie ein ernsthafter Mensch ist. Ein bisschen misstrauisch vielleicht – kein Wunder –, aber nicht ängstlich. Vorsichtig auf eine Art, wie Sibby es niemals war. Ich frage mich, wie viel davon dem Schicksal ihrer Schwester geschuldet ist und wie viel einfach Teil ihrer Persönlichkeit, die sie so oder so entwickelt hätte.

»Hättest du vielleicht einen Moment Zeit?«, frage ich.

Sie zögert und kommt zwar nicht näher, beugt sich aber kaum merklich vor und mustert mich neugierig. »Kennen wir uns?«

»Ja«, antworte ich. »Oder zumindest kannten wir uns mal. Ich bin Delia Skinner. Dee.«

Keine Ahnung, was für eine Reaktion ich erwartet hatte, aber ganz sicher keine derart nüchterne. Greta nickt einfach nur, als hätte ihr gerade jemand einen komplexen Sachverhalt erklärt, dessen Lösung ihr jetzt völlig einleuchtet.

»Was ist los?«, erkundigt sich ihre Freundin.

»Alles okay«, sagt Greta. »Geh ruhig schon mal vor, Paulette. Ich schreib dir dann später.«

»Bist du sicher?«, fragt Paulette.

Greta nickt, ohne mich aus den Augen zu lassen.

»Na gut«, sagt das andere Mädchen. »Aber melde dich, wenn irgendwas ist.« Sie zögert noch einen Moment, scheint dann jedoch zu beschließen, dass Greta schon weiß, was sie tut, und geht weiter. An der Straßenecke angekommen, dreht sie sich ein letztes Mal zu uns um und verschwindet.

»Sollen wir vielleicht irgendwo einen Kaffee trinken oder so?«, frage ich.

»In Ordnung«, antwortet Greta. »Ein Stück da runter ist ein Café.«

Nachdem wir uns in Bewegung gesetzt haben, öffnet sie ihre Tasche und kramt ein schmales Metalletui aus einem Innenfach, aus dem sie dann zu meiner Überraschung eine Zigarette hervorholt. Mit einem Seitenblick zu mir zündet sie sie an.

»Auch eine?«, fragt sie nach dem ersten tiefen Zug. Ich schüttele den Kopf. »Ich hätte irgendwie nicht gedacht, dass du rauchst.«

Sie zuckt mit den Schultern. »Du hast mich ja auch zuletzt gesehen, als ich fünf war. Wer stellt sich schon eine Fünfjährige als zukünftige Raucherin vor? Und außerdem mache ich das sowieso nur, weil sie deswegen ausrasten würden. Also, meine Eltern.«

»Das heißt, sie wissen es gar nicht? Dann könntest du es dir ja eigentlich auch sparen, oder?«

Sie lacht. »Stimmt. Ich meine, ich bin echt keine Rebellin. Ich mache keinen Ärger. Meine Noten sind super. Ich hab viele Freunde. Und ich hab nicht vor, mein Leben vor die Wand zu fahren. Aber …«

Ich warte ab, lasse ihr Zeit, ihre Gedanken in Worte zu fassen.

»Aber die beiden sind so was von besessen davon, mir ein gutes Leben zu ermöglichen, dass sie überhaupt nicht mitkriegen, dass ihr Wunsch sich längst erfüllt hat. Es ist, als würden sie regelrecht darauf lauern, dass irgendwas Schlimmes passiert, wie damals mit –« Sie unterbricht sich und späht unsicher zu mir rüber, während sie wieder an ihrer Zigarette zieht.

»Wie damals mit Sibby«, beende ich ihren Satz.

»Ja.« Wir haben das Café erreicht, bleiben aber davor stehen, bis sie aufgeraucht hat.

»Ich bin jetzt ihre einzige Hoffnung«, redet sie weiter. »Ihre letzte Chance, eine glückliche, gesunde Tochter großzuziehen, die … in Sicherheit ist. Da werde ich bestimmt nicht das Arschloch sein, das ihren Traum zum Zerplatzen bringt, nach allem, was sie durchgemacht haben. Das hier« – sie hält den Zigarettenstummel hoch, bevor sie ihn in einem kleinen Schneehaufen auf dem Bürgersteig austritt – »ist meine einzige schlechte Angewohnheit.«

»Dafür aber auch eine echt widerliche«, merke ich an.

Sie nickt und stößt ein kleines Lachen aus. »Wenn ich ehrlich sein soll, finde ich Rauchen selbst ziemlich zum Kotzen.«

Drinnen quetschen wir uns mit unseren Tassen – ein Chai Latte für Greta und ein schwarzer Kaffee für mich – an eines der lächerlich winzigen Tischchen.

»Ich war heute bei deinen Eltern«, eröffne ich ihr. »Bei euch zu Hause.«

Sie verdreht die Augen. »Oh Mann, ist die Wohnung nicht abartig protzig?«

»So schlimm fand ich's gar nicht.«

»Dann versuch mal, da drin Kind zu sein. ›Nimm die Füße vom Couchtisch! Trink deinen Saft ja nicht auf dem guten Sofa!‹ Kannst du dich noch an unser altes Haus in Redfields erinnern?«

»Ja«, antworte ich. »Ziemlich genau sogar.«

»Tja, ich mich nicht. Dafür war ich damals noch zu klein. Ich kenne es nur von Fotos. Wirkt echt gemütlich.«

»War es auch. Eigentlich sah es dadrin aus wie in den meisten Häusern bei uns in der Gegend: alte Möbel, potthässliche Lampen und überall lag Spielzeug rum. Ich war ziemlich baff, als ich eure jetzige Wohnung gesehen hab.«

»Tja, Menschen ändern sich ja angeblich nicht«, entgegnet sie, »aber die Sachen, mit denen sie sich umgeben, schon.«

»Kannst du dich an Sibby erinnern?«, frage ich.

»Nur ganz vage. An ihre Stimme und daran, wie sie mich andauernd rumkommandiert hat, wenn wir zusammen gespielt haben. Sie war nicht gemein zu mir oder so, aber sie musste immer die Bestimmerin sein. Im Grunde ist es genau wie mit unserem alten Haus: Ich kenne Sibby hauptsächlich von Fotos aus einer Zeit, als alles noch einfacher war. Als unser Leben normal war. Und dann wurde plötzlich alles anders.«

Ich bekomme ein schlechtes Gewissen, als mir klar wird, dass ich Sibby wesentlich klarer im Gedächtnis habe als ihre eigene Schwester.

»Du bist wegen dieses vermissten Mädchens hier, oder?«, fragt sie. »Dieser Layla.«

»Ja, die Sache hat irgendwie ganz schön viel Mist an die Oberfläche gespült«, antworte ich. »Und dabei ist mir bewusst geworden, wie wenig ich eigentlich über das weiß, was damals passiert ist.«

»Tja.« Greta starrt in ihre Tasse und rührt gedankenverloren darin herum. »Seit damals ist nichts mehr wie vorher. Gut, wie könnte es auch? Aber ich meine wirklich *gar nichts*. Und was mich am meisten wurmt, ist, dass ich noch zu jung war, um es überhaupt zu kapieren. Ich kann mich an fast nichts erinnern. Darum zwingt meine Mutter uns an Weihnachten immer, alte Familienvideos zu gucken. Echt die Hölle. Wir sitzen dann bloß wie versteinert neben ihr, während sie weint. Am Anfang hat mein Dad noch ihre Hand genommen und mitgeweint, aber mittlerweile hasst er diese Abende genauso sehr wie ich. Er findet, dass sie das Ganze langsam mal hinter sich lassen sollte, weiß aber nicht, wie er es ihr sagen soll.«

Ich nicke. Selbst ich hasse Familienvideos und dabei hat sich in meiner Familie keine solche Tragödie abgespielt. Ich finde sie einfach bloß peinlich.

»Am schlimmsten ist, dass ich dabei immer das Gefühl hab, völlig fremden Menschen zuzugucken«, redet Greta weiter. »Diese Leute in den Videos sollen meine Eltern sein, aber irgendwie erkenne ich sie gar nicht wieder.«

»Ich glaube, ich weiß, was du meinst. So ähnlich ging's mir auch, als ich heute bei ihnen war.«

»Meine Mutter hat eine Zeit lang so ziemlich jeden verdächtigt«, sagt sie. »Mein Vater war da realistischer. Er hat versucht, sie davon abzuhalten, durch die Gegend zu rennen und wahllos fremde Leute der Kindesentführung zu bezichtigen.«

»Hatte sie mal irgendjemanden besonders im Visier?«, frage ich.

Greta überlegt kurz. »Ist natürlich schon ewig her, aber ich weiß noch, dass sie sich mal total auf die Familie von gegenüber eingeschossen hatte. Der Sohn hat immer mit euch beiden gespielt.«

»Burke O'Donnell. Du weißt, dass sein Onkel gerade in Zusammenhang mit Laylas Verschwinden festgenommen wurde, oder?«

»So genau hab ich die Sache nicht verfolgt«, sagt sie. »Ich versuche schon, gewisse Grenzen einzuhalten, damit ich nicht irgendwann komplett durchdrehe. Aber um den Onkel ging es damals auch gar nicht. Sondern um seine Freundin. So eine blonde.«

Das überrascht mich. »Sandy?«

»Ja, kann sein. Meine Mom hat sie mal bei uns im Garten gesehen. Sibby und ich waren draußen beim Spielen und da ist sie wohl einfach durchs Gartentor gekommen und hat sich zu uns gesetzt. Klar, schon ein bisschen seltsam. Aber als die Polizei sie sich vorgenommen hat, hatte sie ein glaubhaftes Alibi. Mom war bloß wieder auf der Suche nach einem Sündenbock. Sie war damals echt nicht ganz zurechnungsfähig.«

Greta trinkt ihren Chai aus und wirft dann einen Blick auf ihr Handy.

»Ich muss langsam los«, sagt sie und fängt an, ihre Sachen zusammenzupacken. »Ich treffe mich gleich noch mit meiner Lerngruppe.«

Wir verlassen das Café und Greta steckt sich eine neue Zigarette an.

»War schön, dich zu sehen, Dee«, sagt sie. »Ich hoffe, du findest irgendwann, was du suchst.« Sie macht keine Anstalten, mich zu umarmen oder so, sondern rückt bloß ihre Tasche zurecht und geht. Bevor sie um die Ecke biegt, hebt sie noch einmal die Hand, ohne sich umzudrehen.

27.

Ich hab meinen Brüdern schon oft beim Hockey zugeguckt, aber immer nur bei Auswärtsspielen, wo man nicht haufenweise Bekannten über den Weg läuft, sobald man aus dem Auto steigt. Wo ich einfach in der Menge untertauchen kann, ohne dass mich irgendwer anstarrt.

Unser Stadion sieht genauso aus wie alle anderen, mit Aluminiumtribünen und einem großen Sperrholzschild über dem Eingang, das einen darüber informiert, dass man im Begriff ist, die »Redfields Arena« zu betreten.

Brianna erwartet mich schon im Vorraum an einem Klapptisch, auf dem ein Klemmbrett und eine Rolle Abreißtickets bereitliegen.

Sie trägt ihren königsblauen Redfields-Volleyball-Windbreaker und hat sich die Haare straff zu einem hohen Pferdeschwanz zusammengebunden.

»Hat mich ja schon überrascht, dass du es dir noch anders überlegt hast«, sagt sie mit einem etwas unpersönlichen Lächeln. »Aber ich bin echt froh, danke.«

»Gerne«, entgegne ich. »Also, was soll ich machen?«

»Ist ganz einfach.« Sie hat gerade angefangen, mir das Lossystem zu erklären, als eine ältere Frau auf uns zukommt.

»Ich zeig's dir einfach«, flüstert Brianna.

Die Frau bleibt vor unserem Tisch stehen und studiert das Tombolaschild.

»Jedes zweite Los gewinnt!«, verkündet Brianna strahlend und ohne jede Spur ihres üblichen Sarkasmus. »Mit dem Erlös wollen wir den diesjährigen Winterball finanzieren!«

»Ach, ich dachte, ihr würdet vielleicht Geld sammeln, um dieses Mädchen zu finden«, sagt die Frau mit gerunzelter Stirn.

Doch Brianna lässt sich nicht aus dem Konzept bringen und zieht ebenfalls die Stirn kraus, um deutlich zu machen, wie absolut ernst sie die Sache nimmt.

»Ja, ist das alles nicht schlimm?«, erwidert sie. »Uns Schülern war es ein Bedürfnis, bei der Suche nach dem armen Mädchen zu helfen, wo wir nur können. Trotzdem ist es wichtig, dass wir dabei auch ein Stück weit die Normalität beibehalten.« Sie senkt andächtig die Stimme. »Layla hätte das ganz sicher so gewollt.«

Ich kann mir nicht vorstellen, dass Layla sich auch nur die Bohne für den diesjährigen Winterball interessiert hätte, aber die Frau hat Brianna sowieso nicht zugehört. »Ich glaube ja, der Vater war's«, sagt sie und schiebt rechthaberisch das Kinn vor.

Brianna, die den Kommentar taktvoll übergeht, greift an mir vorbei nach der Losrolle. »Möchten Sie denn vielleicht trotzdem ein Los kaufen? Zwei Dollar das Stück, aber wenn Sie gleich drei nehmen, kriegen Sie die für einen Fünfer.«

»Wie kommen Sie darauf?«, frage ich. »Dass es der Vater war?«

Brianna hüstelt und fängt an, ungeduldig mit dem Bein zu wippen.

»Das ist doch so ein windiger Typ«, erklärt die Frau. »Will wahrscheinlich irgendeine Versicherungssumme kassieren. Mich würd's nicht wundern.«

Inzwischen hat sich ein Grüppchen weiterer Leute hinter der

Frau versammelt. Brianna reckt demonstrativ den Hals, um an ihr vorbeizusehen.

»Ich hab nichts über eine Versicherungssumme gehört«, entgegne ich.

»Quinlee Ellacott tippt ja auf Spielschulden«, fährt die Frau fort. »Ich gucke immer ihre Sendung. Clever, die Kleine.«

»Tut mir leid, ich will ja nicht drängeln«, schaltet sich Brianna wieder ein. »Aber die Leute hinter Ihnen möchten auch gern Lose kaufen.« Sie wirft mir einen vielsagenden Blick zu, während die Frau nach ausgiebigem Kramen ein paar Dollarscheine aus ihrer Tasche zutage fördert. Ich händige ihr das Wechselgeld aus und wende mich dann mit einem Lächeln an die nächste Person in der Schlange.

»Ich glaube, ich komme hier auch alleine klar, Brianna«, sage ich. »Geh ruhig, du hast ja genug anderes zu tun.«

»Bist du sicher?«, fragt sie skeptisch. »Soll ich dir nicht noch ein bisschen was erklären?«

»Wie du neulich schon gesagt hast, dafür braucht man kein besonderes Talent. Ich finde mich schon zurecht.«

»Okay, wenn du meinst. Dann komme ich wieder, sobald das Spiel angefangen hat, und wir machen einen Kassensturz.«

Damit eilt sie weiter ins Stadion, wenn auch nicht, ohne mir noch einen letzten argwöhnischen Blick zuzuwerfen.

Der Losverkauf läuft gut, aber nicht so gut, dass ich in Stress gerate. Die Leute kommen in Schüben, sodass ich zwischendurch immer wieder Zeit habe, das Treiben ringsum zu beobachten. Die meisten Gesichter sind mir mehr oder weniger vertraut.

Meine größte Sorge, dass jemand mich als das kleine Mädchen aus dem Wald erkennen könnte, bewahrheitet sich nicht. Für die einen – Lehrer, Nachbarn, Freunde meiner Eltern – ist mein Anblick nichts Besonderes, und alle anderen wissen

schlicht nicht, wer ich bin. Kein Wunder, das Ganze ist schließlich mittlerweile zehn Jahre her.

Aber getratscht wird trotzdem reichlich. Immer wieder
schnappe ich Gesprächsfetzen auf, höre Meinungen und Speku-
lationen über die aktuellen Ereignisse, aber nie genug, um mir
ein genaueres Bild davon verschaffen zu können. Klar ist nur,
dass es um Layla und die O'Donnells geht.

Ich erstarre mitten im Losabreißen, als ich Sarah Cash sehe,
die sich zusammen mit ihren Eltern am Eingang den Schnee
von den Schuhen stapft. Sie streift lachend ihre Kapuze herunter und schüttelt ihre Haare aus, doch als sie meinen Blick
auffängt, friert ihr Lächeln ein.

»Hallo?«, fragt die Frau vor mir und wedelt mit einem Zwan-
zigdollarschein.

»Entschuldigung.« Ich reiße mich zusammen. Als ich der
Käuferin ihre Lose samt Wechselgeld überreicht habe, sind die
drei schon weitergegangen, und ich erhasche bloß noch einen
letzten Blick auf Sarahs Mantel, bevor sie in Richtung der Tribünen verschwindet.

Durch den Arenaeingang höre ich eine Lautsprecheransage,
gefolgt von so einem schrottigen Neunziger-Dance-Song, ein
Zeichen dafür, dass das Spiel jeden Moment losgeht. Im Eingangsbereich kommt leichte Hektik auf, als sich nun auch die
Letzten auf die Suche nach Sitzplätzen machen, und die Warte-
schlange an meinem Tisch löst sich auf.

Ich fange an, das Geld zu zählen, notiere mir die Zwischen-
summen und sortiere die Scheine in die entsprechenden Fächer
einer Geldkassette. Dabei arbeite ich so konzentriert, dass ich
kaum bemerke, wie sich die Arenatür abermals öffnet und wieder schließt, bis mich eine tiefe Stimme erschrocken hochgu-
cken lässt.

»Hallo, Delia.« Vor mir steht Detective Avery, heute in Jeans,

Parka und Wollmütze. Ohne sein gewohntes Outfit sieht er so anders aus, dass ich einen Moment brauche, um ihn einzuordnen.

»Oh«, sage ich. »Hallo.«

»Alles in Ordnung bei dir?«

Ich nicke. »Ja. Alles gut. Ich helfe hier nur ein bisschen aus.«

»Ich habe dich vorhin schon gesehen«, sagt er, »aber da warst du so beschäftigt, dass ich lieber nicht stören wollte.« Sein Gesicht ist so ernst, dass ich mich frage, welche Bombe er diesmal platzen lassen wird.

»Ist irgendwas passiert?«, frage ich.

»Nein, nein«, wiegelt er ab. »Ich wollte bloß mal hören, wie es dir geht. Diese ganze Geschichte hat ja bestimmt einiges an Erinnerungen in dir wachgerufen.«

»Da musste gar nicht viel wachgerufen werden, um ehrlich zu sein.«

Er nickt und senkt den Blick. Dann nimmt er das Tombolaschild vom Tisch und betrachtet es eingehend, als fände er unsere »Jedes zweite Los gewinnt«-Idee absolut faszinierend.

»Und außerdem dachte ich, bevor du es aus den Nachrichten erfährst, erzähle ich dir lieber selbst, dass wir bei unseren Ermittlungen bald von der Personensuche zur Bergung übergehen werden.«

Es dauert einen Moment, bis ich begreife, was er damit meint.

»Bergung? Das heißt, Sie suchen nach einer Leiche?«

Er stellt das Schild zurück auf den Tisch, sieht mir in die Augen und nickt ernst.

»Ja. Wir glauben nicht, dass O'Donnell das Mädchen irgendwo lebendig gefangen hält. Ansonsten hätte er mittlerweile ziemlich sicher ein Geständnis abgelegt. Leider stellen die Wetterverhältnisse immer noch ein echtes Problem dar. Der Schnee macht uns die Spurensuche alles andere als leicht.«

»Sie gehen also immer noch davon aus, dass er es war?«

Avery nickt. »Zumindest deutet einiges darauf hin, dass er in die Sache verwickelt ist. Er weigert sich zwar immer noch zu reden, aber die Fingerabdrücke in dem leer stehenden Haus konnten eindeutig ihm zugeordnet werden, und außerdem haben wir dort die Reste der Zeitschriften sichergestellt, aus denen die Buchstaben für den Brief ausgeschnitten wurden. Und …«

Er hält inne, und ich merke, dass ich mich mit aller Kraft an die Tischkante klammere.

»Und …?«, hake ich nach.

»Wir haben ein Haar gefunden, und der DNA-Test hat ergeben, dass es von Layla stammt.«

Mit einem Mal wird mir übel und so schwindelig, dass ich für einen kurzen Moment befürchte, ohnmächtig zu werden.

»Tut mir leid, Delia«, sagt Avery. »Ich weiß, das sind ziemlich schlimme Neuigkeiten, aber ich wollte lieber, dass du sie von mir erfährst, bevor wir morgen damit an die Öffentlichkeit gehen. Bis dahin würde ich dich natürlich bitten, niemandem davon zu erzählen. Es wird sich auch so schnell genug rumsprechen.«

»Danke, dass Sie es mir gesagt haben.« Meine Kehle fühlt sich plötzlich staubtrocken an. »Und klar, ich behalte es für mich.«

»Unser oberstes Ziel ist jetzt, den Eltern zumindest diese schreckliche Ungewissheit zu nehmen«, fährt er fort. »Das wäre zwar nicht der Ausgang, den wir uns alle wünschen, aber damit wären sie schon mal besser dran als die Carmichaels damals.« Er legt mir die Hand auf die Schulter. »Oder du, Delia. Das ist mir absolut bewusst.«

Dann zieht er die Tür auf, und ein Hauch eisige Januarluft weht herein, während er durch den herumwirbelnden Schnee davonstapft.

Kurz bevor ich mit dem Geldzählen fertig bin, kommt Brianna zurück.

»Du musst nicht zur Ziehung bleiben«, sagt sie. Dann wirft sie mir einen unsicheren Blick zu. »Es sei denn natürlich, du möchtest. Dann kannst du gerne zwischen den Dritteln mit uns aufs Eis kommen.«

»Nee, muss nicht sein«, antworte ich. »Aber danke.«

»Wie du willst«, sagt sie und klingt zu meiner Überraschung regelrecht … enttäuscht?

»Ich stehe einfach nicht so gerne im Mittelpunkt«, erkläre ich.

»Kein Problem.« Einen Moment lang scheint sie mit sich zu ringen, ob sie noch etwas sagen soll oder nicht, und plötzlich ist es, als geriete ihre harte Fassade ins Bröckeln.

»Das ist alles gerade bestimmt ziemlich hart für dich«, sagt sie. »Die Sache mit dem verschwundenen Mädchen.«

Ich bin so verblüfft, dass es mir die Sprache verschlägt. Brianna deutet mein Schweigen allerdings offenbar falsch und wird gereizt.

»Also zumindest finde *ich* das alles echt schlimm. Aber was weiß denn ich, ich war schließlich nicht dabei, als Sibyl entführt wurde. Vielleicht ist es dir ja auch total egal.«

»Es ist mir kein bisschen egal, Brianna«, entgegne ich. »Ich hatte nur nicht erwartet, dass es dich auch so mitnimmt.«

»Und wieso nicht?« Jetzt klingt sie ernsthaft eingeschnappt. »Ich war immerhin auch mit Sibyl befreundet. Ziemlich eng sogar.«

»Ich weiß«, sage ich. »Das hab ich nicht vergessen. Aber bisher haben wir einfach nie darüber geredet.«

Brianna verdreht die Augen. »Ach komm, Delia, wie denn auch? Wir waren damals noch Kinder und du bist danach erst mal mehr oder weniger in der Versenkung verschwunden. Uns wurde pausenlos eingebläut, dass wir dich nur ja in Ruhe lassen sollen, und selbst heute hältst du uns alle immer schön auf Distanz. Man hat doch gar keine Chance, mit dir zu reden. Wie hätte ich denn da bitte so was ansprechen sollen?«

Ich nicke. Da ist was dran.

In dem Moment kommt mir ein anderer Gedanke. »Was glaubst du eigentlich, was passiert ist?«

Sie stutzt. »Wie meinst du das?«

»Na, mit Sibby. Du hast doch bestimmt auch viel darüber nachgedacht.«

»Und ob. Bin aus dem Grübeln gar nicht mehr rausgekommen. Wir waren ja noch so klein. Ich hab damals mal mitgehört, wie meine Eltern die Entführer als Monster bezeichnet haben, und es wörtlich genommen. Danach hatte ich monatelang Albträume.«

Ich starre sie an und versuche, mein bisheriges Bild von ihr mit diesem völlig neuen Menschen übereinzubringen.

Sie zuckt mit den Schultern. »Na ja, vielleicht waren es ja wirklich Monster«, fügt sie hinzu. »Erfahren werden wir's wohl nie. Aber weißt du, was? Als Burkes Onkel verhaftet wurde, hatte ich ihn direkt wieder vor Augen. Ihn und seine Freundin, diese Hübsche, Blonde. Im Nachhinein schon ein bisschen komisch, wie viel Zeit die beiden damals mit uns verbracht haben, findest du nicht? Und als dann diese Layla verschwunden ist und sie ihn festgenommen haben, da dachte ich direkt: *Na, das passt ja.* Keine Ahnung, warum. Verrückt, oder? Ich weiß, dass er das mit Sibyl nicht gewesen sein kann, aber irgendwie erschien es mir mit einem Mal ziemlich verdächtig, wie er uns damals das Baumhaus gebaut hat und immer meinte, wir sollten im Wald spielen gehen.«

»Er hatte ein Alibi«, merke ich an. »Die beiden waren mit den O'Donnell-Kindern im Kino.«

Sie nickt. »Ja, ich weiß. Wahrscheinlich hab ich einfach nur ein paar voreilige Schlüsse gezogen. Na ja … Burke tut mir jedenfalls echt leid.« Ich muss ein ziemlich skeptisches Gesicht machen, denn Brianna fügt rasch hinzu: »Doch, ehrlich. Muss schlimm sein, wie jetzt alle die Nase in seine Familienangelegenheiten stecken. Wie geht's ihm denn?«

Aus diesem Blickwinkel habe ich das Ganze noch gar nicht betrachtet, und mir wird schlagartig klar, dass mein schlimmster Albtraum – von Quinlee Ellacott an die Öffentlichkeit gezerrt zu werden – gerade für Burke und seine Familie Wirklichkeit wird. Die Erkenntnis trifft mich so unvermittelt, dass ich mich verplappere: »Weiß ich ehrlich gesagt gar nicht so genau. Wir haben gerade kaum Kontakt.«

Sie schnaubt leise und ihre Missbilligung von zuvor kehrt zurück. »Er tut sich jedenfalls keinen Gefallen, wenn er sich nicht bald zusammenreißt und wieder zur Schule kommt.«

Ich zucke mit den Schultern. »Das muss er selber wissen.«

»Okay, ich geh dann besser mal wieder rein«, wechselt sie das Thema. »Danke noch mal, dass du mitgeholfen hast. Wir sehen uns in der Schule.«

Mit fliegendem Pferdeschwanz dreht sie sich um und eilt durch die schwere Doppeltür zurück ins Stadion.

Eine Weile sehe ich durch die dicken Glasscheiben darin beim Spiel zu. Die ganze Stadt scheint sich in der Arena versammelt zu haben und in der winterlichen Kälte für ein und dieselbe Sache zu brennen.

Irgendwas von dem, was Brianna gesagt hat, stiftet Unruhe in meinem Kopf. Doch bevor ich es zu fassen bekomme, öffnet sich erneut die Stadiontür, und Sarah betritt das Foyer. Mit einem unsicheren Lächeln kommt sie auf mich zu.

»Hey«, sagt sie. »Wie geht's dir?«

»Ganz okay«, antworte ich. »Obwohl mich anscheinend irgendwer hypnotisiert haben muss, damit ich beim Loseverkaufen helfe.«

Sie lacht. »Jedenfalls schön, dich zu sehen. Ich wollte schon die ganze Zeit mit dir reden, aber in der Schule waren immer zu viele Leute um uns rum.«

»Hör mal«, unterbreche ich sie. »Ich wollte mich noch bei dir entschuldigen. Ich war –«

Sie hebt die Hand. »Dee. Lass mich kurz ausreden, okay?«

»Klar.« Ich ziehe pantomimisch einen Reißverschluss über meinem Mund zu.

»Ich wollte nur sagen, dass ich weiß, was du gerade durchmachst. Das muss sich anfühlen, als würdest du die Entführung noch mal erleben. Ich kann's total verstehen, wenn du momentan lieber für dich sein willst, aber ich bin für dich da, falls du mal jemanden zum Reden brauchst.«

Ich lächele sie an. »Danke. Das ist echt lieb von dir. Und ich glaube, ich kann dir jetzt schon sagen, dass ich bald auf dein Angebot zurückkomme. Aber zuerst muss ich mir noch über ein paar Sachen klar werden.«

»Nimm dir so viel Zeit, wie du brauchst«, erwidert sie. »Du weißt ja, wo ich wohne.« Sie grinst und geht zurück in die Arena.

28.

Transkript von **RADIO SILENT**
Episode 44 (Auszug)

DIE SUCHERIN: Ich bin die
Sucherin und ihr hört **Radio
Silent.** Leute, ich freue
mich riesig, dass ihr mir so
fleißig Mails mit neuen Fällen
schickt, und tue mein Bestes,
sie möglichst der Reihe nach
abzuarbeiten. Aber manchmal
ist es ganz schön schwierig,
den Überblick zu behalten, und
so gerne ich würde, ich kann
einfach nicht alle Fälle
übernehmen.
Leider.
Heute geht es noch mal nach
Houston, wo noch immer Nia
Williams und Vanessa Rodriguez
vermisst werden.
Seit der letzten Sendung hat sich
einiges getan. Erstens war das

Treffen, das Carla und Danetta
organisiert haben, ein voller
Erfolg. Von Carla weiß ich, dass
fast vierzig Leute gekommen sind,
und viele davon hatten brauchbare
Infos im Gepäck.

EINSPIELER (Carla Garcia): Das
war echt ein Wahnsinnsdurchbruch;
ein paar Stammgäste vom Impact
Café und zwei von Vanessas
Kellnerkolleginnen haben
einvernehmlich berichtet,
Vanessa und Nia hätten sich in
den letzten Jahren angefreundet.
Soweit wir wissen, haben die
beiden sich zwar nie außerhalb
des Cafés getroffen, aber
angeblich saß Nia immer an
einem von Vanessas Tischen,
und manchmal, wenn es abends
ruhiger wurde, haben sie lange
miteinander und den anderen
Stammgästen gequatscht. Mehrere
Leute haben das bestätigt, es
scheint wirklich, als wären die
beiden Freundinnen geworden.
Und dann ist auf einmal ein Typ
aufgestanden, der auch im Café
arbeitet, und hat eine ziemlich
interessante Geschichte erzählt.

EINSPIELER (Bradley Plum): Ich arbeite als Kellner im Impact, oft in derselben Schicht wie Vanessa, und hab immer mal wieder miterlebt, wie sie von Gästen angebaggert wurde. Wenn man in so 'nem Laden arbeitet, kriegt man 'nen ziemlich guten Eindruck davon, was Frauen sich so alles gefallen lassen müssen. Jedenfalls gab's da einen Typen, der 'ne Zeit lang alle paar Abende da war und es irgendwie auf sie abgesehen hatte. Manchmal hat er sie dermaßen genervt, dass sie mich gebeten hat, seinen Tisch zu übernehmen, damit sie mal ihre Ruhe vor ihm hatte. Und an einem von diesen Abenden war zufällig auch Nia da. Sie saß mit einem Bier an ihrem Stammtisch, und natürlich fing der Typ wieder an, Vanessa zu belästigen. Ich war gerade mit einer riesigen Gruppe in meinem Bereich beschäftigt – 'n Junggesellenabschied oder so was – und hab deswegen erst mal gar nichts mitgekriegt. Als ich dann schließlich gemerkt hab, was los war, hatte Nia sich schon der Sache angenommen. **(lacht)** Es war echt der Hammer, wie sie den Kerl auf die Schippe genommen hat. Sogar die Leute an den anderen Tischen haben sich umgedreht und ihn ausgelacht. Klar, der Typ selber fand das weniger lustig. Irgendwann ist er einfach aufgestanden, hat sein Geld auf den Tisch geknallt und die Biege gemacht. Danach hat er sich nie wieder blicken lassen.

EINSPIELER (Danetta Bryce):
Eigentlich war an Bradleys Geschichte gar nichts Besonderes. Ich meine, ist halt ziemlich alltäglich, dass man als Kellnerin von männlichen Gästen belästigt wird. Leider. Aber dass Vanessa und Nia alle beide mit demselben fiesen Typen aneinandergeraten sind – das ließ die Sache noch mal in einem komplett anderen Licht erscheinen. Tja … und da wollten wir natürlich von Bradley wissen, wann genau das passiert ist.

DIE SUCHERIN: Wie sich herausstellte, hat sich der von Bradley beschriebene Vorfall knapp eine Woche vor Nias Verschwinden ereignet.

EINSPIELER (Carla Garcia): Das war, als hätte Bradley eine Handgranate mitten in den Raum geschmissen. Danach herrschte erst mal richtig, richtig lange Schweigen. Aber dann wurde uns klar, dass wir endlich eine Spur hatten.

DIE SUCHERIN: Als Nächstes hört ihr einen Mitschnitt der gestrigen Pressekonferenz der Polizeistation Houston.

EINSPIELER (Detective Britta Wilkinson): Aufgrund mehrerer neuer Zeugenaussagen lässt sich mittlerweile nicht mehr ausschließen, dass zwischen den Vermisstenfällen von Nia Williams und Vanessa Rodriguez ein Zusammenhang besteht. Und auch wenn es sich hierbei – wie ich ausdrücklich betonen möchte – bislang lediglich um eine Theorie handelt, haben wir uns dazu entschieden, ein Fahndungsbild des betreffenden Cafébesuchers zu veröffentlichen.

DIE SUCHERIN: Den Link zu dem Fahndungsbild, das die Polizei nach Bradley Plums Beschreibung angefertigt hat, sowie viele weitere Infos zur neuen Wendung im Houstoner Vermisstenfall findet ihr auf der Website von **Radio Silent** und allen zugehörigen Social-Media-Profilen.
Ich bitte insbesondere die Community in und um Houston, aufmerksam zu sein und sich mit relevanten Informationen jederzeit an **Radio Silent** oder die Polizei zu wenden.
Ob es etwas gibt, was *ihr* tun könnt?
Hört zu.
Helft mit.

29.

Als die Episode online ist, lehne ich mich in meinem Stuhl zurück und werfe einen Blick aus dem Fenster. Es ist schon spät, aber ich bin hellwach. Erfolge wie dieser sind der Grund, warum ich *Radio Silent* ins Leben gerufen habe. Weil ich etwas bewegen wollte. Wer weiß, vielleicht gelingt mir das in Sibbys und Laylas Fall ja auch. Und vielleicht gibt es sogar Menschen, die mir dabei helfen.

Nachdem ich mich ausgiebig gestreckt habe, beuge ich mich wieder über meinen Laptop und öffne den Browser. Ich habe mehrere ungelesene Nachrichten, und noch während ich durch meinen Posteingang scrolle, erscheint eine weitere neue Mail in der Liste.

Ich glaube, ich weiß, wer du bist, lautet der Betreff.

Reflexartig knalle ich den Laptop zu. Hat Quinlee Ellacott mich tatsächlich enttarnt? Ist das das Ende meiner Anonymität? Widerstrebend klappe ich den Rechner wieder auf und klicke die Mail an.

Sie ist nicht von Quinlee Ellacott, sondern von einer unbekannten Adresse.

Ich glaube, ich weiß, wer du bist, aber ich bin mir nicht sicher. Außerdem glaube ich, dass DU weißt, wer ICH bin, aber auch

da bin ich mir nicht sicher. Wenn du diese Mail hier liest, mach
dein Licht aus, warte zehn Sekunden, und mach es wieder an.

Mit zitternden Händen taste ich nach der Lampenschnur und
lasse die Metallglieder durch die Finger gleiten, bevor ich daran
ziehe. Das Licht geht aus.

Mein Herz hämmert, als ich mich wieder anlehne und mit
meinem Stuhl so weit nach hinten rolle, dass ich gerade eben
das Haus auf der anderen Straßenseite über den Rand des Fens-
terrahmens sehe.

Zehn, neun, acht ...

Ich will mein Geheimnis nicht preisgeben.

Sieben, sechs, fünf ...

Aber andererseits wächst mir diese Sache langsam ziemlich
über den Kopf. Vielleicht wäre ein bisschen Hilfe gar nicht
schlecht.

Vier, drei, zwei ...

Wieder strecke ich die Hand nach der Metallkette aus und
ziehe. Dann gehe ich zum Fenster.

Eine Weile stehe ich einfach da, ungeschützt, weithin sichtbar, und starre auf das dunkle Haus gegenüber. Wenn sie da
ist, müsste sie mich jetzt deutlich vor dem hellen Hintergrund
erkennen können, und im Moment ist das alles, was ich will:
Dass sie hochsieht, zu mir in meinem Turm. Ich will, dass jemand sieht, dass jemand *weiß*, wer ich wirklich bin. Und ich
will, dass sie es ist.

Als in ihrem Zimmer das Licht angeht, bleibt mir kurz die
Luft weg. Sarah tritt ans Fenster und presst die Hand an die
Scheibe.

Der Moment scheint sich zu einer Ewigkeit auszudehnen, in
der wir einfach nur dastehen und einander ansehen. Nie hätte
ich gedacht, dass ich mich Sarah – oder überhaupt irgendeinem

Menschen – einmal so nah fühlen könnte, trotz der Kluft aus Kälte, Schnee und Dunkelheit, die uns trennt. Schließlich lächelt Sarah und wendet sich ab. Ihr Licht geht wieder aus.

Erschüttert setze ich mich zurück an meinen Laptop und streiche mit dem Daumen über das Touchpad, um ihn aus dem Standby-Modus zu wecken. Sofort fällt mein Blick auf die neue Nachricht in meinem Posteingang.

Komm raus zu meinem Auto.

Wie in Trance schleiche ich durchs Haus, so leise, dass keine einzige Bodendiele knarrt. Ich verschmelze mit den Schatten, die mir zu einer mühelosen, unbemerkten Flucht verhelfen. An der Haustür schlüpfe ich in Stiefel und Mantel. Ich verziehe das Gesicht, als der Polyesterstoff raschelt, dabei wird wohl kaum jemand das Geräusch bis in den oberen Stock hören. Bevor ich nach draußen auf die Veranda trete, werfe ich einen letzten Blick den dunklen Flur hinunter. Die Küche an dessen Ende ist von sanftblauem Mondlicht erfüllt.

Ich schließe die Tür hinter mir ab und gehe auf Zehenspitzen die Verandastufen hinunter. Unten angekommen, renne ich los, durch den Vorgarten, über den Bürgersteig, die Straße, und weiter zu Sarahs Auto.

Dicke, flauschige Schneeflocken trudeln um mich herum, als ich die Tür aufreiße und mich auf den Beifahrersitz fallen lasse. Hinter dem Lenkrad wartet bereits Sarah. Ihre Miene ist vollkommen ausdruckslos, und plötzlich bekomme ich Panik, alles falsch verstanden zu haben. Doch dann lehnt sie sich plötzlich zu mir rüber, und bevor ich auch nur weiß, wie mir geschieht, treffen unsere Lippen aufeinander.

Ich habe erst einmal zuvor ein Mädchen geküsst. Mit dreizehn im Zeltlager. Es war eine Wette. Zumindest ihrerseits. Irgendwann spätabends, als die anderen sich einen Spaß daraus machten, sie auf mich anzusetzen, die Einzige, die der allgemeinen Auffassung nach ganz sicher lesbisch war. Der Kuss war eine kurze, krampfige Angelegenheit und hinterher fühlte ich mich irgendwie benutzt und bloßgestellt.

Diesmal ist es anders. Diesmal gibt es von Unsicherheit und von Selbstzweifeln keine Spur. Von all den unbehaglichen Gedanken, die meinen ersten Kuss überschattet haben. Eine Welle von Verlangen erfasst mich und spült alle meine Ängste mit sich fort.

Sarah ist kleiner als ich, ein straff geschnürtes Päckchen aus muskulösen Gliedern. Unsere Münder erforschen einander, knabbern, saugen, atmen aneinander vorbei. Blut rauscht mir in den Ohren. Sarahs Hand wandert in meinen Nacken, zieht mir die Mütze vom Kopf. Kälte umfängt mich und ich sinke in die Tiefe.

Sarah löst sich von mir und einen Moment lang starren wir einander atemlos an. Ich verknote die Hände im Schoß, um sie vom Zittern abzuhalten.

»Sollen wir in dein Zimmer?«, fragt sie.

Ich lächele und schiebe ihr eine Haarsträhne hinters Ohr. »Keine Chance. Ich weiß zwar, welche Stufen knarzen, aber du ja nicht. Damit würden wir das ganze Haus aufwecken.«

Sie wirft einen Blick aus dem Fenster. »Dann müssen wir wohl in meins.«

»Und deine Eltern?«

Ihre Augen schimmern, als sie lächelt. »Um die musst du dir keine Sorgen machen. Die schlafen wie die Toten.«

Ich lächele zurück. Mit einem Mal wirkt alles so einleuchtend, so unausweichlich. Wie bin ich bloß auf die Idee gekommen, ich würde Abstand brauchen?

»Okay«, sage ich. »Dann los.«

Sie öffnet ihre Tür und steigt aus, woraufhin ich auf die Fahrerseite rutsche und ihr auf demselben Weg folge. Als sie die

Tür hinter mir zudrückt, dämpft der Schnee das dumpfe metallische Knirschen. Wir können kaum das Kichern unterdrücken, als wir ums Haus herum zum Hintereingang stapfen.

Während sie in ihrer Daunenjacke nach dem Schlüssel kramt, lasse ich den Blick über die verlassene Straße schweifen, unser Haus, das Türmchen mit meinem Zimmer. Wie viele Jahre habe ich dort oben gesessen und mich gefragt, wer hier unten vorbeimarschieren, was sich mir offenbaren könnte, wenn ich nur im richtigen Moment hinsehe? Und jetzt stehe ich selbst hier, direkt unter diesem wachsamen, halbmondförmigen Auge.

Und niemand sieht mich.

Drinnen tappen wir auf Socken durch den dunklen Wohnbereich und die schwach von einem Lämpchen in der Dunstabzugshaube erleuchtete Küche. Sarah nimmt meine Hand und zieht mich hinter sich her durchs Esszimmer, einen mit dickem Teppich ausgelegten Flur hinunter und die Treppe hoch. Vor ihrem Zimmer bleibt sie kurz stehen und deutet auf eine Tür auf der anderen Seite des Flurs, die ein Stück offen steht. Durch den Spalt sind die roten Ziffern eines Radioweckers zu sehen, die verkünden, dass es 03:03 Uhr ist.

»Meine Eltern«, formt sie lautlos mit den Lippen, und ich nicke.

Dann öffnet sie leise die Tür und wir schlüpfen ins Zimmer.

Der Raum ist klein und gemütlich warm. An den Wänden hängen ordentlich aufgereihte Poster. Misfits, The Runaways, My Chemical Romance, ein paar knallbunte Konzertplakate und sonstige Punk-Devotionalien.

Wie ein winziges Detail in einem Traum, das einen ahnen lässt, dass das alles nicht wirklich passiert, liegt auf dem Bett eine altmodische Flickendecke, die man allerhöchstens noch im Wäscheschrank seiner Oma findet.

Sarah lässt meine Hand los und dreht sich mit einer fließenden Bewegung zu mir um, während sie sich gleichzeitig aufs Bett fallen lässt.

»Komm mal her«, sagt sie.

Ich lasse mich nicht lange bitten, und sie rückt so nahe, dass ihre Stirn meine berührt.

»Ich hab mich die ganze Zeit gefragt, ob das hier wohl irgendwann passieren wird«, flüstert sie und zieht mich mit sich tiefer.

Was mich in diesem Moment am glücklichsten macht, ist, einfach hier liegen zu können, ohne an all das zu denken, was ich geheim halten muss, ohne vor Angst wie gelähmt zu sein.

»Erzähl mir von deinem Podcast.« Sie dreht sich auf die Seite und ihre Hand streift wie zufällig meine Hüfte.

»Was willst du denn wissen?«, frage ich.

»Wie du dazu gekommen bist, zum Beispiel.«

Ich schließe die Augen und überlege, wo ich anfangen soll. Die Frage mag vielleicht einfach wirken, aber die Antwort ist es ganz und gar nicht.

»Eigentlich hab ich bloß nach einer Möglichkeit gesucht, mir ein bisschen was von der Seele zu reden«, sage ich. »Irgendwas musste ich einfach tun, nachdem ich jahrelang das Gefühl hatte, nichts getan zu haben. Oder nein, nicht nichts, sondern das Falsche. Ich hab alles bloß schlimmer gemacht.«

»Du hast nichts —«, setzt Sarah an, aber ich lege ihr lächelnd einen Finger auf die Lippen.

»Ist schon gut«, sage ich. »Ich weiß, dass ich nicht schuld bin, aber das heißt nicht, dass ich die Schuldgefühle einfach so ablegen kann. Verstehst du?«

Sie nickt. »Mhm.«

»Eine Zeit lang hatte ich ziemliche Schlafstörungen«, rede ich weiter. »Und als ich mal wieder wach lag, hab ich beschlossen, dass es so nicht weitergehen kann. Klar, für Sibby konnte ich nichts mehr tun, aber ich dachte mir, vielleicht kann ich ja wenigstens ein paar anderen helfen. Oder dafür sorgen, dass ihnen geholfen wird.«

»Und da hast du den Podcast angefangen.«

Ich lache. »Klingt total bescheuert, ich weiß, aber ja, in etwa so war es. Die ersten zwei Monate hatte ich nur eine Handvoll Zuhörer, aber dann ging es plötzlich richtig los.«

»Mit dieser Babysitterin, die die beiden Kinder entführt hat?«

»Ja. Echt verrückt. Das passierte alles quasi über Nacht, und mit einem Schlag hatte ich tatsächlich etwas bewirkt, so wie ich es mir von Anfang an gewünscht hatte.«

»Da hab ich auch zum ersten Mal von dir gehört«, sagt Sarah. »Meine Twitter-Community ist total ausgeflippt.«

Ich nicke.

»Ja, ist ganz schön durch die Decke gegangen«, gebe ich zu. »Viel mehr, als ich je für möglich gehalten hätte.«

Sie lächelt und streicht mir durchs Haar. »Aber absolut verdient«, sagt sie. »Der Podcast ist der Hammer. Du hast echt Talent, Dee.«

Das Kompliment freut mich und macht mich gleichzeitig verlegen. »Ich tu mein Bestes«, erwidere ich. »Manche Fälle schlagen ein, andere nicht. Das Schwierigste ist immer zu entscheiden, welche ich überhaupt behandeln soll. Es gibt einfach so viele vermisste Menschen, das ahnt man gar nicht. Da muss ich sehr darauf achten, dass die, die ich aussuche, es auch wirklich wert sind, dass so viele Leute ihre Zeit investieren.«

»Also anders als bei Danny Lurlee«, merkt sie an.

»Ach, das hast du dir angehört?«, frage ich.

Sie nickt. »Was für ein Vollidiot.«

Danny Lurlee – der Typ aus Kansas, der seine eigene Entführung simuliert hat, samt Kampfspuren und echtem Blut in seinem Trailer. Und das alles, weil er Schulden hatte und ohne seine Familie ein neues Leben anfangen wollte. Ich hatte bereits drei komplette Episoden dazu gepostet, bevor die VLD auf die Hinweise stieß, die am Ende zu seiner Verhaftung führten und verhinderten, dass er sich über die Grenze nach Mexiko davonmachen konnte.

»Leute wie der können einem die Arbeit am Podcast echt vermiesen«, sage ich. »Ich war stinksauer, weil ich ihm auf den Leim gegangen bin. Aber wenigstens hab ich was daraus gelernt. Heute versuche ich sicherzustellen, dass die Menschen unsere Hilfe auch verdient haben.«

»Wie diese beiden Frauen in Houston.«

»Genau. Ist einfach ein gutes Gefühl, Menschen in einer echten Notlage helfen zu können, besonders weil ich das bei Sibby damals nicht konnte.« Ich weiche ihrem Blick aus. »Dazu hat sich übrigens gerade was Neues ergeben.«

Sie stemmt sich neben mir auf die Ellenbogen hoch. »Echt? Was denn?«

»Ich hab eine E-Mail bekommen«, sage ich. »Von jemandem, der behauptet, Sibby begegnet zu sein.«

»Was?« Jetzt setzt sie sich komplett auf, und als ich mich zu ihr drehe, starrt sie aus weit aufgerissenen Augen auf mich herunter.

Ich nicke und mir wird bewusst, wie schön es ist, jemanden zu haben, mit dem ich über all das reden kann.

Ich hole mein Handy raus und lese ihr die Mail vor. Als ich fertig bin, lässt sie sich zurück aufs Bett fallen und blickt nachdenklich an die Decke.

»Und, was hältst du davon?«, fragt sie.

»Wahrscheinlich ist das bloß einer von den üblichen Spinnern«, antworte ich. »Einer, der irgendwelche sinnlosen Theorien in die Welt setzt.«

»Was hätte der oder die denn davon?«

»Keine Ahnung.«

»Und was sagt dir dein Bauchgefühl?«, fragt sie.

»Ich weiß gar nicht, ob auf mein Bauchgefühl besonders viel Verlass ist.«

»Quatsch. Wenn nicht, wärst du nie im Leben so weit gekommen. Also, glaubst du, an der Sache ist was dran?«

Ich zögere. Sarah sitzt da und wartet geduldig auf meine Antwort. Ich streichele ihr gedankenverloren den Handrücken. »Könnte sein, ja. Vielleicht weiß diese Person tatsächlich irgendwas.«

Sie ergreift meine Finger und hält meine Hand fest. »Dann musst du was unternehmen«, beschließt sie. »Wenn du das Gefühl hast, Sibby könnte noch am Leben sein, dann musst du dem nachgehen.«

»Wie soll ich das denn machen?«, entgegne ich. »Die Mail lässt sich nicht zurückverfolgen und ich kann ja auch schlecht damit zur Polizei gehen. Wenn ich irgendwas hätte, womit die was anfangen können, würde ich ihnen vielleicht einen anonymen Tipp zukommen lassen wie sonst auch immer, aber ich hab nun mal nichts. Dafür bräuchte ich schon was Handfestes.«

»Hm«, macht Sarah, »vielleicht sollten wir der Sache dann tiefer auf den Grund gehen.«

»Klar, aber wie?«, frage ich wieder.

»Du bist diejenige mit dem berühmten Detektiv-Podcast«, merkt sie an. »Sag du's mir.«

Ich überlege. »Ich hab vor Kurzem mit Sibbys Familie geredet. Ihre Schwester hat mir erzählt, dass ihre Mom ziemlich lange jemand Bestimmten in Verdacht hatte.«

»Echt? Wen?«

»Burkes Onkel Terry hatte in dem Frühjahr damals eine Freundin«, antworte ich. »Sandy. Die war hübsch und cool, und ich glaube, wir waren alle ein bisschen in sie verliebt. Und dann hat Brianna …«

»Brianna?«, fragt Sarah überrascht. »Ich dachte, die kannst du nicht leiden.«

»Nee, so kann man das nicht sagen. Ist kompliziert. Jedenfalls war sie auch ziemlich gut mit Sibby befreundet. Und sie meinte, rückblickend hätten Terry und seine Freundin damals auffällig viel Zeit mit uns verbracht. Was mich an etwas erinnert hat, was Terry zu Burke und mir gesagt hat, als wir draußen im Wald bei der Suche geholfen haben. Es klang fast, als hätte er ein schlechtes Gewissen wegen Sibbys Verschwinden. Er meinte, wenn er uns das Baumhaus nicht gebaut hätte, wäre das alles nicht passiert.«

»Also denkst du, er hat wirklich was damit zu tun?«

Ich schüttele den Kopf. »Kann eigentlich nicht sein. Er und Sandy waren an dem Tag woanders. Dafür gibt es Zeugen. Und die beiden Fälle ähneln sich vielleicht oberflächlich, aber wenn man sich näher damit beschäftigt, sind sie im Grunde doch ziemlich unterschiedlich. Außerdem kann ich mir einfach nicht vorstellen, dass Terry ein Kind entführen und umbringen würde. Er ist vielleicht ein Loser, aber bestimmt kein Mörder.«

»Und warum sollte dann seine Ex-Freundin die Finger im Spiel haben?«, will Sarah wissen.

»Irgendwas stimmt da einfach nicht so ganz«, sage ich nachdenklich. »Ich hab das Gefühl, ich übersehe was. Als würden mir ein paar Puzzleteile fehlen.«

»Tja, dann solltest du wohl wirklich auf deinen Bauch hören. Du bist enger mit diesem Fall verbunden als jeder andere. Mach diese Frau ausfindig und stell sie zur Rede.«

»Wie das denn?«

Sarah wirft mir einen ungläubigen Blick zu. »Also echt, Dee. Hast du denn gar nichts von den Laptopdetektiven gelernt?«

30.

Anders als erwartet, ist Sandy – oder Sandra, wie sie sich inzwischen nennt – gar nicht so schwer aufzuspüren. Schon nach wenigen Minuten Stöbern auf dem Facebookprofil von Burkes Mom stoßen wir auf ein altes Foto von Terry und Sandy. Die Verlinkung zu Sandy ist hellgrau, was bedeutet, dass sie ihren Account gelöscht haben muss, aber immerhin erfahren wir ihren Nachnamen: Willis. Eine kurze Onlinesuche und wir haben sie.

Zwei Tage später stehen wir etwas unschlüssig vor einer Reihe von Vorstadthäusern, die sich rund um das Ende einer Sackgasse gruppieren. Es ist eine von diesen typischen Wohnsiedlungen, die in den Achtzigern gebaut wurden und sich seitdem kein bisschen verändert haben. Die Häuser sehen alle komplett gleich aus: Wie hochkant aufgestellte Schuhkartons mit einem abgeschnittenen Dreieck am oberen Ende, dunklen Fenstern und einem seitlich versetzten, zurückgelegenen Eingang.

»Geh du vor«, sagt Sarah an der Mündung des kleinen Fußwegs, der zur Tür führt. »Du kennst sie immerhin.«

Es war Sarahs Idee herzukommen und Sandy persönlich zu fragen, ob sie es für möglich hält, dass ihr Ex-Freund Terry etwas mit Laylas Entführung zu tun hat, und, falls ja, warum er ihrer Meinung nach zum Kidnapper geworden ist. Außerdem wollen wir möglichst viele Details aus der Zeit um Sibbys Verschwinden in Erfahrung bringen.

Widerwillig setze ich einen Fuß nach dem anderen auf die runden Betonplatten, die sich wie eine Reihe Seerosenblätter durch den Vorgarten ziehen, und gehe die zwei Stufen zur Haustür hoch. Dort hängt ein Weihnachtskranz, obwohl wir schon fast Februar haben. Eins von diesen extrem frommen Exemplaren mit einem Kreuz am Aufhängeband.

So direkt bin ich noch nie mit einem meiner Fälle in Berührung gekommen. Normalerweise sitze ich sicher hinter meinem Mikrofon und koordiniere von dort aus die Ermittlungen. Mein Herz klopft wie wild, als ich auf die Klingel drücke – für so was wie das hier bin ich einfach nicht gemacht.

»Scheint keiner zu Hause zu sein.« Ich trete den Rückzug an.

»Jetzt warte doch mal.« Sarah klopft kräftig an das kleine Fenster in der oberen Ecke der Tür, dann tritt sie wieder hinter mich und schiebt ihre behandschuhten Fäuste in die Jackentaschen.

Ein paar Sekunden lang passiert noch immer nichts.

»Komm jetzt«, drängele ich. »Ich glaube wirklich nicht, dass –«

In dem Moment reißt jemand die Tür auf und ich zucke zusammen.

»Warum so überrascht?«, fragt die Frau dahinter. »Ihr habt doch gerade geklopft, oder nicht?«

Ich nicke. »Ja, Entschuldigung«, brabbele ich drauflos. »Ich dachte bloß, es wäre keiner zu Hause.«

»Tja, doch«, erwidert sie. »Kann ich euch helfen?«

Die Frau hat kein bisschen Ähnlichkeit mit der Sandy aus meiner Erinnerung, die schlank und hübsch war, gern enge T-Shirts, lässige Jeans und hin und wieder auch Kleider trug. Damals hatte sie schulterlanges, leicht gewelltes Haar.

Diese Frau dagegen wirkt konservativ und altbacken in ihrem dicken Zopfmusterpullover und dem bodenlangen Rock. Ihr Haar ist zu einem schlichten Bob geschnitten und sie ist komplett ungeschminkt. Um den Hals trägt sie eine dünne Goldkette mit Kreuzanhänger. Trotzdem ist mir sofort klar, dass sie es ist. Die großen blauen Augen, mit denen sie mich erwartungsvoll mustert, versetzen mich zurück in die Vergangenheit, als ich noch ein kleines Mädchen war und sie die coolste Frau, die ich kannte.

»Bestimmt erinnern Sie sich nicht mehr an mich«, sage ich schließlich. »Ich bin Dee – Delia Skinner. Ich war – *bin* – mit Burke O'Donnell befreundet. Sie waren mal mit seinem Onkel Terry zusammen.«

Sie wird blass und hebt die Hand an die Kehle. Ihr Mund öffnet sich leicht und sie blinzelt mich an.

»Delia, meine Güte«, haucht sie dann. »Du bist aber groß geworden.«

»Ja. Ist ja auch schon eine Weile her.« Ich deute auf Sarah. »Das hier ist meine Freundin Sarah.«

Sarah hebt grüßend die Hand und Sandy nickt ihr zu. Einen Moment lang herrscht Schweigen, und bevor mir einfällt, was ich überhaupt sagen will, ringt Sandy sich ein kleines Lachen ab.

»Kommt doch rein, ihr zwei. Ist ja wieder eiskalt heute.«

»Gern«, sage ich. »Danke.«

Wir folgen ihr in einen kleinen, beige gefliesten Vorraum mit einer Fußmatte und einem runden Spiegel zwischen zwei gestickten Bibelversen an der Wand.

»Gebt mir ruhig eure Mäntel«, sagt Sandy, und nachdem wir ihr unsere Sachen gereicht haben, hängt sie sie an eine Reihe von Garderobenhaken. Dann schlüpfen wir aus unseren Schuhen und folgen ihr. Die Fliesen aus dem Vorraum weichen dickem, ebenso beigefarbenem Teppichboden, der sich durchs gesamte Haus zu ziehen scheint. Wir gehen die Treppe hoch, vorbei an einer Küchenzeile und weiter in ein kleines Wohnzimmer, das durch ein Regal voller Krimskrams vom Essbereich abgetrennt ist.

»Setzt euch. Kann ich euch irgendwas anbieten? Kräutertee? Kaffee habe ich leider keinen im Haus. Ich meide alles, was Koffein enthält.«

»Ich würde ein Glas Wasser nehmen«, sage ich.

Sandy guckt Sarah an, die nickt. »Für mich auch, danke.«

Während sie in die Küche geht, setzen Sarah und ich uns auf das niedrige Sofa. Die geschwungene Lehne ist mit verspielten Schnitzereien verziert und das Polster hat ein Muster aus hellblauen Streifen und gelben Rosen.

In der Küche geht ein Schrank auf und wieder zu, dann wird der Wasserhahn aufgedreht. Ich nutze die Gelegenheit, um mich umzusehen. Das Regal in der Ecke enthält vor allem eine Sammlung kleiner Porzellanengel, nur auf einem der Bretter reihen sich säuberlich der Größe nach geordnete Bücher. Ich erkenne eine Bibel und ein paar religiös anmutende Selbsthilfebücher. Keine Romane oder sonst irgendwas Interessantes. Einen Fernseher kann ich auch nirgends entdecken.

An einer der zartrosa gestrichenen Wände hängt ein wuchtiges Holzkreuz, umgeben von ein paar gerahmten Kunstdrucken, die Bibelszenen und kalligrafierte Verse zeigen.

»Krass«, formt Sarah mit den Lippen.

Ich nicke, als Sandy mit zwei Gläsern Wasser samt Eiswürfeln zurückkommt.

»Danke«, sagen wir im Chor, und Sandy, die sich wieder gefasst zu haben scheint, setzt sich lächelnd in einen steifen kleinen Lehnsessel uns gegenüber.

»Okay«, sagt sie. »Was kann ich für euch tun?«

Ich trinke einen Schluck Wasser und räuspere mich. Schon wieder habe ich keine Ahnung, was ich sagen soll, und muss mir wohl oder übel eingestehen, dass ein bisschen Vorbereitung nicht geschadet hätte.

»Sie haben doch sicher das mit Terry gehört«, fange ich schließlich an.

Sie nickt ernst. »Ja. Ich hab es in der Zeitung gelesen.« Sandy deutet auf ein Tischchen in der Zimmerecke, auf dem eine akkurat in der Mitte gefaltete Zeitung neben dem Fuß der geblümten Porzellanlampe liegt.

»Oh, tatsächlich«, staunt Sarah. »Eine echte Zeitung aus Papier. So was hab ich schon lange nicht mehr gesehen.«

»Ich mag es eben lieber traditionell«, erklärt Sandy. »Und außerdem habe ich gar keinen Internetzugang. Nicht mal einen Computer, um genau zu sein.«

Sarah klappt die Kinnlade runter. »Jetzt nehmen Sie uns aber auf den Arm, oder?«

Sandy lacht leise, dann jedoch verhärtet sich ihre Miene, und sie mustert uns so durchdringend, dass mir ganz mulmig wird. »Das Internet ist ein gottloser Ort. Das Babel der Neuzeit. Viele junge Leute werden durch die Dinge, die sie dort lesen, vom rechten Weg abgebracht. Und daran möchte ich nicht teilhaben.«

»Vom rechten Weg abgebracht«, wiederholt Sarah.

Sandy nickt knapp und blickt abschätzig zwischen uns hin und her. »Es steht mir nicht zu, über irgendjemanden zu urteilen, aber die Sünde hat viele Gesichter.«

Es ist nur zu deutlich, auf welche *Sünde* sie hier anspielt. Weder Sarah noch ich sagen etwas, aber ich bin mir überdeutlich ihrer Hand bewusst, die nur Zentimeter neben meiner auf dem Sofa liegt. Am liebsten hätte ich danach gegriffen und Sarah an mich gezogen, aber dann würde diese seltsame Frau uns vermutlich direkt rauswerfen. Und ich brauche Antworten auf meine Fragen.

»Also, Sie haben das von Terry O'Donnell gelesen?«, knüpfe ich an unser vorheriges Thema an.

»Ja. Gestern erst. Von dieser Entführung. Und dass Terrence verhaftet worden ist. Ich sag's ja immer, die Welt ist schlecht.«

Sie klingt wie eine alte Frau, dabei kann sie kaum älter sein als fünfunddreißig oder sechsunddreißig.

»Kommt Ihnen das nicht auch wie ein ziemlich seltsamer Zufall vor?«, frage ich. »Dass dieses Mädchen ausgerechnet in meinem alten Haus gewohnt hat? Und noch dazu genau zehn Jahre nach Sibbys Entführung verschwunden ist?«

»Seid ihr deswegen hier? Weil ihr von mir wissen wollt, ob Terrence damals etwas mit Sibyl Carmichaels Verschwinden zu tun hatte?«

»Sie kannten ihn besser als wir alle«, merke ich an.

Sie lacht. »Meine Beziehung mit Terry hat nicht sonderlich lang gehalten«, sagt sie. »Er war ein Fehltritt. Einer von vielen, wie ich leider zugeben muss.« Sie beugt sich vor, stemmt die Ellenbogen auf die Knie und faltet die Hände. Ihre Stimme nimmt einen regelrecht salbungsvollen Ton an. »Glaubt mir, ihr zwei, ich möchte hier wirklich keine Moralpredigten halten, weil ich früher selbst so einiges falsch gemacht habe. Ich war eine naive junge Frau, die nur zu oft auf leere Versprechungen reingefallen ist. Irgendwann habe ich jedoch erkannt, auf welche Abwege ich da geraten war. Der einzige Weg zum Glück führt über Gott und das Vertrauen in seine Güte.«

»Das ist aber immer noch keine Antwort auf meine Frage«, bohre ich nach. »Glauben Sie, dass Terry etwas mit dem Verschwinden dieses Mädchens zu tun hat?«

Sie hebt seufzend die Hände. »Ganz ehrlich, ich habe keine Ahnung. Wie schon gesagt, ich kannte ihn nicht besonders gut, und seit unserer Trennung kurz nach diesem schrecklichen Vorfall damals habe ich auch nie wieder mit ihm gesprochen. Wir haben einfach beide mit unserem eigenen Leben weitergemacht. Aber dass er nichts mit dem Verschwinden von Sibyl Carmichael zu tun hatte, kann ich euch versichern. Nicht das Geringste. Ich war den ganzen Tag mit ihm zusammen. Wir sind mit Burke, Mara und Alicia im Kino gewesen. Zu dieser neuen Geschichte kann ich natürlich nichts sagen.«

Sie hält inne, senkt den Kopf und starrt einen Moment auf ihre Hände, als würde sie rasch ein Gebet einschieben.

»Ich weiß nicht, wie es mit Terry weiterging, nachdem wir uns getrennt hatten«, fährt sie dann fort. »Wenn ihr erst in mein Alter kommt, werdet ihr vielleicht besser verstehen, wie unbeständig die Zeit vergeht. Ein Jahrzehnt kann manchmal schneller vorbei sein als ein Wimpernschlag und einem rückblickend doch wie ein Jahrtausend vorkommen. Aus irgendeinem Grund trifft beides zu.« Jetzt hebt sie den Kopf wieder. »Mir war von Anfang an klar, dass Terry jemanden brauchte, der ihm Halt gab. Er war eine Spielernatur mit einem unseligen Hang zu Drogen, schlechter Gesellschaft und zwielichtigen Orten. Ich war damals so dumm zu glauben, ich könnte ihm diesen Halt geben, aber natürlich entwickeln sich solche Dinge nie so, wie man es gern hätte. Am Ende brauchte ich nämlich selbst genauso dringend eine starke Hand, aber glücklicherweise habe ich dann zu Jesus gefunden. Ich kann nur annehmen, dass Terrence weiter diesem Pfad ins Verderben gefolgt ist, bis es für seine Seele kein Zurück mehr gab. Ich verurteile ihn nicht für seine Sünden, weil ich selbst nicht frei davon bin. Aber heute ist der Herr mein Hirte.«

»Erinnern Sie sich noch an irgendwas anderes aus dieser Zeit?«, frage ich. »Irgendwas, das Ihnen seltsam vorkam?«

»Nein«, sagt sie. »Nicht dass ich im Laufe der Jahre nicht darüber nachgedacht hätte – ich habe mir den Kopf darüber zerbrochen, ob ich vielleicht etwas übersehen habe, was für die Ermittlungen von Belang gewesen wäre. So ging es damals wahrscheinlich jedem aus der Gegend. Aber mir ist nie etwas eingefallen. Ich kannte Terrys Familie ja kaum und euch Nachbarskinder erst recht nicht.«

»Was ist denn wohl damals passiert?«, frage ich.

Sie wirft mir einen erstaunten Blick zu. »Du liebe Güte, woher soll ich das denn wissen?«

»Irgendeine Theorie hat doch jeder«, kontere ich.

Wieder wendet sie sich ab, presst die Lippen aufeinander und starrt nachdenklich an die Wand.

»Ich kann mir beim besten Willen nicht erklären, warum jemand ein Kind entführen sollte«, antwortet sie schließlich. »Aber wenn ich einen Tipp abgeben sollte, würde ich sagen, dass vermutlich ein paar Jäger über Sibyl und dich gestolpert sind und der Teufel von ihnen Besitz ergriffen hat.«

Sarah entschlüpft ein ungläubiges Lachen. »Ist das Ihr Ernst? Sie glauben wirklich, der Teufel hatte dabei seine Finger im Spiel?«

Sandy wirft ihr einen verärgerten Blick zu. »Ich glaube gar nichts«, entgegnet sie schnippisch. »Ich war schließlich nicht dabei.« Dann steht sie auf und tritt vor das Kruzifix an der Wand. Mit gefalteten Händen starrt sie zu ihm hoch.

»Vielleicht ist ja auch genau das Gegenteil passiert«, sagt sie, ohne sich zu uns umzudrehen. »Vielleicht wurde sie in ein Haus des Glaubens gebracht. Vielleicht war Gott einfach der Meinung, sie hätte eine bessere Chance darauf verdient, eines Tages Erlösung zu finden.«

Sarah und ich wechseln einen Blick. Ihre Augen sind weit aufgerissen und sie formt ein »Bitte was?« mit den Lippen. Ich weiß, dass wir beide dasselbe denken. Wie auf ein lautloses Kommando hin stehen wir auf.

»Wir sollten wohl besser gehen«, sage ich. »Sonst schaffen wir es nicht zurück nach Redfields, bevor es dunkel wird.«

Das scheint Sandy aus ihrem spirituellen Delirium zu wecken. »Eine Frage müsst ihr mir noch beantworten: Warum grabt ihr diese alte Geschichte plötzlich wieder aus?«

Darüber muss ich nicht lange nachdenken. »Es ist jetzt zehn Jahre her«, sage ich. »Und der neue Fall hat alle möglichen Erinnerungen in mir wachgerufen, darum versuche ich, ein paar Antworten zu finden, damit ich irgendwann aufhören kann, nach welchen zu suchen.«

Sie nickt, als würde ihr das einleuchten. »Dann werde ich dafür beten, dass dieses Mädchen bald gefunden wird. So wie ich seit Jahren für Sibyl Carmichael bete, jeden Tag.«

Kurz bevor wir die Tür erreichen, hält sie mich plötzlich fest. Ich bleibe wie angewurzelt stehen und blicke erst auf ihre Hand, die um meinen Unterarm geschlossen ist, dann in ihr Gesicht, und registriere, dass sie mich eindringlich, beinahe wütend, anstarrt.

»Und ich bete auch für eure Seelen«, sagt sie.

Zurück im Auto, vergrabe ich stöhnend das Gesicht in den Händen.

»Alles in Ordnung?« Sarah legt mir den Arm um die Schultern.

Ich richte mich wieder auf und stoße die Luft aus. »Ja. Nein. Ich weiß auch nicht, das ist einfach alles …«

Sie beugt sich vor und gibt mir einen Kuss auf die Wange. »Schon okay. Du musst mir nichts erklaren.«

»Ich will aber«, entgegne ich und greife nach ihrer Hand. »Sibby ist vor zehn Jahren entführt worden, und wenn ich eins über Vermisstenfälle gelernt habe, dann, dass die Wahrscheinlichkeit, dass die Leute irgendwann wieder auftauchen, mit jedem Tag drastisch sinkt. Nach so langer Zeit besteht kaum noch eine Chance. Ich frage mich, warum ich das hier überhaupt mache. Wozu die ganze Mühe?«

Sarah nickt mitfühlend und ich schlage vor Frust mit der Faust aufs Armaturenbrett.

»Das ist einfach alles zu viel«, rede ich weiter. »Ich meine, ich kriege andauernd Mails von irgendwelchen Idioten. Je bekannter der Podcast wird, desto mehr werden es. Mir ist klar, dass Laylas Verschwinden auch andere an Sibbys Fall erinnert, und die Leute wollen eben irgendwie aktiv werden. Jetzt erst recht, wo es aussieht, als würde Layla auch nicht zurückkommen. Wenn ich nicht selbst in den Fall verwickelt wäre, hätte ich überhaupt keinen zweiten Gedanken an diese Mail verschwendet.«

»Sei doch nicht so hart zu dir, Dee«, erwidert Sarah. »Damit wäre ja wohl jeder überfordert.«

»Ich will aber nicht mehr ständig darüber nachdenken müssen. Warum kann ich nicht einfach akzeptieren, dass ich nie rausfinden werde, was mit Sibby passiert ist? Warum kann ich die Sache nicht einfach auf sich beruhen lassen und mich auf das konzentrieren, wo ich tatsächlich was bewirken kann?«

»Zum Beispiel den Podcast.«

Ich nicke. »Diese Sache in Houston, da sind wir echt an was dran. Das spüre ich. Und wenigstens kann ich dabei was *tun*.«

»Dann mach weiter damit.« Sarah streicht mir durchs Haar. »Du kannst echt megastolz auf dich sein. Du hast schon so viel erreicht.«

»Ich hab anderen Starthilfe gegeben, damit die etwas erreichen«, korrigiere ich. »Aber damit bin ich auch total zufrieden. Mehr brauche ich gar nicht. Ich will einfach ein Leben, in dem nicht permanent eine riesige Tragödie über mir hängt wie eine dunkle Wolke.« Ich sehe ihr in die Augen. »Ich will, dass der

Podcast erfolgreich bleibt, weil ich damit anderen helfen kann, nicht mir selbst. Und ich will mit meiner Freundin zum Winterball gehen und zur Abwechslung einfach mal normal sein.«

»Puh, man kann's auch übertreiben mit dem Normalsein«, merkt sie an.

Ich lächele. »Keine Sorge. Ich werde nur so normal wie unbedingt nötig, versprochen.«

»Perfekt«, sagt sie.

31.

Das Problem: Schicke Kleidung ist einfach nicht mein Ding.

Nicht dass ich mir nie Gedanken darüber machen würde, was ich anziehe, aber sobald ich für einen bestimmten Anlass präsentabel aussehen muss, bin ich total aufgeschmissen. Das letzte Mal, dass ich einen Rock anhatte, war auf irgendeiner Hochzeit; da muss ich elf gewesen sein. Seit meine Mutter mitbekommen hat, dass Sarah und ich zum Winterball wollen, hat sie andauernd gefragt, ob wir zusammen shoppen gehen, aber allein bei der Vorstellung, wie wir durchs Einkaufszentrum schlendern und ich in irgendeiner schrecklichen Boutique Kleider anprobieren muss, ständig in Sorge, jemandem aus der Schule – womöglich sogar *Brianna* – über den Weg zu laufen, wird mir ganz anders.

Jetzt, wo ich in ein paar Stunden fertig sein muss, bereue ich meinen Unwillen allerdings. Das Einzige in meinem Schrank, was zumindest entfernt an ein Kleid erinnert, ist eine Art Wollschlauch, den meine Grandma mir mal vor ein paar Jahren zu Weihnachten geschenkt hat. Grünlich blau und knielang, mit einer Reihe dicker Holzknöpfe auf der Vorderseite. Am ehesten erinnert das Teil an eine Mischung aus Opastrickjacke und Hausmantel.

Ich lege das ... nennen wir es mal *Kleid* aufs Bett und betrachte es. Könnte man das Outfit irgendwie ironisch aufziehen? Vielleicht in Kombination mit einem Gürtel und Bikerboots? Ich werfe einen sehnsüchtigen Blick zu meinem Laptop. Am liebsten würde ich die *Radio-Silent*-Crew um Rat bitten. Vielleicht ist unter den Laptopdetektiven ja jemand, der nur auf die Gelegenheit gewartet hat, der Sucherin ein Makeover zu verpassen.

Es klopft an meiner Zimmertür.

»Dee?«, ruft meine Mutter vom unteren Ende der Treppe zu mir hoch. »Kann ich raufkommen?«

»Ja«, rufe ich zurück.

Kurz darauf steht sie neben mir und begutachtet die Auswahl an Klamotten auf meinem Bett. Sie nimmt den Wollschlauch, hält ihn prüfend vor mich und legt den Kopf schief.

»Mehr Kleid hab ich nicht zu bieten«, erkläre ich, und sie nickt ernst. Dann prusten wir beide los vor Lachen.

»Nur über meine Leiche lasse ich dich damit zu einem Schulball«, sagt sie. »Oder überhaupt aus dem Haus. Du meine Güte. Na komm.« Sie winkt mich mit sich. »Lass uns mal gucken, was mein Schrank so zu bieten hat.«

Widerstrebend folge ich ihr nach unten.

Das Schlafzimmer meiner Eltern geht nach vorn zur Straße raus. Überall liegt irgendwelcher Kram und zu beiden Seiten des mehr schlecht als recht gemachten Betts stapeln sich Bücher.

Mom öffnet den Kleiderschrank und zupft an der Lichtschalterschnur. Dann geht sie die Klamotten auf den Bügeln durch, zieht welche raus und schiebt sie wieder zurück, während ich mit den Händen in den Hosentaschen hinter ihr stehe und warte.

»Mach dir keine Mühe«, sage ich. »Ich glaube nicht, dass wir was finden. An mir sieht sowieso nichts gut aus.«

»Schh«, macht sie. »Ich muss kurz nachdenken.« Dann wirft

sie eine schwarze Hose aufs Bett und geht rüber zur Schrankseite meines Dads.

Sie schnappt sich ein Hemd nach dem anderen, begutachtet sie skeptisch und kaut auf der Unterlippe. Mit einem davon kommt sie schließlich zu mir, nickt nach kurzem Überlegen und drückt mir den Bügel in die Hand.

»Damit laufe ich doch nicht rum!«, protestiere ich.

»Ach, komm schon, Dee. Vertrau mir einfach, ich hab ein Auge für so was. Willst du es nicht wenigstens mal anprobieren?«

Seufzend gehe ich an ihr vorbei zum Badezimmer.

»Und dazu die hier«, fügt sie hinzu und hält mir die schwarze Hose hin.

Im Badezimmer ziehe ich die Sachen an, stecke das Shirt in den Hosenbund und verkneife mir beim Blick in den Spiegel ein Augenrollen.

Als ich wieder rauskomme, lümmelt mein Vater auf dem Bett. Er pfeift anerkennend. »Fesches Hemd!«

»Dass du das findest, war mir klar«, schnaube ich. »Man könnte meinen, ich wäre Background-Tänzerin bei 'ner Country-Band.«

Meine Mutter ist unterdessen wieder in ihre Seite des Kleiderschranks abgetaucht und geht die Sachen auf den Bügeln durch. Plötzlich hält sie inne und zieht grinsend einen Wollblazer hervor. Der Stoff hat ein auffälliges schwarz-weißes Muster, von dem einem beinahe schwindelig wird.

»Richtig edles Teil«, schwärmt sie. »Trotzdem leider ein Fehlkauf. Für das Geld, das ich dafür hingeblättert hab, sitzt er an mir einfach nicht gut genug. Aber ich hab so das Gefühl, dir könnte er super stehen.«

»Hm, eher nicht so mein Stil«, wende ich ein.

»Hahnentritt ist absolut zeitlos.«

Sie nimmt den Blazer vom Bügel und ich lasse ihn mir schicksalsergeben überziehen. Mom dreht mich zu sich rum und lässt mit einem zufriedenen Lächeln den Blick an mir auf- und abwandern.

Dad pfeift gleich noch mal. »Scheiß die Wand an, das sieht ja hammermäßig aus.«

»Jake!«, ermahnt meine Mutter ihn.

»Na, wenn's doch so ist?«

Ich stelle mich vor den bodenlangen Spiegel in der Zimmerecke.

Die Jacke hat das Outfit dermaßen verändert, dass ich meinen Augen kaum traue. Eben sah ich noch aus wie ein Bauerntrampel, aber der schmal geschnittene Blazer verleiht dem Ganzen den komplett gegenteiligen Effekt, und das Hemd bildet den perfekten farblichen Kontrast dazu.

»Und das ist jetzt okay so?«, frage ich dennoch skeptisch.

»Das ist nicht bloß okay, sondern absolut umwerfend«, versichert mir Mom, die hinter mich getreten ist und mir die Hände auf die Schultern legt. Ich lasse zu, dass sie ein bisschen mit meinem Haar herumexperimentiert, aber auch sie kommt schnell dahinter, dass man damit nicht viel anstellen kann. Am Ende zieht sie mir mit einem Klecks Haargel einen strengen Scheitel und ich muss zugeben, dass der Look absolut stimmig ist und ich wirklich gar nicht übel aussehe. *Scheiß die Wand an.*

»Gruppenkuscheln!« Dad ist vom Bett aufgesprungen und nimmt Mom und mich in die Arme.

»Delia«, sagt meine Mutter, als ich sie endlich alle beide wieder abgeschüttelt habe. »Wir wissen, dass die letzten Tage nicht leicht für dich waren, mit diesem verschwundenen Mädchen und allem, was da wieder in dir hochgekommen sein muss. Und wir finden, dass du dich ganz hervorragend schlägst.«

»Schon okay«, winke ich ab, um die Gefühlsduseleien so

schnell wie möglich hinter mich zu bringen. »Mir geht's gut. Aber danke.«

»Wir sind halt furchtbar stolz auf dich«, fügt Dad hinzu. »Und als deine Eltern müssen wir das auch einfach mal sagen dürfen.«

»Außerdem mögen wir Sarah wirklich gern«, schwelgt Mom weiter. »Ihr zwei habt heute bestimmt einen richtig tollen Abend.«

»Okay, okay, das ist ja wirklich nett von euch, aber langsam kriege ich echt das Gefühl, dieses ganze Gespräch wurde von einem Bot geschrieben. Lasst uns nach unten gehen. Sarah muss jeden Moment hier sein.«

Als sie schließlich kommt, bestehen meine Eltern darauf, ein paar Fotos von uns zu schießen. Sarah ist wunderschön. Sie hat sich die Haare zu weichen Wellen frisiert und trägt ein schwarzes Vintage-Cocktailkleid mit Fransen am Saum.

»Wow«, sage ich. »Damit hätte ich jetzt nicht gerechnet.«

»Geht mir genauso«, entgegnet sie mit einem Lächeln, bei dem mein Magen einen kleinen Purzelbaum schlägt, und nimmt meine Hand. »Du siehst toll aus.«

Die erste Stunde sitzen wir einfach nur auf den Tribünen hinten in der Sporthalle und lästern über die Leute, die sich auf der Tanzfläche zum Affen machen. Brianna patrouilliert geschäftig auf und ab, um sicherzustellen, dass auch alles seinen ordnungsgemäßen Gang geht. Ein bisschen erinnert sie an die Gouvernante aus einem alten Kinderbuch.

Irgendwann steht Sarah auf und zieht mich mit hoch.

»Komm«, sagt sie. »Lass uns tanzen, das hier ist schließlich ein Ball.«

Zuerst bin ich ziemlich nervös, aber nach ein paar Minuten werde ich lockerer. Wir tanzen und lachen, und als der Abend sich dem Ende zuneigt, das Licht gedimmt und die Musik langsamer wird, wiegen wir uns eng umschlungen im Kreis und alles ist einfach perfekt. Alles ist genau, wie es sein soll.

Als wir später kichernd und aufgedreht aus der überhitzten, stickigen Sporthalle nach draußen in die Kälte treten, hat es wieder angefangen zu schneien. Der Nachthimmel ist voller makellos geformter Schneeflocken, die wie winzige glitzernde Diamantsplitter zu Boden schweben.

Zusammen mit allen anderen bleiben wir einen Moment lang stehen und starren ehrfürchtig nach oben. Ausnahmsweise fühle ich mich tatsächlich mal wie ein normaler Mensch, und als Sarah ihre Hand in meine Armbeuge schiebt und mir den Kopf auf die Schulter legt, bin ich überzeugt, dass, wenn ich mir einen Moment aussuchen dürfte, um für immer und ewig darin eingefroren zu sein wie eine Eisskulptur, es dieser hier wäre.

»Denkt daran, vorsichtig zu fahren!«, ruft Ms Bellamy. »Es soll noch eine Weile weiterschneien, also werden die Straßen fürs Erste wohl nicht geräumt!«

»Na?«, wendet Sarah sich an mich. »Traust du dich, mit mir ins Auto zu steigen?«

»Klar«, antworte ich grinsend, woraufhin sie auf die Zehenspitzen geht und mir einen zarten Kuss auf den Mund gibt.

»Falls es zu schlimm wird, fahren wir einfach irgendwo rechts ran«, sagt sie. »Uns fällt schon was ein, wie wir uns warm halten können.«

Während ich noch fieberhaft überlege, was ich darauf antworten soll, entdecke ich glücklicherweise Burke, der auf dem Mäuerchen gegenüber auf der anderen Straßenseite sitzt. Er hat sich dick in seinen Parka eingemummelt und eine übergroße grüne Wollmütze tief ins Gesicht gezogen. Als er meinen Blick auffängt, hebt er die Hand.

»Kannst du kurz warten?«, frage ich Sarah.

»Kein Problem«, sagt sie, als auch sie auf Burke aufmerksam wird. »Ich lasse schon mal den Motor warm laufen.«

Ich folge einer Meute kichernder Mädchen, die ein paar Jahrgänge unter mir sein müssen und vermutlich auf dem Weg zu einer von ihnen nach Hause sind, um dort ihren allerersten Schulball in seine Einzelteile zu zerlegen, über die Straße.

Bei Burke angelangt, schlägt mir eine Wolke Grasgeruch entgegen, und ich frage mich, ob er wohl den ganzen Abend hier draußen rumgewandert ist und gekifft hat.

»Du siehst ja heiß aus«, sagt er und mustert mich.

»Danke.«

»Hab mich ganz schön gewundert, als ich gehört hab, dass du zum Ball willst.«

Ich zucke mit den Schultern. »War besser als erwartet.«

»Kann sein«, erwidert er. »Hätte bloß nicht gedacht, dass so was dein Ding ist, aber ist ja nichts Neues, dass Leute sich verändern, wenn sie mit jemandem zusammen sind.«

Ich lege argwöhnisch den Kopf schief. »Bist du etwa eifersüchtig?«

Er schnaubt. »Eifersüchtig? Auf wen denn?«

»Keine Ahnung, Burke. Darum frag ich ja.«

Ohne darauf einzugehen, greift er in seine Jacke und reicht mir einen zusammengefalteten Zettel.

»Was ist das?«, frage ich, während ich ihn aufklappe. »Eine Adresse?«

»Von einer Bücherei in der Stadt«, sagt er. »'ne kleinere Zweigstelle.«

Ich werfe ihm einen verwirrten Blick zu. »Kapier ich nicht.«

Ungeduldig verdreht er die Augen. »Ich hab ein bisschen nach dieser Gmail-Adresse gesucht, die du mir gegeben hast«, erklärt er. »Die war zwar mit keinem Social-Media-Account verbunden, tauchte aber dafür in ein paar Foren auf. Nichts

Spannendes, bloß Fanseiten von lokalen Bands und so. Aber die waren jedenfalls öffentlich und nicht sonderlich gut geschützt, darum konnte ich auf einigen die IP-Adressen lokalisieren. Wenn die zu Privathaushalten gehört hätten, hätte das nicht mal viel gebracht, aber am Ende haben sie alle zu dieser Bibliothek in der Stadt geführt.«

»Und was soll ich jetzt damit anfangen?«

Er zuckt mit den Schultern. »Was weiß ich? Mehr hab ich jedenfalls nicht rausgekriegt. Was du damit machst, ist deine Sache.« Er lässt sich von der Mauer rutschen, und wie es scheint, ist das Gespräch für ihn damit beendet.

»Danke«, sage ich. »Im Ernst. Echt nett von dir, dass du das für mich gemacht hast.«

Einen Moment lang guckt er mich einfach nur an und schüttelt dann den Kopf. »Du bist nicht die Einzige, die noch an Sibbys Entführung zu knabbern hat, ist dir das eigentlich klar?«

Überrascht weiche ich zurück.

»Was? Natürlich ist mir das –«

»Ich weiß, du machst dir Vorwürfe, weil du dabei warst und nichts tun konntest, aber ich glaube, du hast dich noch nie gefragt, wie es für die Leute gewesen ist, die *nicht* dabei waren. Hast du 'ne Ahnung, wie sehr ich mir wünsche, ich wäre da gewesen, um euch beiden zu helfen?«

»Burke«, erwidere ich leise. »Du hättest doch gar nichts tun können, selbst wenn du dabei gewesen wärst. Das waren Erwachsene. Und wir waren Kinder.«

Er schenkt mir ein schiefes Lächeln, und da begreife ich, worauf er hinauswill. Wo liegt der Unterschied zu mir?

»Das weiß ich, Dee«, entgegnet er. »Genauso gut wie du. Ich glaube nur, du vergisst manchmal, dass es damals nicht nur Sibby und dich gab. Sondern Sibby und dich und mich. Wir waren zu dritt. Für die Öffentlichkeit sieht es so aus, als wärt ihr nur zu zweit gewesen. Aber das stimmt nicht, ich hatte einfach nur das Glück, dass ich an dem Tag nicht dabei war. Aber ich hab damals auch eine Freundin verloren, und trotzdem scheint sich nie irgendwer zu fragen, wie es mir eigentlich damit geht. Dafür sind alle immer viel zu beschäftigt mit der armen Dee.«

Ich will protestieren, doch Burke hebt die Hand. »Ich weiß, wie heftig sich das anhört, Dee. Was glaubst du, warum ich bis heute gebraucht hab, um damit rauszurücken?«

Bevor ich antworten kann, wendet er sich ab und lässt mich stehen. Er zieht seine Mütze noch tiefer, schiebt die Hände in die Taschen und duckt sich in das Schneetreiben.

Kurz darauf hat das weiße Gestöber ihn verschluckt.

32.

Burkes Tipp mit der Bibliothek behalte ich Sarah gegenüber lieber erst mal für mich. Vielleicht bringt er mich ja kein bisschen weiter. Vielleicht hat Burke sich einfach geirrt oder ist einer falschen Fährte gefolgt. Okay, vielleicht führt er mich auch direkt zu Sibby, aber das bezweifle ich stark. Fakt ist: Ich weiß es nicht, und darum beschließe ich, der Sache vorläufig allein auf den Grund zu gehen.

Zweimal am Tag fährt von uns aus ein Bus in die Stadt. Wenn ich den um neun Uhr erwische, wäre ich da, kurz bevor die Bibliothek öffnet, und hätte ein paar Stunden Zeit, bis um zwei der letzte zurück nach Redfields fährt.

Ich verabschiede mich früh »zur Schule« und warte um die Ecke, bis die anderen weg sind. Dann schleiche ich mich durch die Hintertür zurück ins Haus, damit keiner der Nachbarn mich sieht, schnappe mir Dads Laptop und klappe ihn auf.

Dad hat wie immer seinen Browser offen gelassen und sich nicht aus seinem E-Mail-Account ausgeloggt. Schnell öffne ich eine neue Mail, gebe die Adresse der Schulverwaltung ein und schreibe mir selbst eine Entschuldigung, laut der ich einen Arzttermin habe und darum heute nicht am Unterricht teilnehmen kann. Ich sende sie ab und klicke schätzungsweise zwanzig Mal pro Minute auf Aktualisieren, bis endlich die Antwort der

Schulsekretärin kommt. *Danke für Ihre Nachricht, Mr Skinner. Wir werden Delias Lehrer informieren.* Schnell lösche ich die Nachricht und anschließend meine eigene Mail aus dem »Gesendet«-Ordner. Natürlich mit furchtbar schlechtem Gewissen, aber sonst schwänze ich schließlich nie die Schule und habe außerdem einen wirklich guten Grund. Dann gucke ich auf die Uhr – nicht mal mehr eine Viertelstunde, bis der Bus fährt. Ich muss mich beeilen.

Um zwanzig vor zehn steige ich an der Endstation in der Innenstadt aus und mache mich nach einem kurzen Blick in meine Navigations-App auf den viertelstündigen Fußmarsch zur Bibliothek. Zufrieden trete ich aus der Kälte in den Eingangsbereich des modernen Baus, der dank einer Reihe deckenhoher Fenster von hellem, warmem Sonnenlicht durchflutet ist, und gehe zur Informationstheke. Die Frau dahinter blickt von ihrem Computer hoch.

»Hallo«, sage ich. »Wo finde ich denn die Nutzercomputer?«

»Die sind im ersten Stock«, antwortet sie. »Hast du eine Büchereikarte? Die brauchst du nämlich, um dich dort einzuloggen.«

Darauf war ich nicht vorbereitet, aber nachdem ich rasch ein Formular ausgefüllt habe, überreicht die Frau mir einen nagelneuen Bibliotheksausweis und zeigt mir, wo es ins Treppenhaus geht.

Der Computerraum ist alt und sichtlich weniger gepflegt als der Rest der Bibliothek. Auch die Rechner sind schon ein bisschen in die Jahre gekommen, was kein Wunder ist, wenn man bedenkt, dass die allermeisten Leute heutzutage ihre eigenen Handys oder Laptops haben. Außer mir sitzt nur eine weitere Frau an einem Computer ganz in der Ecke. Die restlichen Plätze sind frei.

Ich lasse mich auf einen Stuhl direkt an der Tür fallen und

überlege, wie ich nun eigentlich weiter vorgehen soll. Als ich die Maus bewege, schaltet sich der Bildschirm ein und fragt nach meinen Zugangsdaten. Mithilfe meiner neuen Büchereikarte logge ich mich ein, öffne den Browser und durchsuche die Chronik nach *Radio Silent*.

Ein Fenster poppt auf und informiert mich darüber, dass die Suche null Ergebnisse erzielt hat.

Ich probiere es mit *Sibby Carmichael*, dann *Sibyl Carmichael*, *Layla Gerrard* und *Redfields*, aber keins der Suchwörter liefert ein Resultat.

Ich logge mich aus und rücke einen Platz weiter an den nächsten Computer, logge mich ein und wiederhole meine Suche. Die Frau in der Ecke guckt irritiert zu mir rüber, aber da ich ja nun mal gegen keinerlei Regeln verstoße, wendet sie sich wieder ihrem Bildschirm zu.

Insgesamt gibt es vierzehn Computer im Raum und schließlich ist nur noch der übrig, an dem die Frau sitzt. Alles, was meine Suche in den Browserchroniken ergeben hat, sind ein paar Nachrichtenartikel über Laylas Vermisstenfall. Na klar, was Aufregenderes ist ja hier in der Gegend seit Monaten nicht passiert.

Ich werfe der Frau einen verstohlenen Blick zu. Höchstwahrscheinlich ist auf ihrem Computer genauso wenig zu finden, aber andererseits kann ich auch schlecht gehen, ohne mich davon überzeugt zu haben.

Also stehe ich auf, um mir ein bisschen die Beine zu vertreten und später wiederzukommen, in der Hoffnung, dass die Frau bis dahin weg ist. Doch als ich noch einmal zu ihr rübergucke, sieht sie mich direkt an. Kurz entschlossen gehe ich auf sie zu.

»Entschuldigen Sie, sind Sie PrettyInInk_1988?«

Die Frau starrt mich völlig perplex an. Ich kann's ihr nicht verdenken.

»Wie bitte?«

»Ich bin auf der Suche nach jemandem«, erkläre ich. »Und ich glaube, dass es eine Frau ist, aber ganz sicher bin ich mir nicht. Die E-Mail-Adresse der Person fängt mit PrettyInInk_1988 an. Das sind nicht zufällig Sie?«

Die Frau schüttelt langsam, aber nachdrücklich den Kopf, als fürchtete sie, mich durch zu hektische Bewegungen zu reizen. »Nein«, sagt sie. »Bin ich nicht.« Dann nimmt sie ihre Handtasche und verlässt fluchtartig den Raum.

Okay, die hält mich also für komplett durchgeknallt, aber daran kann ich jetzt auch nichts mehr ändern. Ich setze mich an den gerade frei gewordenen Computer, und ein aufgeregter Schauder überläuft mich, als ich erneut meine Log-in-Daten eingebe. Einen winzigen, atemberaubenden Moment lang bin ich überzeugt, diesmal etwas zu finden.

Ein paar rasche Suchanfragen lassen meine Hoffnung zerplatzen.

Resigniert lehne ich mich zurück. Schade, dass ich nicht einfach die VLD darauf ansetzen kann. Eine solche Mission hat natürlich wesentlich bessere Erfolgschancen, wenn zwanzigtausend Leute gleichzeitig daran arbeiten. So jedoch scheint mir kaum etwas anderes übrig zu bleiben, als mich eine Woche lang hier einzuquartieren und jeden, der reinkommt, zu fragen, ob er oder sie PrettyInInk_1988 ist, was alles andere als praktikabel ist.

Nach ein paar Minuten kommen zwei junge Mütter mit Kinderwagen in den Raum, setzen sich an zwei Computer direkt nebeneinander und unterhalten sich über das Geschrei ihrer Babys hinweg, woraufhin ich mich vom Acker mache.

Wenig später stehe ich niedergeschlagen auf der Straße. Irgendwo da draußen ist jemand, der mir möglicherweise helfen kann, und ich habe keine Ahnung, wie ich ihn finden soll. Der

Bus zurück nach Redfields fährt erst in ein paar Stunden, und mir geht auf, dass ich mir überhaupt keine Gedanken darüber gemacht habe, wie ich bis dahin die Zeit totschlagen soll. Wahrscheinlich hatte ich mich unbewusst darauf eingestellt, mich den ganzen Tag lang von einem Hinweis zum nächsten zu hangeln, bis … Ja, bis was? Bis ich Sibby finden und mit ihr zusammen in den Bus nach Hause steigen würde?

Kopfschüttelnd über meine eigene Naivität steuere ich ein Café auf der anderen Straßenseite an.

In dem kleinen Laden ist es ruhig, und außer mir sitzen nur ein paar College-Studenten an den runden Tischchen und lernen oder mit was auch immer College-Studenten sonst so ihre Vormittage verbringen.

Die junge Frau hinter dem Tresen nimmt abwesend meine Bestellung auf und guckt mich kaum richtig an. Ich setze mich an einen Tisch am Fenster und ein paar Minuten später bringt sie mir meinen Cappuccino.

Nachdem ich einmal daran genippt habe, richte ich mich gemütlich ein und öffne meinen Handybrowser. Die nächsten Stunden werde ich wohl oder übel hier verbringen müssen.

Plötzlich ertönt irgendwo hinter der Theke ein lautes Rumsen. Durch eine geöffnete Durchreiche in der Rückwand sehe ich, wie die Bedienung mit einem Mann mit Kochmütze streitet.

»Komm schon, Archie«, sagt sie gerade. »Du wusstest doch, dass ich dieses Wochenende nicht arbeiten kann.«

Der Mann zuckt abfällig mit den Schultern. »Ich kann's nicht ändern«, entgegnet er. »Am Samstag brauche ich dich hier.«

»Keine Chance«, entgegnet die junge Frau. »Freitag und Sonntag kriege ich vielleicht hin, Samstag nicht. Ich bin raus aus der Sache.«

»Tut mir ja leid, Süße. Aber der Plan hängt jetzt schon seit

Tagen da. Sheree muss Samstag mit einem ihrer Kinder zum Zahnarzt und Jimmy kann den Laden schließlich nicht alleine schmeißen.«

Die Frau wirbelt mit einem frustrierten Seufzer herum und kommt zurück hinter die Theke.

Irgendwas an dem Wortwechsel hat mich aufhorchen lassen, aber ich weiß nicht genau, was es ist. Im Geiste gehe ich noch mal durch, was ich gehört habe.

»Archie, kannst du dann wenigstens hier kurz für mich übernehmen?«, ruft die Frau jetzt in die Küche. »Ich muss dringend eine rauchen.«

Archie antwortet etwas, was ich von meinem Platz aus nicht verstehe, woraufhin die Frau ihren Posten hinter der Theke verlässt und sich ihren Mantel von der Garderobe schnappt. Als sie an mir vorbei zur Tür geht, fällt mein Blick auf ein Tattoo, das sich aus ihrem Rückenausschnitt über Nacken und Schultern schlängelt, und mit einem Mal kapiere ich.

Ich bin raus aus der Sache. Machen Sie sich nicht die Mühe, mir noch mal zu antworten.

Sie hat den gleichen Satz benutzt wie die unbekannte Absenderin in ihrer zweiten Mail. Gut, es mag kein besonders außergewöhnlicher Satz sein, aber andererseits hört man ihn auch nicht allzu oft. Und dann noch das Tattoo; könnte es nicht sein, dass der Username PrettyInInk darauf verweist?

Obwohl meine Cappuccinotasse noch halb voll ist, stehe ich auf und raffe meine Sachen zusammen.

Die Frau steht an der Hausecke nicht weit vom Eingang des Cafés. In der einen Hand hält sie eine Zigarette, während sie mit der anderen auf ihrem Handy herumscrollt.

»Entschuldigung«, sage ich, während ich auf sie zugehe. Sie guckt hoch, verwirrt und neugierig zugleich. »Sie sind nicht zufällig PrettyInInk_1988?«

Ihre Miene verfinstert sich und sie weicht einen Schritt vor mir zurück.

»Wieso, worum geht's denn?«, fragt sie misstrauisch.

»Haben Sie vor Kurzem eine Mail an *Radio Silent* geschrieben, den Podcast?«

Sie reißt die Augen auf. »Moment mal, was? Woher weißt du das?«

Ich hole tief Luft. Auch diese Aktion hätte ich vielleicht gründlicher durchdenken sollen, aber dafür ist es jetzt zu spät.

»Ich bin die Sucherin«, antworte ich schlicht.

33.

Zuerst glaubt sie mir nicht, aber nachdem ich ihr mehr oder weniger auswendig den Inhalt der Mail aufgesagt habe, die sie mir geschickt hat, weicht ihre Skepsis schierem Erstaunen.

»Du kannst doch kaum älter sein als – was? Sechzehn?«

»Ich bin siebzehn«, berichtige ich.

Nachdenklich zieht sie an ihrer Zigarette und schüttelt dann den Kopf. »Wie hast du mich denn überhaupt erkannt?«

Ich erkläre ihr, wie ich ihre E-Mail-Adresse zur Bibliothek zurückverfolgt habe und per Zufall in ihrem Café gelandet bin.

Sie mustert mich neugierig. »Und jetzt lässt du plötzlich deine Tarnung sausen, weil vor zehn Jahren irgendein Mädchen verschwunden ist?«

Ich atme langsam aus und überlege, wie viel ich ihr anvertrauen kann. »Ganz so simpel ist es nicht.«

Sie wirft einen Blick zurück zum Café. »Hör mal, ich muss langsam wieder rein, aber in einer Stunde hab ich Feierabend. Wie wär's, wenn du so lange wartest und wir uns dann bei mir zu Hause weiterunterhalten? Ich wohne hier ganz in der Nähe.«

»Gerne«, sage ich. »Wenn das nicht total ungelegen kommt.«

»Keine Sorge. Irgendwie bin ich doch ganz froh, mal mit jemandem drüber reden zu können. Ich bin übrigens Alice.«

»Dee.« Wir schütteln einander die Hände. Falls sie die Verbindung zu Delia Skinner erkennt, lässt sie sich zumindest nichts anmerken, und wir gehen gemeinsam zurück ins Café.

Nachdem ich eine neue E-Mail von Carla in meinem Posteingang finde, beschäftige ich mich die nächste Stunde über mit den Houstoner Vermisstenfällen. Carla ist fleißig auf der Suche nach Informationen über den Typen, der Vanessa im Impact Café belästigt hat. Zwar scheint sich bislang nichts Bahnbrechendes ergeben zu haben, aber davon lässt sie sich nicht entmutigen. Insgeheim wünsche ich mir, ich könnte ihr den Podcast einfach komplett überlassen.

Schließlich nimmt Alice ihre Schürze ab und kommt zu meinem Tisch. »Mann, bin ich fertig«, stöhnt sie. »Kann's kaum erwarten, endlich die Füße hochzulegen.«

Sie führt mich um die Straßenecke zu einem schmalen Backsteingebäude und schließt die schwere Haustür auf. Ihre Wohnung liegt im zweiten Stock am Ende eines engen dunklen Flurs. Drinnen ist es dank einer großen Fensterfront unerwartet hell. Ein dicker, freundlich wirkender Kater tappt uns aus dem Nebenzimmer entgegen.

»Hallo, Barley«, begrüßt Alice ihn und hebt ihn auf den Arm. Ich ziehe an der Wohnungstür meine Schuhe aus und stelle sie neben ein paar Pappkartons. »Bitte nicht an den Kisten da stören«, sagt Alice. »Das gehört alles meinem Ex. Eigentlich hätte er den Kram längst abholen sollen, aber er versucht immer, den Termin so zu legen, dass ich zu Hause bin. So 'nen Scheiß muss ich mir gerade echt nicht geben. Setz dich. Ich mache uns Tee.«

Das Apartment ist klein, aber gemütlich. In den Ecken und vor den Fenstern hängen Töpfe mit Pflanzen, und die Wände sind mit Postern, Kunstdrucken und allen möglichen Gegenständen dekoriert, darunter ein interessant geformtes Stück Treibholz und ein wunderschön bemaltes Seidentuch. Die bunt zusammengewürfelten Möbel sehen aus, als hätte Alice sie vom

Flohmarkt oder zumindest gebraucht übernommen, und alles zusammen fügt sich zu einem harmonischen Ganzen.

»Deine Wohnung ist total cool«, sage ich und setze mich auf ein niedriges Sofa, dessen petrolblauer Bezug zwar ein bisschen abgewetzt und fusselig ist, aber dennoch stylish wirkt. Auf der Fensterbank hinter mir, die genau mit der Sofalehne abschließt, steht eine Reihe Bücher.

»Danke«, sagt Alice, die in ihrer kleinen Kochnische Wasser in eine Teekanne gießt und zwei Steinguttassen aus dem Schrank holt. »Ich fühl mich auch total wohl hier. Hab sie jetzt schon ein paar Jahre.«

Auf dem Couchtisch vor mir liegen mehrere Collegebücher, darunter ein Wust loser Zettel. Ich nehme eins der Bücher hoch. *Basiswissen Design und Gestaltung.*

Kurz darauf kommt Alice mit dem Tee zurück ins Wohnzimmer. »Das steht dieses Semester auf meiner Literaturliste«, erklärt sie mit einer Geste auf das Buch. »Ich hab beschlossen, es noch mal mit dem Studieren zu versuchen. Grafikdesign.«

»Ganz offensichtlich hast du ja ein gutes Auge für so was«, lobe ich und lege das Buch zurück auf den Tisch. Alice lächelt und reicht mir eine der Tassen. Dann setzt sie sich mir gegenüber und es folgt ein Moment unbehaglichen Schweigens.

»Du bist also die Sucherin«, sagt sie schließlich und schüttelt langsam den Kopf, als könnte sie es immer noch nicht fassen. »Und ich nehme mal an, du bist hier, weil du Sibyl Carmichael finden willst.«

»Stimmt, ja«, erwidere ich. »Warum hast du mir die E-Mail geschrieben?«

Alice runzelt die Stirn und nippt an ihrem Tee. »Ehrlich gesagt, habe ich mich das seitdem auch oft gefragt. Aber davor konnte ich kaum noch an was anderes denken, weil ich das Gefühl hatte, ich hätte es schon längst jemandem erzählen müssen.

Wenn auch vielleicht nicht unbedingt einem Podcast. Eher der Polizei, der Presse, wem auch immer.« Sie zuckt mit den Schultern. »Bis ich von diesem neuen Vermisstenfall gehört habe. Dieselbe Stadt. Dieselbe Straße! Da konnte ich die Sache einfach nicht länger verdrängen.«

»Sehr informativ waren deine Mails ja nicht«, merke ich an.

»Nein. Ich weiß. Aber ich hatte meine Gründe. Und an denen hat sich, um ehrlich zu sein, auch nichts geändert.«

»Was heißt das?«, hake ich nach. »Warum konntest du mir nicht mehr verraten?«

Sie schließt die Augen und sagt eine Weile gar nichts. Mir fällt auf, dass ihre Hände zittern.

»Alles in Ordnung?«, frage ich.

Sie nickt. »Ja. Ich … muss mich nur mal kurz sammeln.«

Ganz behutsam stellt sie ihre Tasse auf den Couchtisch, dann holt sie tief Luft und streckt die Arme über den Kopf.

»Ich hatte Angst«, sagt sie vorsichtig. »Ziemlich lange. Es gibt da ein paar Leute, die ich gerne aus meiner Vergangenheit streichen würde. Das alles hinter mir zu lassen, war nicht leicht. Darum will ich nicht, dass die erfahren, wo ich bin oder so.«

Ich beuge mich gespannt vor.

»Haben diese Leute etwa Sibby?«, frage ich.

Sie schließt die Augen und schüttelt den Kopf, nicht als Antwort auf meine Frage, sondern eher, als wollte sie einen unangenehmen Gedanken verscheuchen. Dann redet sie weiter.

»Ich … Ich glaube einfach, dass ich sie mal gesehen hab, vor fünf oder sechs Jahren.«

»Da wäre sie elf oder zwölf gewesen«, sage ich. »Bist du dir wirklich sicher, dass sie es war?«

Sie zuckt mit den Schultern. »Ist halt schon lange her, aber damals war ich ziemlich überzeugt, ja.«

»Wo war das?«, frage ich, und Alice lehnt sich zurück und

fährt sich mit beiden Händen übers Gesicht. Sie wirkt so aufgebracht, dass ich kurz fürchte, sie könnte es sich doch noch
anders überlegen und mich rauswerfen.

»Hör mal, du weißt ja, dass ich eigentlich auch unerkannt
bleiben will«, füge ich hinzu. »Aber nicht, warum.« Jetzt hole
ich tief Luft. »Ich bin das Mädchen, das damals mit Sibby zusammen im Wald war.«

Alice' Mund klappt auf, aber ich rede schnell weiter, bevor
mich der Mut verlässt.

»Ich mache mir noch immer Vorwürfe deswegen. Das ist
auch der Grund, warum ich den Podcast angefangen habe. Weil
ich dadurch das Gefühl habe, wenigstens anderen helfen zu
können. Aber ich konnte mich nie dazu überwinden, ihren Fall
zu behandeln, zumindest nicht, bis …«

»… bis dieses andere Mädchen verschwunden ist«, beendet
sie meinen Satz.

Ich nicke.

»Bitte«, sage ich leise. »Bitte erzähl mir, was damals passiert
ist.«

Sie stützt die Hände auf die Knie und atmet tief durch, als
müsste sie erst Mut schöpfen.

»Als ich Anfang zwanzig war, bin ich ziemlich auf die schie-
fe Bahn geraten. Drogen, Diebstahl, das volle Programm. Bin
von zu Hause weg. Und irgendwann war ich ganz unten. So
weit unten, wie's nur ging.«

Ich warte darauf, dass sie weiterredet, doch das tut sie nicht.
Ein mulmiges Gefühl senkt sich über mich und legt sich schwer
auf meine Schultern.

»Was meinst du damit?«, frage ich schließlich. »Ganz unten?«

Sie verzieht das Gesicht. »Ich hab 'nen Mann kennengelernt.
Total charismatischer Typ. Hat mir erzählt, ich wäre einer der

interessantesten Menschen, die er je getroffen hat.« Sie stößt ein verbittertes Lachen aus. »Das zu hören, hat echt gutgetan. Weil ich mich selbst nämlich kein bisschen so gefühlt habe.«

»Wie hast du ihn denn kennengelernt?«

»Im Park«, antwortet sie. »Kannst du dir das vorstellen? Ich war damals am Ende, aber so richtig. An dem Morgen bin ich auf einer schmuddeligen Matratze in irgendeiner fremden Wohnung aufgewacht, um mich rum lauter Leute, die sich gerade den nächsten Schuss setzten oder wie tot ihren Rausch ausschliefen, und da hab ich mich aufgesetzt und beschlossen, dass es so nicht weitergehen kann. Ich hab mich angezogen, mir irgendeine Jacke übergeworfen – die gehörte nicht mal mir – und bin abgehauen.

Eigentlich war schon längst Frühling, aber an dem Tag herrschte eine lausige Kälte, mit der man um die Zeit überhaupt nicht mehr rechnet. Ich war viel zu dünn angezogen und bin einfach drauflosgestiefelt. Ich hatte keine Arbeit, keine Wohnung, niemanden, dem ich vertrauen konnte, nur die Leute, vor denen ich gerade weggelaufen war und die ich bis kurz zuvor wohl noch als Freunde bezeichnet hätte. Aber zu denen konnte ich nicht zurück. Also bin ich erst mal im Park gestrandet.

Ich hab mich auf eine Bank gelegt und versucht, ein bisschen zu pennen, aber selbst dafür war ich zu fertig. Also hab ich einfach ein bisschen geguckt, was um mich rum los war. Es war ziemlich frühmorgens, sieben oder halb acht. Überall waren Leute auf dem Weg zur Arbeit, noch halb verschlafen, mit ihren Handys vor der Nase und 'nem Kaffee in der Hand. Die waren alle so normal, und ich hab mir gewünscht … ich wäre eine von denen, ich hätte auch irgendeinen Ort, an dem man mich erwartet, verstehst du? Hattest du schon mal das Gefühl, dass alle anderen auf dieser Welt ein Ziel haben, nur du nicht?«

Sie guckt mich an, beinahe verzweifelt, und ich nicke. »Ja«, sage ich. »Das Gefühl kenne ich.« Es ist nicht gelogen.

»Und dann war da plötzlich dieser Typ.« Sie macht eine Geste, als würde sie jemanden aus dem Nichts heraufbeschwören. »Er war groß und … na ja, streng genommen, vielleicht nicht gut aussehend, aber er hatte so eine Präsenz, als wäre er es gewohnt, überall der Wichtigste zu sein. Der Dynamischste. Und der tauchte jedenfalls einfach so neben mir auf, hat mich angelächelt, so nett und liebenswürdig, und mir die Hand hingestreckt.«

Ich merke, dass ich den Atem anhalte und es kaum abwarten kann zu erfahren, wie es weiterging. Dabei habe ich eine ziemlich genaue Ahnung.

»Und … ich hab sie genommen«, sagt sie. »Ohne auch nur eine Sekunde zu zögern. Hab einfach meine Hand in seine gelegt und er hat mir hochgeholfen. Tja, und so hab ich Barnabas kennengelernt.«

Mein Herz fängt an zu klopfen. Ein Name. Barnabas.

»Wer war er?«, frage ich und bemühe mich, nicht allzu ungeduldig zu wirken.

»Er war … ein ganz normaler Typ. Aber, Mann, hatte der vielleicht eine Ausstrahlung. Meinte, er wüsste, wo ich fürs Erste unterkommen könnte. Wo immer Leute gesucht würden, die ein bisschen mit anpacken. Leute, die sich erst mal wieder in ihrem Leben zurechtfinden müssten. Und dass er mich direkt dahin bringen könnte.«

»Und wo sollte das sein?«

»Auf einem Bauernhof«, antwortet sie. »Oder eigentlich war es mehr eine Art Kommune.«

»So was wie eine Sekte?«

Sie lacht. »Damals hätte ich es zwar noch nicht so bezeichnet, aber ja.« Sie zuckt mit den Schultern. »Keine Ahnung.

Barnabas konnte echt überzeugend sein. Er hat es so dargestellt, als wäre es einfach ein stinknormaler Bauernhof, auf dem man wohnen und arbeiten konnte, und ich hab's ihm geglaubt. Es gab ein großes Hauptgebäude, eine ziemlich einfache Hütte mit den Schlafquartieren und natürlich ein paar Scheunen und so. Keine Ahnung, wie das normalerweise in Sekten abläuft, aber ich hatte jedenfalls nie das Gefühl, dass die mir da 'ne Gehirnwäsche verpasst haben oder so. Barnabas hatte halt ziemlich viele Visionen und Ideen, und wenn er anfing, davon zu reden, hingen die Leute regelrecht an seinen Lippen. Ich irgendwann auch. Verstehst du?«

»Glaub schon.«

»Na, jedenfalls haben sie mir Arbeit und Essen gegeben, ich hab Freunde gefunden und mich zugehörig gefühlt. Aus einer Woche wurde ein Monat, aus einem Monat ein Jahr und ich war immer noch da. Eigentlich hätte es ewig so weitergehen können, aber dann war da dieses Mädchen …«

»Sibby?«, frage ich. Mir wird bewusst, wie eindringlich ich mich vorbeuge, und ich lehne mich schnell wieder zurück. »Hat sie auch auf dem Bauernhof gewohnt?«

Alice schüttelt den Kopf. »Nein. Aber im Sommer haben wir bei uns jede Woche einen kleinen Markt abgehalten. Da kamen immer mal wieder irgendwelche Leute vorbei, die von uns gehört hatten und sich das Ganze mal aus der Nähe angucken wollten. Manche blieben dann länger, aber die meisten waren einfach nur Leute aus der Gegend, die einkaufen wollten. Jede Woche mehr oder weniger dieselben Gesichter. Es waren oft Kinder dabei und manchmal eben auch dieses Mädchen. Eigentlich war gar nichts Besonderes an ihr; ich weiß nicht mal, zu wem sie überhaupt gehörte. Aber eines Tages, als ich ihr und den anderen Kindern beim Spielen zugeschaut habe, da war es plötzlich, als wäre beim *Glücksrad* der letzte wichtige Buchstabe umgedreht worden. *Das ist Sibby Carmichael*, dachte ich auf einmal, wie aus heiterem Himmel.«

Sie guckt hoch und scheint mir die Zweifel vom Gesicht abzulesen. »Ich weiß, das klingt verrückt«, räumt sie ein. »Es ist echt nicht so, als wäre ich von dem Fall besessen gewesen oder so. Klar hatte ich in den Nachrichten davon gehört, das hatte ja jeder, aber danach hab ich kaum mehr daran gedacht. Und auf einmal stand sie da. Oder zumindest war ich davon überzeugt. Das war ein paar Jahre, nachdem sie als vermisst gemeldet worden war.«

»Und was hast du gemacht?«

Sie schüttelt reumütig den Kopf. »Da gab's nicht viel, was ich hätte machen können. Am Tag nach dem Markt hab ich Barnabas davon erzählt. Er war total überrascht, aber vielleicht war das auch gespielt. Jedenfalls meinte er, da hätte ich mich bestimmt getäuscht. Und danach ist das Mädchen nie wieder aufgetaucht, darum bin ich davon ausgegangen, dass sie wohl zu einer der Familien gehörte, die nur hin und wieder zu unseren Andachten vorbeikamen. Davon gab's 'ne ganze Menge – schon erstaunlich, was Menschen für die Aussicht auf ein Fitzelchen Seelenheil so alles ausprobieren. Wahrscheinlich ging es den meisten genauso wie mir: Man hatte die tollsten Sachen versprochen bekommen und am Ende war man enttäuscht. Die Andachten waren wirklich nicht die Offenbarung. Ich bin mir fast sicher, dass selbst Barnabas längst den Glauben verloren hatte, als ich dazugestoßen bin. Der brauchte einfach nur das Geld.«

»Das Geld?«

»Der Bauernhof stand finanziell nie gut da«, erklärt sie. »Wir waren immer knapp bei Kasse. Haben hauptsächlich von dem gelebt, was wir selbst angebaut hatten, und den paar Einnahmen vom Markt.«

»Und danach hast du das Mädchen nie wiedergesehen?«

Sie schüttelt den Kopf. »Nein, aber wie gesagt, das war nichts Ungewöhnliches, die Leute kamen und gingen eben. Irgendwann hatte ich die Sache fast vergessen und ungefähr zwei Monate später bin ich dann sowieso weg von dem Hof.«

»Also hast du nichts unternommen.« Die Feststellung klingt vorwurfsvoller als beabsichtigt, aber Alice scheint es gar nicht aufzufallen.

»Nein«, antwortet sie mit einem Schulterzucken. »Aber dann hab ich kürzlich von diesem neuen Vermisstenfall und der möglichen Verbindung zu Sibyl – Sibby – gehört. Und von da an wurde ich den Gedanken nicht mehr los, dass ich vielleicht tatsächlich Sibby gesehen hatte. Also hab ich bei der Polizei angerufen.«

»Und?«

»Die Frau am Telefon hat die Sache echt ernst genommen. Sie meinte, sie würden dem Hinweis nachgehen und mich wissen lassen, was dabei rauskäme. Eine Woche später hat sie mich dann zurückgerufen und gesagt, sie hätten den Bauernhof überprüft und mit allen Bewohnern gesprochen, aber es hätte nichts darauf hingedeutet, dass Sibby jemals dort gewesen wäre.«

Alice lächelt traurig. »Ich hab versucht, mir einzureden, ich hätte mir das Ganze bloß eingebildet. Wie gesagt, damals hab ich selbst gerade 'ne schwere Zeit durchgemacht. Aber irgendwie hat mich die Sache trotzdem nicht losgelassen. Ich hab mir die Finger wundgegoogelt, dachte, ich würde vielleicht irgendwas finden, was mir bestätigen würde, dass ich Sibby tatsächlich gesehen hatte. Und dabei bin ich über deinen Podcast gestolpert. Ich war sofort angefixt und hab alles von vorne bis hinten durchgehört. Irgendwie hatte ich das Gefühl, dass der Sucherin, also dass *dir* wirklich was an den Menschen lag, um die es da ging. Darum hab ich beschlossen, dir zu mailen.«

In dem Moment fällt mir etwas ein. Ich hole mein Handy raus und scrolle durch meine Fotogalerie. Als ich schließlich fündig werde, halte ich Alice das Display hin.

»Sah das Mädchen ungefähr so aus?«, frage ich.

Alice nimmt mir das Telefon aus der Hand und betrachtet das Bild.

»Wer ist das?«

»Greta Carmichael, Sibbys kleine Schwester. Auf dem Foto ist sie ungefähr zwölf oder dreizehn.«

Sie starrt kopfschüttelnd weiter auf das Handy. »Das Mädchen auf dem Bauernhof«, bricht es schließlich aus ihr hervor, »sah ganz genauso aus.«

Ich halte den Atem an.

»Sie war es«, flüstert Alice, mehr an sich selbst gewandt als an mich. »Sie war es wirklich.«

»Wo liegt dieser Bauernhof?«, frage ich.

34.

Sarah besteht darauf mitzukommen. Nachdem ich ihr von Alice und deren Enthüllungen erzählt habe, ist sie erst mal ziemlich sauer, weil ich ohne sie in die Stadt gefahren bin. »Wie leichtsinnig kann man denn bitte sein?« Und als ich dann auch noch allein zu dem Bauernhof will, ist für sie der Spaß endgültig vorbei.

»Du brauchst jemanden, der ein Auto hat«, argumentiert sie. »Und außerdem jemanden, der weiß, wo du dich rumtreibst.«

Irgendwann gebe ich mich geschlagen, hauptsächlich, weil eine Begleitung samt fahrbarem Untersatz sicher nicht das Schlechteste wäre. Meine Eltern dazu zu kriegen, dass sie mich über Nacht wegbleiben lassen, braucht zwar einiges an Überredungskunst, aber ich erzähle ihnen, Sarah und ich wollten ein paar Freunde in der Stadt besuchen, um mal für eine Weile dem Medienzirkus zu entkommen, und am Ende geben sie nach. Natürlich habe ich ein furchtbar schlechtes Gewissen deswegen, aber was bleibt mir anderes übrig? Ich muss irgendwie zu diesem Bauernhof, und wenn das ohne Lügen nicht geht, dann ist es eben so.

Leider ist der Bauernhof nicht so einfach zu finden, wie ich gehofft hatte. Die Kommune hat keine Website und ist auch in keinem sozialen Netzwerk vertreten. Alles, was ich bei Google finde, sind ein paar Kommentare von frustrierten Ex-Mitgliedern, aber auch die sind spärlich gesät.

Alice konnte mir lediglich sagen, dass der Hof sich irgendwo auf dem Land in der Nähe von Finley, einer Kleinstadt nördlich von hier, befindet. Was nicht viel ist, aber immerhin ein Anfang.

Wir brechen schon frühmorgens auf. Nach ihren anfänglichen Bedenken haben Mom und Dad mir nur zu bereitwillig abgekauft, dass wir in der Stadt ein bisschen shoppen, abends irgendwo essen gehen und danach vielleicht noch ins Kino wollen. Vermutlich sind sie insgeheim sogar ganz froh. *Die Ablenkung wird ihr guttun*, höre ich sie in meiner Vorstellung einander versichern.

Es ist knackig kalt und dunkel, der Sonnenaufgang nichts als ein schwaches Glühen am Horizont. Während ich leise die Haustür hinter mir zuziehe und durch den knirschenden Schnee zum Auto stapfe, lässt Sarah schon mal den Motor warm laufen. Ich setze mich neben sie und sie gibt mir einen Kuss.

»Bist du dir auch ganz sicher, dass das eine gute Idee ist?«, fragt sie. »Ich mir nämlich nicht.«

»Wenn wir es nicht machen, werden wir jedenfalls nie mehr erfahren«, wende ich ein. »Ich muss wenigstens ein bisschen rumfragen, ob sonst noch irgendjemand ein Mädchen gesehen hat, das Sibby gewesen sein könnte. Keine Sorge, in ihre Kommune würden die mich sowieso nicht aufnehmen, egal, wie sehr ich mich bemühe.«

Sarah wirkt fürs Erste beruhigt, und ich gucke aus dem Beifahrerfenster, während sie aus der Auffahrt zurücksetzt. Besser, sie liest mir nicht vom Gesicht ab, dass ich nicht vorhabe, wieder nach Hause zu fahren, bevor ich nicht wenigstens einen Blick auf diesen Bauernhof geworfen habe.

Als wir den Highway Richtung Westen nehmen, wird es langsam heller und die aufgehende Sonne taucht die vorbeiziehenden Felder und Waldstücke in ein wunderschön goldenes Licht.

»Du darfst DJ spielen.« Sarah deutet auf den Rücksitz, wo sie einen Schuhkarton voller alter Kassetten deponiert hat.

Bald darauf brausen wir lachend und fröhlich Oldies schmetternd dahin. Hin und wieder vergesse ich fast, was das Ziel und der Zweck unseres Ausflugs sind, so schön ist das Gefühl, einfach nur gemeinsam unterwegs zu sein. Unterwegs mit jemandem, den ich gern mag und der meine Gefühle erwidert. Ich strecke die Hand aus und lege sie Sarah aufs Knie. Sie lächelt überrascht.

»Was ist, Kuschelpause gefällig?«, fragt sie grinsend. »Ich kann gern rechts ranfahren.«

Ich lache. »Noch nicht. Vielleicht später, wenn wir Sibby gefunden haben.«

»Klar«, schnaubt sie. »Als ob wir rumknutschen würden, während deine schmerzlich vermisste beste Freundin hinter uns auf der Rückbank hockt. Das wäre ja wohl ein bisschen daneben.«

Natürlich ist das alles nur Spaß. Alice' Erzählung nach ist es ziemlich unwahrscheinlich, dass Sibby sich noch auf dem Bauernhof befindet, aber ich verfalle trotzdem in nachdenkliches Schweigen. Angenommen, am Ende dieser wahnwitzigen Aktion wären Sibby und ich tatsächlich wiedervereint. Wie wäre das? Für mich … und noch viel wichtiger: für sie?

Es ist kurz vor Mittag, als wir Finley erreichen, das sogar noch kleiner ist als Redfields. Eigentlich kaum mehr als eine Hauptstraße mit ein paar Läden rechts und links und einer Ansammlung von Feldwegen, die von Trailern und alten Bungalows gesäumt sind.

»Uah.« Sarah wird langsamer. »Irgendwie gruselig hier.«

Ich brumme zustimmend und starre raus zu den baufälligen

Häusern. An einem Fenster entdecke ich eine alte Frau, die mit leerem Blick hinter der Gardine hervorspäht; ansonsten ist niemand zu sehen.

»Da könnten wir doch mal fragen.« Ich zeige auf ein niedriges Gebäude mit einem großen, handgemalten Schild an der Seite: »Lebensmittel, Tierfutter & Kurzwaren«. »Wenn die Tierfutter verkaufen, dann versorgen sie bestimmt auch die Bauernhöfe hier in der Gegend.«

Auf dem Kiesplatz davor stehen nur zwei Autos, ein alter beigefarbener Van und ein kleiner Kia. Sarah setzt den Blinker, doch bevor sie abbiegen kann, fällt mein Blick auf eine verlassene Tankstelle auf der anderen Straßenseite.

»Park lieber da drüben«, beschließe ich. »Ist ein bisschen unauffälliger. Soweit das mit diesem Auto überhaupt geht.«

Sie fährt auf den Vorplatz der Tankstelle, wendet dort und parkt den Wagen rückwärts im Schutz des alten Gebäudes aus Betonschalsteinen. Von hier aus haben wir einen guten Blick auf den Lebensmittelladen, sind aber selbst kaum zu sehen.

»Vorsicht ist besser als Nachsicht, stimmt's?«, sage ich.

Ich schnalle mich ab, doch als Sarah es mir nachtun will, lege ich ihr die Hand auf den Arm.

»Ich bin mitgekommen, um dir zu helfen«, protestiert sie sofort. »Und ich will nicht, dass du da alleine reingehst und mit irgendwelchen Fremden redest. Was ist, wenn du dich mit dem Falschen anlegst?«

Ich bemühe mich um ein aufmunterndes Lächeln. »Wieso sollte ich mich denn mit irgendwem anlegen? Ich frage bloß, wie ich zu diesem Bauernhof komme. Und wenn einer wissen will, warum, dann lasse ich mir halt was einfallen. Wenn der Plan funktionieren soll, muss es nun mal wirken, als wäre ich allein unterwegs.«

Sarah will noch etwas einwenden, aber ich drücke ihr beschwichtigend den Arm und füge hinzu: »Wirklich, Sarah. Du musst dir keine Sorgen machen. Was soll denn schon passieren?«

Sie greift nach meiner Hand und verschränkt die Finger mit meinen.

»Okay«, sagt sie, während sie nachdrücklich mit dem Daumen über meinen streichelt. »Aber sei vorsichtig. Mach ja keinen Blödsinn.«

»Versprochen. Ich frage nur nach dem Weg.« Ich gebe ihr einen raschen Kuss, setze meine Mütze auf und steige aus.

Draußen schaue ich mich in alle Richtungen um, aber es ist niemand zu sehen. Die Bürgersteige sind wie leer gefegt, die Gebäude wirken dunkel und verlassen, nicht mal andere Autos sind unterwegs. Ich jogge über die Straße und gehe die drei Stufen zum Ladeneingang hoch. Ein Glöckchen klingelt, als ich die Tür aufdrücke. Die Kasse ist beinahe direkt daneben, und der alte Mann auf dem Hocker dahinter und die Kundin, der er gerade das Wechselgeld in die Hand zählt, gucken hoch, als erwarteten sie, einen ihrer Bekannten zu sehen. An mir jedoch haben sie offenbar wenig Interesse und wenden sich wieder ihren Geschäften zu, während ich meinen Blick durch den Laden schweifen lasse.

Das einzige Licht rührt von ein paar alten Neonröhren her, die das karge Angebot in den weißen Sperrholzregalen erleuchten. Eine Tür im hinteren Bereich des Ladens führt in einen umzäunten Außenbereich, wo vermutlich das Tierfutter gelagert wird.

»Danke, Frankie«, sagt die Frau hinter mir jetzt und greift nach ihren Einkaufstaschen.

»Bis dann«, erwidert der Mann und beugt sich wieder über seinen Laptop, noch bevor sie aus der Tür ist. »Kann ich was für dich tun?«

Er guckt weiter auf seinen Laptop und es dauert einen Moment, bis ich begreife, dass er mit mir redet.

»Vielleicht, ja«, sage ich und gehe zum Tresen. »Ich wollte nur fragen, ob Sie schon mal was von einer Bauernhofkommune hier in der Gegend gehört haben.«

»Hey, Barney«, ruft der Mann, den Blick auf einen Punkt hinter mich gerichtet. »Die Kleine hier fragt nach deiner Hippiefarm.«

Ich drehe mich um, und erst jetzt fällt mir auf, dass die ganze Zeit doch noch jemand mit im Laden war. In einer Ecke steht ein hochgewachsener, bärtiger Mann in einem Flanellhemd. Neben sich hat er einen Einkaufswagen voller Gemüsekonserven und Plastiksäcke mit getrockneten Bohnen und Reis. Der Verkäufer hat ihn Barney genannt. Ob das Barnabas ist?

»Ach ja?« In aller Ruhe schlendert der Mann um ein Regal herum auf mich zu und mein Herz fängt an zu hämmern. Er sieht nicht übel aus, auf eine drahtige, irgendwie unterernährte Art, und als er lächelt, kommen zwei Reihen strahlend weißer Zähne zum Vorschein. Aber seine Augen machen mir Angst. Sein Blick ist leicht irre, so dunkel, eindringlich und stechend.

Er bleibt vor mir stehen und mustert mich von Kopf bis Fuß.

»Wie heißt du?« Seine Stimme ist kein bisschen aggressiv, eher fest, sachlich, so als wäre er es gewohnt, Antworten zu bekommen, wenn er welche fordert.

Ich zögere. Sein unheimlicher Blick durchbohrt mich noch immer.

»Bridget«, weiche ich geistesgegenwärtig auf meinen Zweitnamen aus. Und dann, weil es schon schwer genug ist, unter diesen Umständen überhaupt klar zu denken, auf Sarahs Nachnamen. »Bridget Cash.«

»Bridget Cash«, wiederholt er. »Und wie alt bist du, Bridget?«

»Achtzehn«, lüge ich. Wenn ich es irgendwie in diese Kommune schaffen will, muss ich ihn davon überzeugen, dass ich volljährig bin.

Er nickt kaum merklich und lächelt dann. »Tja, schön, dich kennenzulernen, Bridget Cash«, sagt er. »Ich bin Barnabas.« Damit geht er an mir vorbei und fängt an, seine Einkäufe auf den Tresen zu räumen, um zu bezahlen.

Ich folge ihm überrascht. »Moment.«

Er dreht sich zu mir um und hebt die Augenbraue. »Ja?«

»Was ist denn nun mit dem Hof?«, frage ich.

»Was soll damit sein?«

»Ich würde gern mehr darüber wissen.« Meine Stimme zittert ein wenig, und ich versuche, mich zusammenzureißen.

Der Mann wendet sich wieder dem Kassierer zu, der ihm einen Betrag nennt. Es wirkt nicht, als würde er erwarten, dass ich ihn in Ruhe lasse und gehe, also bleibe ich, wo ich bin, während er ein paar schmuddelige Geldscheine abzählt und auf den Tresen legt. Nachdem er sein Wechselgeld in Empfang genommen hat, schnappt er sich seine Einkäufe und läuft zur Tür.

Ich sehe den Mann hinter der Kasse an, der meinen Blick mit undurchdringlicher Miene erwidert.

»Kommst du?«, fragt Barnabas, und ich folge ihm auf die überdachte Veranda.

Aus dem Augenwinkel sehe ich Sarahs Auto auf der anderen Straßenseite. Ich zwinge mich, nicht zu ihr rüberzugucken, denn Barnabas starrt mich unentwegt an.

»Okay«, sagt er nach einem Moment. »Dann schieß mal los. Was willst du über den Hof wissen?« Er stellt seine Einkäufe auf einer Bank ab und schiebt die Hände in die Hosentaschen, als stellte er sich auf ein längeres Gespräch ein.

»Ich hab bloß davon gehört«, sage ich. »Von einer Freundin. Zu Hause.«

»Und wo genau ist ›zu Hause‹?«, hakt er nach und wippt dabei in seinen derben Lederstiefeln vor und zurück.

Ich sage ihm den Namen der Stadt und er nickt. »Von da hatten wir tatsächlich schon öfter mal Gäste. Scheint sich wohl rumzusprechen.«

»Gäste?«

Er breitet die Arme aus.

»Wer zu uns kommt, ist unser Gast«, erklärt er. »Unseren Hof gibt es seit fast fünfzehn Jahren und ein paar Gäste sind schon von Anfang an dabei. Andere bleiben ein oder zwei Jahre, einen Monat, manchmal sogar nur ein paar Tage. Je nachdem, wann sie merken, ob der Hof das Richtige für sie ist.«

»Ah«, sage ich, unsicher, wie ich weitermachen soll. Ob ich den nächsten Schritt riskieren kann oder nicht.

»Bist du mit dem Auto hier?«, will er jetzt wissen.

»Nein, mit dem Bus.« Wenigstens diese Antwort habe ich mir vorher zurechtgelegt.

»Du bist so weit gefahren, nur weil du etwas über den Hof rausfinden wolltest? Oder willst du auch ein Gast werden?«

Ich öffne den Mund, aber es kommt nichts heraus. Ich habe keine Ahnung, worauf diese Unterhaltung zusteuert. Ist das hier meine Chance, auf den Hof zu gelangen und Sibby zu finden? Alice meinte, sie wäre höchstwahrscheinlich nicht mehr da. Aber wer weiß, was passiert ist, nachdem sie den Hof verlassen hat. Und warum eigentlich nicht? Vielleicht sollte ich einfach hinfahren und mich ein bisschen umschauen. Danach kann ich mir immer noch überlegen, wie es weitergeht.

»Ich weiß nicht«, antworte ich. »Vielleicht?«

»Tja, ich würde sagen, es gibt nur einen Weg, das rauszufinden.« Barnabas greift wieder nach seinen Einkaufstaschen und schleppt sie die Verandastufen hinunter auf den kleinen Parkplatz.

Nachdem er sie in den Kofferraum des Vans gehievt hat, geht er zur Fahrertür.

Ich habe mich nicht vom Fleck gerührt. »Wir überreden niemanden dazu, zu uns zu kommen«, sagt er. »Uns ist es lieber, wenn die Leute ihren eigenen Weg zu uns finden. Bis hierher hast du es ja auch schon allein geschafft. Jetzt könntest du dich bequem das restliche Stück fahren lassen. Aber die Entscheidung liegt bei dir.«

Zögernd gehe ich auf den Van zu. Als Barnabas einsteigt, werfe ich einen kurzen Blick zurück zu Sarah. Von hier aus ist nur ein schmaler Streifen ihres Autos sichtbar, aber ich meine zu erkennen, wie sie sich über das Armaturenbrett lehnt, um besser sehen zu können.

Hektisch und zugleich möglichst unauffällig winke ich ihr zu und hebe beide Daumen, um ihr verständlich zu machen, dass alles in Ordnung ist. Nach einem Moment nickt sie und ich atme auf.

Barnabas lässt den Motor an und stößt von innen die Beifahrertür auf.

»Kommst du?«, fragt er wieder.

Ich setze ein Lächeln auf und steige in den Van. Von drinnen ist Sarah nicht mehr zu sehen. Der Wagen erschaudert, als Barnabas den Rückwärtsgang einlegt und vom Parkplatz fährt. Ein paar Minuten später haben wir Finley hinter uns gelassen.

35.

»Erzähl mir von deinen Eltern«, fordert Barnabas mich auf.

Seit zehn Minuten halte ich im Rückspiegel Ausschau nach Sarahs Auto, aber wir sind mehr oder weniger allein auf der Straße, kein Nova weit und breit. Kann es sein, dass sie meinen Plan doch nicht verstanden hat? Dass sie uns nicht folgt?

»Ach, mit denen hab ich nicht viel Kontakt«, sage ich und orientiere mich dabei ein wenig an Alice' Geschichte, in der Hoffnung, dass er sich schnell damit zufriedengibt. »Ich meine, wir kommen meist schon mehr oder weniger klar. Zwischendurch wohne ich auch bei ihnen, aber im Grunde kann ich ganz gut ohne sie leben. Schätze, das beruht auf Gegenseitigkeit.«

Er nickt und macht ein unbestimmtes »Hmmmm«-Geräusch. Die Sache scheint ihm nicht wichtig genug zu sein, um weiter nachzubohren.

»Hat die Kommune eigentlich einen religiösen Hintergrund?«, erkundige ich mich.

Er lächelt, ohne mich anzusehen. »Einen religiösen Hintergrund …«, wiederholt er, anstatt die Frage zu beantworten, und meine Worte hängen zwischen uns in der Luft.

Ich überlege, ob ich so tun soll, als würde ich meine E-Mails checken, um unauffällig Sarah zu schreiben. Dann aber habe ich doch Sorge, dass er Verdacht schöpfen könnte, und aus irgendeinem Grund ist es mir lieber, wenn er nicht weiß, dass ich ein Handy habe. Also lasse ich es fürs Erste in der Tasche.

Er wird langsamer und biegt in einen Kiesweg ein, der sich wie eine Kobra über die schneebedeckten Felder windet. Ich präge mir das Straßenschild ein: »Brewster Road«. Aus einer Hecke in der Ferne flattert ein Schwarm Vögel auf und schwirrt über den klaren Januarhimmel.

Das hier ist die Welt, denke ich. *Die große Leere. Keine Menschen, keine Struktur. Egal, wie viele Zäune die Menschen bauen, es wird immer diese Leere, diese Weite geben.*

Ob Sibby irgendwann mal hier war? Ob sie vor zehn Jahren genau an dieser Stelle aus einem Autofenster geguckt hat? Ob sie dasselbe Feld gesehen hat, damals im Frühling, und sich gefragt hat, was sie am anderen Ende dieser Leere erwartet?

Ich bin so hypnotisiert vom Anblick des Felds und von der Furcht, die sich allmählich in meinem Bauch breitmacht, dass ich, als Barnabas schließlich antwortet, kurz überlegen muss, wie überhaupt noch mal meine Frage gelautet hat.

»Was wir machen, hat nichts mit Religion zu tun«, sagt er. »Wir arbeiten nicht für irgendein Leben nach dem Tod. Sondern für *dieses* Leben. Für die Gegenwart. Jeden Tag, jeden Tag, jeden Tag, jeden Tag.«

Er verstummt und ich wende ihm wie in Trance den Kopf zu. Die Reifen des Vans rumpeln über die Straße und die willkürliche Abfolge von Buckeln scheint immer mehr zu einem ebenmäßigen Rhythmus zu verschmelzen.

»Denkst du viel über solche Sachen nach, Bridget?«, fragt er. »Lebst du jede Minute, jede schlechte und jede gute?«

Ich lächele, weil ich zunächst denke, er würde nur Spaß machen und der alberne kleine Reim wäre Absicht. Aber sein Gesicht bleibt ernst. Der Van rumpelt weiter, doch Barnabas achtet gar nicht auf die Straße. Stattdessen liegt sein Blick auf mir, so stechend, als wollte er sich geradewegs in mein Bewusstsein bohren.

»Manchmal denke ich schon über Zeit nach«, erwidere ich unsicher.

»Nicht über Zeit.« Er schlägt mit der flachen Hand aufs Lenkrad, um zu betonen, wie wichtig es ist, dass ich ihm gut zuhöre, dass ich verstehe, was er mir begreiflich machen will. »Was ich meine, ist das Gegenteil von Zeit. Was ich meine, ist die Leere zwischen den Momenten. Ich rede davon, in der reinen Leere dieses einen Augenblicks« – er schnippt mit den Fingern – »zu existieren. Wer du mal warst und wer du irgendwann sein wirst, ist nicht wichtig. Sondern wer du *bist*.«

Ich antworte nicht. Mit einem Mal bekomme ich es ernsthaft mit der Angst zu tun, und während mein Magen sich immer mehr verkrampft, frage ich mich, ob ich womöglich gerade den schlimmsten Fehler meines Lebens begehe.

Barnabas atmet aus, dann schüttelt er den Kopf und lacht leise. »Oje«, sagt er, und seine Stimme klingt plötzlich ganz sanft und freundlich. »Entschuldige. Diese Dinge sind mir einfach sehr wichtig. Uns allen. Aber du wirst bald mehr verstehen, versprochen. Und wenn du dann entscheidest, dass unser Hof doch nicht das Richtige für dich ist, dann ist das auch in Ordnung. Vollkommen. Dann fährt dich einer von uns zurück und du kannst in den Bus nach Hause steigen.«

Er streckt den Arm aus und legt mir die Hand auf die Schulter. Ich erstarre. Ich will nicht, dass er mich anfasst, aber seine Berührung ist nicht aufdringlich, und kurz darauf zieht er die Hand wieder zurück.

Vor uns taucht ein Gehöft auf. Es wirkt gepflegt und gut instand gehalten und grenzt direkt an den Wald. Das Haupthaus, an dessen Tür noch immer ein Weihnachtskranz hängt, ist von ein paar kleineren Außengebäuden umgeben, und unter einem

Vordach stapelt sich Feuerholz. In der Auffahrt parken eine glänzende Limousine und ein Pick-up.

Barnabas wird langsamer.

»Ist das der Hof?«, frage ich.

Er lacht. »Nein«, sagt er. »Das ist definitiv nicht der Hof. Hier wohnen unsere Nachbarn. Mit denen hatten wir über die Jahre immer mal wieder unsere Probleme, aber mittlerweile haben wir alle gelernt, miteinander zu leben. Solange wir einander aus dem Weg gehen.«

Ein paar Minuten, nachdem wir das Gehöft hinter uns gelassen haben, biegt Barnabas scharf in den Wald ab und wird noch langsamer. Im Schritttempo kriechen wir über einen großen Buckel am unteren Ende einer langen Auffahrt. Kurz darauf gelangen wir an ein hohes Eisentor. Als Barnabas davor anhält, erkenne ich, dass das Tor Teil eines Zauns ist, der ein großes freigeschlagenes Quadrat mitten im Wald einfasst. Im Zentrum dieser künstlichen Lichtung stehen ein paar Gebäude.

»Warte hier«, sagt er zu mir. Ohne den Motor auszuschalten, springt er aus dem Van und öffnet das Tor. Als ich merke, dass es nicht verschlossen war, wird mir gleich etwas wohler, und nachdem Barnabas wieder eingestiegen ist, erklärt er beinahe entschuldigend: »Den Zaun brauchen wir wegen der Tiere.«

Wir fahren über eine letzte kleine Erhebung und ich kann endlich etwas erkennen. Im hinteren Teil des eingezäunten Areals stehen mehrere Stallgebäude und Scheunen. Ein paar sind klein und beherbergen wahrscheinlich Werkzeuge oder so, andere sind lang und schmal. In der Mitte von allem steht das Haupthaus. Es ist ziemlich groß, und im Gegensatz zu den anderen Gebäuden, die mehr oder weniger neu aussehen, macht es den Eindruck, als hätte es schon immer hier gestanden.

Als wir uns nähern, öffnet sich eine Tür in einem der kleineren Nebengebäude, und ein Mann kommt heraus. Er winkt und wartet dann an der Veranda des Haupthauses, während Barnabas parkt.

Barnabas begrüßt den Mann durchs Fenster, wendet sich dann wieder zu mir um und guckt mich auffordernd an.

Ich steige aus und setze ein Lächeln auf. Der Mann starrt mich über die Motorhaube hinweg an. Ich kann unmöglich der erste Neuankömmling sein, den er zu Gesicht bekommt, aber seinem Blick nach zu urteilen, sind Fremde für ihn alles andere als ein Grund zur Freude.

»Das ist Bridget«, stellt Barnabas mich vor, während er anfängt, seine Einkäufe auszuladen. Da ich nicht weiß, was ich sonst machen soll, gehe ich zu ihm und nehme ebenfalls eine der Taschen.

Auch der Mann hilft mit. Von Nahem erkenne ich, dass er älter ist, als ich zunächst dachte. Außerdem ist er nicht sonderlich groß, aber dafür hält er sich kerzengerade und den Kopf hoch erhoben. Er nickt mir zu.

»Pierre«, sagt er.

Wieder schenke ich ihm ein Lächeln, das er jedoch nicht erwidert. Stattdessen huscht etwas wie Misstrauen über sein Gesicht und er senkt den Blick.

Während Barnabas und ich mit den Taschen die Verandatreppe hochsteigen, schließt Pierre die Heckklappe des Vans. Ich folge Barnabas ins Haus. An der Schwelle drehe ich mich noch einmal um und sehe Pierre über den Hof zum Tor gehen.

Mit beiden Händen greift er die Eisenstäbe und zieht es zu, während sich im selben Moment die Fliegengittertür hinter mir schließt.

36.

Eine Frau, klein und rundlich, mit kurzen Haaren und einer dicken, altmodischen Brille, empfängt uns im Flur. Sie wischt sich die bemehlten Hände an der Schürze ab und wirkt, anders als Pierre, kein bisschen beunruhigt über mein Auftauchen. Stattdessen lächelt sie mich breit an.

»Bridget«, sagt Barnabas, »das ist Pearl. Pearl, Bridget.«

»Hallo, Bridget«, begrüßt mich Pearl und streckt mir die Hand entgegen.

Ich ergreife sie und sie hält meine Hand einen Moment länger fest als notwendig. »Herzlich willkommen.«

Ich gehe den anderen hinterher durch den Flur. Zur Linken führt eine Treppe mit einem abgenutzten Holzgeländer an der Wand nach oben. Rechts, hinter einer offen stehenden Flügeltür, sehe ich ein weitläufiges Wohnzimmer voller Bücherregale und ramponierter Sitzmöbel, die wild zusammengewürfelt, aber gemütlich wirken.

Schließlich betreten wir eine große helle Küche. Sonnenlicht strömt zu den Fenstern herein und bescheint den riesigen Holztisch in der Mitte des Raums. Dort stellen Barnabas und Pearl die Einkäufe ab und ich tue es ihnen gleich.

»Pearl, würdest du Bridget vielleicht nach oben bringen, damit sie sich ein bisschen ausruhen kann?«, fragt Barnabas.

»Heute Nacht kann sie erst mal das gelbe Zimmer haben und morgen kümmern wir uns um eine langfristigere Lösung.«

Pearl nickt mir zu. »Na, dann komm mal mit.«

Sie führt mich rauf in ein kleines, hübsch eingerichtetes Zimmer mit gelber Tapete, gelben Vorhängen und einer Flickendecke auf dem Bett.

»Hier kannst du heute schlafen«, sagt sie. »Aber gewöhn dich lieber nicht zu sehr daran, bald ziehst du zu den anderen in die Wohnbaracke.«

»Wohnbaracke?«

»Klingt schlimmer, als es ist. Normalerweise wohnen nur wir Ältesten hier im Haus: Barnabas, mein Mann Noah und ich und Pierre. Alle anderen schlafen in der Baracke. Die Frauen auf der einen Seite, die Männer auf der anderen.«

»Okay«, erwidere ich in dem Wissen, dass es dazu sowieso nicht kommen wird. Sarah und ich können nur eine Nacht von zu Hause wegbleiben, darum bin ich morgen nicht mehr hier, selbst wenn ich bis dahin nichts über Sibby rausgefunden habe.

»Das Badezimmer ist da«, sagt Pearl und deutet auf die Tür gegenüber.

»Kann ich da vielleicht direkt mal hin?«, frage ich, und Pearl zögert einen Sekundenbruchteil.

»Natürlich«, sagt sie dann. »Ich warte hier.«

Ich gehe ins Badezimmer und hole endlich, *endlich*, mein Handy aus der Hosentasche. Zwar habe ich nur einen einzigen Balken Empfang, aber dafür erwartet mich eine ganze Flut besorgter Nachrichten.

Dee, wo willst du mit diesem
Typen hin?

Dee, was hast du vor???
Dee, ich geb dir eine Stunde,
dann ruf ich meine Eltern an.

Die letzte Nachricht ist von vor ungefähr einer halben Stunde.
Ich stoße die Luft aus und fange an zu tippen.

Alles ok, tut mir leid, dass
ich erst jetzt schreibe, hatte
vorher keine Gelegenheit.

Nur Sekunden später erscheint Sarahs Antwort.

Mann, Dee, wo bist du???
Was du da machst, ist
völliger Wahnsinn!

Ich weiß. Aber ich kann noch
nicht zurück. Hab noch überhaupt nichts rausgefunden.

Du kannst da doch nicht
bleiben! Hast du sie nicht
mehr alle?

Du brauchst dir keine Sorgen
machen, versprochen. Ist
echt okay hier. Aber ich
muss heute Nacht hierblei-
ben. Kannst du dir was in der
Nähe suchen, damit du mich
morgen abholen kannst?

??? Geht's noch?! Woher willst
du wissen, dass dir
da nichts passiert???

Ich höre Stimmen auf dem Flur und weiß, dass ich mich beeilen muss.

Alles gut, wirklich! Aber ich
brauche auf jeden Fall noch
bis morgen. Such dir ein
Motelzimmer in Finley, und
ich versuche, hier an Infos zu
kommen. Morgen früh fahren
wir zurück. Keine Angst,
Sarah. Die halten mich nicht
hier fest. Ist alles komplett
freiwillig.

Mir ist klar, dass das ziemlich viel verlangt ist, aber es geht nun mal nicht anders. Jetzt habe ich es schon bis hierher geschafft, da muss ich meine Chance auch nutzen.

Kurz darauf kommt Sarahs Antwort.

Okay. Wo bist du denn genau?

Ich schicke ihr meinen Standort und wieder antwortet sie sofort.

Okay. Bitte, bitte pass auf dich
auf. Wir sehen uns morgen
früh.

Mach ich. Bis morgen!

Ich ziehe die Klospülung, wasche mir die Hände und trockne sie mir an einem der Handtücher ab. Gerade als ich die Tür öffnen will, fällt mir Pearls merkwürdiges Zögern wieder ein, als ich gefragt habe, ob ich das Badezimmer benutzen darf, und irgendetwas sagt mir, dass ich mein Handy lieber wieder verschwinden lassen sollte.

In dem Moment klopft es.

»Alles in Ordnung dadrin?«, ruft Pearl von draußen.

»Ja!«, rufe ich zurück. »Komme schon!«

Hektisch sehe ich mich nach einem Versteck für mein Handy um. In der Ecke steht ein Rattanregal mit stapelweise Klopapier und Putzutensilien. Darunter ist ein etwa zwei Zentimeter breiter Spalt.

Ich drehe noch mal den Wasserhahn auf, knie mich hin und schiebe das Telefon in die Ritze.

Dann schaufele ich mir eine Ladung Wasser ins Gesicht und achte darauf, dass auch meine Haare ein bisschen nass werden, damit es wirkt, als wäre ich nicht ohne Grund so lange hier drin gewesen.

Als ich die Tür öffne, stehen Barnabas und Pearl im Flur und lächeln mir entgegen.

»Tut mir leid, ich wollte nicht drängeln, Liebes«, sagt Pearl liebenswürdig. »Du hast nur so lange gebraucht, da haben wir uns ein bisschen Sorgen gemacht, ob alles in Ordnung ist.«

»Verstehst du, wir kriegen es hier öfter mal mit Leuten zu tun, die … Probleme haben«, erklärt Barnabas. »Drogenvergangenheit, angeschlagene Psyche, solche Sachen eben.«

»Ach so, klar«, erwidere ich mit einem nervösen Lachen, während ich mein Gehirn nach einer Ausrede durchforste. »Es ist nur … ich hab mich seit Tagen nicht gewaschen und fühle mich einfach nur furchtbar.«

Barnabas nickt ernst.

»Nach dem Abendessen hast du Zeit zum Duschen«, sagt er. »Aber jetzt müssten wir dich einmal kurz durchsuchen, tut mir leid, Bridget.«

»Durchsuchen?«, wiederhole ich. Das kann doch nicht sein Ernst sein. Gut, dass ich auf mein Bauchgefühl gehört und mein Handy im Badezimmer versteckt habe.

»Ja, auf Drogen.«

»Ich hab keine Drogen bei mir.«

»Ich bin mir sicher, das stimmt«, entgegnet er, gibt aber dennoch Pearl einen Wink, die daraufhin beginnt, mich rasch und gezielt abzutasten. Innerlich winde ich mich, aber ich habe das Gefühl, mich auf ziemlich dünnem Eis zu bewegen. Besser, ich gebe mich so kooperativ wie möglich.

Schließlich lässt Pearl wieder von mir ab.

»Alles klar«, sagt sie. »Entschuldige, Liebes. Aber so sind nun mal die Regeln.«

»Kein Handy?«, fragt Barnabas, und Pearl schüttelt den Kopf. »Die sind bei uns nämlich nicht erlaubt«, fügt er an mich gewandt hinzu. Dann legt er neugierig den Kopf schief. »Du musst das einzige handylose Mädchen deines Alters auf der ganzen Welt sein.«

»Das haben meine Eltern mir weggenommen«, brummele ich, ganz der aufmüpfige Teenager. »Tja, spätestens, wenn sie merken, dass ich weg bin, und sie keine Möglichkeit haben, mich zu erreichen, wird es ihnen wohl leidtun.«

Barnabas mustert mich aus schmalen Augen, als wüsste er nicht, ob er mir glauben soll, aber dann lächelt er. »Irgendwann wirst du dich so oder so bei ihnen melden müssen«, sagt er. »Aber bis dahin ist noch ein bisschen Zeit. Jetzt lernst du erst mal die Familie kennen.«

In der Küche stehen ein paar Leute um den Tisch und plaudern, aber als ich reinkomme, verstummen die Gespräche. Es sind hauptsächlich Frauen, nur ein Mann – alle älter als ich, ein paar könnten wohl sogar meine Großeltern sein – und zwei Kinder. Die beiden, ein Junge und ein Mädchen, sehen aus, als wären sie knapp unter zehn.

Von Sibby keine Spur. Nicht dass ich was anderes erwartet hätte, aber in meinem Bauch breitet sich trotzdem ein hohles Gefühl der Enttäuschung aus.

»Alle mal herhören«, verkündet Pearl, die neben mir stehen geblieben ist, »wir haben einen neuen Gast. Das hier ist Bridget.«

Dann stellt sie mir die Leute vor, aber ich verliere schon nach den ersten Namen den Überblick. Der freundlich aussehende ältere Mann entpuppt sich als Pearls Ehemann, Noah, und die Kinder heißen Tansy und Al. Die beiden starren mich neugierig an, wie Kinder das nun mal machen, und wirken auch ansonsten vollkommen normal. Sie ärgern und schubsen einander, bis ihre Eltern sie auffordern, sich an den Tisch zu setzen.

Tatsächlich wirkt *alles* hier vollkommen normal. Als die anderen sich wieder ihren Gesprächen zuwenden, geht es hauptsächlich um die Arbeit auf dem Hof und die Vorbereitungen für die diesjährige Aussaat.

Als Pearl mich bittet, ihr beim Gemüseschnippeln zu helfen, bin ich froh, etwas zu tun zu haben und mich fürs Erste im Hintergrund halten zu können. Ein paar Minuten später geht die Tür zur hinteren Veranda auf, und schwere Schritte nähern sich, begleitet von Männerstimmen; laut und selbstbewusst.

Pierre erscheint im Durchgang zur Küche, zusammen mit vier Männern Ende zwanzig, die sich den Schnee von den Stiefeln klopfen, und zwei großen Hunden. Die Männer bemerken mich sofort, ein paar von ihnen wechseln schwer zu deutende Blicke. Selbst die Hunde marschieren schnurstracks an allen anderen in der Küche vorbei, um mich neugierig zu inspizieren.

»Das alte Mädchen da heißt Raven.« Barnabas zeigt auf die schlanke schwarze Hündin, die gerade eifrig an meiner Jeans schnüffelt, während das zweite Tier, ein riesiger weißer Pyrenäenberghund, mich argwöhnisch aus der Ferne beäugt. »Und der Dicke hier ist Snowman. Darf ich vorstellen? Bridget, unser Gast für heute Abend. Oder vielleicht auch für länger, je nachdem.«

Die Männer nicken mir zu, aber keiner verrät mir seinen Namen. Ich frage mich, ob einer von ihnen wohl auch schon zur gleichen Zeit wie Alice hier war.

Die Neuankömmlinge gehen sich die Hände waschen, und nachdem die Hunde sich offenbar davon überzeugt haben, dass ich keine Bedrohung darstelle, wende ich mich wieder meinem Gemüse zu.

Das Abendessen ist ziemlich genau so, wie man es sich in einer Kommune vorstellt, aber lecker: Es gibt Gemüseeintopf mit Kichererbsen und Rosinen und dazu Ofenkürbis und Vollkornreis.

Zu meiner Überraschung weist mir Pearl einen Platz am Kopfende des Esstischs zu. Als ich zögere, legt sie mir die Hand auf die Schulter und schiebt mich sanft, aber nachdrücklich zu dem wuchtigen Stuhl direkt unter dem hinteren Fenster. »Du bist heute unser Ehrengast, Liebes«, erklärt sie. »Abzulehnen wäre unhöflich.«

Große, schon leicht angeschlagene Steingutkrüge mit Wasser werden herumgereicht und wir füllen unsere Gläser. Während Pearl die Essensverteilung beaufsichtigt, stellt sie mir alle möglichen Fragen, wenn auch keine allzu persönlichen; fürs Erste scheint sie nicht weiter in meine Privatsphäre eindringen zu wollen.

Bevor wir mit dem Essen anfangen, verfallen alle wie aufs Kommando in Schweigen. Barnabas mir gegenüber streckt die

Hände zu den Seiten aus und ich folge seinem Beispiel und ergreife die Hände meiner Sitznachbarn, Pearl und Noah.

Als Barnabas zu beten beginnt, spähe ich verstohlen in die Runde. Alle haben die Blicke gesenkt oder die Augen geschlossen. Alle, bis auf einen.

Pierre hat mir den Kopf zugewandt und starrt mich über den Tisch hinweg an, bis ich hastig weggucke.

37.

Nach dem Essen will ich beim Abwasch helfen, aber Pearl schüttelt den Kopf.

»Du wirst in den nächsten Tagen noch genug Gelegenheit haben, dich nützlich zu machen«, sagt sie. »Setz dich ruhig ins Wohnzimmer. Barnabas brennt sicher darauf, dich ein bisschen besser kennenzulernen.«

Also gehe ich zurück durchs Esszimmer, wo ein paar der anderen schweigend den Tisch abräumen. Sie mustern mich neugierig, wenden sich jedoch sofort ab, als ich ihre Blicke erwidere. Im Wohnzimmer dahinter sitzt Barnabas am Kamin und unterhält sich mit einem der jungen Männer über den geplanten Bau eines Kartoffelkellers. Die beiden trinken Tee und zu ihren Füßen liegen die Hunde. Raven öffnet ein Auge, als ich reinkomme, Snowman dagegen schläft unbeeindruckt weiter.

Einen Moment lang bleibe ich in der Tür stehen und sehe mich um. Das Haus ist alt; dicke Balken stützen die Decke und hier und da blitzen unter dem Gewirr aus handgewebten Teppichen sorgfältig gebohnerte Holzdielen hervor. Es gibt keinen Fernseher, bloß eine große Regalwand mit Büchern und ein Radio, das uns leise mit klassischer Musik berieselt. In einer Ecke hocken die beiden Kinder auf dem Boden und spielen Karten.

Dieses Haus wirkt kein bisschen wie ein Ort, an dem man ein

entführtes Mädchen vermuten würde. Es ist so ruhig und warm, gemütlich und sicher. Alle sind höflich. Hilfsbereit. Habe ich wirklich erwartet, dass Sibby hier auf irgendeinem Dachboden eingesperrt ist? So ein Blödsinn. Ich frage mich, ob es zu spät ist, um Sarah zu schreiben, damit sie mich direkt wieder abholt. Es ist zwar gerade mal halb sieben, aber schon stockdunkel draußen.

»Bridget.« Beim Klang meines Zweitnamens drehe ich mich um und sehe, dass Barnabas sein Gespräch beendet hat und mir einladend zunickt. »Komm doch mal her. Jetzt können wir uns endlich ein bisschen unterhalten.«

Er deutet auf einen kleinen Holzschemel und ich ziehe ihn gehorsam neben seinen Sessel.

»Gibt es noch irgendwas, was du gern über uns wissen möchtest?«, erkundigt er sich.

Ich wünschte wirklich, Sarah wäre hier oder von mir aus auch Burke, einfach jemand, der die richtigen Fragen stellt und nicht erstarrt wie ein Reh im Scheinwerferlicht, sobald es brenzlig wird. Oder noch besser wäre, wenn ich die *Radio-Silent*-Community bitten könnte, für mich zu übernehmen. Ich war noch nie die Chefermittlerin vor Ort. Ich bin die, die die Ermittlungen aus sicherer Ferne koordiniert und sich dann zurücklehnt und darauf wartet, dass die Ideen und Hinweise eintrudeln.

Wo ist Sibby?, würde ich Barnabas am liebsten fragen. *Warum war sie hier? Wie gut kanntest du sie?* Stattdessen frage ich: »Wie lange bist du schon hier?«

»Seit ungefähr fünfzehn Jahren«, antwortet er. »Damals hat eine Gruppe von uns beschlossen, dass wir von der Außenwelt unabhängig sein und unsere Nahrungsmittel möglichst selbst produzieren wollen. Pearl und Noah, Pierre, ich und noch ein paar andere. Und da sind wir auf dieses Haus gestoßen. Es gab einen kleinen Acker und genug Holz, um im Winter heizen und all die Ställe und sonstigen Gebäude bauen zu können, die wir brauchten.«

»Und dann sind allmählich mehr Leute dazugekommen?«

Er nickt. »Mit der Zeit, ja. Aber der Aufbau hat schon ein paar Jahre gedauert.« Er steht auf, tritt an einen Schrank am anderen Ende des Raums und kommt mit einem großen Buch zurück. Als er es aufschlägt, erkenne ich, dass es ein Fotoalbum ist.

»Wir machen immer am letzten Erntetag ein Gruppenfoto«, erklärt er, und tatsächlich ist auf jeder Seite des Albums ein einzelnes Foto aus der immer gleichen Perspektive eingeklebt. Auf den ersten ist noch nicht viel zu sehen, eine Handvoll Leute, das Haupthaus, ein provisorischer Schuppen und ein großer Gemüsegarten. Dann werden aus acht Bewohnern zwölf, für ein paar Jahre vierzehn und plötzlich, von einer Seite auf die andere, verdoppelt sich die Zahl. Staunend höre ich auf zu blättern und Barnabas lacht.

»In dem Jahr hat das Ganze so richtig Fahrt aufgenommen«, sagt er. »Unsere Produktion hat sich vervielfacht, wir haben ein paar Ställe gebaut und angefangen, Kühe und Hühner zu züchten. Die ersten Hof-Babys wurden geboren und es tauchten fast jeden Tag neue Gäste auf.«

Ich schlage die Seite um und rechne im Stillen hastig nach. Das nächste Foto zeigt die Kommune im sechsten Jahr, also dem, als Sibby entführt wurde. Es wurde im Herbst aufgenommen, sechs Monate nach ihrem Verschwinden. Wieder ist die Zahl der Bewohner gewachsen und ganz vorne hocken acht Kinder. Schnell inspiziere ich die Gesichter, aber Sibby ist nicht dabei.

Auch auf der nächsten und der übernächsten Seite ist sie nicht zu sehen und mit jedem Umblättern schwindet meine Hoffnung mehr. Sibby ist nicht hier. Und sie war es auch nie. Wer weiß, woher dieses Mädchen kam, das Alice damals gesehen zu haben meint.

Trotzdem, irgendetwas an der Sache lässt mir keine Ruhe. Irgendetwas stimmt nicht. Alice wirkte so überzeugt, dass das Mädchen Sibby war. Das war kein vager Verdacht, sie hatte nicht den geringsten Zweifel.

Vor etwa fünf Jahren fing die Bewohnerzahl dann wieder an zu schrumpfen und die Gruppe wurde von Foto zu Foto kleiner. Das aktuellste zeigt noch fünfzehn Personen, mehr oder weniger diejenigen, die heute mit mir hier sind.

»Was ist denn da passiert?« Ich gucke hoch zu Barnabas und sehe Wehmut in seinem Blick.

»Die Gäste haben uns nach und nach verlassen«, sagt er. »Wir konnten schlicht nicht alle versorgen, obwohl wir immer unser Bestes getan haben. Niemand hat wirklich gehungert, aber am Ende mussten wir uns eingestehen, dass wir mit dem Land, das uns zur Verfügung steht, den Bedarf von nicht mehr als fünfzehn, allerhöchstens zwanzig Menschen decken können. Trotzdem kann man hier ein gutes Leben führen«, fügt er dann hinzu. »Wenn man bereit ist, sich darauf einzulassen.« Er gestikuliert in die Runde. »Wir haben alles, was wir brauchen. Genug zu essen, genug zu tun und so viel Abstand zum Rest der Welt, wie wir wollen. Viele von den Leuten, die im Laufe der Jahre zu uns gestoßen sind, waren vor irgendwas auf der Flucht. Ein bisschen wie du wahrscheinlich. Manche hatten einfach die Nase voll von ihrem alten Leben, ihren Familien, ihrem Partner, zu viel Verantwortung oder eingefahrenen Routinen. Zu verschwinden ist gar nicht so schwer, wenn man wirklich dazu entschlossen ist.«

Ich frage mich, ob das wohl auch dafür gilt, jemanden verschwinden zu *lassen*, aber das sage ich natürlich nicht laut. Außerdem weiß ich, dass er recht hat. Schließlich beschäftige ich mich schon lange mit diesem Thema, und die Leute, die es ernst meinen – die Danny Lurlees dieser Welt –, sind in der Regel ziemlich erfolgreich.

»Man muss sich natürlich darüber im Klaren sein, dass so ein Bauernhofleben nicht für jeden das Richtige ist«, redet Barnabas weiter. »Aber für manche kann es regelrecht heilsam sein. Und die anderen bleiben sowieso nicht lange.«

»Ja, schon möglich«, sage ich. »Als ich von dem Hof hier gehört habe, da dachte ich …«

»Da dachtest du, du hättest endlich eine Möglichkeit gefunden, deinem eigenen Leben zu entkommen«, führt er meinen Satz zu Ende.

Ich nicke.

»Wenn du meine ehrliche Meinung hören willst, Bridget«, sagt er, »bin ich mir nicht sicher, ob du hier wirklich so gut aufgehoben bist. Dieser Hof ist nämlich nichts für Menschen, die vor etwas weglaufen. Sondern eher für solche, die gern irgendwo ankommen möchten.«

»Leuchtet ein«, sage ich.

»Macht aber nichts«, fährt er dann lächelnd fort und zuckt mit den Schultern. »Wir freuen uns immer über neue Gesichter. Morgen führe ich dich ein bisschen auf dem Hof rum. Wir können den Tieren einen Besuch abstatten, und du guckst dir einfach an, was wir hier so alles machen. Und wenn du dann das Gefühl hast, das ist nichts für dich, fahre ich dich wieder nach Finley.«

Ich lächele zurück. Auch Alice wollte ihrem alten Leben entfliehen. Ob sie damals so sehr neben sich stand, dass sie sich Sibby bloß eingebildet hat? Um der Zeit, die sie hier verbracht hat, einen Sinn zu verleihen? Langsam dämmert mir, was für eine hirnrissige Idee es war hierherzukommen. Barnabas ist ein völlig harmloser Typ, der einfach nur in Ruhe sein Aussteigerleben führen will.

Ich bleibe noch ungefähr eine Stunde im Wohnzimmer und blättere in den alten Büchern aus den Regalen, bevor ich mich nach oben verabschiede. Je eher ich ins Bett gehe, desto früher kann ich morgen aufstehen und mich vom Acker machen.

Oben packe ich die neue Zahnbürste aus, die Pearl mir gegeben hat, und putze mir die Zähne. Dann hole ich mein Handy aus seinem Versteck im Badezimmer und husche damit zurück über den Flur. Als ich sicher unter der Bettdecke liege, schreibe ich Sarah.

Hey.

Sie antwortet sofort.

Mann, Dee, ich werd hier echt wahnsinnig. Alles okay?

Ja, alles bestens. Morgen früh können wir uns auf den Weg nach Hause machen. Hier ist nichts. War bloß falscher Alarm.

Okay. Dann ist ja gut. Hab schon überlegt, wie ich unseren Eltern erklären soll, dass du dich 'ner Kommune angeschlossen hast.

LOL, was für 'ne Vorstellung. Schlaf gut!

Du auch, kann's kaum erwarten
zu hören, was du zu erzählen
hast.

Xo

Das Bett ist ziemlich bequem und das Rätsel scheint zumindest
teilweise gelöst. Ich mache die Augen zu und schlafe beinahe
sofort ein.

Mitten in der Nacht schrecke ich hoch. Ein Albtraum, irgendetwas spukt mir unablässig durch den Kopf. Etwas, das jemand
gesagt hat oder was ich beobachtet habe, aber genauer kann ich
es nicht einordnen.

Ich versuche, mich an den Traum zu erinnern. Er scheint etwas in mir aufgestört zu haben.

Plötzlich will ich nur noch hier weg. Im Grunde hat sich
überhaupt nichts verändert, aber irgendwas stimmt nicht.

Im Haus herrscht absolute Stille. Leise stehe ich auf, ziehe
die Vorhänge zurück und spähe aus dem Fenster. Auch draußen
ist, abgesehen von der schummrigen Außenbeleuchtung an einem der Schuppen, alles dunkel.

Ich taste nach meinem Handy unter dem Bett. Es ist vier Uhr.

Bist du wach?

Wie immer kommt die Antwort nach ein paar Sekunden.

Als ob ich jetzt schlafen
könnte. Immer noch alles
in Ordnung?

> Ja, aber ich glaube, ich will doch lieber jetzt schon hier weg. Könnte einfach abhauen und dir auf der Straße entgegenlaufen. Was meinst du? Müssten ungefähr 20 Minuten Fahrt sein.

Klar, bin schon unterwegs.

> Oben am Ende an der Zufahrt ist ein Tor. Halt einfach davor und warte auf mich.

Okay. Bis gleich.

So schnell ich es im Dunkeln schaffe, ziehe ich mich an. Dann schleiche ich mich leise die Treppe runter. Direkt bedroht fühle ich mich zwar nicht, aber auch alles andere als sicher. Obwohl sich mir der Grund dafür immer noch nicht erschließen will.

Unten bleibe ich stehen und halte die Luft an. Im Haus regt sich nichts und ich lausche einen Moment lang in die Stille. Nichts zu hören außer hier und da einem Knacken oder Knarzen und dem Wind, der ums Haus streicht. Meine Schuhe stehen an der Haustür, säuberlich eingereiht zwischen denen der anderen. Ich ziehe sie an, schlüpfe in meinen Mantel und fische meine Mütze aus einer Kiste neben der Garderobe. Dann werfe ich einen Blick auf mein Handy. In ungefähr einer Viertelstunde müsste Sarah hier sein. Bis zur Straße sind es von hier aus wahrscheinlich zehn Minuten zu Fuß, also kann ich mich eigentlich direkt auf den Weg machen und dort auf sie warten.

Doch das tue ich nicht. Sondern bleibe stehen und denke nach. Irgendein Gedanke versucht weiterhin, sich an die Oberfläche meines Bewusstseins zu kämpfen. Irgendein Hinweis darauf, was hier wirklich vorgeht.

Ich schließe die Augen und angele erneut nach den Bruchstücken meines Traums von vorhin. Wovon hat er gehandelt?

Dann reiße ich die Augen auf und schnappe nach Luft. Ich weiß wieder, wovon ich geträumt habe, und all die verborgenen Hinweise fluten schlagartig mein Gehirn. Ein Puzzleteil nach dem anderen rückt an seinen Platz, und mit einem Mal weiß ich ohne jeden Zweifel, dass diese Leute hier Sibbys Entführer sind.

Sarah muss jeden Moment hier sein. Ich sollte mich endlich auf den Weg machen, aber ich kann nicht. Erst brauche ich Beweise. Verzweifelt zermartere ich mir den Kopf darüber, wie ich welche beschaffen soll.

Vorsichtig, um mit meinen dicken Stiefeln nicht zu viel Lärm zu machen, tappe ich den Flur entlang ins Wohnzimmer. Dort hole ich das Fotoalbum aus dem Regal und schlage wieder die Seite aus dem Jahr auf, in dem Sibby entführt wurde. Als Barnabas mir das Album gezeigt hat, habe ich mich hauptsächlich auf die Kinder auf den Bildern konzentriert und dabei den Erwachsenen kaum Beachtung geschenkt. Jetzt dagegen nehme ich mir ein Gesicht nach dem anderen vor, auf der Suche nach dem einen, das meine Theorie bestätigt.

Barnabas in der Mitte der hinteren Reihe überragt die anderen um ein gutes Stück, was vermuten lässt, dass er auf einer Kiste oder etwas Ähnlichem steht. In seiner unmittelbaren Nähe erkenne ich Pearl, Noah und Pierre. Die anderen müssen ehemalige Gäste sein, die inzwischen ausgezogen sind.

Und da ist es, ein weiteres bekanntes Gesicht in der Ecke, lachend, die Augen gegen die Sonne zusammengekniffen. Ein

Gesicht, das ich vor Kurzem noch in der Realität gesehen habe. Wenn ich sie nur von heute gekannt hätte, wäre mir die Verbindung möglicherweise gar nicht aufgefallen. Aber wie es der Zufall will, kannte ich sie schon als junge Frau, als sie noch genauso aussah wie auf diesem Foto.

Es ist Sandy.

Meine Gedanken überschlagen sich. Noch kann ich mir keinen Reim darauf machen, was das alles zu bedeuten hat, aber *dass* es etwas zu bedeuten hat, steht außer Frage. Ich ziehe die Klebefolie von der Seite, klaube das Foto heraus und schiebe es in meinen Jackenärmel.

Dann gucke ich auf meine Handyuhr. Sarah wartet bestimmt längst unten am Tor. Gerade, als ich das Telefon hastig zurück in die Tasche stopfen will, höre ich hinter mir eine Bodendiele knarren.

»Was machst du da?«, fragt Barnabas.

38.

Ich wirbele herum, und während ich panisch nach einer Ausrede suche, sehe ich, wie sein Blick zu dem aufgeschlagenen Fotoalbum auf dem Couchtisch wandert.
»Wer bist du?«, fragt er. »Und was willst du hier?«
Ich beantworte nur die zweite Frage. »Ich weiß, dass ihr Sibby Carmichael entführt habt. Und ich will wissen, was aus ihr geworden ist.«
Er setzt ein verständnisloses Gesicht auf. »Sibby Carmichael? Keine Ahnung, wer das sein soll.«
Auf solche Spielchen lasse ich mich gar nicht erst ein. »Ich hab Sandy in dem Album gesehen«, beharre ich.
Barnabas zuckt mit den Schultern. »Hier herrscht ein ziemliches Kommen und Gehen. An eine Sandy erinnere ich mich nicht.«
»Okay«, wechsele ich die Taktik. »Vielleicht hab ich mich auch geirrt. Dann kann ich ja einfach gehen.«
Ich mache einen Schritt Richtung Tür, doch Barnabas versperrt mir den Weg. Eine seiner Hände ballt sich zur Faust und plötzlich zeigt sich sein wahres, hässliches Gesicht. Ich weiche vor ihm zurück. Mir ist klar, dass er versucht, mich in die Ecke hinter mir zu drängen, aber ich habe auch einen entscheidenden Vorteil: Ich bin komplett angezogen, er dagegen ist barfuß und

mit Jogginghose und T-Shirt nicht gerade optimal für die kalte Winternacht da draußen gerüstet. Wenn ich es nur nach draußen schaffe, zu Sarah, dann ist alles okay.

Er kommt mir nach und ich mache einen weiteren Schritt rückwärts. Dabei huscht mein Blick für einen Moment zu dem Sofa neben mir, was auch Barnabas nicht entgeht. Eine lange, spannungsgeladene Sekunde starren wir einander an und wissen beide, was als Nächstes passieren wird.

Er macht einen Scheinangriff, woraufhin ich mich blitzschnell bücke, ihm den Couchtisch entgegenschleudere und mich auf das zerschlissene Sofa rette. Ich bin schnell, aber er ist schneller. Er wirft sich zur Seite und packt mich mitten im Sprung beim Fußknöchel, kurz bevor ich es in den Flur schaffe.

Ich krache auf die Holzdielen und reiße im Fallen eine Lampe mit zu Boden. Barnabas zerrt mich zurück ins Wohnzimmer und stemmt sich hoch in die Hocke. Kurz entschlossen schnappe ich mir die Lampe und werfe sie nach ihm. Sie segelt einen gefühlten Kilometer an seinem Kopf vorbei, aber wenigstens lässt er mich los. Ich nutze die Chance, um mich auf die Seite zu drehen, und trete ihm mit aller Kraft vor die Brust.

Mit einem »Uff« taumelt er rückwärts, während ich mich mühsam aufrappele und zu orientieren versuche. Dann renne ich los Richtung Flur.

Doch auch Barnabas ist wieder auf den Beinen und packt mich grob bei der Schulter. Sein Daumen bohrt sich schmerzhaft in meinen Nacken, während er mich gleichzeitig mit seinem ganzen Gewicht zu Boden zwingt. Dort dreht er mir die Arme auf den Rücken und drückt mir das Knie ins Kreuz, bis mir die Luft wegbleibt.

Oben öffnet sich eine Tür und das Licht geht an.

»Barnabas?«, ertönt eine Stimme. »Was ist denn da los?«

Ich tue dasselbe wie damals, als Sibby entführt wurde. Ich

höre auf, mich zu wehren, und sacke vollkommen schlaff unter ihm zusammen. Barnabas hält mich weiter fest, aber ich merke, dass er die Veränderung registriert und seinen Griff ein wenig lockert. Er denkt, ich hätte aufgegeben.

Aber er hat eins vergessen: Ich bin nicht mehr das kleine Mädchen von damals.

Heute bin ich stark genug, um zu kämpfen.

Meine Wange presst sich in den Boden. »Ich dachte, ich könnte sie retten«, flüstere ich demonstrativ kleinlaut.

Er nimmt ein wenig Gewicht von mir.

Ruckartig drehe ich mich auf den Rücken und reiße dabei mein rechtes Bein hoch, das ihn mit Wucht in die Eier trifft.

Er kippt schreiend nach hinten und ich kann mich endlich von ihm befreien. Ich weiß, dass mir mit Glück zwei oder drei Sekunden bleiben, also wirbele ich herum und sprinte los. An der Haustür ist der Riegel vorgelegt, aber ich schaffe es, ihn aufzureißen und die Tür zu öffnen. Währenddessen höre ich Barnabas hinter mir wieder aufstehen und gleichzeitig polternde Schritte auf der Treppe.

»Du kleine Schlampe!«, brüllt er mir hinterher, bevor ich in die Dunkelheit davonstürme.

Draußen schlagen sofort die Hunde an. Zuerst klingt es, als wären sie in einem Gebäude, doch als das Gebell lauter wird, begreife ich, dass jemand sie rausgelassen haben muss. Ich riskiere einen Blick hinter mich und sehe, dass in der Wohnbaracke Licht brennt.

Auch die Außenbeleuchtung ist inzwischen angegangen, und während ich über den grell erleuchteten Hof Richtung Zufahrt renne, höre ich Rufe hinter mir. Sie scheinen vom Haupthaus zu kommen, was mich hoffen lässt, dass ich einen brauchbaren Vorsprung habe.

Kaum bin ich durch das Tor, das zum Glück immer noch

nicht verschlossen ist, sehe ich mich mit einem weiteren Problem konfrontiert. Dichter Wald drängt sich auf beiden Seiten der Zufahrt. Soll ich mich im Schutz der Bäume bis zur Straße durchschlagen, wo hoffentlich Sarah auf mich wartet? Oder soll ich lieber auf dem Kiesweg bleiben, wo ich schneller vorankomme, aber eben auch deutlich zu sehen bin? Wieder höre ich Gebell hinter mir, das sich rasch nähert, und in dem Moment wird mir klar, dass ich womöglich in größerer Gefahr bin als gedacht.

Raven erreicht mich als Erste, dicht gefolgt von Snowman, und die beiden fixieren mich knurrend.

Ich kenne mich gut genug mit Hunden aus, um zu wissen, dass ich sie auf keinen Fall meine Angst spüren lassen darf, und außerdem habe ich einen weiteren Vorteil: Die beiden kennen mich. Ich bin keine Fremde, sondern war Gast in ihrem Haus.

»Bleib«, sage ich und lege dabei alles an Autorität in meine Stimme, was ich aufbringen kann. Und zu meiner Erleichterung kommen die beiden nicht näher, auch wenn sie weiter die Zähne blecken.

»Wer ist da?«, rufe ich und zeige in den Wald. Die Hunde drehen reflexartig die Köpfe, aber sie durchschauen meine Finte und wenden sich wieder mir zu. Fast meine ich, Ärger in ihren Gesichtern zu sehen.

»Sitz!«, kommandiere ich.

Die beiden legen unsicher die Köpfe schief, als versuchten sie zu entscheiden, ob sie mir gehorchen sollen oder nicht. Hinter der Biegung zucken Lichtstrahlen über den Boden und bewegen sich auf uns zu.

»Sitz!«, wiederhole ich.

Diesmal folgen sie meinem Befehl und ich hätte beinahe laut losgelacht vor Erleichterung.

»Bleib«, füge ich sicherheitshalber noch hinzu, bevor ich

hastig den Boden nach einem Stöckchen absuche. Als ich ein geeignetes finde, hole ich weit damit aus, und die beiden folgen der Geste mit ihren Blicken. Dann schleudere ich den Stock so fest ich kann in Richtung der Taschenlampen. Er ist schwer und fliegt gut, und ich höre einen überraschten Aufschrei, als er landet. Die Hunde sind auf und davon und ich nutze die Gelegenheit und renne weiter die Zufahrt hinunter.

Mein Herz hämmert zum Zerspringen. Ich höre nichts außer meinen eigenen keuchenden Atem und schmecke Blut auf der Zunge.

»Bleib stehen!«, schreit jemand.

Ein Stück vor mir flammt Licht in der frühmorgendlichen Dunkelheit auf, und ich begreife, dass das ein Auto sein muss, das langsam auf mich zurollt. Sarah!

Irgendwie schaffe ich es, noch schneller zu rennen, und als die Frontscheinwerfer mich erfassen, kommt der Wagen knirschend auf dem eisigen Kies zum Stehen.

Meine Verfolger holen zu mir auf, das kann ich hören, aber der Nova ist näher, und ich rase in einem solchen Tempo darauf zu, dass ich meinen Schwung mit den Händen an der Motorhaube abfangen muss, bevor ich um den Wagen herum zur Beifahrertür haste.

Während ich mich auf den Sitz werfe und die Tür hinter mir zuknalle, erhasche ich einen Blick auf Sarahs schockiertes Gesicht.

»Dee!«, ruft sie. »Was ist denn los? Ist alles in Ordnung? Ich hab ewig da unten gewartet, aber –«

»Fahr!«, stoße ich hervor. »Wir müssen hier weg!«

Ein Schuss hallt durch die Nacht und wir starren beide erschrocken durch die Windschutzscheibe. Vor uns sind vier Gestalten aufgetaucht, die sich, zwei davon mit Taschenlampen in den Händen, dem Wagen nähern.

»Wir müssen hier weg, Sarah«, wiederhole ich. »Los!«

Doch Sarah ist wie gelähmt vor Schock. »Dee«, krächzt sie, »wer sind die?«

Als sie im Näherkommen ihre Taschenlampen senken, erkenne ich, dass es Barnabas, Noah, Pearl und Pierre sind. Umwirbelt von vereinzelten Schneeflocken bleiben sie im grellen Scheinwerferlicht stehen.

Noah macht ein paar Schritte auf uns zu. Er hebt seine Schrotflinte und richtet sie auf uns.

»Sarah!«, flehe ich und schlage mit der Faust aufs Armaturenbrett. »Du musst fahren! Los jetzt, rückwärts!«

Endlich erwacht sie aus ihrer Starre und legt den Rückwärtsgang ein. Der Wagen macht einen Satz nach hinten und wird allmählich schneller, während ein weiterer Schuss die nächtliche Stille zerreißt.

»Faaaahr!«, kreische ich, und als der nächste Schuss ertönt, höre ich etwas von der Motorhaube abprallen. Wir schreien und Sarah wird noch schneller. Ich weiß, dass es nicht mehr weit bis zur Straße sein kann, und die vier fangen an zu rennen. Noah, der vorneweg läuft, bleibt kurz stehen, um erneut zu zielen. Er schießt und diesmal erwischt er einen unserer Vorderreifen und verpasst uns einen Platten, gerade als wir die Straße erreichen und Sarah hart das Lenkrad herumreißt.

Mit grimmiger Miene legt sie den Gang ein und tritt aufs Gas. Ich drehe mich um und sehe nun auch unsere Verfolger auf die Straße stolpern.

Noah hebt erneut das Gewehr.

»Runter!«, schreie ich und drücke Sarahs Kopf nach unten, als hinter uns die Heckscheibe zersplittert.

»Heute nicht, ihr Arschlöcher!«, ruft Sarah, während sie in den zweiten Gang schaltet und wir davonrasen. Barnabas und seine Leute drehen sich um und rennen zurück Richtung Haus.

»Die holen bestimmt ihre Autos«, sage ich. »Wir müssen uns beeilen.«

»Weit kommen wir so nicht«, entgegnet Sarah, und jetzt merke auch ich, wie der Wagen wegen des platten Reifens über den Kies wobbelt.

Vor uns kommt das schicke Gehöft in Sicht.

»Halt an«, sage ich. »Wir bitten die Leute da um Hilfe. Barnabas meinte, sie verstehen sich nicht sonderlich gut mit ihren Nachbarn.«

Sarah biegt von der Straße ab und hält direkt vor dem Haus. Wir springen aus dem Auto, rennen zur Tür und hämmern panisch dagegen. Im oberen Stock geht das Licht an und kurz darauf auch im Erdgeschoss. Ein Vorhang wird zurückgezogen und jemand späht zu uns nach draußen. Dann wird endlich die Tür aufgemacht und ein älterer Mann blinzelt uns müde entgegen.

»Was ist los?«, fragt er, und ich stelle erleichtert fest, dass er nicht ungehalten klingt, sondern besorgt. »Braucht ihr Hilfe?«

»Wir werden verfolgt«, antworte ich mit schriller Stimme.

»Verfolgt?« Er starrt mich irritiert an und schiebt die Tür wieder ein Stückchen zu. Eine Sekunde lang habe ich Sorge, dass er sie uns einfach vor der Nase zuknallt.

»Von den Leuten vom Hof. Barnabas«, sage ich, und dann versuche ich, mit möglichst wenigen Worten zu erklären, was passiert ist.

Als er den Namen hört, werden die Augen des Mannes schmal, und er dreht sich zurück ins Haus. »Ginette!«, ruft er. »Kommst du mal schnell?«

Einen Moment später steigt eine ältere Frau die Treppe herunter. »Worum geht's denn hier, Bill?«, fragt sie.

»Barnabas«, antwortet der Mann mit einem vielsagenden Blick.

»Kommt erst mal aus der Kälte, ihr zwei«, sagt die Frau zu uns.

»Aber unser Auto«, wende ich ein. »Die sehen doch sofort, dass wir hier sind.«

Der Mann und die Frau wechseln einen Blick. »Wir wollen uns eigentlich keinen Ärger mit Barnabas und seinen Leuten einhandeln«, sagt die Frau.

»Aber wir können diese armen Mädchen doch nicht einfach wegschicken, Ginette«, widerspricht der Mann.

»Natürlich nicht«, entgegnet die Frau. »Wir sollten die Polizei rufen.«

»Das machen wir auch. Aber in der Zwischenzeit müssen wir erst mal selbst was unternehmen, damit's hier kein Unglück gibt. Wenn ich die beiden richtig verstanden hab, sind Waffen im Spiel. Ich hab ja immer gesagt, der Kerl wird sich noch mal sein eigenes Grab schaufeln. Und ich will nicht, dass er einen von uns dabei mitnimmt.«

Er guckt an uns vorbei vors Haus. »Ist das euer Auto?«

»Ja!«, sagt Sarah. »Die haben auf uns geschossen!«

»Dann müssen wir es verstecken«, sagt er. »Bevor sie hier sind.«

Er schlüpft in ein Paar derbe Stiefel. Sarah gibt ihm den Schlüssel, und wir sehen zu, wie er zum Auto eilt, den Motor anlässt und es zu einer großen Scheune auf der Rückseite des Hauses fährt.

Davor angekommen, steigt er aus, um das Tor zu öffnen. Dann lässt er den Nova langsam hineinrollen.

»Kommt schnell rein, ihr zwei«, sagt die Frau unterdessen. Wir folgen ihr dankbar in die Küche und wärmen uns an dem kleinen Holzofen dort auf, während sie die Glut schürt und neue Scheite nachlegt. Draußen ist es noch immer dunkel, aber der Himmel hat bereits ein morgendliches Grau angenommen, und durch das Fenster über der Spüle sehe ich den Mann zurück zum Haus kommen. Sarahs Nova ist nicht mehr zu sehen.

Ich hole mein Handy raus. Kein Empfang.

»Könnte ich vielleicht kurz Ihr Telefon benutzen?«, frage ich, als die Hintertür aufgeht und der Mann sich den Schnee von den Stiefeln stapft.

»Ich rufe Sheriff Taylor an«, entgegnet der Mann. »Und gebe ihm Bescheid, dass bei Barnabas wieder irgendwas im Gange ist. Der immer mit seinen Ausreißern.«

»Wir sind keine Ausreißer«, entgegnet Sarah. »Wir sind bloß auf der Suche nach jemandem.«

»Hat sich etwa eine Freundin von euch mit diesem Hippie-Clan eingelassen?«, fragt er. Ich versuche, Sarah mit einem Blick zu vermitteln, dass sie den Mund halten soll, aber sie kapiert nicht.

»Nicht direkt«, plappert sie weiter. »Aber wir glauben, dass sie in einen Fall von Kindesentführung verwickelt sind. Der ist schon Jahre her.«

Die Frau dreht sich mit schreckgeweiteten Augen zu ihrem Mann um. »Kindesentführung!«, stößt sie hervor.

Ihr Mann schüttelt unwirsch den Kopf, während er durch die Küche und schnurstracks weiter zu einer Tür marschiert, hinter der sich vermutlich das Wohnzimmer befindet. Kurz darauf hören wir ihn telefonieren.

»Morgen, Denise, Bill Drummond hier, aus der Brewster Road. Wir haben ein kleines Problem; wäre nett, wenn Taylor so schnell wie möglich mit ein, zwei Männern zu uns rauskommen könnte. Barnabas und seine Leute machen mal wieder Ärger.«

Es folgt eine Pause, bevor er weiterredet. »Ja, das wäre gut. Danke, Denise.«

Dann kommt er zurück in die Küche. »Polizei ist unterwegs«, verkündet er. Im nächsten Moment horchen wir alle auf, als draußen Autoreifen über den Kies knirschen. Sarah packt mich beim Arm, während Bill zum Fenster geht.

»Barnabas und Noah«, sagt er. »Versteckt euch besser. Ginette, bring die beiden in den Keller. Ich rede mal mit den beiden.«

»Bitte seien Sie vorsichtig«, warne ich ihn. »Die haben Waffen!«

Er winkt ab. »Mit Barnabas komm ich schon zurecht.«

Ginette scheucht uns einen langen dunklen Flur hinunter und schließt eine Tür unter der Treppe auf, durch die wir in den Keller gelangen. In dem Raum wird die eine Wand durch einen Arbeitstisch und Werkzeug eingenommen, während eine Tür auf der anderen Seite in ein mit Teppich ausgelegtes Zimmer führt, in dem ich einen Nähtisch und ein Regal voller Stoffe und Einmachgläser sehe. Dorthin bringt sie uns.

»Ist ein bisschen kalt hier unten«, sagt Ginette entschuldigend. »Behaltet am besten eure Mäntel an. Da in der Ecke steht ein Heizlüfter, falls es zu schlimm wird. Ich komme wieder, sobald wir rausgefunden haben, was hier eigentlich vor sich geht.«

Dann schließt sie die Tür hinter sich und lässt uns allein. Sarah und ich huschen an eins der beiden winzigen Fenster, die sich knapp oberhalb unserer Augenhöhe befinden. Wir stellen uns auf die Zehenspitzen und spähen nach draußen. Alles, was wir erkennen können, sind mehrere Paar Männerstiefel in der Auffahrt.

»Kannst du was verstehen?«, fragt Sarah. Ich schüttele den Kopf. Zwar höre ich gedämpfte Stimmen, kann jedoch keine einzelnen Worte ausmachen. Nach etwa einer Minute setzen sich die Stiefel in Bewegung und nähern sich der Haustür.

»Oh Gott«, flüstert Sarah. »Die kommen rein! Hoffentlich ist die Polizei bald da!«

Doch in diesem Moment höre ich noch etwas anderes: Einen Riegel, der von der anderen Seite vor die Tür des Nähzimmers geschoben wird. Ich renne hin und rüttle an der Klinke, aber die Tür rührt sich nicht.

Wir sind eingesperrt.

39.

»Verdammt, was machen wir denn jetzt?«, fragt Sarah. Sie verfällt nicht in Panik – dazu ist sie einfach nicht der Typ –, aber sie hat definitiv Angst, was ich ihr auch nicht verdenken kann.

Hektisch suche ich nach einer Fluchtmöglichkeit. Es gibt nur diese beiden kleinen Fenster, die sich von draußen aus betrachtet auf Fußhöhe befinden. Nie im Leben würde ich da durchpassen, Sarah vielleicht mit viel Mühe, aber auch damit wäre uns nicht geholfen, denn davor sind außerdem noch Gitterstäbe direkt ins Fundament eingelassen.

Auch die Tür wirkt ziemlich solide, sie scheint aus irgendeinem Metall zu bestehen und ist fest verriegelt.

»Scheiße«, murmele ich. »Hier kommen wir nicht raus.«

Sarah antwortet nicht; sie räumt gerade irgendwelchen Kram von der braunen Kunstledersitzfläche eines alten Küchenstuhls und schiebt ihn unter einen schmalen Lüftungsschacht in der Decke.

»Sarah«, sage ich, als sie auf den Stuhl klettert. »Das Ding ist vielleicht zehn Zentimeter breit. Da passt du in einer Million Jahren nicht durch.«

Sarah guckt mich an, als hätte ich mal wieder gar nichts kapiert, und legt den Finger auf die Lippen. Dann neigt sie den Kopf zur Seite, um ihr Ohr näher an die Öffnung zu bringen.

Endlich dämmert mir, was sie vorhat, und ich steige zu ihr auf den Stuhl. Dicht zusammengedrängt stehen wir da und lauschen.

Im Zimmer über uns ist eine hitzige Diskussion entbrannt. Das ist deutlich zu erkennen, auch wenn wir nur vereinzelte Wortfetzen aufschnappen.

»Müssen sie laufen lassen«, driftet zu uns herunter, und Sarah und ich wechseln einen Blick, bevor ein aufgestampfter Fuß und ein geblafftes »gar nicht infrage« unsere Hoffnung jäh zum Zerplatzen bringen. »Die haben gesehen —«

Dann jedoch stellt jemand, wissentlich oder nicht, einen Fuß auf den Lüftungsschacht und wir hören nur noch gedämpftes Gemurmel. Ein paar Minuten später hebt sich der Fuß wieder, doch mit ihm bewegen sich nun auch die Stimmen von uns weg, zurück Richtung Haustür. Bald darauf kehrt Stille ein, und wir versuchen, uns einen Reim darauf zu machen, was wir soeben belauscht haben.

»Ich hab keine Ahnung, was hier los ist«, sage ich, »aber die Polizei ist definitiv nicht unterwegs. Der hat nur so getan, als würde er da anrufen.«

»Scheiße«, flüstert Sarah. Sie klettert vom Stuhl und lässt sich resigniert zu Boden sinken.

»Am besten stellen wir den zurück«, sage ich. »Damit sie nicht merken, dass wir gelauscht haben.«

Sie nickt, macht jedoch keine Anstalten aufzustehen. Seufzend setze ich mich ihr gegenüber. »Ach, ist wahrscheinlich auch egal.«

Irgendwann öffnet sich die Tür und Ginette kommt mit einem Tablett herein. Ich gucke Sarah an und weiß, dass wir beide dasselbe denken. Ginette ist alt, und auch wenn sie alles andere als gebrechlich wirkt, hätten wir zu zweit möglicherweise eine Chance, sie zu überwältigen.

»Vergesst es«, sagt Ginette. »Oben steht Bill mit dem Gewehr. Wir wollen euch nichts tun, aber wenn ihr auf dumme Gedanken kommt, haben wir keine andere Wahl.«

Schwer zu beurteilen, ob sie die Wahrheit sagt, aber ich lege Sarah beschwichtigend die Hand auf den Arm. Hinter Ginette ist eine Art Luke zu sehen, zu der eine Leiter führt. Es scheint, als würde man von dort direkt nach draußen gelangen, aber dafür müssten wir es erst mal dorthin schaffen.

»Was haben Sie mit uns vor?«, fragt Sarah.

»Darüber beratschlagen wir gerade«, sagt Ginette. »Esst erst mal was, und dann versucht am besten, ein bisschen zu schlafen.«

Sie stellt das Tablett auf den Nähtisch und geht.

»Was wissen Sie über Sibby Carmichael?«, rufe ich ihr hinterher. Sie bleibt wie angewurzelt stehen.

»Nie gehört«, antwortet sie nach einer kurzen Pause. Dann geht sie zurück durch die Tür, und gleich darauf hören wir wieder das metallische Klicken, als der Riegel vorgeschoben wird.

»Wir müssen hier weg«, sage ich. »Die lassen uns nie im Leben einfach so wieder laufen. Die wissen irgendwas über Sibby, und jetzt wissen sie, dass *wir* davon wissen. Kein Wunder, dass sie nicht die Polizei gerufen haben.«

»Aber wie?«, fragt Sarah. »Es gibt keinen Weg hier raus.«

Die nächsten paar Stunden zerbrechen wir uns den Kopf, müssen uns aber am Ende eingestehen, dass Sarah recht hat. Die Tür ist stahlverstärkt und der Riegel sitzt bombenfest. Was die Frage aufwirft, ob wir womöglich nicht die Ersten sind, die hier gefangen gehalten werden.

Irgendwann erscheint vor einem der beiden winzigen Fenster ein Paar Füße, gefolgt von einer Spanplatte. Kurz darauf hören wir, wie sie festgenagelt wird, bevor sich das Ganze am zweiten Fenster wiederholt.

Der Tag zieht dahin, und egal, wie oft wir sinnloserweise auf unsere Handys gucken, wir haben keinerlei Empfang. Dazu kommt, dass Sarahs Akku so gut wie leer ist und meiner auch nur noch bei zwanzig Prozent. Irgendwann beschließen wir, den Flugzeugmodus einzuschalten und sie ganz wegzustecken, für den Fall, dass wir sie später noch brauchen.

Immer wieder hören wir über uns Schritte. Manchmal dringen auch Stimmen nach unten, aber jetzt sind sie gedämpfter, sodass wir sie weder jemandem zuordnen noch etwas verstehen können, obwohl die Gespräche lang sind. Am meisten Sorgen aber macht uns die Tatsache, dass Ginette nicht wieder auftaucht, dabei wäre es längst Zeit fürs Abendessen gewesen. Ein eisiger Schauder durchläuft mich beim Gedanken daran, was das zu bedeuten haben könnte.

Allmählich wird es still im Haus, und ich stelle mir vor, wie Bill und Ginette über uns ins Bett gehen, als wäre alles völlig normal. Sarah und ich rollen uns in einer Zimmerecke zusammen und ich lege den Arm um sie. Irgendwann schläft sie ein, ich dagegen bleibe wach, sosehr mein Körper sich auch nach Ruhe sehnt. Ein seltsames, verstörendes Gefühl, diese Mischung aus tiefer Erschöpfung und dem stetigen Nachschub an Adrenalin.

Ich weiß nicht, wie lange wir so dagelegen haben, als ich plötzlich leise Schritte höre, erst über uns, dann auf der Treppe. Hastig rüttele ich Sarah wach, die ein unwilliges Brummen ausstößt, bevor sie ganz zu sich kommt, und lege ihr leicht die Hand über den Mund.

»Pssst«, zische ich. Gemeinsam rappeln wir uns hoch und hocken uns neben die Tür. »Ich hab die Kellertür nicht wieder zugehen hören«, flüstere ich. »Das könnte unsere Chance sein. Wenn jemand reinkommt, stürze ich mich auf ihn, und du rennst zur Treppe.«

Sarah will protestieren, aber ich schüttele den Kopf. Wir haben keine Zeit, um uns einen anderen Plan zurechtzulegen.

Ich höre, wie der Riegel zurückgeschoben wird. Dann senkt sich die Klinke und kurz darauf geht die Tür langsam auf. Ich bin drauf und dran, mich mit meinem ganzen Gewicht auf Ginette oder Bill oder wen auch immer zu stürzen, aber dann halte ich im letzten Moment inne.

Denn vor uns steht weder Ginette noch Bill und auch nicht Barnabas oder einer seiner Handlanger. Sondern ein Mädchen im Teenageralter.

Obwohl sie für einen Teenager ziemlich merkwürdig gekleidet ist. Um genau zu sein, sieht sie aus, als wäre sie einer Zeitmaschine entstiegen. Ihr Gesicht wirkt jung und offen und gesund, aber ihr dunkelblondes, schulterlanges Haar ist mit einem Tuch zurückgebunden, das besser zu einer alten Bäuerin gepasst hätte. Dazu trägt sie ein schlichtes, knöchellanges Kleid mit einem hohen geknöpften Kragen.

Da habe ich mich so viele Jahre danach gesehnt, endlich zu erfahren, was aus Sibby geworden ist, mich gefragt, was ich hätte anders machen können. Mir gewünscht, ich hätte sie retten können.

Und jetzt ist es Sibby, die *mich* rettet.

40.

»Sibby.« Es ist kaum mehr als ein Flüstern, denn jetzt, als sie tatsächlich vor mir steht, bleibt mir ihr Name in der Kehle stecken. Ganz am Rande nehme ich wahr, wie Sarahs Kopf zu mir herumschießt und ihr Mund aufklappt, aber in diesem Moment habe ich nur Augen für Sibbys Reaktion. Sie guckt verwirrt, als hätte sie keine Ahnung, mit wem ich da gerade rede.

Sie macht einen Schritt ins Zimmer und lehnt die Tür hinter sich an. Erst jetzt sehe ich, dass sie zwei Paar Stiefel in den Händen hält, unsere Stiefel. Sie stellt sie auf den Boden.

»Ich bin Rachel«, flüstert sie. *Nein, bist du nicht, du bist Sibby.* Wenn ich mir je in meinem Leben bei irgendwas sicher war, dann dabei. Vielleicht wäre es anders, wenn ich nicht vor Kurzem noch Greta getroffen hätte. Aber das habe ich, und darum besteht für mich nicht der geringste Zweifel daran, dass dieses Mädchen Gretas große Schwester ist. Die beiden könnten Zwillinge sein. Sibbys Unwissenheit wirkt nicht gespielt, aber jetzt ist nicht der richtige Zeitpunkt, um rauszufinden, was ihr durch den Kopf geht.

»Wir müssen uns beeilen«, sagt sie. »Ich hab gehört, wie meine Eltern mit den Männern vom Hof geredet haben, und die wollen euch was antun. Ganz bestimmt.«

»Was sollen wir denn machen?«, frage ich.

Sie zeigt auf unsere Stiefel. »Ihr müsst hier weg. So schnell wie möglich.«

»Kommen wir an mein Auto?«, fragt Sarah. »Dein Vater hat es in die Scheune gefahren.«

Sie schüttelt den Kopf. »Die ist abgeschlossen«, erwidert sie. »Und ich weiß nicht, wo der Schlüssel ist. Am besten schleicht ihr euch durch den Wald an der Straße entlang Richtung Highway. Das sind ungefähr zwei Meilen. Wäre also zu schaffen.«

Sarah will etwas einwenden, aber ich lege ihr die Hand auf ihren Arm. »Wir haben keine andere Wahl«, beschwöre ich sie. »Das ist unsere einzige Chance.«

»Glaubst du wirklich, dass deine Eltern irgendwas Schlimmes vorhaben?«

»Die würden alles tun, um mich zu beschützen«, antwortet das Mädchen. »Alles, um zu verhindern, dass jemand mich findet. Schnell jetzt, ihr müsst euch beeilen.«

Wir ziehen unsere Stiefel an und folgen ihr aus dem Zimmer. Ich wende mich in Richtung der Treppe, über die wir hergekommen sind, aber das Mädchen, das einmal Sibby war, hebt die Hand und deutet auf die Luke, die direkt nach draußen führt.

»Wenn wir da raufgehen, hören sie uns«, flüstert sie. »Die Luke hat einen Riegel auf der Außenseite. Wartet kurz hier, ich gehe raus und mache ihn auf.«

Ohne ein weiteres Wort verschwindet sie lautlos die Treppe hoch.

Sarah und ich fallen einander in die Arme. Ich spüre die tiefe Anspannung in ihr, die meine eigene spiegelt. Wir wissen beide, dass wir diese Chance nutzen müssen.

»Tut mir leid, dass ich dich hier mit reingezogen hab«, flüstere ich.

Sie schüttelt den Kopf, der an meiner Schulter liegt. »Wir sind da zusammen reingeraten.«

Über uns ertönt ein Geräusch, als würde etwas Schweres beiseitegezogen, und im nächsten Moment klappt die Luke nach außen auf. Ein Schwall eiskalte, trockene Luft weht zu uns runter und in der Öffnung zeichnet sich Sibbys Silhouette schwarz vor dem tiefblauen Nachthimmel ab. Sie gibt uns einen Wink und wir klettern die Leiter hoch ins Freie. Nachdem ich ihr geholfen habe, die Luke leise wieder zuzuklappen, überreicht sie uns eine Plastiktüte. Darin sind zwei Wollmützen und zwei Paar Handschuhe.

»Handgestrickt von meiner Mutter«, erklärt sie mit einem kleinen Lächeln. Dann dreht sie sich um und deutet auf einen Punkt am Waldrand. »Geht in die Richtung bis zu dem kleinen Bach und lauft im Wasser weiter, damit ihr keine Spuren hinterlasst. Dann kommt ihr irgendwann zum Highway.«

»Danke«, sage ich.

Als sie abermals lächelt, erinnert mich ihr Gesicht so sehr an das Mädchen von früher, dass sich mir das Herz zusammenzieht.

»Dein wirklicher Name ist Sibyl Carmichael«, sage ich zu ihr. »Sibby. Du warst mal meine beste Freundin.«

Diesmal ist der Blick, den sie mir zuwirft, nicht verwirrt. Sondern traurig. »Das frage ich mich schon lange«, erwidert sie. »Wer ich bin.«

»Wir kommen wieder, und dann holen wir dich hier raus«, füge ich hinzu und will gerade nach Sarahs Hand greifen, als in einem der Fenster über uns das Licht angeht. Erschrocken starren wir hoch. Sekunden später fliegt die Kellerluke auf und heraus springt Bill, der sich unter wütendem Gebrüll auf uns stürzt.

Alles geht so schnell, dass mir keine Zeit zum Reagieren bleibt. Sarah wird zu Boden gerissen und schreit auf vor Schmerz.

Sibby steht einfach da und schlägt sich die Hand vor den Mund.

»Rachel, was ist denn in dich gefahren?«, fährt Bill sie an. Dann dreht er sich zum Haus um. »Ginette!«, schreit er zu den Fenstern hoch. »Ruf Barnabas an!«

Sarah wimmert und wehrt sich mit Händen und Füßen. Schließlich lässt Bill sie los und kommt auf mich zu. Als Sarah aufstehen will, gibt eins ihrer Beine unter ihr nach.

»Lauf! Dee! Du musst hier weg!«

»Aber nicht ohne dich!«, schreie ich zurück, während Bill seinen unheilvollen Blick auf mich fixiert.

»Dann bringen sie uns beide um«, keucht sie. »Eine von uns muss Hilfe holen!«

Ich weiß, dass sie recht hat, aber ich kann mich nicht vom Fleck rühren, kann sie nicht hier zurücklassen. Ich zögere, bis Bill mich mit einer hastigen Bewegung beim Mantel packt.

»Du kleines Biest«, knurrt er. »Du hättest mich und meine Familie in Frieden lassen sollen.«

»Das ist nicht Ihre Familie!«, fauche ich zurück, woraufhin er mit der Faust ausholt. Doch bevor er zuschlagen kann, trifft ihn von hinten etwas in die Kniekehlen. Mit einem Schrei sackt er in sich zusammen und ich sehe Sibby mit einem Spaten hinter ihm.

»Es tut mir so leid, Sarah«, sage ich.

»Ich weiß«, antwortet sie. »Und jetzt lauf!«

Ich rase los. Vor mir lauert der Wald wie eine gewaltige dunkle Mauer des Ungewissen. Ich renne so schnell wie noch nie in meinem Leben, aber diesmal laufe ich nicht vor meinen Erinnerungen weg; ich laufe ihnen entgegen. Am Waldrand angekommen, werfe ich keuchend einen Blick zurück und sehe

Bill über den Hof humpeln. Aber er ist weit hinter mir, und ich weiß, dass ich ihm entkommen kann. In seiner Arroganz ist er davon ausgegangen, dass er mit drei jungen Mädchen leichtes Spiel haben würde, aber da hat er sich getäuscht.

Jetzt bleibt er stehen und sinkt abermals auf die Knie. Von ihm droht mir keine Gefahr mehr, aber die anderen sind auf dem Weg. Und sie werden bald hier sein.

Ich verschwinde zwischen den Bäumen.

Es dauert ein Weilchen, bis meine Augen sich an die Dunkelheit gewöhnt haben, aber dann scheint der Wald sich mir zu öffnen, mich in sich aufzunehmen. Ich ziehe mein Handy aus der Hosentasche, verdecke mit meinem Handschuh das leuchtende Display und lasse nur die oberste Ecke frei, um zu sehen, ob ich Empfang habe. Wie erwartet, werde ich enttäuscht.

Als das Gelände plötzlich jäh abfällt, erinnere ich mich an den Bach, von dem Sibby gesprochen hat, und ich schlittere und stolpere den verschneiten Abhang hinunter bis zu einem schmalen Rinnsal. Hier und da ragen Steine aus dem gluckernden Wasser und ich springe auf den ersten erreichbaren davon. Beinahe wäre ich auf der nassen Oberfläche ausgerutscht, kann mich jedoch im letzten Moment wieder fangen. Auf diese Weise komme ich zwar sehr viel langsamer vorwärts als am Ufer, aber Sibby hatte natürlich recht: Besser, ich hinterlasse keine Spuren. Der Bach schlängelt sich tiefer und tiefer in den Wald und irgendwann verfalle ich in eine Art Rhythmus. Stetig, wenn auch nicht unbedingt schnell, arbeite ich mich voran.

Der Wald ruft mir meinen Traum von letzter Nacht in Erinnerung. Es war Pierres leise, heisere Stimme, die ich darin wiedererkannt habe, eine Stimme, die ich selbst nach zehn Jahren nie ganz vergessen habe. Auch wenn es eine Weile gedauert hat, bis ich sie einordnen konnte.

Lass uns abhauen. Eine zweite Chance kriegen wir nicht.

Pierre war einer der beiden Männer damals im Wald, das ist mir nun klar, aber da ist noch so viel anderes, was ich nicht verstehe. Welche Rolle hat zum Beispiel Sandy in all dem gespielt? Und ist sie nun der Beweis dafür, dass Terry ebenfalls in Sibbys Entführung verwickelt war und es tatsächlich einen Zusammenhang zu Laylas Verschwinden gibt, den bloß noch niemand erkannt hat? Irgendein wichtiges Puzzleteil fehlt noch immer.

Aus der Ferne, der ungefähren Richtung, in der sich Bills und Ginettes Haus befindet, dringen Motorenlärm und Geschrei zu mir rüber. Die Geräusche sind weit genug weg, dass ich glaube, mich auf meinen Vorsprung verlassen zu können, doch als ich mich umdrehe, sehe ich ein Paar Autoscheinwerfer, das sich nur ein paar Hundert Meter entfernt durch die Dunkelheit bewegt. Der Bach fließt hier näher an der Straße. Mit klopfendem Herzen bleibe ich stehen und blicke mich um. Viele Möglichkeiten habe ich ohnehin nicht, aber eines ist sicher: Wenn ich weiter dem Bachlauf folge, werden sie mich früher oder später erwischen.

Entschlossen kehre ich den Lichtern den Rücken zu. Ein Stück vor mir wächst nahezu waagerecht eine alte Kiefer aus der Uferböschung. Ich versuche, die Entfernung abzuschätzen, und komme zu dem Ergebnis, dass ich es mit ein bisschen Geschick schaffen müsste, auf den Stamm zu springen und mich hinaufzuschwingen, ohne dabei den Boden zu berühren und Fußspuren im Schnee zu hinterlassen.

Einen Versuch ist es wert. Zweige und Kiefernnadeln zerkratzen mir das Gesicht, aber es gelingt mir tatsächlich, den linken Arm um den Stamm zu schlingen und mich hochzuziehen. Als ich mich zur Straße umdrehe, sehe ich, dass die Scheinwerfer sich nicht mehr bewegen. Der Wagen hat angehalten. Panik durchzuckt mich, als das Licht kurz darauf erlischt. Ein paar Sekunden später geht die Innenbeleuchtung des Autos an, und jemand steigt aus, bevor es abrupt wieder dunkel wird und ich die Tür zuschlagen höre.

Plötzlich flammt ein weiterer greller Lichtstrahl auf und richtet sich geradewegs auf einen Baum keine anderthalb Meter von mir entfernt. Ich ducke mich, als der Strahl ein paarmal von rechts nach links schweift. Schließlich senkt er sich auf den Boden und beginnt, rhythmisch auf- und abzuwackeln, als sich die Person mit der Taschenlampe offenbar in Bewegung setzt. Hastig robbe ich über den Baumstamm zum oberen Ende der Böschung.

Ich habe es tatsächlich geschafft, keine Fußspuren zu hinterlassen, und als ich endlich über die Kante spähen kann, erkenne ich, dass hier, tiefer im Wald, weitaus weniger Schnee liegt. So schnell ich kann, hüpfe ich von einer schneefreien Stelle zur nächsten.

Die Geräusche kommen immer näher, und ich weiß nicht, was ich tun soll. Am Ende einer Lichtung ragt ein hoher Baum auf, ein Ahorn vielleicht. Der höchste, den ich bisher in diesem Wald gesehen habe. Ich schließe die Augen und denke kurz nach. Ist dieser Baum meine Rettung oder begebe ich mich damit geradewegs in die Falle?

Dann fällt mir noch etwas ein: Ich habe immer noch keinen Handyempfang, aber vielleicht ja dort oben …

Kurz entschlossen renne ich los. Als ich mich die ersten tief hängenden Äste hochhieve, reißt mir ein Zweig die Mütze vom Kopf. Hilflos sehe ich zu, wie sie unter mir in den Schnee fällt, und kann nur hoffen, dass sie mich nicht verrät.

Ich kämpfe mich weiter nach oben und bete bei jeder Bewegung, dass ich nicht abrutsche, klettere höher und höher, bis ich schließlich, etwa sieben Meter über dem Boden, eine Astgabel entdecke, in der ich einigermaßen gut sitzen kann.

Ich ringe nach Luft. Es ist so kalt, dass ich mir wünsche, ich hätte mir die Zeit genommen, meine Mütze aufzuheben, doch da entdecke ich in der Ferne auch schon weitere Taschenlampenstrahlen und höre Stimmen, die meinen Namen rufen. Ich frage mich, wie es Sarah geht und ob Sibby noch bei ihr ist. Wenigstens kann ich mir einigermaßen sicher sein, dass sie Sarah nichts antun werden, solange ich auf der Flucht bin. Barnabas und die anderen müssen sich darüber im Klaren sein, dass es, falls sie geschnappt werden sollten, besser für sie wäre, wenn Sarah wohlauf ist.

Als mein Atem sich ein wenig beruhigt hat, ziehe ich einen meiner Handschuhe aus und verstaue ihn sicher in der Jackentasche. Dann hole ich mein Handy hervor und schalte es ein.

Als Erstes fällt mein Blick auf eine Nachricht von Carla Garcia.

Gute Neuigkeiten! Sie wurden gefunden! Beide am Leben! Schreib mir, sobald du kannst!

Mein Herz macht vor Freude einen Hüpfer. Wenn Vanessa und Nia es trotz allem sicher zurück nach Hause geschafft haben, dann können wir das auch.

Voller Hoffnung registriere ich, dass ich einen Balken Empfang habe. Er verschwindet kurz, um jedoch sofort wieder aufzutauchen.

Noch acht Prozent Akku übrig. Wenn nicht jetzt, wann dann?

Schnell wähle ich die Nummer der Polizei. Als ich mir das Telefon ans Ohr halte, höre ich einen einzigen Freiton, bevor mich ein weiteres Signal darüber informiert, dass der Anruf abgebrochen wurde.

»Scheiße«, murmele ich. Unter mir tasten weiter die Lichtstrahlen durch den Wald. Es sind mindestens vier oder fünf und sie kommen stetig näher. Hin und wieder hält einer von ihnen inne und leuchtet im Kreis, dann nach oben. Also suchen sie die Baumkronen ab. Mir läuft die Zeit davon.

Ich wähle wieder und wieder, aber jedes Mal bricht das Klingeln beinahe sofort ab. Mein Herz wummert. Ich komme nicht durch.

Aber ich gebe nicht auf. Noch nicht.

Noch fünf Prozent Akku, ich muss mir was einfallen lassen. Ich fange an, eine Nachricht zu tippen, ohne zu wissen, an wen eigentlich – meinen Dad? Burke? Die werden alle schlafen und frühestens morgen wieder auf ihre Handys gucken. Einer spontanen Eingebung folgend öffne ich meine Aufnahme-App und rede einfach drauflos. Anschließend rufe ich meinen *Radio-Silent*-Twitter-Account auf, tippe einen raschen Post, hänge die Sprachnachricht an und klicke auf Twittern.

Die dünne blaue Linie, die im oberen Teil des Profils den Ladefortschritt anzeigt, setzt sich in Bewegung, aber dann hält sie plötzlich an. Ein Fenster öffnet sich: *Tweet nicht gesendet.*

Verdammt! Fast hätte ich aufgeschrien vor Frust und Verzweiflung, kann mich aber im letzten Moment noch zurückhalten. Noch drei Prozent Akku. Mir steigen Tränen in die Augen. Wieder tippe ich auf Twittern, und diesmal strecke ich den Arm so weit ich kann über mir in die Luft. Während die blaue Linie erneut über das Display kriecht, sehe ich, wie der Empfang von einem Balken zu zwei wechselt. Es folgt eine lange, nervenaufreibende Pause, als die blaue Linie abermals stoppt, dann aber saust sie mit einem Mal weiter, und der Tweet ist gesendet. Eine Sekunde später wird das Display schwarz. Der Akku ist leer.

Ich hole tief Luft und lache auf vor schierer, ungebremster Erleichterung. Im nächsten Moment jedoch fällt der Strahl einer Taschenlampe auf die Lichtung unter mir und ich mache mich so klein wie möglich. Zwar sitze ich ziemlich hoch oben, aber mir ist klar, dass ich zwischen den laublosen Ästen trotzdem deutlich zu sehen bin, wenn mich jemand direkt anleuchtet.

»Komm schon, Delia, wir wissen, dass du hier bist«, ruft jemand in einem sanften, schmeichelnden Singsang. Es klingt unnatürlich, gekünstelt, so wie man einen Hundewelpen unter dem Sofa hervorlocken würde, und doch erkenne ich die Stimme sofort. Es ist die Stimme, an die sich mein Unterbewusstsein schon gestern erinnert hat, die Stimme, die mich in der Nacht aus dem Schlaf gerissen und mich davon überzeugt hat, dass ich auf der richtigen Spur bin. Pierre ist hinter mir her, genau wie damals, als Sibby und ich zusammen im Wald waren.

Ich schließe die Augen und warte darauf, dass er weitergeht. Er macht einen Schritt, dann noch einen, steht jetzt direkt unter mir am Fuß des riesigen Ahorns.

»Wir wollen dir nichts tun, Delia«, sagt er jetzt, und ich versuche, mich damit zu trösten, dass es nicht klingt, als würde er nach oben sprechen. Also weiß er noch nicht, dass ich genau über ihm bin. »Wir wollen nur reden. Dir alles erklären.«

Dann bleibt er stehen und wartet. Worauf? Dass ich auf sein Geschwafel reinfalle? Nach ein paar Sekunden gibt er auf und wendet sich zum Gehen. Langsam atme ich aus. Am Rand der Lichtung jedoch zögert er plötzlich und lässt ein letztes Mal den Strahl seiner Taschenlampe über den Boden gleiten.

Der Strahl stoppt und Pierre marschiert hastig zurück über die Lichtung. Ich weiß, was er gesehen hat, bevor er auch nur den Ahorn erreicht. Im nächsten Moment richtet er das Licht geradewegs auf mich. Ich starre auf ihn hinunter, blinzele halb blind gegen den grellen Schein an, aber mir ist auch so klar, dass sich dahinter Pierre verbirgt. In der Hand meine verlorene Mütze.

41.

Transkript von **RADIO SILENT**
Notfallepisode 45

DIE SUCHERIN: Ich weiß, ihr erkennt meine Stimme nicht, weil ich diesmal keinen Filter benutze, aber hier ist die Sucherin. *Ich* bin die Sucherin. Mein richtiger Name ist Delia Skinner und ich bin siebzehn Jahre alt. Ich hab euch allen eine Menge zu erzählen, zu erklären, und ich verspreche euch, dass ich das bald nachholen werde, aber jetzt gerade brauche ich dringend eure Hilfe. Ich stecke nämlich in Schwierigkeiten. Zusammen mit meiner Freundin. Wir sind dem Hinweis einer Hörerin gefolgt und zu einem Bauernhof in der Nähe eines kleinen Dorfs namens Finley gefahren. Wir sind auf der Suche nach Sibyl Carmichael.

Und wir haben sie gefunden.

Wir haben sie wirklich gefunden und jetzt stecken wir in Schwierigkeiten. Ich brauche Hilfe, liebe Laptopdetektive. Und zwar schnell.

Wenn irgendjemand das hier hört, bitte verständigt die Polizei von Finley. Bitte schickt sie zu der Kommune an der Brewster Road und sagt ihnen, dass hier Menschenleben in Gefahr sind. Ich werde verfolgt und verstecke mich gerade im Wald in der Nähe des Hofs. Ich habe keine Ahnung, ob ich lebendig hier rauskomme. Das ist kein Scherz.

Und noch was, Leute: Egal, was mit mir passiert, bitte verbreitet die Nachricht, dass Sibyl Carmichael am Leben ist. Sie ist am Leben.

Und es wird Zeit, dass wir sie zurück nach Hause holen.

42.

Pierre steht direkt unter meinem Baum; er hat mich auf jeden Fall gesehen.

»Hier drüben!«, will er seine Komplizen herlotsen.

Der Lichtstrahl senkt sich zurück auf den Boden und fängt an zu schlingern, als Pierre sich nach einem der tief hängenden Äste reckt.

»Vergiss es, alter Mann!«, schreie ich zu ihm runter.

»Hey!«, ruft er wieder. »Ich hab sie! Hier drüben!«

Irgendwo in der Ferne ertönt eine Antwort. Die anderen haben ihn gehört.

Er versucht weiter, den Baum hochzukommen.

Viel kann ich jetzt nicht mehr tun. Barnabas, Noah, Bill und vermutlich noch ein paar Leute mehr nähern sich, rufen durch den Wald. Pierre hat es inzwischen tatsächlich auf den Baum geschafft und fängt an zu klettern. Er kommt schneller voran, als ich es ihm zugetraut hätte.

Ich werfe einen Blick nach oben. Über mir ist noch einiges an Baum übrig, sodass ich Pierre fürs Erste entkommen könnte, aber natürlich gibt es dabei ein offensichtliches Problem: Irgendwann würde ich zwangsläufig einen Punkt erreichen, an dem es nicht mehr weitergeht. Ich habe keine Ahnung, was Pierre vorhat, wenn er mich erwischt, aber im Grunde braucht er mir ja bloß so lange den Fluchtweg zu versperren, bis seine Verstärkung hier ist.

»Gib's auf, Delia«, sagt er. »Wir haben dich.« Seine Stimme klingt ruhig, beinahe freundlich, aber ich höre die Anstrengung darin, ein leises Pfeifen bei jedem Atemzug. Kurz hält er inne, um zu verschnaufen. Dann klettert er weiter, höher und höher, bis mir ernsthaft mulmig wird.

Meine beste Chance ist es, ihn am Reden zu halten. »Was war euer Plan damals?«, rufe ich zu ihm runter. »Woher wusstet ihr, wo sie an dem Tag sein würde?«

»Ich hab keine Ahnung, wovon du redest«, erwidert er keuchend.

Ich schnaube. »Ach bitte. Ich hab sie gerade selbst gesehen. Das ist dir schon klar, oder? Sie war meine beste Freundin. Als würde ich sie da nicht wiedererkennen.«

»Ich hab keine Ahnung, wovon du redest!«, wiederholt er barsch.

»Ich war das andere Mädchen im Wald!«, schreie ich ihn an, kurz davor, die Beherrschung zu verlieren. »Wie blöd kann man eigentlich sein?«

Zu meiner Überraschung lacht er.

»Im Ernst? Das warst du?«

»Ja! Und jetzt bin ich euch auf die Schliche gekommen. Ihr seid geliefert!«

Wieder lacht er. »Wenn hier irgendwer geliefert ist, dann du. Du und deine Freundin.«

Die Äste haben aufgehört zu knarzen. Er hat wieder angehalten.

»Pierre! Wo bist du?«, höre ich Barnabas' Stimme von sehr viel näher als noch kurz zuvor.

Als Pierre einen Moment abgelenkt ist, um zu antworten, gehe ich aufs Ganze. Ohne auch nur eine Sekunde zu zögern, lasse ich mich fallen. Dabei stoße ich mich zwar hin und wieder unsanft, schaffe es aber zumindest, nirgendwo hängen zu bleiben.

Bevor Pierre auch nur einen Ton herausbekommt, krache ich mit voller Wucht auf ihn runter und reiße ihn mit, bis wir zusammen auf dem Boden landen. Zu meinem Glück hat Pierre meinen Aufprall ein wenig gebremst, sodass ich mich schnell wieder fange und aufspringen kann.

Pierres leises Stöhnen dagegen lässt darauf schließen, dass er es mir fürs Erste nicht gleichtun wird, aber im Moment ist er meine kleinste Sorge. Ein Lichtstrahl bricht durch die Bäume und kurz darauf betritt Barnabas die Lichtung. Ich warte nicht ab, bis er mich sieht.

Stattdessen renne ich los.

Diesmal bemühe ich mich gar nicht erst, leise zu sein oder keine Spuren zu hinterlassen, sondern flüchte so schnell ich kann zwischen die Bäume auf der anderen Seite. Hinter mir erklingt ein Schrei, und der wild hin und her zuckende Lichtstrahl verrät mir, dass Barnabas zu meiner Verfolgung angesetzt hat.

Ich renne weiter, spüre kaum die Zweige, die mir ins Gesicht peitschen, und stehe sofort wieder auf, wenn Wurzeln oder der unebene Boden mich zu Fall bringen.

»Du hast keine Chance, Delia!«, ruft Barnabas hinter mir. »Wir lassen dich nicht entkommen!«

Ich keuche, habe keine Ahnung, in welche Richtung ich laufe, aber ich halte nicht an. Ich muss Zeit schinden. Bestimmt ist längst Rettung unterwegs. Oder?

Ein lauter Knall ertönt, gefolgt von einem Lichtblitz, und Holzspäne fliegen, als vor mir eine Gewehrkugel ein Loch in einen Birkenstamm reißt. Barnabas hat auf mich geschossen. Eine heiße Welle von Angst katapultiert mich vorwärts, während ein zweiter Schuss durch die Dunkelheit hallt.

Und dann, wie durch ein Wunder, sehe ich wieder Lichter, höre ein Auto hupen, dann mehrere, und das alles näher, als ich zu hoffen gewagt hätte. Ich halte darauf zu. Mein Körper scheint sich wie losgelöst von meinem Verstand zu bewegen und irgendeinem primitiven Überlebensinstinkt zu folgen, und so erreiche ich schließlich den Waldrand und springe über den zugefrorenen Bach. Während ein weiterer Schuss nur Zentimeter an mir vorbeizischt, klettere ich die Böschung zur Straße hoch.

Oben angekommen, bleibe ich erstaunt stehen beim Anblick der Reihe von Autos und Pick-ups, die dort in beiden Richtungen am Straßenrand parken. Es müssen mindestens zwei Dutzend sein. Hier draußen ist es heller als erwartet, und während ich mich noch blinzelnd auf die veränderten Lichtverhältnisse einstelle, lasse ich den Blick über die Leute schweifen, die in kleinen Gruppen zusammenstehen. Ein paar haben ihre Handys am Ohr und sprechen schnell und eindringlich hinein. Andere wiederum machen Fotos oder holen Essen und Decken aus ihren Autos.

Eine Frau mittleren Alters eilt auf mich zu und schlingt mir eine Decke um die Schultern.

»Bist du Delia Skinner?«, fragt sie.

Ich kann nur nicken, als mit einem Mal meine Zähne zu klappern anfangen und mich die Kälte übermannt.

»Ich bin Diane«, stellt sie sich vor. Dann deutet sie auf die anderen Leute. »Wir sind alle Laptopdetektive.«

Irgendjemand weiter hinten ruft etwas, und ich drehe mich genau in der Sekunde um, als Barnabas aus dem Wald gestürzt kommt. Wie angewurzelt bleibt er stehen und starrt zu all den Menschen herüber, die sich aus unerfindlichen Gründen hier versammelt haben.

Reflexartig wirbelt er herum, und im ersten Moment denke

ich, dass er zurück in den Wald flüchten will, doch dann lässt er sein Gewehr fallen. Aus der Ferne nähert sich Sirenengeheul. Barnabas sinkt auf die Knie und vergräbt das Gesicht in den Händen.

43.

Sobald das alles hinter mir lag – mein Sprung vom Baum, meine Flucht zu den vielen Leuten am Straßenrand, die sich zu dieser unglaublichen, verrückten Rettungsaktion eingefunden hatten – und ich die ersten Sirenen hörte, die messerscharf die kalte Morgenluft durchschnitten, konnte ich nur noch an eines denken.

Sibby.

Sibby würde wieder nach Hause kommen.

Es gab keinen Schusswechsel mit der Polizei, kein Geiseldrama. Kein brennendes Bauernhaus und keinen dramatischen Gruppenselbstmord.

Aber: Da war Ginette, die schluchzend zu Boden sank, während ihr Ehemann in Handschellen zum Streifenwagen gebracht wurde. Ihr klägliches Wimmern, als zwei Polizisten ihr die Arme auf den Rücken drehten und sie ebenfalls abführten.

Dann wieder: mein Schrei der Erleichterung, als ich Sarah zwischen den Leuten entdeckte, und ihr glückseliges Strahlen, sobald sie mich sah. Die Umstehenden, die uns Platz machten, als wir aufeinander zurannten und uns in die Arme fielen. Die Tränen, die ich eine gefühlte Ewigkeit hatte zurückhalten müssen und die nun zu fließen begannen, so heftig, dass ich überzeugt war, nie wieder aufhören zu können. Sarah, die mich fest an sich zog, wie um mir wortlos zu versichern, dass sie mich nicht so bald wieder loslassen würde.

»Wo ist Sibby?«, fragte ich schließlich.

»Ich weiß nicht«, antwortete Sarah und schüttelte den Kopf. »Es ging alles so schnell. Auf einmal stand die Polizei vor dem Haus und wir sind beide losgerannt. Aber dann wurden wir getrennt.«

Ein Kribbeln kroch meine Beine hoch, ich fing am ganzen Körper an zu zittern und plötzlich bekam ich kein Wort mehr über die Lippen. War sie wirklich weg? Hatte ich tatsächlich zugelassen, dass sie wieder verschwindet?

Und dann sah ich sie. Sie wirkte verstört und ängstlich; irgendwer hatte ihr einen Mantel um die Schultern gelegt und führte sie zu einem der Polizeiautos. Doch bevor sie einstieg, blieb sie noch einmal stehen und ließ den Blick durch die Menge schweifen, suchend, verzweifelt.

Sie schien mich nicht mal wahrzunehmen, und in dem Moment wusste ich, dass ich niemals die glückliche Wiedervereinigung bekommen würde, die ich mir gewünscht hatte. In all den Jahren, seit wir voneinander getrennt worden waren, hatte sich jede einzelne unserer Körperzellen erneuert. Der zarte, dünne Faden, der mich mit den Erinnerungen an unsere Freundschaft verbunden hatte, war schon vor langer Zeit gerissen, sosehr ich mein Ende auch noch immer umklammerte.

Es gab nichts mehr, was uns zusammenhielt.

Doch dann wanderte ihr Blick wieder zurück zu mir und die Angst in ihrem Gesicht ebbte ein wenig ab. Wich etwas anderem.

Erkennen.

Die Polizeiwache von Finley ist winzig, und als unser Streifenwagen auf der Rückseite des Gebäudes hält, warten vorne bereits die ersten Journalisten. Ich sehe, wie ein babyblauer Van mit quietschenden Reifen hinter dem Maschendrahtzaun zum Stehen kommt, und beuge mich zu dem Polizisten auf dem Beifahrersitz vor.

»Können Sie dafür sorgen, dass irgendwer Sibyl vor denen abschirmt?«, frage ich. »Das da mit dem Van ist Quinlee Ellacott von BNN, die schreckt vor nichts zurück.«

Der Mann wirft einen unsicheren Blick aus dem Heckfenster. Dann nickt er und greift zu seinem Funkgerät.

»Achtung, die Presse ist da«, sagt er.

»Verstanden«, kommt gleich darauf die knisternde Antwort. »Wir schicken euch jemanden raus.«

Kurz darauf werden Sibby, Sarah und ich von zwei weiteren Polizisten, die eine Decke als Sichtschutz hochhalten, zum Hintereingang des Gebäudes geleitet. Drinnen wird jede von uns in eine andere Richtung gebracht und ich lande allein in einem Vernehmungsraum. Zum Glück weiß ich, dass ich Sarah in ein paar Stunden wiedersehe, allerdings habe ich so den Verdacht, dass es bei Sibby anders sein wird.

Und genauso ist es dann auch.

Schon als ich noch im Streifenwagen zur Polizeiwache saß, wurden meine Eltern dank Quinlee Ellacott bereits grob über die Ereignisse informiert. Diese war keine zehn Minuten nach meinem Twitter-Notruf aus ihrem Hotel gestürmt und zu mir nach Hause gefahren, in der Hoffnung auf einen Kommentar oder sonst irgendwas, was ihr auch nur den kleinsten Vorsprung gegenüber den anderen Journalisten verschaffen würde. Doch die schiere Durchschlagskraft von Social Media lässt selbst Quinlee Ellacott und ihr rasendes Reporterteam alt aussehen.

Noch während sie meinen verwirrten Eltern hastig erklärte, was los war, ging mein Hilferuf viral und verbreitete sich in schwindelerregendem Tempo. Irgendwer hatte sogar ein Video daraus gemacht und meine vor Angst und Kälte zitternde Stimme mit Fotos und alten Zeitungsartikeln über Sibbys Vermisstenfall unterlegt. Das alles hatte sich im Nullkommanichts aus dem Internet fischen lassen, so schnell wie ein Wimpernschlag, so schnell, wie man ein kleines Mädchen aus seinem Leben reißen kann.

Meine Eltern jedoch hatten Quinlee die Tür vor der Nase zugeschlagen. Natürlich hatte sie trotzdem eine Story daraus gestrickt und jeden Fetzen benutzt, den sie in die Finger bekam. Der große Coup mochte ihr nicht gelungen sein, aber sie war dennoch entschlossen, sich ihren Anteil an dem Drama zu sichern.

Als meine Eltern auf der Polizeiwache ankommen, bin ich noch immer in meinem Vernehmungsraum, während mein Handy dank einer netten Polizistin im Nebenzimmer lädt.

Ich erkläre ihnen, was passiert ist, und sie scheinen nicht zu wissen, ob sie entsetzt, erleichtert oder stolz oder alles auf einmal sein sollten. Natürlich ist das eine ganze Menge zu verarbeiten, aber sie werden es schon überstehen, da bin ich mir sicher. Schließlich haben sie auch die Ereignisse von vor zehn Jahren überstanden. Außerdem sitze ich jetzt quicklebendig vor ihnen, Sibby ist wiederaufgetaucht, und überhaupt: Ist das nicht alles ein Wunder?

Direkt am nächsten Tag kommt Burke mich besuchen. Er rennt einfach, ohne zu klopfen, die Treppe hoch und überrascht mich mit einer stürmischen Umarmung. Noch mehr überraschen mich allerdings die Tränen in seinen Augen, als er mich wieder loslässt.

»Mann, bin ich froh, dass es dir gut geht«, stößt er hervor. »Und du hast sie gefunden! Ich hab immer gewusst, dass du das Zeug dazu hast, Dee. Ganz ehrlich.«

»Na ja«, entgegne ich. »Hauptsächlich war ich einfach zur richtigen Zeit am richtigen Ort.«

»Quatsch.« Er lässt sich aufs Sofa fallen. »Das ist einzig und allein dein Verdienst.«

»Die ganze Geschichte kenne ich selber noch nicht. Aber heute Morgen hat Detective Avery angerufen und meinte, sie hätten sich jetzt noch mal ausführlich mit deinem Onkel unterhalten.«

»Glaubst du, er hatte was damit zu tun?«, fragt Burke.

»Es scheint, als hätte er vielleicht hinterher was geahnt. Aber nicht, dass er von vornherein eingeweiht war. Weißt du noch, wie sauer er neulich auf sich war? Wegen des Baumhauses?«

Burke schnaubt. »Genau. Das bescheuerte Ding hat schließlich er gebaut. Wie kann er da nichts davon gewusst haben?«

»Er hat es gebaut, weil Sandy ihn dazu gebracht hat«, widerspreche ich. »Ich glaube wirklich nicht, dass er wusste, was sie damit bezweckt hat. Sie hat ihn einfach ausgenutzt.«

Burke denkt kurz darüber nach. »Mom meinte, Sandy hätte ein paar Wochen nach Sibbys Verschwinden mit ihm Schluss gemacht und er wäre am Boden zerstört gewesen.«

In anderen Punkten herrscht mehr Klarheit. Zum Beispiel darüber, wie Barnabas ins Spiel gekommen ist. Er hatte die Kommune zusammen mit seinen frühesten Anhängern Pearl, Pierre und Noah gegründet, fast komplett ohne Geld und nur mit einem kleinen Grundstück am Waldrand.

Irgendwann fragte er bei den Nachbarn – Bill und Ginette Drummond – an, ob sie ihm ein Stück von ihrem Land verkaufen wollten, aber das Paar lehnte zunächst ab. Da Barnabas allerdings wusste, dass die beiden sich verzweifelt Kinder wünschten und keine eigenen bekommen konnten, bot er an, ihnen eines zu »finden«. Und am Ende willigten sie ein.

Sandy, die sich mittlerweile ebenfalls in Polizeigewahrsam

befindet, gehörte damals zu den ersten, fanatischsten Mitgliedern der Kommune, und als Barnabas ihr die Aufgabe übertrug, ein Kind aufzutreiben, machte sie sich in einer Bar an Terry ran. Der war arbeitslos und ungebunden und hatte ihr gleich zu Anfang von der großen Familie seines Bruders erzählt. Nach ein paar Tagen schlug sie ganz unverbindlich vor, sie doch mal zu besuchen, und natürlich konnte Terry es nicht erwarten, ein bisschen mit seiner hübschen neuen Freundin anzugeben.

In den Monaten, die die beiden in Redfields verbrachten, bemühte Sandy sich, möglichst viele Kinder aus der Nachbarschaft kennenzulernen, und pickte schließlich Sibby heraus, die sie für am besten geeignet hielt. Sie brachte Terry dazu, das Baumhaus zu bauen, organisierte immer wieder Spieltreffen im Wald und kannte die Tagesabläufe der Kinder gut genug, um vorhersehen zu können, dass Sibby und ich an dem Nachmittag, als sie selbst und Terry mit den O'Donnell-Kindern im Kino waren, im Wald sein würden.

Sie gab Barnabas Bescheid, der Pierre und Noah losschickte. Die beiden versteckten sich im Wald, wir tauchten auf. Und der Rest ist Geschichte.

»Er war so erleichtert, als er gehört hat, dass Sibby noch am Leben ist«, redet Burke weiter. »Wer weiß, vielleicht hat er sich am Ende doch irgendwie mitschuldig gefühlt.«

»Schuld sind die aus der Kommune«, entgegne ich. »Barnabas und Sandy und die anderen.«

Burke lässt die Schultern hängen. »Spielt aber wahrscheinlich trotzdem keine Rolle, weil sie ja immer noch denken, dass Terry Layla gekidnappt hat.«

»Und er streitet es weiterhin ab?«

Burke nickt. »Er schwört hoch und heilig, dass er es nicht war, aber inzwischen hat er seine Aussage revidiert und zugegeben, dass er das Zimmer in dem leer stehenden Haus genutzt hat. Ist wohl in Panik geraten, als sie ihm das Notizbuch vorgelegt haben, weil das den Verdacht gegen ihn natürlich extrem erhärtet hat. Tja … die Beweislast ist schon echt erdrückend. Ich hab selbst keine Ahnung mehr, was ich glauben soll, Dee.«

»Kann ich verstehen. In letzter Zeit ist so viel Mist passiert. Wie soll man da noch den Überblick behalten?«

»Apropos«, sagt er, und ich merke, dass er froh ist, das Thema wechseln zu können. »Wie läuft's eigentlich mit dem Podcast? Brianna hat mir von diesen zwei Frauen aus Houston erzählt, die wieder aufgetaucht sind. Krasse Geschichte. Du hast ja gerade 'nen ziemlichen Run.«

»So gerne ich behaupten würde, dass der Podcast dabei geholfen hat«, antworte ich, »die beiden haben sich in erster Linie selbst gerettet.«

Nachdem ich endlich die Gelegenheit hatte, auf Carlas Nachricht zu antworten, habe ich von Nias und Vanessas unglaublicher Flucht erfahren.

»Irgend so ein Drecksack hat sie entführt«, erzähle ich Burke. »Der hatte einen Hass auf die beiden und hat sie bei sich zu Hause im Keller eingesperrt. Anscheinend haben sie nach und nach sein Vertrauen gewonnen und dann haben sie ihn gemeinsam überwältigt und bewusstlos geschlagen. Am Ende haben sie die Haustür aufgebrochen und sind abgehauen.«

»Wahnsinn«, sagt Burke.

Ich nicke. »Das Ganze hat mich zum Nachdenken gebracht, darüber, was ich mit meinem Podcast eigentlich erreichen will. Ich will in Zukunft noch gründlicher darauf achten, nur über Leute zu berichten, die es auch verdient haben. Frauen, die um ihr Leben kämpfen, um aus dem Keller ihres Entführers zu entkommen, nicht solche Vollidioten wie Danny Lurlee, die sich bloß inszenieren wollen, oder egoistische Teenager, die sich in irgendwelchen Waldhütten verkriechen, ohne ihren Familien Bescheid zu —«

In dem Moment ist es, als würde in meinem Gehirn ein Schalter umgelegt. Ich stehe so schnell auf, dass ich um ein Haar meine Kaffeetasse umgestoßen hätte.

»Was ist denn jetzt los?«, fragt Burke erschrocken.

Ich merke, dass ich zu zittern angefangen habe, und halte mich an der Tischkante fest, bevor ich mich langsam zurück auf den Stuhl sinken lasse.

»Burke«, sage ich. »Mir ist gerade was eingefallen, und wenn ich richtigliege, dann hat dein Onkel wirklich nichts mit Laylas Verschwinden zu tun.«

44.

Draußen ist es kalt und sonnig, also setze ich meine Sonnenbrille auf, ziehe mir die Kapuze über die Wollmütze und mache mich auf den Weg zu meiner alten Adresse. Sibyl ist wieder zu Hause, oder zumindest bei ihrer Familie, aber von einem anderen Mädchen fehlt noch immer jede Spur.

Obwohl, kann man das überhaupt so sagen, wenn es eine Person gibt, die ihr auf der Spur *ist*?

Und diese Person bin ich. Glaube ich jedenfalls. Außerdem glaube ich, dass es nicht sonderlich schwer sein wird, meine Theorie zu beweisen, und darum bin ich jetzt hier.

Einen Moment lang bleibe ich auf dem Gehsteig stehen und starre über die Straße rüber zu meinem früheren Zuhause, dann ziehe ich mein Handy aus der Tasche, hole tief Luft und wähle. Ich bringe mein Anliegen kurz und knapp vor und lege mit dem Gefühl auf, dass man mich ernst genommen hat. In wenigen Minuten werden die Ereignisse sich überschlagen, also ignoriere ich meine Nervosität und gehe los.

Als ich klingele, ruft das vertraute Läuten tief vergrabene, halb verblasste Erinnerungen in mir wach. Es ist, als würde sich ein Fenster in die Vergangenheit öffnen. Fast glaube ich, meinen Vater zu hören. Meine Mutter. *Wer ist denn das? Kann mal jemand aufmachen gehen?*

Heute jedoch stehe ich auf der Außenseite der Tür, und was dahinter passiert, geht mich nichts mehr an. Das heißt, in diesem Fall vielleicht doch.

Laylas Mutter macht auf. Sie wirkt erschöpft, unglücklich, resigniert.

»Hallo?« Sie mustert mich und braucht einen Moment, um mich einzuordnen, aber dann reißt sie die Augen auf. »Du bist doch dieses Mädchen«, sagt sie. »Das von …«

Sie beendet den Satz nicht, doch ich weiß auch so, was sie sagen will. »Ja«, antworte ich. »Genau. Kann ich vielleicht kurz reinkommen?«

Sie blinzelt überrascht, ringt sich aber ein kleines Lächeln ab und tritt zur Seite. »Natürlich. Möchtest du einen Tee? Ich habe gerade eine Kanne gekocht.«

Ich nicke und folge ihr in die Küche.

Es ist wie in einem Traum. Anders lässt sich das surreale Gefühl nicht beschreiben, als ich hinter Mrs Gerrard her durchs Haus gehe. Ich bin nicht mehr hier gewesen, seit ich acht war. Seit wir ein paar Monate nach Sibbys Verschwinden ans andere Ende der Stadt gezogen sind.

Wände und Fenster sind noch dieselben, aber die neuen Möbel und Tapeten, das fremde Geschirr und die unbekannten Gesichter auf den gerahmten Fotos lassen das Haus wie verwandelt erscheinen. Es ist, als müsste ich bloß die Augen schließen und schon wäre alles wieder wie früher. Schon wäre ich wieder das kleine Mädchen, das sein Frühstück runterschlingt, damit es endlich nach draußen kann, um mit Sibby zu spielen.

Am Küchentisch sitzt Mr Gerrard, die Hände um eine dampfende Tasse gelegt, und starrt aus dem Fenster. Als ich in den Raum komme, wendet er mir den Kopf zu, aber sein Blick ist leer und undurchdringlich. Mrs Gerrard legt ihm im Vorbeigehen flüchtig die Hand auf die Schulter. Doch Adam Gerrard reagiert nicht darauf, sondern fixiert mich weiterhin mit seinem Blick.

»Das ist das Mädchen, das früher mal hier gewohnt hat«, erklärt seine Frau, während sie eine weitere Tasse aus dem Schrank holt. »Tut mir leid, ich habe vergessen, wie du heißt. Dein Nachname ist Skinner, stimmt's?«

»Delia Skinner.« Ich nicke. »Dee.«

»Setz dich doch«, fordert sie mich auf.

Ich nehme mir den Stuhl am anderen Ende des Tischs. »Wir haben hier gewohnt, als damals meine beste Freundin verschwunden ist«, sage ich. »Darüber wissen Sie ja sicher Bescheid.«

Mrs Gerrard stellt meinen Tee vor mich auf den Tisch, dann setzt sie sich neben ihren Mann.

»Ja«, antwortet sie. »Eine schreckliche Geschichte. Und was für ein seltsamer Zufall.«

»Das ist kein Zufall, Bonnie«, meldet sich Adam Gerrard zum ersten Mal zu Wort, und sein Tonfall und der verwirrte Ausdruck auf dem Gesicht seiner Frau bestätigen meinen Verdacht endgültig. »Hast du etwa die Nachricht vergessen?«

»Die hat doch dieser Mann hinterlassen«, entgegnet sie und scheint tatsächlich davon überzeugt. »Dieser O'Donnell. Um von sich abzulenken.«

Adam schüttelt den Kopf und stößt ein verbittertes Lachen aus. »Nein.« Dann sieht er mich an. »Warum bist du gekommen? Was willst du von uns?«

Ich erwidere seinen Blick fest. »Ich wollte Sie persönlich fragen. Ihnen die Chance geben, von sich aus zu erzählen, was mit Ihrer Tochter passiert ist.«

Mrs Gerrard steht so abrupt auf, dass sie gegen die Tischkante stößt und mein Tee über den Rand der Tasse schwappt. Sie guckt mich an, als hätte ich ihr ins Gesicht geschlagen.

»Was in aller Welt redest du denn da?«, fragt sie. »Was soll das heißen?«

Ihr Mann dagegen ist vollkommen ruhig geblieben. »Wie kommst du darauf, dass wir etwas zu verbergen haben?«, fragt er gelassen. »Du bist die mit dem Podcast, stimmt's? Glaubst du, das verleiht dir das Recht, hier reinzuschneien und uns zu beschuldigen?«

»Ich habe überhaupt niemanden beschuldigt«, erwidere ich. »Bis jetzt.«

»Okay«, sagt Mrs Gerrard. »Das reicht.« Sie macht einen Schritt auf mich zu, und ich stehe auf, bevor sie mich rauswerfen kann.

In der Küchentür halte ich an.

»Nur eine Frage noch«, wende ich mich an Mr Gerrard. »Darf sie raus, wenn sie möchte?«

Bonnie Gerrards Gesicht verzerrt sich zu einer Maske völliger Verstörung, aber es ist nicht ihre Reaktion, auf die ich neugierig bin. Die Miene ihres Mannes ist noch immer ausdruckslos, nach ein paar Sekunden jedoch senkt er den Blick, unfähig, meinem noch länger standzuhalten. Was mir alles sagt, was ich wissen muss.

Ich gehe zur Haustür und schlüpfe in meine Stiefel. Die Gerrards folgen mir.

»Unverschämtheit«, schimpft Bonnie. »Hast du eigentlich eine Ahnung, was wir in den letzten Wochen durchmachen mussten?«

»Ich bin mir ziemlich sicher, dass Ihre Tochter wohlauf ist«, sage ich, während ich meine Mütze aufsetze. Das lässt sie nun doch aufhorchen und sie starrt mich verständnislos an. Als ich die Tür öffne, halten draußen mehrere Autos in der Auffahrt. Detective Avery steigt aus und kommt mit Chief Garber und mehreren uniformierten Polizisten im Schlepptau zum Haus.

»Delia«, sagt Avery. »Du hättest nicht ohne uns herkommen sollen.«

Ich zucke mit den Schultern. Jetzt ist sowieso nichts mehr daran zu ändern. Hinter mir tritt Bonnie Gerrard nach draußen. Sie zittert in ihrem dünnen T-Shirt und ihre Augen sind weit aufgerissen.

»Was ist hier eigentlich los?«, ruft sie. »Stimmt das, was sie behauptet? Haben Sie sie gefunden?«

»Mrs Gerrard, wir würden Ihnen und Ihrem Mann gern ein paar Fragen stellen«, antwortet Avery.

Auch Adam Gerrard ist uns nach draußen gefolgt. Er hat sich hastig Stiefel und eine Jacke angezogen und marschiert schnurstracks auf Avery und mich zu. Der Blick, den er seiner Frau zuwirft, treibt mir fast die Tränen in die Augen.

»Es tut mir so leid, Bonnie«, sagt er. »Ich wollte nicht, dass es so kommt.«

»Was soll das heißen, Adam? Erklär mir gefälligst endlich, was hier vor sich geht!«

Er ignoriert sie.

»Ich erzähle Ihnen alles, was Sie wissen wollen«, sagt er zu Avery, als er uns erreicht hat. »Später. So darf es keine Sekunde mehr weitergehen.«

Er guckt zu mir, und ich sehe ihm an, dass er mir nicht böse ist, weil ich sein Geheimnis gelüftet habe. Vielmehr scheint er erleichtert, dass das Ganze nun ein Ende hat. Wir nicken uns in stummem Einverständnis zu, dann gehen wir gemeinsam an Avery vorbei und zu Mrs Rose. Der Detective folgt uns, aber ich bin diejenige, die auf die Klingel drückt, und Adam Gerrard betritt als Erster das Haus, sobald Mrs Rose uns milde erstaunt die Tür öffnet.

»Hallo, Mrs Rose«, begrüße ich die alte Dame. »Hätten Sie was dagegen, wenn diese netten Herren mit uns reinkommen?«

Sie schenkt mir ein breites Lächeln und schüttelt den Kopf. »Aber ganz und gar nicht, Liebes«, sagt sie. »Kommt nur alle rein. Ich setze schnell Tee auf.«

Ohne sich auch nur im Geringsten daran zu stören, dass gerade fünf mehr oder weniger Fremde bei ihr reingeplatzt sind, verschwindet sie in der Küche. Fragend sehe ich Avery an, der am ehesten wissen müsste, wie es nun weitergeht, aber Adam Gerrard ist bereits halb den Flur runter.

»Bleiben Sie hier bei Mrs Rose«, wendet Avery sich an seine Männer. Wir folgen Adam weiter ins Haus und kurz darauf hören wir Mrs Rose in der Küche ein Pläuschchen mit den Polizisten halten.

Oben an der Kellertreppe dreht Adam Gerrard sich zu uns um. Sein Gesicht ist zu einer gequälten Grimasse verzerrt und die tiefe Traurigkeit in seinem Blick ist kaum zu ertragen.

»Ich kann nicht«, sagt er. »Ich kann einfach nicht.«

Ich gehe an ihm vorbei und renne förmlich die Treppe hinunter, Avery dicht hinter mir.

Der Keller sieht genauso aus, wie ich ihn in Erinnerung hatte: eine Art Hobbyraum, in dem sich seit den Siebzigern nichts mehr verändert zu haben scheint: eine karierte Couchgarnitur, holzvertäfelte Wände, eine kleine Bar in der Ecke samt verspiegelter Rückwand und ein paar bunt gemusterten Kunstlederhockern davor. Heute riecht der Raum, in dem Sibby und ich als Kinder gespielt haben, muffig, abgestanden. Verlassen.

Überall stehen Kisten und noch höhere Stapel aus alten Zeitschriften und anderem Müll als oben. Am hinteren Ende des Zimmers führt ein schmaler Durchgang zwischen den Bergen von Krempel hindurch zu einer Tür.

»Dadrin?«, fragt Avery.

»Ja«, sagt Adam, der uns inzwischen nach unten gefolgt ist. Mit tränenüberströmtem Gesicht geht er an uns vorbei und zieht einen Schlüssel aus der Hosentasche. Avery und ich treten hinter ihn, als er die Tür aufschließt.

Das Zimmer ist denkbar bescheiden eingerichtet, aber dank eines Heizkörpers an der Wand zumindest warm. In einer Ecke stehen ein Tisch und ein kleiner Kühlschrank, in der anderen gibt eine halb offen stehende Tür den Blick auf ein winziges Bad frei. Der Rest des Mobiliars umfasst das Bett in der Mitte und einen Sessel unter dem schmalen Kellerfenster.

Am Fußende des Betts steht Layla Gerrard und starrt uns aus weit aufgerissenen Augen an.

Adam sinkt mit ausgebreiteten Armen auf die Knie und Layla stürzt sich hinein.

»Daddy?«, fragt sie. »Darf ich jetzt wieder nach Hause?«

45.

Transkript von **RADIO SILENT**
Episode 46

DIE SUCHERIN: Ich bin die Sucherin, und ihr hört **Radio Silent.** Das hier ist die erste Episode seit … das alles passiert ist, und ich will ganz ehrlich sein: Ist ein ziemlich seltsames Gefühl. Es ist beängstigend und aufregend und einfach komplett ungewohnt, etwas zu posten, ohne meine Stimme zu verfremden. Aber nach den Ereignissen von letzter Woche hat es ja nun wirklich keinen Sinn mehr, so zu tun, als wüsstet ihr nicht, wer ich bin.
Also noch mal von vorne:
Ich bin Dee Skinner, besser bekannt als **die Sucherin**, und ihr hört **Radio Silent.**
Bevor ich mit irgendwas anderem weitermache, möchte ich Danke

sagen, auch wenn dieses kleine
Wort dem, was ich der VLD und all
den Leuten gegenüber ausdrücken
will, die mich bei diesem Podcast
unterstützen, nicht annähernd
gerecht wird.
Ihr habt mir das Leben gerettet.
Mir ist klar, dass ihr jetzt gern
alles über Sibby Carmichael hören
wollt. Was ich mit dem Fall zu tun
hatte und wie es dazu kam, dass ich
sie gefunden habe. Mein Posteingang
quillt über vor Fragen, und ich
muss gestehen, damit bin ich gerade
ein kleines bisschen überfordert.
Ich hatte schließlich nie vor,
meine Identität zu enthüllen oder
meine Verbindung zu Sibby öffentlich
zu machen. Natürlich gibt es dazu
jede Menge zu sagen, aber dieser
Podcast ist nicht der richtige Ort
dafür.
Keine Sorge, ihr werdet bald mehr
erfahren. Versprochen.
Und bis dahin würde ich gern über
einen anderen Vermisstenfall reden.
Und zwar den von Layla Gerrard.
Momentan sind die Behörden noch
dabei, den Tathergang und die
genauen Beweggründe dafür zu
rekonstruieren, dass Adam Gerrard
die Entführung seiner Tochter

vorgetäuscht hat. Aber einiges
lässt sich schon festhalten.
Die Familie war in finanziellen
Schwierigkeiten und Adam hatte eine
Menge Schulden bei einer Menge
Leute. Darum haben er und seine
Frau Bonnie irgendwann beschlossen,
in eine andere Stadt zu ziehen und
dort einen Neuanfang zu wagen. So
landeten die drei in Redfields,
und zwar zufällig in genau der
Wohngegend, in der knapp zehn Jahre
zuvor ein Mädchen entführt worden
war. Ohne es zu wissen, zogen sie
in das Haus, in dem damals die beste
Freundin dieses Mädchens gewohnt
hat, die am Tag der Entführung mit
ihr zusammen im Wald war.
Mein altes Zuhause.
Als ein Nachbar Adam von Sibbys
Entführung erzählte, kam er
ins Grübeln und schmiedete
nach und nach einen Plan. Er
beschloss, die Entführung seiner
eigenen Tochter zu inszenieren,
bis hin zu einer dramatischen
Rettungsaktion am Ende. Die
Medien, so dachte er sich, würden
sich um die Story reißen. Es
würde Interviews geben. Anfragen
für ein Buch. Vielleicht sogar
einen Film.

Geld.

Seiner Frau erzählte er nichts davon, aber natürlich musste er Layla einweihen, die sich bereit erklärte zu helfen. Sie hatten Bekanntschaft mit einer Nachbarin geschlossen, einer verwitweten alten Dame, die stark zum Hamstern neigt, und als Adam eines Tages ein paar Kisten für sie in den Keller trug, kam ihm die Idee, dass dieses Haus ein perfektes Versteck für Layla abgeben würde. Der Keller war zu einem kleinen Apartment ausgebaut.

Dazu kam, dass sich das leer stehende Haus nebenan wunderbar dafür eignete, dort den Unterschlupf der mutmaßlichen Entführer einzurichten.

Adam Gerrard präparierte ein Zimmer in dem unbewohnten Haus, bis es aussah, als hätte von dort aus jemand seine Familie gestalkt. Layla wollte er für ein paar Tage im Keller der Nachbarin verstecken, bevor sie ihren Entführern mit einer spektakulären Flucht entwischen würde.

Alles lief glatt, bis Terry

O'Donnell auf den Plan trat. Wie
sich herausstellte, benutzte er
nämlich das verlassene Haus als
Rückzugsort, um dort ungestört zu
rauchen oder einfach mal seine
Ruhe zu haben. Ein unglücklicher
Zufall, der Adam die weitere
Umsetzung seines Plans erheblich
erschwerte. Mit einem Mal war
das Haus der O'Donnells voller
Polizisten, und Redfields wurde
von Reportern überrannt, was dazu
führte, dass er Layla länger
als vorgesehen versteckt halten
und sich immer wieder zu ihr
rüberschleichen musste, um sie
mit Essen zu versorgen und ihr
gut zuzureden.
Aus zwei Tagen wurden zwei
Wochen und Layla blieb brav
verschwunden. Schließlich verließ
ihr Vater sich auf sie.
Adam Gerrard befindet sich aktuell
in Polizeigewahrsam und wird sich
vor Gericht verantworten müssen.
Wie es danach mit ihm weitergeht,
lässt sich noch nicht sagen. Aber
das Wichtigste ist sowieso, dass
Layla wieder zu Hause bei ihrer
Mutter ist. In Sicherheit.
Vielleicht entschließt sie sich
ja irgendwann dazu, uns mehr zu

erzählen, aber für den Moment endet ihre Geschichte hier – zumindest, was **Radio Silent** betrifft.

 Ich weiß, was es bedeutet, als Kind einer traumatischen Erfahrung ausgesetzt gewesen zu sein und sich sein restliches Leben lang Fragen zu stellen. Dazu will ich nicht beitragen. Wie ihr alle mittlerweile wisst, sind auch die zwei vermissten Frauen aus Houston wieder aufgetaucht. Verängstigt, ausgehungert, aber immerhin am Leben. Ihr Kampfgeist sollte uns allen ein Vorbild sein, aber auch diese beiden werden noch lange brauchen, bis sie die Ereignisse verarbeitet haben, und ich wünsche ihnen von Herzen, dass sie gesund und gestärkt aus der Sache hervorgehen.
Aber das ist noch nicht alles. Ich möchte, dass das der neue Schwerpunkt von **Radio Silent** wird. Ich möchte, dass **Radio Silent** sich in Zukunft stärker auf die Menschen konzentriert, die oft übersehen oder unterschätzt werden, all die Menschen, die dringend unsere

Aufmerksamkeit brauchen und sie
nur selten bekommen. Ich möchte
den Podcast noch stärker dafür
nutzen, diejenigen zu finden, die
am dringendsten gefunden werden
müssen.
Sibby Carmichael. Layla Gerrard.
Vanessa Rodriguez und Nia
Williams. Drei Geschichten, drei
Happy Ends.
Und es gibt noch ein Happy End,
von dem ich euch erzählen muss.
Meins.
Sibby zu finden, hat etwas in mir
verändert. Oder vielleicht ist
das falsch ausgedrückt. Sibby zu
finden, hat mich etwas über mich
selbst erkennen lassen. So als
wäre in einer dunklen Ecke meines
Bewusstseins, die ich vorher nie
zur Kenntnis genommen habe, ein
Licht angeknipst worden.
Bis vor Kurzem habe ich immer
geglaubt, meine Aufgabe wäre es,
die Geschichten zu erzählen,
damit andere sie entschlüsseln
und zu einem zufriedenstellenden
Ende bringen können.
Aber jetzt weiß ich, dass das
nicht stimmt. Wir *alle* erzählen
diese Geschichten gemeinsam
und genauso müssen wir *alle* an

ihrer Entschlüsselung arbeiten.
Dieser Podcast funktioniert
nur deswegen, weil so viele
Leute dabei mithelfen. Weil
sie bereitwillig Informationen
miteinander teilen und sich
auf eigene Faust auf die Suche
machen.
Er funktioniert, weil wir nach
den losen Fäden greifen und
die Geschichten so lange am
Leben halten, bis sie am Ende
zusammenfinden.
Es ist an der Zeit, dass ich
meine Rolle als Sucherin aufgebe.
Ich bin zu dem Entschluss
gekommen, dass ich mich eine
Weile auf mein echtes Leben
konzentrieren muss. Der Podcast
wird immer ein wichtiger Teil
davon bleiben, aber mir ist
klar geworden, dass nicht jede
Geschichte von mir erzählt werden
muss. Und darum ist es an der
Zeit, dass die Sucherin sich
zurückzieht und andere zu Wort
kommen lässt.
Daher wird es in der nächsten
Episode eine neue Moderatorin
geben, die erste von vielen, wie
ich hoffe.
Carla Garcia, die so großartig

die Suche nach Vanessa und Nia in Houston organisiert hat, wird als Erste die neue Stimme von **Radio Silent.** Man darf gespannt sein, wie sie sich nennen wird, aber ich bin mir hundertprozentig sicher, dass sie ihre Sache unter jedem Namen super machen wird.
Ich werde natürlich weiterhin im Hintergrund dabei sein, werde helfen, wo ich kann, unsere Social-Media-Profile betreuen und die eingehenden Hinweise sortieren.
Ihr werdet heute nicht zum letzten Mal von mir gehört haben. Aber wenn ich mich das nächste Mal melde, wird es an vollkommen anderer Stelle sein. An einem Ort, an dem ihr mich womöglich niemals vermutet hättet. An einem Ort, der zu dem neuen Leben passt, das zu führen ich beschlossen habe.
Danke für alles, liebe Laptopdetektive. Ihr habt mir das Leben gerettet, aber es gibt noch so viele andere, die eure Hilfe brauchen.
Wie wir das schaffen können?
Hört zu.
Helft mit.

46.

Als der Bus in der Innenstadt hält, mache ich einen Satz über eine Schneematschpfütze und lande auf dem Gehweg. Dort stelle ich mich erst mal an den Rand, um dem Fußgängerstrom auszuweichen, und öffne die Navigations-App auf meinem Handy.

Als ich mir sicher bin, in welche Richtung ich muss, laufe ich los.

Es ist einer von diesen seltenen Tagen Anfang März, an denen die Sonne schon einen Hauch Wärme spendet und man sich nur zu leicht der Illusion hingibt, dass der Winter bald vorbei ist. Aber darauf falle ich längst nicht mehr rein. Noch bevor ich mich heute auf den Weg gemacht habe, hat Dad gesagt, dass es ab morgen wieder kälter werden soll. Trotzdem, im Moment bin ich einfach nur froh, dass ich ausnahmsweise mal kein eingefrorenes Gesicht habe und nicht schwitzend und mit knallroter, laufender Nase mein Ziel erreichen werde.

Ich bin ein bisschen zu früh dran und im Café ist wesentlich mehr los als bei meinem letzten Besuch. An der Holztheke entlang der Wand hocken Studierende vor ihren Laptops, ein paar Mütter haben ihre Kinderwagen neben sich an die kleinen Tischchen gequetscht und am Fenster sitzt ein älterer Mann und starrt mit seiner Tasse in der Hand versonnen nach draußen.

Ein bärtiger Mittzwanziger mit Wollmütze und Zottelhaaren lächelt mir entgegen, als ich zum Tresen gehe.

»Was darf's denn sein?«, begrüßt er mich.

»Eigentlich wollte ich bloß fragen, ob Alice heute hier ist.«

»Nee«, antwortet er. »Alice hat vor ein paar Wochen gekündigt.«

»Weißt du vielleicht, wo sie jetzt arbeitet?«

»Keine Ahnung. Tut mir leid.«

Hinter mir wartet bereits der nächste Kunde, also mache ich ihm Platz und bahne mir einen Weg durch den trubeligen Laden zurück zur Tür.

Zwar bin ich mir relativ sicher, dass ich den Weg zu Alice' Apartment noch finden würde, aber wer weiß, ob sie überhaupt noch dort wohnt. So oder so hat sie auf keine einzige meiner Mails geantwortet. Was vermutlich ein ziemlich deutliches Zeichen ist.

Das Türglöckchen bimmelt und ein Mädchen in meinem Alter betritt das Café. Keine Ahnung, was ich erwartet hatte, aber das da kann unmöglich Sibby sein. Dafür ist sie zu groß und wirkt zu selbstsicher. Sie trägt Jeans und Pulli unter einem offenen, zweireihigen Mantel und hat die Haare zum Pferdeschwanz gebunden.

Sie sieht sich suchend um, und als sie mich entdeckt, hebt sie einen Mundwinkel zu einem halben Lächeln. Dabei schiebt sich ihr Eckzahn leicht über die Unterlippe, und in dem Moment wird mir klar, dass sie es doch ist. Das Mädchen, das ich einmal besser kannte als jeden anderen Menschen auf der Welt. Das Mädchen, dessen Entführung ich mit ansehen musste.

Es *ist* Sibby.

Wir bestellen uns Cappuccinos und verziehen uns an einen Tisch ganz in der Ecke, wo wir uns beide umständlich aus unseren Mänteln schälen und dem Blick der jeweils anderen ausweichen, bis wir schließlich sitzen und keine Wahl mehr haben.

Ich lächele unsicher.

»Wie geht's dir?«, frage ich.

Sie nickt, langsam, nachdenklich.

»Gut«, antwortet sie dann. »Ich werde zwar vermutlich für den Rest meines Lebens zur Therapie müssen, aber bisher komme ich ganz gut mit der Umstellung klar.«

»Haben die —« Ich zögere, weil ich nicht weiß, wie ich die Frage formulieren soll, aber dann rücke ich einfach damit raus: »Haben die dich irgendwie schlecht behandelt?«

Sie schüttelt den Kopf und guckt runter auf ihre Hände, mit denen sie ihre Tasse fest umklammert. »Nein. Nicht so, wie du das meinst jedenfalls. Sie haben mir Jahre meines Lebens geraubt. Fast meine gesamte Kindheit. Aber davon abgesehen, waren sie gut zu mir. Ich weiß, dass sie mich auf ihre verdrehte Art sogar geliebt haben. Und ich sie auch.« Sie hebt den Kopf und sieht mir beinahe herausfordernd in die Augen. »Ist kompliziert.«

»Kann ich mir vorstellen.« Na ja, ich versuche es zumindest. Komplett begreifen werde ich wahrscheinlich nie, was sie durchgemacht hat.

Einen Moment lang schweigen wir.

»Mir tun meine echten Eltern so leid«, sagt sie nach einer Minute. »Für sie muss es einfach die Hölle gewesen sein.«

»Und wie ist es jetzt?«, frage ich. »Also wieder bei ihnen zu sein, meine ich?«

Sie lächelt noch mal, doch es liegt keine Freude darin.

»Ganz okay«, sagt sie. »Aber schon komisch. Nach so vielen Jahren mussten wir uns erst mal ganz neu kennenlernen. Die beiden behandeln mich wie ein rohes Ei. Greta kriegt das besser hin. Klar ist es für sie auch nicht leicht, aber anders als der Rest von uns benimmt sie sich wenigstens einigermaßen normal. Sie albert rum, und manchmal *redet* sie sogar über das, was passiert ist, und zwar nicht nur in Gegenwart des Therapeuten. Manchmal hab ich das Gefühl, sie ist der einzig zurechnungsfähige Mensch in unserer Familie.«

»Ja, Greta ist super«, bestätige ich.»Ich mag sie echt gern.«

»Ich soll dich lieb von ihr grüßen«, sagt sie.»Meine Eltern wollten zuerst mitkommen, aber ich konnte sie zum Glück überzeugen, mich das besser alleine machen zu lassen.«

Ich nicke.»Die kriegen schon noch die Kurve.«

»Wahrscheinlich, ja. Wir müssen einfach alle erst mal rausfinden, wie ich nach zehn Jahren da reinpasse.« Sie mustert mich, als suchte sie in meinem Gesicht nach Antworten.»Ich bin nicht mehr das Mädchen von damals.«

»Damals warst du ja auch noch ein Kind«, merke ich an, weil mir nichts anderes einfällt.»Und jetzt bist du so gut wie erwachsen.«

»Das meine ich nicht«, entgegnet sie und beugt sich vor.»Ich frage mich einfach die ganze Zeit, wer ich wohl heute wäre, wenn das alles nicht passiert wäre. Ein vollkommen anderer Mensch wahrscheinlich. Und jetzt werde ich nie erfahren, was diesen Menschen ausgemacht hätte.«

Mir schnürt sich die Kehle zu.

Dann verschwindet die Traurigkeit aus ihrem Blick und sie lächelt mich beinahe mitfühlend an.»Dir geht's sicher ganz ähnlich, oder?«

Irgendwie bringe ich ein Nicken zustande.

»Ich glaube …«, sage ich schließlich,»ich glaube, die Frage kann man sich immer stellen. Wenn ich an deiner Stelle entführt worden wäre oder wenn wir an dem Tag damals einfach ganz normal nach Hause gegangen wären, dann wären wir heute auch nicht so, wie wir sind. Nur dass wir uns, wenn gar nichts passiert wäre …« Ich breche ab und sie beendet den Satz für mich.

»… jetzt nicht den Kopf über so was zerbrechen müssten.« Ich nicke und sie streckt die Hände über den Tisch und ergreift meine. »Aber im Grunde spielt das auch überhaupt keine Rolle. Wir können sowieso nicht die Zeit zurückdrehen, darum müssen wir uns wohl einfach damit abfinden.«

»Wusstest du, wer du bist?«, platzt nun endlich die Frage aus mir heraus, die ich schon die ganze Zeit stellen wollte. »Also, konntest du dich daran erinnern, dass du Sibby Carmichael bist?«

Sie lehnt sich zurück und starrt eine Weile an die Decke. »Ich wusste immer, dass irgendwas mit mir nicht stimmte, dass ich jemand anders war, als alle behaupteten.«

»Wie konntest du das denn überhaupt vergessen?«

Sie schüttelt den Kopf und verzieht angestrengt das Gesicht, als suchte sie nach einer Möglichkeit, mir etwas in einer Sprache zu erklären, die sie gar nicht spricht. Die keine von uns spricht.

»Ist schwer in Worte zu fassen«, sagt sie schließlich. »Am Anfang war ich, glaube ich, ziemlich lange bewusstlos. Wahrscheinlich haben sie mir irgendwelche Drogen gegeben. Und als ich wieder zu mir gekommen bin, war ich in einem fremden Zimmer in einem fremden Haus, an meinem Bett saß so ein freundlich lächelndes Ehepaar und daneben stand ein Mann mit Arztkittel und einem Stethoskop um den Hals.

»Sie meinten, ich wäre krank gewesen und fast gestorben. Aber Ich wollte nur zu meinen Eltern. Meiner Mutter. Meiner Schwester.«

Sie wirft mir über den Tisch einen flüchtigen, beinahe schüchternen Blick zu. Mein Magen zieht sich zusammen aus Angst vor dem, was sie als Nächstes sagen wird.

»Ich hab geschrien, war total panisch, wollte wissen, was sie mit dir gemacht haben.«

Ich lächele und will gerade abwinken, als plötzlich etwas in mir nachgibt. Jegliche Kraft scheint aus meinem Körper zu weichen und ich greife Halt suchend nach der Tischkante.

»Tut mir leid«, krächze ich. »Tut mir so leid, dass ich sie nicht aufhalten konnte. Dass ich das alles nicht verhindern konnte.«

Einen Moment lang guckt sie mich einfach nur an, so lange, dass ich schon befürchte, das Falsche gesagt zu haben, aber als sie dann weiterredet, höre ich, dass sie die Tränen zurückhalten muss.

»Es war nicht deine Schuld«, sagt sie. »Und außerdem hast du mich gerettet.«

Sie legt so viel Nachdruck in ihre Worte, dass ich es schaffe, mich aus meiner seltsamen Starre zu befreien.

»Geht's wieder?«, fragt sie.

»Ja«, erwidere ich. »Tut mir leid. Alles gut.«

»Ich hab von diesem anderen Mädchen gehört. Das du auch gerettet hast. Also für mich klingt es, als gäbe es rein gar nichts, was dir leidtun müsste.«

Ich nicke. »Irgendwie hat sich auf einmal alles zusammengefügt.«

»Hat ihr Vater sie wirklich benutzt, um an Geld zu kommen?«

»Sieht so aus, ja. Anscheinend dachte er sich, er könnte Layla einfach wieder auftauchen lassen, mit irgendeiner wilden Story, wie sie vor ihren Kidnappern geflohen ist, und sich durch den Medienrummel eine goldene Nase verdienen.«

»Meine Eltern haben haufenweise Mails von dieser Quinlee Ellacott bekommen«, sagt sie. »Die will, dass ich in ihrer Sendung auftrete.«

»War ja klar«, schnaube ich und verdrehe die Augen.

Sie lacht. »Ich hab natürlich abgelehnt. Meinen Eltern wäre es lieber gewesen, wenn ich mir einen Anwalt genommen hätte, der mir mit den Journalisten hilft, aber ich hab ihnen gesagt, dass ich dir vertraue.«

Jetzt, da ich ihr gegenübersitze, kann ich kaum glauben, dass das hier dieselbe Sibby ist, die ich aus meiner Kindheit in Erinnerung habe, meine ausgelassene, furchtlose, manchmal ein bisschen rechthaberische Freundin. Sie und das Mädchen von heute könnten kaum unterschiedlicher sein, aber dann wird mir klar, dass sie ja auch tatsächlich nicht mehr derselbe Mensch ist. Sondern ein völlig neuer.

Sie ist achtzehn Jahre alt und vollkommen anders als jeder sonst in unserem Alter. Mich eingeschlossen. Und das will was heißen, denn selbst ich falle ja schon ziemlich aus dem Rahmen. Aber ein paar Gemeinsamkeiten zwischen mir und den Leuten an meiner Schule gibt es eben doch, ähnliche Erlebnisse und Erfahrungen. Immerhin kann ich mit manchen von ihnen lachen oder über Lehrer lästern. Ich gehe zu Hockeyspielen, wenn auch meistens nicht ganz freiwillig, und jubele am Ende genauso für Redfields wie alle anderen.

Ich denke an die Welt, in der Sibby die letzten zehn Jahre verbracht hat. Diesen abgeschiedenen, von der Außenwelt isolierten Ort, an dem sie fast ausschließlich dieselben zwei Menschen zu Gesicht bekommen hat. Sie ist nie wieder zur Schule gegangen, war nie auf einem Abschlussball. Hatte nie einen Freund oder eine Freundin. Kein Handy. Keinen Fernseher. Keinen Computer.

Ich habe mal gehört, dass einem für alles Schlechte, das einem im Leben widerfährt, als Ausgleich auch irgendwann etwas Gutes passieren muss.

Wenn das stimmt, müsste Sibby jetzt jedenfalls haufenweise

Gutes bevorstehen. Nach so viel Mist müssten sich die positiven Ereignisse in ihrem Leben ins Unendliche potenzieren.

»Dieses Mädchen, das neulich dabei war«, sagt Sibby jetzt.

»Sarah?«

Sie nickt und lächelt. »War das deine ... Also, seid ihr zwei zusammen?«

Ich kann nicht verhindern, dass mir ein Grinsen übers Gesicht huscht, und auch Sibbys Lächeln wird breiter. »Ja«, sage ich. »Sind wir. Ihr müsst euch unbedingt bald mal kennenlernen. Also, richtig kennenlernen, meine ich.«

»Ja, das wäre toll«, sagt sie.

»Ach, und übrigens treibt Burke mich langsam in den Wahnsinn mit seinem Gedrängel, wann ihr zwei euch endlich wiederseht.«

Sibby lacht. »Ich bin so gespannt, was aus ihm geworden ist. Wie schön, dass ihr zwei immer noch befreundet seid. Ich hab das Gefühl, so viel verpasst zu haben.«

»Das holen wir alles nach«, versichere ich ihr. »Das nächste Mal bringe ich die beiden mit. Oder vielleicht kommst du einfach nach Redfields und besuchst uns.« Ich schlucke, bevor ich ein wenig widerwillig hinzufüge: »Brianna würde sich bestimmt auch freuen, dich zu sehen.«

»Meinst du, das ginge?«, fragt sie, so hoffnungsvoll, dass es mich fast zu Tränen rührt.

»Na klar geht das. Erst mal bringen wir die Aktion heute hinter uns und dann gehen wir Schritt für Schritt den Rest an.«

Wieder klingelt das Türglöckchen. Jonathan Plank betritt das Café, nimmt seine Mütze ab und öffnet den Reißverschluss seiner Jacke.

Dann sieht er sich suchend um und hebt lächelnd die Hand, als er uns entdeckt.

»Ist er das?«, fragt Sibby.

Ich nicke, als Jonathan auf uns zukommt. »Ich bin so froh, dass wir beide das zusammen machen«, sage ich.

»Es ist *unsere* Geschichte«, erwidert sie. »Und die sollten wir auch zusammen erzählen.«

DANKSAGUNG

Im Jahr 2017 habe ich mich mit drei Kapiteln dieses Buches für den Lambda-Retreat beworben, der sich an neue LGBTQ-Stimmen in der Literatur richtet, und wurde angenommen. Ich bin allen Beteiligten an diesem Retreat zu riesigem Dank verpflichtet, aber ganz besonders möchte ich Malinda Lo und ihrer gesamten Jugendbuchtruppe für ihren behutsamen, differenzierten und kreativen Umgang mit meinem Text danken, der sich am Ende zu *Radio Silent – Melde dich, wenn du das hörst* entwickeln sollte. Eure positive Energie hat mich den gesamten Schreibprozess über begleitet, und ich meine es ernst, wenn ich sage, dass dieses Buch ohne euch niemals zu dem geworden wäre, was es heute ist.

Ein dickes Dankeschön an Eric Smith, der sich von Anfang an für das Projekt begeistert und mich bei meinem Verlag untergebracht hat, sowie alle anderen bei P.S. Literary. Tausend Dank an Wendy McClure dafür, dass du dich dieses Buches angenommen hast, und für deinen unschätzbar wertvollen editorischen Input. Danke an das ganze Team bei Albert Whitman für all die harte Arbeit, besonders aber an Lisa White für ihre großartigen Marketingideen und Aphee Messer, die mit dem Cover mal wieder den Vogel abgeschossen hat!

Danke an alle meine Freunde in der Schriftsteller- und Verlagswelt; hier eure Namen aufzulisten, würde jeden Rahmen sprengen, aber ihr wisst schon selbst, dass ihr gemeint seid.

Diese Branche kann die Hölle sein, darum ist es ein wundervolles und beruhigendes Gefühl, Teil einer Gruppe zu sein, die dasselbe durchmacht und jederzeit mit Glückwünschen oder Trost bei der Hand ist. Danke an alle Buchhändlerinnen und Buchhändler, Bibliothekarinnen und Bibliothekare, Rezensentinnen und Rezensenten, Bloggerinnen und Blogger, die meine Bücher so eifrig empfehlen. Ich bin euch unendlich dankbar für die allzu oft unsichtbare Hintergrundarbeit, die ihr leistet. Seid versichert, dass ich sie absolut zu schätzen weiß.

Danke an meine Leserinnen und Leser, die mir bei jedem Buch die Treue halten, und besonders an all die queeren Teenager, die mir geschrieben haben, wie sehr sie sich in meinen Geschichten wiederfinden. Ich danke euch von Herzen. Für mich gibt es kein schöneres Kompliment.

Danke an meine Eltern, meine Familie und Freunde, die mich bei jedem einzelnen Schritt auf diesem Weg unterstützt haben.

Und last, but not least, geht all meine Liebe und Dankbarkeit an Andrew, der einfach der Beste ist.

Natürlich magellan©

**Hergestellt in Deutschland
Gedruckt auf FSC®-Papier
Lösungsmittelfreier Klebstoff
Drucklack auf Wasserbasis**

2. Auflage 2022
© 2022 Magellan GmbH & Co. KG, 96052 Bamberg
Alle Rechte der deutschsprachigen Ausgabe vorbehalten
Text Copyright © 2020 by Tom Ryan
Die Originalausgabe erschien 2020 unter dem Titel
»I Hope You're Listening« bei Albert Whitman & Co.
Aus dem Englischen von Sandra Knuffinke und Jessika Komina
Umschlaggestaltung: Christian Keller
unter der Verwendung eines Motivs von shutterstock / igorrita
ISBN 978-3-7348-5058-5
Druck: CPI, Leck

www.magellanverlag.de